中国中篇小说排行榜

2023

花问

岳雯 主编

百花洲文艺出版社
BAIHUAZHOU LITERATURE AND ART PRESS

图书在版编目（CIP）数据

花问：2023年中国中篇小说排行榜 / 岳雯主编.—南昌：百花洲文艺出版社, 2023.12
ISBN 978-7-5500-5372-4

Ⅰ.①花… Ⅱ.①岳… Ⅲ.①中篇小说－小说集－中国－当代 Ⅳ.①I247.5

中国国家版本馆CIP数据核字（2023）第228549号

花问：2023年中国中篇小说排行榜
HUA WEN:2023 NIAN ZHONGGUO ZHONGPIAN XIAOSHUO PAIHANGBANG

岳　雯　主编

出 版 人	陈　波
责任编辑	余丽丽
书籍设计	方　方
制　　作	何　丹
出版发行	百花洲文艺出版社
社　　址	南昌市红谷滩区世贸路898号博能中心一期A座20楼
邮　　编	330038
经　　销	全国新华书店
印　　刷	湖北金港彩印有限公司
开　　本	720mm×1000mm 1/16
印　　张	19.25
版　　次	2023年12月第1版
印　　次	2023年12月第1次印刷
字　　数	270千字
书　　号	ISBN 978-7-5500-5372-4
定　　价	46.00元

赣版权登字 05-2023-399
版权所有，侵权必究

邮购联系 0791-86895108
网　址 http://www.bhzwy.com
图书若有印装错误，影响阅读，可与承印厂联系调换。

目录

1	**罗伟章**	戏　台
48	**须一瓜**	去云那边
92	**计文君**	花　问
153	**刘　汀**	野火烧不尽
251	**孙　频**	海鸥骑士

戏 台

罗伟章

"夫妻天天吵架，可以吵上半个世纪，这种事你信不信？"

信啊！我邻居就是。是不是天天吵，我说不准，但只要我在家，耳朵就没空过；我在外面一想到家，首先不是想起家的样子，而是响起隔壁吵架的声音。当然，我们只做了十年邻居，他们吵架也可能是最近十年的事，离半个世纪还远，但在我看来，两口子吵十年，和吵半个世纪实在没什么区别。

"区别大呢，"他说，"孩子长到十岁，还是个孩子；长到五十，你想想！"说着抬眼看我，额头油浸浸的，眼里漫着雾。

他是我表哥，名叫纪军，是个银行职员。按其资历，不该只是个普通职员，但他就是个普通职员。逢年过节，亲戚聚会，我们有时会取笑他，说他是只吉娃娃，一万年也长不大。那时候，多半是在餐桌上，他低头进食，脸上挂笑，一副不屑分辩的样子。我姨父姨母，也就是他父母，有些恨铁不成钢，但毕竟是自己儿子，即使有话，也怕说出来伤人，便不说。唯表嫂会摇两下肩膀，瞄他一眼，喝令他把下巴上的油擦掉；可能是觉得不该在这种场合凶自己丈夫，话音未落，忙又改了面容，问外婆还想吃啥。

外公去世后，外婆先跟姨父姨母住，后来跟我父母住，可两处都没住上半个月，就回了她的老房子。有天表哥去看她，进门，如同进了冰窖——不是冷，是冷清，是冷清的冷。外婆像是从墙上下来的，完全就是个影子。再看她吃的，都是昨天的饭菜，也可能是前天的，甚至是大前天的，在锅里热来热去，皮面成了铁锈色。表哥二话没说，把她的碗劈手夺了，再把她往背上一捞，背下楼，送进了自己的家。外婆腿上有风湿，尽管自己能走，但很不方便。

外婆在表哥家住了十二年。

我跟表哥见面少。亲戚之间或许就是这样，远没有和朋友见得勤。加上住得远，一个城西，一个城南。外婆刚住过去那段时间，我会时不时去看她，每次去，都发现她过得好好的。这让我如释重负，同时又很失落。

我是没条件照顾一个老人的，不是钱的事，我手头比表哥宽裕，再说外婆的退休工资尽管低，但足够养活她自己。是没时间和耐烦心。我难得在家度过一个完整的夜晚。妻子也是。我和妻子各玩各的，有时也结伴出游，三天两头把家空着。表哥表嫂从不，他们下班就回家，就围着外婆转。外婆在他们家住了小半年，我再去，外婆就把我当成客人，叫表哥表嫂给我倒水喝，削苹果给我吃。那时候，表哥的女儿玫玫，不满四岁，见了我，要我抱，外婆却把她赶开，说别把我衣服弄脏了。这让我心里很不是滋味儿，去得就越发少了。

表哥也不来找我。我俩的生活方式完全不同，见了面，无非是见着脸。血缘的呼唤只在小时候能听见，到了一定岁数，那声音就埋进了土里，和人见面，见的不是脸，是嘴——是嘴里说出的话。我们的话山阻水隔。

因此除了逢年过节，几乎不见面。

可今天，表哥却是特意来找我的。

昨天晚上，他打电话给我，说："青林，你明天有事没有？"我说："明天是周六呢。"意思是当然有事，周末我比平时更忙。电话里咕哝一声，然后表哥说："我想跟你见一面。"同时听见表嫂在那边叫："外婆你别动。"我这才想起还有个外婆。莫非是外婆身体不好？想问，又怕当真如此，我的诸多美好计划就会泡汤。

于是不问。

见我没反应，表哥说："我们往两头走，在二马路找个茶楼，要不了多久。"

都说到这份儿上了，我不能不答应了。

今天上午八点半，妻子张静开车把我送到地铁口，她就到新月乡去了。几家朋友相约去那里打牌，烧烤，露营，明天接着玩。我下车时，张静交代："三下五除二，说完就过来，要不然我手臭，输了别怪我。"

深蓝色的湖水，湖水边的草地，草地上的凉亭，凉亭里的牌桌，牌桌上的麻将……我想着这些，心烦意乱，深怪表哥插这一杠子。要是有正经事也罢，可他打早就来，在檀香茶楼等了我半个多钟头，就为说老夫老妻长达半个世纪的争吵？他父母不是那样，我父母也不是那样，管这种闲事干吗？

我真不该提什么邻居，那很可能挑出更多的话头。果然，表哥拿出在银行数钱的细致问我："你邻居吵架你怎么知道？"我说："门对门的，风也吹过来了。""那证明他们声音很大，"他说，"大声吵架不算吵。"

这话倒是新鲜。

我想他会解释，但我不想听他解释，我觉得他的任何一句话都是多余的。这除了有牌桌在催我，还因为，我实在不喜欢表哥那副衰败相。他是啥时候秃顶的？不到五十岁，即使秃，也不该秃得那般招摇，脑顶像被摸了多年的玉。姨父年过七旬也不像他这样。看来，人在低处，是要经受许多磨砺的，哪怕你表面淡然。大好的上午，跟一个衰败的人对坐，不仅浪费光阴，还要接受负能量。能量没有正负，那是科学；有正负，那是人生。我的有些朋友，比表哥年长八九岁，却个个生龙活虎，像太阳刚刚出来，日子刚刚打开。

我喝下一口茶，想着告辞的话。

但是表哥突然说："外婆不行了。"

到底还是外婆的事，而且不是身体不好，是"不行"。

"你是说……"

"她活不了几天了。"

"没听说她生病啊。"

"老年人，还要生什么病！老本身就是病。"

然后他告诉我，"活不了几天了"，是外婆自己说的。"现在，跟外婆一起生活的，除了我和你嫂子，还有大堆人。那大堆人都是死人。她跟活人说话，也跟死人说话。凡是我和你嫂子听不懂的话，就是跟死人说的。但有时候也会误听，比如她问几点钟，以为是问我们，结果是问外公。那个'几点钟'，也是死去的。她身边围着死人，也围着死去的时间。她已分不清生死。分不清，不是更接近生，而是更接近死。前天，外婆对我说'军，我活不了几天了'。"

这让我想起我们单位一个退休领导。分明无病无灾，那领导却在去年六月十三日那天给单位打电话，说他十五号要"走"，希望把最新的文件送他过过目。大家都当成笑话，但还是拣出不涉密的，送了几份去。他在位时做过不少好事，退休后也从没给单位提什么要求。两天后的中午十二点零七分，他女儿打电话来，说她爸爸走了："吃过午饭，他离开餐桌，坐到沙发上看午间新闻，看着看着，闭上了眼睛，以为他是想睡，叫他去床上却叫不醒，而且再也叫不醒。"

都说这种死法是前世修来的福。外婆一生清简，有资格享受这福分，因此即使活不了几天，也说不上悲哀。

我问表哥："外婆说没说个具体日子？"

"那倒没有。"

"这样，我这两天忙，下个星期我去看看她。"

"也好，"表哥说，"但我找你，是有别的事。"

我心里一紧。我放在茶几上的手机已响过好几次，是微信在催，张静倒没催，朋友们在催。再这么啰唆，一个上午就毁了。说好了张静不来接我，从二马路坐地铁到新月乡，需转两趟车，要五十多分钟，下了车还要步行将近十分钟。

我几乎是带着怒气，对表哥说："你说！"

"你知道外婆的那套房子吧？"

"外婆的房子？那不是早就说好的吗？"

外婆的那套房在城西北的荷叶街，有六十平米。外婆跟表哥住过两年，春节去表哥家聚会，外婆对我们说，她跟外公这辈子，先是一个在华北，一个在西南，分居十五六年，就算挣点钱，也喂了铁轨；后来终于到西南团聚，工资低，没留下积蓄，也没给后人留下想头。话说得伤感，因是在节日里，更是伤感得能摸出伤感的厚度，像她跟外公的一生，就这么简简单单几句，便做了总结。

"外婆你真是，"表哥说，"你后人又不是没吃的，又不是没穿的，还要你啥想头？你的任务是吃好耍好，长命百岁！"表嫂也跟着搭腔。我和张静、父母和姨父姨母，也都表达了同样的意思。外婆沉吟一会儿，说："要说有点想头，就是荷叶街那套房子，你们看那房子怎么处理。"

此言一出，就只听见窗外孩子们玩的摔炮响。

有时候，沉默是金，但更多的时候，沉默是石头。张静个子娇小，经不住石头压，率先表态："既然外婆跟表哥表嫂住得舒坦，表哥表嫂确实也把外婆照顾得好，依我看，那房子就给表哥表嫂算了。"

表哥当场否决："要不得，那要不得！"

表嫂也这样说。

但他们否决过后，又是沉默。

我完全赞同张静，本想帮腔，又不知父母咋想的，万一他们不同意，私底下不知要挨母亲多少刻薄。母亲说话行事，都像刀片。

正尴尬着的时候，父亲说话了："张静没说错，妈喜欢跟军和春燕住，干脆就说断，今后一直跟他们住。妈的那套房子，就归他们两个。"

父亲深知我和张静都是三脚猫，日子不是从手上过，是从脚上过，许多时候，客栈才是家，家只是客栈。总不能把一个老人丢在客栈里。

但那到底是一笔财产，父亲说完，看我母亲。我母亲低着头。又看我姨父姨母，姨父姨母也低着头。但有了父亲的态度，我壮了胆，说："就这么定了！"我是想赶紧离开，去跟朋友们进歌厅，不是想唱歌，是换个场合喝酒。

这时候，母亲即使有想法，也不好当众说出来的样子。姨父姨母抬了头，脸色暗红，深有感触似的笑两声，对我和张静说："到底还是兄弟好，青林和张静有出息，就晓得照顾两个没出息的哥哥嫂嫂。"

表哥连忙纠正："要说就说我，人家是有出息的哈。"他说的"人家"，是指表嫂梁春燕。表嫂白他一眼，表哥就笑。

十年前就定下的事，为什么又提出来？

表哥倾过上身，提醒我："十年前，那房子只值四十万，现在上百万……"

我觉得他太小看我。"上千万也是你的，是说好的。"

"我也不能要，"他说，"我给了我父母。"

"那是你的事！"

他舔了舔嘴唇，显出挣扎的样子。他咋变得这样衰败呀，秃顶就罢了，还舔嘴唇。他个子不高，小头小脸，远处看，像个孩子，这么隔张茶几，面对面看他，就见出早生的皱纹来了。一个孩子脸上的皱纹，让人别扭，甚至惊心动魄。

"青林，"他连续舔了几下嘴唇才说，"我找你，是想求你。"说着，他眼里有了泪光。

虽如堕雾中，却也大吃一惊。

"我说吵半个世纪，不是说别人，是说我爹妈。"
他爹妈？我姨父姨母？
怎么可能呢？

姨父是个谦卑的人，一举一动，生怕给世上添出声音。他从不穿硬底鞋，为的就是不硬碰硬，免得碰出声音来。他老家在川东北回龙镇，二十出头，接了姨公的班，在镇（当年叫公社）兽防站做了兽医。姨母是被分到回龙公社的知青，落脚在红光大队鹰嘴生产队，没有同伴，独自一人。此前十七年，她生活在沃野千里的川西平原，平原上的城市和乡村，都平坦得像面镜子，若有起伏，也只是楼宇、庄稼和林盘，而今突然来到这大巴山深处，巉岩嵯峨，群峰深锁，以为再也回不去了，深更半夜，都在煤油灯下写家信，信纸上泪痕斑斑。鹰嘴有高山草甸，适宜养殖，因为牲口多，姨父朝那里跑得也多，跑第三趟，就跟姨母认识了。

"要不是康平，不晓得宁倩活不活得出来。"这是外公在世时说的。

外公说这话时，我们都在场。姨母听后，攀住姨父的肩，又述起当年的苦情。说那地方上厕所，是去猪圈，猪欺生，她刚蹲下，就来拱她。后来熟悉了，喜欢上她，表达喜欢的方式，还是拱她，她一趔趄坐地，满屁股糊满猪粪。说那地方海拔两千米，本来也不算太高，却是风道，风从秦岭过来，有理无理，刮得人打抖，大热天喝口凉水，牙齿和舌头就冰得像没长在嘴里；秋花知道自己没多少时间，抢着开，抢得漫山遍野啪啪响。即便如此，还没开圆，冬天已逼到眼前；空气中到处藏着利刃，在身上割，手脚裂开的口子，能放根指头进去。

村民对姨母好，但她就是跟他们亲近不起来。他们的生活和想法，就像山上的植物，太阳照一下就照一下，风吹过来就吹过来，被路人一脚踏了就踏了，被牛羊一嘴咬了就咬了。而她，心里有大平原，有平原上的晨雾、竹丛和竹丛底下纵横交错的河汊，有河汊环绕的街道，有街道上的热气腾腾和五颜六色。

心里越热，日头越冷。但姨母宁倩，偏偏要穿裙子。在大平原的城市里，她从小就穿裙子。她用一条裙子把自己的平原带到山区，或者说，把山区变成自己的平原。而那时候，连回龙街上也没人穿裙子。宁倩的裙子把她变成了一朵花。山里的花遍地是，它们开了又谢，自生自灭，这朵花却拒绝听从时令，一路开过春夏秋冬。风起处，裙裾飘动，露出腿弯，人们就咂嘴，侧目而视。

侧目而视并不是不喜欢，只是偷偷喜欢。

唯有一个人大明其白地喜欢，就是兽防员纪康平。

纪康平的母亲也是农民，他从小也在村里长大。那是另一个村，名叫柳弯。但女知青宁倩认识他时，他已经接了父亲的班，由纪康平变成了"纪同志"。多数时间，他住在街上，也便有了街民的言谈举止，甚至比街民开放。

就为这点不同，宁倩高兴他来，高兴看见他。

"山里人骂孩子，"姨母对我们说，"比如孩子正做风筝，父母见了，就骂，说'那东西当不得饭吃当不得衣穿，做来干啥子？赶紧去割牛草，迟一步，看老子不打断你的腿！'其实，要说人比人高那么一点，就是对那些当不得饭吃当不得衣穿的事情多一点兴趣。"她是想表明，姨父身上的那点"不同"，尽管虚幻，尽管无用，却使他显得比村民高，甚至比街民也高，因此和她更加接近。

姨父也是这样看的。当年他爱朝鹰嘴跑，牲口多固然是原因，却是拿到台面上的原因；拿不到台面上的，是那里的高天白云底下，有一个穿裙子的宁倩。

但两人要走到一起，还有很远的路。

当然也可能很近，转过山弯，说不定对方就等在路口。姨父和姨母的"路口"，缘于姨母的一场病。那天夜里，姨母通宵未眠，生不如死，而且以为就会那样死过去。天亮后她没出工，队里的姐妹去看她，见她躺着，默默垂泪，问她话，也不答言。就在那天下午，鹰嘴一头牛生产，生半截生不出来，母牛向天悲鸣。有人抓住牛犊子往外扯，可不仅纹丝不动，母牛的悲鸣声还越发凄惨。只好派人去请纪同志。纪同志赶来，没救活母牛和它的孩子，却把女知青宁倩救了。

他找了一头宽背黄牛，不管她答应不答应，就把她往牛背上一放，穿林打叶，迤逦下山，送到了卫生院。

三个多月后，两人结了婚。那时候结婚也不办什么证，请几桌客，向世人知会一声，就算是两口子了。

川东北有句俗语：热的是火口子，亲的是两口子。我从没在任何场合感觉到姨父姨母不亲，更没在任何场合感觉到他们有嫌隙。

表哥却说，他父母天天吵架，吵了将近半个世纪。

见我不信，表哥的嘴一张一合，像被扔到岸上的鱼。

他想说什么，又不好说的样子，但终于说了。他说他父母吵架，不像我那邻居，他父母从不大声吵，是把坛子捂起来吵。大声吵是吵在明处，在明处吵架不算吵架；阴着吵，悄悄吵，才切齿蚀心，才是真正的吵架。

表哥上头还有个哥哥，十二岁那年，在河里淹死了。表哥说，他跟他哥从小就没睡好过。睡到半夜，常听到母亲哭。开始是无意中听到，后来就有意去听。按父母的身高，表哥至少该长到一米七五，但他只有一米六三，就因为小时候没睡好。加上母亲的哭声像锯子，他长一寸又被锯半寸。压抑的哭声里夹杂着压抑的争吵。吵些啥，一句也听不清。潜到门边去，还是听不清。后来，家里有两个卫生间，父母的卧室一个，客厅旁边一个，他发现去客厅旁边的卫生间里，反而听得更真切。但真切的依然只是哭和吵，为什么哭，吵些啥，照旧茫然。

"你从马桶里面听到过别人说话吗？"表哥问我。

当然听到过。

邻居吵架，很多时候我就是从马桶里听到的。那是一种特别的声音，来自照不到阳光的世界。确实听不清，但能听出悲伤和愤怒，一波一波的，从深渊里涌起，可涌得再高，也见不到天日，因而成为神秘之声，成为心的自语。

对此表哥自然体味更深。那声音和他连骨带血，不像我，是个旁听者，当我摁下蓄水箱的按钮，就把那声音连同秽物一起冲走了。表哥却不行，他长久地待在那里，探寻父母吵架的秘密。

这对从青年走到中年，从中年走到老年的夫妻——我的姨父姨母——都认为是对方毁了自己的人生。

姨母嫁给姨父仅仅半年，知青回城。

但姨母没能回城。

姨父使尽手段，阻挠她回城。她回城，他却不能进城，如此，这个不惧风寒穿裙子的女人，将成为放归大海的一条鱼。当时，姨母刚生了孩子，就是后来淹死在河里的大儿子纪东，纪东死后，他们才带着九岁的纪军到了川西平原。

在怀上纪东到纪东死去的十多年里，姨母没再穿过裙子。

以后也没穿过。

在那十多年里，姨母学会了各种农活，栽秧、薅草、捯谷、育红苕、点油菜……甚至男人才会做的活，砍柴、编背篼、砌塄坎，她都学会了。下乡的同时，她的户口从城市迁到了农村，先落户鹰嘴；嫁人后，又迁到丈夫的出生地柳弯，那是卧于群山之中一处凹槽。在鹰嘴时，她是城里来的知青；在柳弯时，她是鹰嘴来的农妇。当知青回城的列车不留一缕烟尘，她依然待在柳弯；当回龙公社变成回龙乡，她还是待在柳弯，在众人眼里，她就成了铁定的农妇。

别的农妇有男人帮忙，而她的男人，照管着一个乡的牲畜，牲畜们受伤、害病、生产……后来还包括结扎、阉割，都经过他那双越来越细嫩的手。那手上不沾泥土，只沾牲畜的血，多数是从牲畜生殖器里流出的血。

土地下户后，饲养归于各家各户，遇事也各自请纪同志上门诊治。每次把体温表插入牲畜的肛门，再掰开牲畜的嘴，看了它们的牙龈和舌苔，用竹筒灌过药，在颈上打过针，特别是做过了手术，主人家都用木盆倒出热水，端到阶沿或院坝边的竹林底下，旁边放块肥皂，请他洗手。被肥皂洗过的手真白，手指根根细腻，光洁柔滑。"人是天生的，"村民们以认命的口气说，"纪同志那双手，天生就不是用来做农活的，是用来接生的，挤卵子的。"

那段时间，为改良畜种，回龙乡从遥远的甘肃运回了一头牛，养在兽防站，本地最健硕的黄牛站在它面前，也像只羊。这头雄壮的牛有个名字，叫孙贵。它的全部工作就是配种，估计是望它"生贵"，但没听说有姓生的，加上川东北那边，读音上"生""孙"不分，凡有关它的记录，就都写成了"孙"。孙贵任务繁重，使命光荣，当然不能像普通牛那样只吃草，还要吃饲料。饲料就是豆料，每月三十斤。这等伙食标准，足以让人吞口水，可那家伙竟日渐消瘦，仅一年多，就瘦成了骨头架子，再漂亮的母牛来到跟前，它也只喘粗气、流沫子。

负责喂养它的姨父，克扣了它的粮食。先克扣五斤，后克扣十斤，再后克扣二十斤，直到完全不给饲料，只让它吃草。而它吃的是草，挤出的是精血。

扣下的饲料，都被人吃了。

"但我妈从来不吃，"表哥说，"开始以为是她忍口，可有剩的她也不吃。打磨后，酥成香喷喷的饼子，她照样不吃。'那是牲口吃的！'她说。"

对自己母亲的这句话，表哥弄不清意思。不忍心抢牲口的饲料，或是不愿降尊纤贵去吃牲口的饲料，母亲是哪一种？

"后来我想，"表哥说，"应该是第二种。全乡人都把那头配种牛叫孙贵，如果是头一种意思，妈就会说'那是孙贵吃的'。她没说'孙贵'，说的是'牲口'。我妈看不起我爸。毕竟是大城市来的，人又长得好，要她看得起一个乡巴佬，不现实。虽然这个乡巴佬不是面朝黄土背朝天的农民，是个背着药箱走村串户的兽医，也照样不现实。我爸拦她回城，她并不恨，只是更加看不起他。从嫁给他，她就看不起他。分明看不起，却嫁了，当然就是把人生毁了。"

表哥的话，让我想起一个朋友的姐姐。

那位朋友，老家在黄土高原，他姐姐念大学期间，跟一个同学恋爱了。毕业后，她分回县城，男朋友考上了研究生，研究生才读三个月，就把她蹬了。她痛苦得几次走到黄河边。后经人撮合，她和一个同事结了婚。但她的婚姻很不幸，因为，她一开始就看不起那个同事，一开始就在"克服"。

我把这事讲给表哥，他说："情况还不一样。在我妈心里，我爸是乘人之危。我妈不是克服，是爸的任何事情都看不起，想克服也克服不过来。比如不吃孙贵的饲料，说我妈是第二种意思，好像也不对。那些年的川东北人，猪吃的，羊吃的，兔子吃的，只要不把人毒死，啥东西没吃过？何况是豆料！"

我有记忆时，姨母已经回城。其间的波折，一言难尽。姨母后来发现，姨父阻挠她回城，不只是担心把她单独放归大海，还因为他自己根本就不愿去城市生活。他的一呼一吸，都是属于乡村的，城市于他太陌生。直到大表哥死去，他克扣孙贵饲料的事被告发，马上面临处分，加上确实有个机会让他跟随姨母，摆脱困境，还能进城安排工作，他才松了口气，姨母也终于走出那片群山。

姨母回来后，在棉纺厂上班。姨父去了鞋厂，依然干着手上的活，只是再也感觉不到动物的体温了。他们两人，特别是姨母，永远都穿着工作服，连年节家庭聚会也不脱下来。那是一件蓝布衣，胸前挂一领大围裙。后来，厂垮了，姨母成了下岗工人，照旧挂着围裙，只是由白围裙变成了花围裙。她找我父母借了钱，当街租下个门面炒干货，瓜子、松子、板栗、花生，在齐腰的大炒锅里翻腾，之后分门别类，装进曲尺形的玻璃柜，等候买主。

若买主多，姨母忙，她那身花布围裙就显出盛开的模样。但更多时候买主实在不多。川西人闲，可闲着时手也不闲，不是端着茶杯，就是摸着麻将，没工夫把零食往嘴里递。每当柜台清冷，姨母靠墙站了，望着街景，围裙上的红花白花，便一朵一朵凋谢。时不时，她把围裙拍一拍，像是把凋谢的花瓣拍掉。

花瓣没从围裙上飘落，却从她迷茫的眼神里飘落了。

纷纷飘落。

从少女到人妇，再到母亲，她与这座城市割裂了，许许多多的故事，并不为她讲述，她更成不了主角。

当她穿着裙子进入农村，她是个城市人。

当她挂着围裙守在城市，她是个农村人。

她为此失措，并因失措而迷惑，而怨恨。

我母亲就曾含讥带讽地对我说，姨母恨她。不为别的，就为她比姨母晚生，因为晚生，没去当知青，没去穷乡僻壤受苦。姨母把她的受苦，当成可以恨人的资本。穷乡僻壤的人，几辈甚至几十辈的，都在受苦，如果他们也恨，天都会变成黑色，下的雨也是黑雨，但姨母不管这些。她那么快嫁了人，且受着丈夫的钳制，没能回城参加考试，只能当了农民当工人，当了工人当下岗工人；而我母亲却读了大学，进了政府部门，三十五岁后还当上了科长，四十岁后又当上了处长。母亲嫁的人，不是兽医，不是骗匠，而是同城出生的高才生，这个高才生先留校，后从政，做到了副厅级。

"就为这些，"我母亲说，"在你大姨眼里，我这个当妹妹的就有罪。"

"要说她下乡误了考试，"母亲又说，"那也只是她自己敷粉。她的成绩孬得很，给她几张卷子，也只会用来擦清鼻涕。可人就这么怪，机会失去了，就只盯住那机会的背影，又是流泪又是叹气，恨这个，恨那个，恨不完，根本不去想那究竟是不是你的机会。"母亲叹息一声，"幸好你外婆只生了两个，你大姨要恨，就只恨我，再多几个的话，眼睛弯来弯去，怕要更不成样子。"

她是说，姨母的左眼有点斜。只是稍有一点，根本不影响姨母的脸相，但母亲就抓住不放。

关于机会，母亲的话对，也不对。当一种机会不是自己放走的，就有理由认为它属于自己。而且母亲也低估了愿望的力量。从姨母并不复杂的故事里，我能感觉到她改变生活的愿望。当然，或许是因为没能实现，才使愿望本身显得遒劲。进城参工后，在不该穿工作服的场合她也要穿，我认为是她对自己身份的确证，同时也展示改变的成果。但母亲不这样看，母亲说姨母是在提醒她：你欠我的，我本来可以跟你一样，穿着呢子衣或白裙子，进出于办公大楼。

母亲说话向来尖刻，所以她的话我并不怎么信。我也从未发现姨母怨恨母亲的迹象。但姨母恨姨父，倒是很有可能。他救过她，这是事实，却从另一面让她付出了沉重的代价。表哥说，对他爸，他妈并不恨，只是看不起。然而，恨和看不起之间，有着隐秘的通道，表哥老实，多半看不穿。

要说毁了人生，从姨母的角度我能理解一些，可姨父为什么也认为姨母毁了他？是因为姨母看不起他，让他活得窝囊？

我问表哥，他却吞吞吐吐。他把茶杯端到嘴边，就那么端着。如此，我的脸和他的脸，除隔着茶几，还隔着袅袅升腾的热气。那热气像一挂乳白色的帘子，他在帘子里面问我："不会耽搁你事情吧？"但眼睛看着我面前的手机，像我有没有事、他会不会耽搁我事，不是我说了算，是我的手机说了算。

他不知道，我已经把手机关掉了。

今天是个好天气。我和表哥坐在靠窗的位子，能看见阳光从街的那一边淌过来。十多分钟前，街上才洒过水，阳光和水相遇，化为珠玉，蹦跳闪烁，似能捧在手里。新月乡那边，该是怎样的绿草如茵，水天一色……但我把手机关掉了。

表哥虚拟似的喝了口茶，话在舌尖上艰难地弹动，就是弹不出来。

那一刻，我想象着他躲在卫生间，从马桶里听父母吵架的情景。

或许那不是探究父母争吵的秘密，而是探究自己受伤的秘密。

很可能是这样。

我不催他，耐心地等他。挖出来的秘密不是秘密，只有掌握秘密的人自己说出来，才是真正的秘密。然而，我等来的却是他的电话响。

是张静打来的。张静问他是不是跟我在一起。

上午时分，茶客少，茶楼里很安静，张静的声音我听得清清楚楚，忙向表哥摇手。他却没明白我的意思，说："在啊。"也可能他明白，只是不理会。他和表嫂之间，大概从没开过这样的玩笑，也根本不觉得夫妻间的这种玩笑有什么意义，甚至认为是很不体面的。如果他知道，某些时候，我和张静并不是开玩笑，当真就是各玩各的，彼此放纵，彼此提防，又彼此忍受，他会怎么想呢？

听说我在，张静便让我接电话。

"为啥关机啊？还没说完啊？"

语气里充满欢喜。但我听得出来，她欢喜的原因不是我没骗她，而是在牌桌上打了胜仗。她怕赢了会输，希望我赶快过去，好找个理由下桌。

我没多言，只说"有事"，就把电话挂了。

表哥显出很感动的样子，将手机接过去，揣进兜里，又摸出来，放在桌上。先是斜斜地放着，感觉这样放很不妥，又规规矩矩地放正，放正了再次扳斜，才低着眼睛，说："你问我，我也不晓得。其实，我啥也不晓得……倒并不是没听到过传言。传言是听到过的，那是在老家的时候。"

他说的老家，是指回龙乡，现在叫回龙镇。自回城后，姨母再没去过回龙，姨父和表哥却几乎每年都回去上坟。

"我其实是说不清的……"表哥再次强调，同时迅速瞟我一眼，眼里满是乞求。

一阵沉默。

我只能于沉默中猜想。我想到姨母在鹰嘴时生的那场病。关于那场病，刚才听表哥说过，以前也听母亲说过。那是一场非同寻常的病，因为那场病，纪康平和宁倩这两个互有好感的人，才真正走到了一起。但它的非同寻常，多半不止于此。母亲对那场病的描述，几乎就是一连串叹词，表哥的话有了实际内容，但也极为简略：那天夜里，女知青宁倩通宵未眠，生不如死；天亮后，队里的姐妹去看她，见她躺着流泪，问她话，她不答。这是病吗？如果是病，什么病会让人生不如死却只静静落泪？又是什么病让人拒不回应好意的关切？

因为她是我姨母，我不能往更深处想。

也不能再去逼问表哥。

于是我做出无所用心的样子，看他背后墙上的一幅画。一个神情宁静的裸女，侧过脸，屈腿坐着，双臂环抱于膝上，从额头向后，勒一块深蓝色头巾。她的每一寸肌肤,连那块头巾,都静如幽谷。自然和坦荡,成为欲望的敌人,然而,当过惯了以谎言为欲望助力的日子,哪怕是看一幅坦荡的画,也觉得不适。

于是我把目光移开,扫视着大厅。那边的角落,有个三十来岁的女人,独自玩着手机,翕开的嘴唇,表明她有所待,而面前的热茶,慢慢变冷了。与她相隔四个茶座,一个脸膛肥大的男人,横在沙发上,节奏紊乱地打着呼噜。檀香茶楼我以前来过,知道并非通宵茶楼,这个男人是打早走出家门,来茶楼补觉的?是什么原因让他在家里不能好好睡?或者不是从家里出来?……

表哥见我不再追问他,便松弛下来。松弛之后,秃顶上反而冒出汗珠,如同卸下重物汗水才会出来。他扯两张茶几上的纸巾,四角对正,很仔细地叠起来,去头上转着圈儿抹。他仿佛能看见自己的头顶,每一粒汗都不放过。这一抹,才见那顶上并非全秃,稀稀疏疏的几根毛,开始隐于空气中,看不出形迹,现在贴在头皮上,如同铅笔在剥光的鸡蛋上画了几笔。

"爸妈并不爱我们。"表哥说。他将用过的纸巾扔进桌下的垃圾桶,神情虽依然挣扎,但语气坚定了许多。"对我和我哥,都不爱。尤其是对我哥。他死后,妈都没回去看过他一次。爸爸虽然回去,照样不去他坟前。他没埋在我们祖坟里,跟祖坟隔着个塘堰,孤零零的,在一棵梨树底下。"

没埋进祖坟?姨父也不到他坟前去?这些,我以前都不知道。至于爱,也从来没有想过。那好像是个不必想也不能想的问题。不想,它或许在那里,一想,就飞走了。父母爱我吗?我爱我妻子或者妻子爱我吗?这么问一声,才发现不仅不必想、不能想,还不敢想。在那条路上,很可能到处都是伤疤和窟窿。而且一旦去想,就意味着索取;一旦索取,就意味着不满足;一旦不满足,就意味着怨恨;一旦怨恨,就意味着失去——既失去可能拥有的爱,也失去爱的愿望和能力。

表哥接下来的话，表明他也是这样认为的。

"说父母不爱自己，总觉得别扭。"他在头上薅了两下，几根贴皮的头发，又被薅到空茫中，"给你吃，给你穿，送你读书，为你置房，叫不叫爱？就说我哥，六七岁时，就悄悄去那塘堰里耍水，被妈痛打过好多回，就是改不过来。塘堰只有两亩大，加上周围有田地，田地里不是张三在扯草就是李四在挖地，哥遇到危险，总有人救。哪想到他会去大河里？"

那是个星期天，大表哥上街去卖桦树皮，卖过了去兽防站，找他爸要了一块钱，说给弟弟买作业本——他卖桦树皮的钱只够买他自己的作业本。

钱给了他，却没留他吃饭。

相较于鹰嘴，柳弯离街上近很多。姨父白天去兽防站上班，如果没有深山更深处的村子请他去给牲口出诊，下班后他是要回去的，中午那顿饭，他就在街上吃。兽防站的职工，都是自己做饭。那是一长排临街的房子，房子背后有个院子，孙贵到来后，把院子辟出三分之二，搭了畜棚，剩下的三分之一，栽了木桩，拉着麻绳，晾晒衣物，蹲在边缘的三个土灶供职工使用。大表哥去找他父亲时，父亲正炒菜。但据在场的职工说，纪康平没留他儿子吃饭。

从兽防站出来，大表哥买了本子，却没回家，而是去了河里。

他喜欢水，但还从没亲近过河水。村里的塘堰，冬天要结冰，春夏秋三季，绿茵茵的。塘畔的洋槐，枝条被风吹折，掉进水里，日复一日地腐烂。那是一潭死水。而这条名叫清溪的河流，波翻浪打，奔腾咆哮，住在山上的村民，以是否听到河吼来判断自己是否走了一半的路程，可见河吼声传得很高、很远。它真不该叫那么个妩媚的名字。那还是四月间，河水冰凉，估计大表哥刚下去，就冻得抽筋。在水里抽筋，就像被一只手逮住，朝深处拽。川东北那地方，古时属巴，与楚同源，迷信巫鬼，因此不说抽筋，而说是遭了水鬼。

我隐隐约约地感觉到，那个水鬼，就是大表哥自己。

大表哥我从没见过，即使见过，也没有任何印象。他死的时候，我才两岁多，因此他在我心里只是一个名字。想必，那个名叫纪东的人，不会是他兄弟纪军的这个样子和这种性格。他从他母亲的骨血里遗传了很多。

可他死后，母亲却没回去看过他一眼。

如果真如表哥所说，姨父姨母的婚姻生活是溃烂的，纪东多半就是脓心，他父母都从他身上窥见了自己的耻辱。由此，从姨母生的那场病里，我就猜到了。姨父纪康平应该事先就知晓实情，于是他觉得，他娶宁倩，是对宁倩的拯救。他万万想不到这种拯救也是伤害。宁倩或许让他产生强烈的渴望；于他，宁倩却只是有好感，且是比较出来的好感。当一方以拯救者自居，另一方感觉到的落差和伤害就越锐利。当另一方感觉到伤害，拯救的一方就越发以拯救者自居，越发想到自己的付出。那付出本身也是伤害：一个男人遭遇的伤害。

彼此都很无辜。

彼此都很不平。

纪东死了，脓心挤出了，溃烂的地方该愈合才对，可非但没有愈合，还朝深处溃烂。纪东的死不是药，是毒。或许，他真不是姨父的，却是姨母十月怀胎生下来的。姨母不再回去看他，不是忘记，是养毒。姨父明白这一点吗？表哥说，他跟父亲回老家扫墓，敬了祖坟，他会独自去哥哥坟前，为他上炷香，陪他坐一会儿。父亲并不阻止他，但脸色很不好看。当他从哥哥的坟前回到父亲身边，父亲不知是有意还是无意，总是朝东边的山野吐一口痰。

那是鹰嘴的方向。

是他曾经跑得最勤的地方。

也是让姨母生病的地方。

"他们吵架从没断过，"表哥说，"连地震那天也不例外。"

他指的是十多年前那场大地震。这着实出乎我的意料。地震令山河破碎，灾难和死亡的消息不断传来，且余震不断，如此境地，居然还是放不下。

那时候，表哥表嫂刚和爹妈分开住，但地震过后的一个星期，为一家人看在眼里放心，又住到了一起。但不是住家里，是去公园搭帐篷。表哥去接外公外婆，可他们坚决不愿睡外面，后来我爸去接，也没接走；越是遇到危险，他们越觉得家里才安全。表哥搭了两顶帐篷，姨父姨母一顶，他跟嫂子一顶。"你嫂子正怀着玟玟，身子累，很快就睡过去了；而我一夜没睡，一夜听爸妈吵。他们吵得多么痛苦，是压抑的痛苦。分明只隔着两层布，我也很难听清。"

但毕竟听清了一些。把碎片连缀起来，大致是这样的：地动山摇的时候，姨父姨母正午睡，姨父翻身下床，躲进了床头的衣柜。摇晃停止，他从衣柜里出来，跟姨母下楼。楼下已聚了很多人，个个吓得成了话痨，话从自己嘴里出来，却又不像自己的声音。说的，都是各自经受的恐惧，书架怎么倒，衣镜怎么碎，猫狗怎么叫，墙壁怎么摇。本来只摇了二十多秒，却说成七八分钟甚至半个钟头。这也不是夸大，是当时的真实感觉。大家说够了，姨父才说话。

姨父说："你们怕，我不怕，我看得淡。"

"我妈最恨的，就是爸的这句话。"表哥说。

迅速朝衣柜里躲，证明姨父说不怕是吹牛，但也不至于可恨。姨母看不起姨父，姨父在她眼里就一辈子是尘埃，当这粒尘埃说自己是一座山，姨母便忍无可忍了。我以为是这样，但表哥不这么认为。放在他们床头的衣柜，堆满了棉絮，留下的空隙，只够一人挤进去。事情发生得突然，又是从睡眠中惊醒，完全想不到把棉絮拉出来，两个人都进去。而除了那个衣柜，家里再没有地方能把人藏起来。人在灾难面前，首先想到的就是隐身，虽然许多时候毫无意义。

但这些都不重要。

重要的是，姨父躲进去了，姨母就不能进去。

"在这件事上，"表哥说，"我并不想过多责备我爸。人是自私的，愿不愿意承认人的自私本性，体现了一个社会的文明程度。何况事发突然，人完全是蒙的。"他喝了口茶，"但话又说回来，如果心里装着对方，第一个念头，多半是把对方塞进衣柜。"他以此证明，战胜自私本性，正是做人的义务，同时证明，他父母心里，都不装对方。他说："我想不通的是，既然婚姻成了那个样子，为什么几十年都不离？难道是忙着吵架，抽不出时间离？"

我不知怎样应答，只说："他们那代人，离婚是件大事。"

表哥摇了摇头："离婚对每一代人都是大事。这没什么两样。'大'的内容不同罢了。我是想，对婚姻这东西，我们是不是理解得太窄了？哪种是好，哪种是坏，我们的偏见是不是太深了？再就是，如果爸妈的婚姻像我看到和感觉到的那样痛苦，却还是过了一辈子，他们算不算婚姻的英雄？"

或许算，但并非每一种英雄行为都有意义。连战场上的英雄也书写不了战争的本质。战争的本质刻在死尸的身上，写在难民的脸上。姨父姨母争吵的本质，是从岁月里长出来的皱纹、多出来的眼镜、矮下去的骨头和变白了的头发。

表哥郑重地叹了口气。

"我爸妈这辈子，"他说，"过得可怜。一个人容不下别人，甚至连丈夫或妻子也容不下，最大的问题不在别人那里，而是因为没法和自己相处。他们两个都是这毛病。我妈的毛病出得更早些。下乡去当知青，她虽然不情愿，但既然大家都去，自己去也没什么。但生的那场病，却不是大家的事，是她个人的事。从那时候起，她就不能和自己相处了。"

我听着，感觉他在说姨母，也在说我。如我这种人，成天离不了热闹，并且以为有众多的朋友和不断变换的空间，是生活品质的象征，但在表哥眼里，只是因为不能和自己相处？甚至是一种可怜？我还以为他过得衰败呢！

"我妈的另一种毒在于，"他继续说，"她可能觉得不应该给我爸讲她的病。她当时太孤单，对爸又有好感，爸去关心她，她忍不住就讲了。只讲了病，始终不愿说出让她生病的人。这不是保护那个人，是保护她自己，却不知道是把毒留给了自己，时间过得越久，毒害越深。我爸的错误在于，他首先不是把我妈当成人，而是当成城里人。这个城里人给了他虚荣，他又不愿承认，只想到是自己解了这个城里人的危难。而在我妈看来，他娶她，正是乘人之危。"

这让我禁不住产生联想：要是姨母当时不答应嫁，姨父是不是有过什么威胁？比如，扬言要把姨母的"病"说出去？即使是被强暴，女人一方，是法律上的受害者，却是道德上的污染源。自古皆然，千年不变。

我又把手机打开了，是想看看时间。微信的通报声像放鞭炮。新月乡那群人，每人都催了我不下五次，仿佛觉得，不跟他们一起玩儿，我的日子就白过了。张静果然赢了又输。我们现在打麻将，都是微信转账，她把转出去的截屏发给我，连发了六个。除新月乡那群人，还有别的人——是我需要以谎言瞒过去的人。我不仅把有众多朋友当成生活品质，也把随口编造谎言当成丰富多彩。我无法想象没有谎言的日子该有多么荒凉。现在想来，那或许也是表哥说的不能与自己相处吧。不能与自己相处，就是失去自己，就是空虚。

这让我悚然。惊诧之余，又自我宽解：哪有那么严重。

正说着话的表哥，见我开了手机，看着微信，不好再说了。

于是我把手机放下，脸上带笑，说："没事，我们再聊会儿。"而我的语气和肢体动作，分明表达着别样的意思。

表哥的神情有些尴尬。我这才想到，他不是有事情要"求"我吗？

"我确实有事情求你，"表哥说，"我爸病了。"

"病了？"

"上个月，他说左边肋骨痛。之前他收拾过花盆，其中两盆，种的是观赏橘和茉莉花，盆大，重得很，放在天台上的。天台是公共区域，那天他正要换土，就有人上去晾被子，他怕风把土吹起来脏了人家的被子，就抱回家换。你晓得那房子，七层楼，又没电梯，上天台等于又多上了一楼，他从八楼抱到五楼，换好土又抱上去，所以他说肋骨痛。还以为是搬花盆伤了，就贴了两张膏药，但是根本不管用。前几天我带他去检查，结果不是伤了，是癌症引起的。"

"癌症？……医生咋说？"

"说活不过半年。"

我又把手机关掉了。开关机的动作，是我最娴熟的动作之一，何时开，何时关，完全看情形，看需要。表哥一定是差钱用，我想。银行的收入不错，但作为普通职员，也就是不错而已。表嫂是做财会的，没固定单位，四处找东家，后来，姨母年纪大了，主要是姨母也跟外婆一样，腿上有风湿，表嫂就丢下账本，接过了婆妈的摊子：炒干货。她对顾客实诚，给人家称核桃、板栗，必定先拣出空的、烂的，因此比姨母经营得好。但瓜子核桃究竟当不得正餐，可有可无，想挣很多钱也难，当家里出了个重症病人，立即就会捉襟见肘。

"你需要多少？"我问表哥。

他愣了一下，待反应过来，连忙摆手："我求你不是借钱。"

我又愣住了。不是借钱，那求什么？

"是这样，"表哥说，"这些天，我一直在想，爸妈的婚姻为啥那么凄风苦雨？最根本的，是他们没有共同目标。人家说，夫妻有了孩子，孩子会成为目标，但我爸妈不是这样。我哥不必说，连我也没能让他们一心一意过。我这人没出息，只考了个专科，混到四十大几，还是个普通员工，但我爸妈从没把这当回事。一般父母的望子成龙、恨铁不成钢，在他们那里都不存在。人家又说隔代亲,可他们对玫玫也并不上心。自始至终,他们都走在岔道上。"

我不明白他的意思。

"所以我想求你一件事,"他继续说,"还是外婆那套房子。我想你去跟姨父姨母商量一下,叫他们提出要求:那房子是外公外婆的遗产,应该由两个女儿共同继承。"

"莫名其妙……早就说好的!"

"你听我说完。"表哥又把上身倾过来,"恰恰因为是说好的,才会出效果。我的意思是试一试。姨父姨母那样一提,我爸妈会觉得是在跟他们争,保护那笔财产,就成了他们共同的目标。有了共同目标,就可能齐心协力。"说到这里,表哥的眼里又盈满泪光。

"我爸妈过得实在太可怜了,"他带着哭腔说,"做了一辈子夫妻,结果是一辈子的内耗。我想我爸在离世之前,跟我妈有个夫妻的样子,哪怕只有一个月,甚至几天。当时说把房子给我们,只是口头上,又没立字据,姨父姨母去闹,理由充分。你只是要给姨父姨母讲,让他们装像些,让我爸妈感觉到真的是在和他们争。"

四天后的上午,我去看外婆。

不是去表哥家里,是去医院。

由此才知道,上周六表哥找我时,外婆已在医院住了十多天。这十多天里,表嫂关了她的店,在医院全职照顾。所谓活不了几天的话,并不是外婆说的,是医生的判断。但表哥还带着侥幸。以前外婆多次住院,住一阵就好了,又被他悄无声息地接回去了。"我是想等一等,实在不行再告诉你们,"他对我和我父母说,"哪晓得这次真的不行,昨天晚上就下了两次病危通知。"

外婆没能熬到我们去的那天中午。

安葬外婆的费用，全由表哥负责。对此，似乎没有人觉得不妥，连姨父姨母也没说啥。既然那套房子给了你，你当然就要管外婆的生死。但我和张静悄悄给了表哥表嫂五万现金，他们不收，张静就扔在他家的沙发上了。

在这座城市，我们没有别的亲戚。外公在世那阵，还有他那方面的两房远亲住在城北，彼此走动，后来，这两房人都随儿女搬走了。我爸的老家在宁波，姨父的故乡虽在本省，但离得远，坐火车要四个多钟头，他们都没有什么叔伯兄弟姑舅老表来这边落户。我是父母的独子，大表哥纪东死后，纪军也成了姨父姨母的独子，我们的儿女又都还在念书，张静和表嫂的娘家，也都不在这座城市。如此，偌大一座城，有血缘关系的，也只有母亲和姨母两家人了。

外婆死后，能给她老人家磕头的，也是这两家人。

磕头的是这两家，到她遗像前站两分钟的，还是这两家。

外公外婆以前的单位，早就不存在，以前的同事，要么死了，要么跟随后辈星散各地。我有那么多朋友，平时玩得山呼海啸，可奇怪的是，这时候一个也不想通知，他们约喝酒约喝茶，我都借故推了。表哥也没通知他的同事。并没有商量，兄弟俩是不约而同。我这才发现，在我们完全不同的表象背后，躲着一个相似的"我"。区别在于，表哥和他的"我"融合，我和我的"我"分离。

祭拜的人少，表哥把外婆的遗体送往殡仪馆后，就请人到他家里搭了灵堂。搭灵堂就花了将近两万。那其实简陋得很，无非是在客厅影墙上挂一圈纸花，绕几枝松柏，中间放着遗像；纸花下面的桌上，插三炷电子香，放个小小的录放机，循环播放着《大悲咒》；地上卧着个布垫子，方便人跪。

搭灵堂的师傅跟医院是联手的。他们每年给医院交钱，科室不同，病房不同，交的钱不一样。若是ICU，每年要交七十万。谁不行了，医生、护士包括护工，会跟他们联系，他们就来做这笔生意，同时给联系的人一笔小费。

跟医院联手，也跟殡仪馆联手。

去哪家殡仪馆，由他们推荐，他们再从殡仪馆分成。死者家属去做告别仪式，乐队吹吹打打，把遗体送进焚尸炉，吹一首曲子三百元。其间放电子鞭炮，放一次也是三百元。之后捡出骨头，到外面一个没有门的小屋里，由几个穿制服的人再行主持告别仪式，收价五百元。这次告别仪式大约两分钟，之后那几个人用轿子抬着骨灰盒，迈着军人的步伐，去廊道走上三四十米，让死者享受显贵尊荣，收价九百元。落轿后，再把骨灰盒交给死者家属，送到殡仪馆一个地方寄存。死者家属离开时，有气枪打出白色碎纸花送行，打一枪还是三百元。

在我心里，那些套路全没必要，但表哥不这样想。表哥觉得，这一切都很庄重，落下一样不做，就对不起亡魂，做得越多，对亡魂越好。于是吹了五首曲子，放了九响电子炮，打了七枪碎纸花。这已是一笔开销。还别说火化和买骨灰盒，更别说过些天要买的墓地。因此给表哥五万，其实是很少的。

表哥找我的那个周六，他已经知道外婆不行了，否则还不会来找我，免得外婆清醒时就闹起来，让外婆伤心。

现在外婆走了，他就看我的了。

姨父本人并不知道他的病，更不知道自己已被定下死期。

死期是人最大的秘密，姨父已丧失了这个秘密。

送别外婆的那天中午，我们一起吃了顿饭，饭桌上他说："我老家那边历来有个说法，一个亲人死了，不久会有另一个亲人跟过去。你说是迷信，可没有哪回不应验……"表哥笑着打断他："本来就是迷信嘛，我哥死后，也没见谁跟过去。"他顾惜他爸，本能地不想说不吉利的话。

可姨父当场就变了脸色，像朝快烧开的锅里加了瓢凉水，有些丧气，也有一丝不易察觉的悲哀。表哥见状，才知道失口。在他爸心里，他哥算不算亲人？

我正好坐在姨父身边，忙给他夹菜。姨父谦和地朝我嗯嗯两声，又把脸转向表哥："你们外公老了不到两个月，你大姑不就走了吗？"

他讲这些，是想提醒大家注意身体。

他完全不知道自己的身体。

那一刻，我心里升起从未体验过的温情。坐在我右手边的这个人，肋骨痛，偶尔腋下也痛，是被蚂蚁叮了的那种痛；隔三两个钟头，叮一下，让他知道某个部位的存在；最多半分钟就过了，啥事也没有了。

但这个人却"活不过半年"。

上午的情景又历历在目。那是外婆被火化后推出来的情景：已没有了人的形状，只有骨头组成的人的线条，一幅人的意象画。曾听人讲，骨头是人最后的证词，记录了我们一生的苦难，可事实上，连苦难也成了意象。捡骨师傅从脚底开始，一截一截，把骨头掰碎，装进盒子。到这时，意象也消失了，只剩下荒诞的变形。从实体到意象，从意象到荒诞，就是人要走的路？

既然是都要走的路，倒也不足为奇，更不可怕。

可怕的是知道那段路的长短。

姨父已开始用药。口服药，被小心地换了药瓶上的标签。这是从殡仪馆回城的路上表哥悄悄告诉我的。他没说更多的话，但我明白他的意思。

他是在催我。

而我不知道怎样去跟父母说。

明说吗？那很可能走漏风声。即使刻意避开，照样可能，况且刻意本身就会成为漏洞。比如，跟姨父说话的声音变小了，话也变多了，多得甚至婆婆妈妈的了，不自觉地问他的饮食，问他的睡眠，等等，都会引起他的警觉。生了病的人，鸟儿叫两声也会让他产生联想，觉得世界之所以存在，就是为了让他知道他的病。他想知道，又怕知道。想知道是带着幻想，怕知道是怕幻想破灭。

其实在想和怕之间，幻想已经破灭。

目前看来，连姨母也不知道姨父的病情。

要是我不跟父母说明，就会出现两种可能性：

一是父母不愿去争那套房子。这种可能性很大，毕竟我父母不差钱用，而且是早就说好的事情。这样，表哥的目的就达不到了，姨父在他生命的最后时光，也不能和姨母过得平顺，按表哥的说法，是没有个"夫妻的样子"。这不仅关涉姨父，还关涉姨母。给外婆办丧事期间，我总控制不住观察姨母。以前她在我眼里，比我妈高一些，年轻时应该也更漂亮一些。但现在不同，现在她成了巴山深处那个女知青宁倩，她在某个夜晚生不如死，在大儿子死后不再回去看一眼，在几十年的婚姻生活中，和丈夫天天吵架……

二是父母果然来劲。这更糟。真是那样的话，父母成什么人了？我去撺掇他们，我又成什么人了？再者，表哥说他父母会因此齐心协力，可万一不是呢？外公跟表哥的大姑，也就是姨父的姐姐，从来就没见过，他们的死亡无非是两个陌生人的相继死亡。世上每秒钟就要死两个人，相距几十天死，可用漫长来形容，姨父却把他们联系起来，可见在他心里，亲戚的概念是很重的，尽管平时不显。要是我父母去闹，会不会让他肝气郁结，从而加速癌细胞的扩散？

我是又过了几天才去跟父母说的，没让张静知道，独自去找了父母。

去的时候他们正吃饭，爸身上的围腰都没解下来。爸过两年就退休，已从实职岗位转为巡视员。他喜欢做饭，倒不是闲下来后的自我填充，是一直就如此，其理论是，做饭能激发创造力，更重要的是能沾烟火气，能知柴米贵；他进而提出，做领导干部的，只要时间允许，都该亲自下厨，且要从买菜开始，说菜市场能给人很多教育，包括触摸到生活的根，以及对庸常日子的热爱。"领导不知庸常日子，"我爸常说，"眼睛就是冷的、空的、高高在上的。"

虽然已经吃过，我还是顺从地接过了母亲拿来的碗筷。"好久没尝过你爸做的菜了，"母亲说，"看看巡视员做的和副厅长做的有啥区别。"

父亲听了母亲说的，看着我笑。笑里的羞愧，让我暗暗吃惊。那是一个男人的羞愧——他的事业到头了。一个有事业心的男人，却把事业做到了头，会是怎样的感受？我无法揣度。我还年轻，而且完全谈不上事业心，凡事得过且过。工作和生活，都是。别的不说，单是住处，若稍有点儿讲究，早就换了房子，不跟那对总是吵架的夫妻做邻居。我曾以为，从马桶里听见他们吵，只要摁下蓄水箱按钮，就能把什么都冲走，其实没那么简单，那照不到阳光的声音不仅冲不走，还老像块湿帕子搭在身上，揭不下来。即便如此，我也没换房子。是懒得换。

可我还是被父亲的羞愧击中了。

他老了，上天已不允许他从头再来。他脸上见不出皱纹，甚至显得红头花色，但两鬓斑白，耳垂干瘦。他的一部分身体，否定了自己的另一部分身体。

对姨父产生过的温柔情感再次升起——对父亲。我发现，父亲也是一个病人。他长时间做领导，早就习惯了把待在领导的位子上当成事业，从那位子上下来，就是穷途末路。表哥谈论外婆的时候，说老本身就是病，穷途末路与老相比，或许是更加沉重的病。老是规律，穷途末路是人生。

母亲完全不必那样说的。换一种说法不行吗？非要点出副厅长和巡视员吗？母亲已经退休，这真好，她的那张嘴，少在外面行走，就少得罪些人。我简直不明白她以前是怎样把科长处长当下来的。或许，当了科长处长，就有人可以让你随便得罪了。

进门之前，我想的都是跟父母明说，现在改了主意。要是母亲知道了姨父的病，泄漏出去几乎是必然的，且不是以关心的方式，而是像知道姨母的眼睛有点斜一样，像知道父亲的事业走到头一样，动不动就戳一下。

真是那样的话，就把表哥辜负死了。

父亲说做饭能激发创造力，可几十年来，他最爱做的宫保鸡丁、鱼香茄子，永远都是那个味儿。我吃了两筷子，问他："最近菜价咋样？"

他的羞愧已被他自己掩埋，听我问，怪异地盯住我："你也为这个操起心来了？"然后就开始教育我。

倒没从领导的角度，因为我不是领导。我管理着一个企业，但在父亲心目中，只有党政部门的领导才叫领导，何况我那个企业还是私营的。他是从过日子的角度教育我，说没见过像我和张静那样的夫妻，长天白日，不是在外面吃，就是叫外卖，总之离不了一个"外"字。"外是啥？左边'夕阳'的'夕'，右边'占卜'的'卜'，就是在夜间占卜；占卜通常是在白天，夜间占卜，证明边疆（外）有事。边疆有事还能是好事？外来的东西，能让人放心？"

他又捡起数十年前的所学来了。他本科读的中文系，硕士专攻先秦文学。如果他一直待在大学，会有刚才的那番羞愧吗？

我不知道。

教育了我，他才回答我："降了，肉降得最厉害，猪肉降了五块多。"

我便以淡然的口气说："啥都降，就是房价涨。"

父亲没在意，母亲却明显有了反应，筷子在碗沿上磕出铮的一声。

我装着没注意到母亲的动作，问父亲："听说未来十年政府要着力打造城西北？"父亲瞄我一眼，从眼神看出他并不知道，已是退居二线的人了。因为不知道，那种羞愧再次出现，且带着一丝哀伤。

"开发……想一出是一出，"他以清醒者的口气陈述着自己的不满，"上上届的伍书记要向东边发展，修了数不尽的'中心'，搞出一大片空城；上届的魏书记，说让资金流向外围，怠慢主城区，本末倒置，于是在主城区建高架桥；这届的王书记又想出新点子来了，要打造城西北了。"他嘲讽地笑了一声。

"听说要在城西北建音乐公园、湿地公园，那边的房价就像长了翅膀。"

我的话音刚落，母亲又把碗沿一磕。磕得更响，但话说得比碗磕得还响："莫说长翅膀，就是放火箭也与你不相干！"

我说："那倒也是，我是想外婆那套房子，现在能卖上百万了，再过两年……"

母亲暴起一声："还提那东西做啥子？"

父亲还沉浸在自己的世界里，猝不及防，吓得一抖，惊惶地看着母亲。

母亲则看着我和父亲："当初，你们几爷子装大方，一口就送出去了！"

父亲低了头，耳根发红，剥煮花生。

由此我感觉到，那年春节在表哥家说了房子的事回来，父母一定是吵过架的，还不止吵一回两回。当然，所谓吵架，就是母亲朝父亲发火，父亲最多低声辩解两句。父亲惧内，我从小就听大人们这样说。都说惧内的男人有福，想必父亲也是有福的。

"一套老得起黄斑的房子，"这时候他说，"哪值那么多。"

母亲将碗重重地朝桌上一蹾："说你傻呢，好坏也混了个副厅级。你以为房子老了也要退居二线？也要去做巡视员？房子不是看年龄，是看城市、看地段！城西北要搞开发，开发就是烧钱，火苗子燎不着，总要蹭点热！如果拆迁，更不得了！"母亲说着，越来越气，把十年前的那一天，张静怎样说话，父亲怎样说话，我怎样说话，每个人说的，都背得出来，顺序也不乱。

说到最后，竟数落起外婆来了。

"外婆偏心。"这是母亲说的。也不是现在才说，以前就多次说。为什么偏，母亲是清楚的：大姨去乡下受了苦。大姨家信上的斑斑泪痕，在外婆眼里是一个个窟窿，不缝补起来，就不能心安。但外公外婆都干着技术活，也只会干技术活,且刚跨越大半个中国,解决了分居,用钱上窘迫,既不能让女儿吃穿富足,更没办法把她捞回身边。实在无计,只好把心偏过去。

大姨去当知青时,母亲正被城市的风掀起头发,如同嫩叶被春风撩开,露出青杏。羞怯、担忧、焦躁、怕,成为她这段生命的主旋律,她迫切地需要关注,又视关注为侵犯,当她发现"侵犯"比自己渴望的少,就砰的一声把门关上,以自怨自怜的炉火,锻造她的刻薄。她完全不管外婆以偏心求安心,本身就不可能安心,眼里只有自己空出来的那部分,并用那部分去责备外婆。

在她看来,外婆早就想把房子给纪军和春燕了,那年春节提出来,无非是装装样子。

父亲还在剥煮花生。

那颗花生他至少剥了八分钟,将壳捻破,沿中轴线掰开,又合上。经水煮过,壳上带着湿气的印痕;两粒果实,穿着紫衣,安安静静地睡在里面。这给我很不好的感觉,像那壳是棺木,父亲启开了人家的棺木。母亲也注意到了父亲手上的一开一合,越发恼怒,但更多的是疲惫。母亲空生了一张刻薄的嘴,父亲就是一团棉花,刀子扎下去,棉花即使痛,也不会叫出来让你知道。

如果说父亲是有福的,母亲也是吗?

父母的婚姻顺利得出奇。那时候,母亲宁秋,毕业刚过半年,逐渐适应了政府部门的台阶、楼层、表格、会议和免费午餐。某个周末,有个同学邀约去野马河古镇游玩。她带了个女同事去,同学带了三个人,其中有个叫刘墨轩的。同学介绍说,本是某大学老师,现在某区委秘书处。刘墨轩的儒雅,让宁秋当场就喜欢上了。而刘墨轩把宁秋的刀子嘴当成了泼辣,也喜欢上了。两人不求同声,只求互补,证明都想有一条越来越宽的路。一年后,他们结了婚。

两人应该过得很幸福。

确实也是，没有人认为他们不幸福。

然而，父亲的动作，母亲的眼神，仿佛又都是对"幸福"这两个字的涂抹。

我再次想起那位朋友的姐姐。她没能嫁给初恋，看不起后来的丈夫，越看不起，越觉得初恋好，越觉得那个人本来是她的，却被另一个女人抢走了，她的生活因此破碎。到三十岁后，她觉得自己的儿子都上小学了，她有权利追求完整了。只要有机会，她就不放过，就找情人。但情人并没能把她缝补起来，让她获得想要的完整，她只好求救于对找情人这件事的诉说。她没有女性朋友，跟男性朋友说更不可能，就说给自己的弟弟听。弟弟才是对她最知冷知热的人。

"姐姐每说出一段故事，"我的这位朋友说，"都是对我的一次伤害。但我连愤怒的勇气也没有，我只是觉得她可怜。初恋之前，有个男同学疯狂地追她，她无情地拒绝了。当然，拒绝本身就是无情的，也不必再加上'无情'二字。可这时候，她竟然主动跟那个同学联系上。那人在深圳，给她订了机票，她就去了，三天后回来，被我姐夫怀疑，暴打了一顿……"

她婚姻生活的不幸，从她找情人就已经开始，但在表面上，是开始于从深圳回来后。丈夫通夜通夜地不让她睡觉，逼她说出某一天的行踪，具体到某个时辰，某几分钟。她打熬不过，便如实交代。怀疑被证实，丈夫陷入深渊。而深渊还有更深处，又逼她描述跟男人上床的细节。当折磨得她蓬头垢面、满身青紫，就故意把孩子叫到身边，让孩子看自己偷人的母亲是什么样子，用孩子的哭声去啃她的心和骨。她提出离婚，但丈夫一口否决："离啥婚呢？这样子很好！"

这些事，她的弟弟，也就是我那位朋友，全知道。可他连愤怒的勇气也没有。

直到有一天，他终于忍无可忍。

那天他姐姐对他说，她找到了真爱，那个真爱她的人，是在火车上认识的，他家与她生活的县城之间，隔着两个县城，路程不近，但他常去看她。她对他说，等儿子上了初中，住了校，她就坚决离婚，男方不离，她上法庭也要离。可是真爱她的人不赞同，说那对孩子不好，虽然住校，可学校究竟不是家，孩子的家只能是父母给的。她流了泪，说想和他长相守，像这样偷偷摸摸，过着欺骗的生活，她已经厌倦了，而且，如果被丈夫发现，她多半要被打死。丈夫把她捏在手里，并不是为孩子着想，而是想世上有个人可以任由他折磨，等到某一天折磨腻了，她就死路一条了。真爱她的人说："你死了，我裸体陪葬。"

"你不知道我有多恶心！"我的这位朋友说，"说出那种话的男人，该有多么恶心。骗子、恶棍！但我的姐姐，那个傻婆娘……"他就是这样骂的，"还很陶醉。我狠狠扇了她两耳光，然后穿越两个县城，去找到了那个恶棍。"

他把那人打成了残疾。

为此他赔尽家财，还被判刑两年零七个月。

当初，深圳的那个男人让他姐姐去，睡了两夜，再不理她，以此完成对当年被拒的复仇。这令他可怜姐姐，令他伤心，令他藐视那个猥琐的男人，却没想过要去对那人动武。反而是这个要"裸体陪葬"的，让他忍无可忍。

他姐姐现在怎样，我没问，他也没讲。但我想说的是，她是毁于自己的幻想。她以为跟初恋结婚，她的人生就永远有温暖的阳光，有丝绸般平滑的河面，有恰到好处的风。她不知道同样可能有麻木、惊恐和疲惫。

母亲发了火，但并没说要去争那套房子。

我又宽心又焦躁。宽心只是背景，焦躁才是实质。如果不去，我前面的那番"挑拨"就太无聊啦。我想这大概是因为当初说的是给表哥表嫂，做长辈的，到底不好去伸手。于是我又说："那天碰到表哥，他说大姨他们要去水井湾住。"

水井湾是个小区的名字，外婆城西北荷叶街上的房子，就在那个小区里。

父亲不再重复"启棺合棺"的动作了。他把那两粒花生米取出来，头并头地窝在掌心，看样子要往嘴里拍，却始终不拍。"住水井湾？"他说，"住那边过日子倒是方便，出门就是菜市场。可是街道太窄，小摊小贩又到处摆，弄得满地是水，寒天暑日没干过。当真开发起来，更要吵死人。还是住现在的西苑好。"

"他们可能是想把西苑的房子用来出租吧……"我说，"听表哥说，他把水井湾的房子让给了他爹妈。"

母亲的头转来转去，最终把目光落在我脸上："已经住过去了？"

那本来就是我胡编的，只为引起话题。我说："不晓得。"

"那两口子心眼多！"母亲歪着嘴，话也歪歪斜斜地出来。父亲不明白她这话的意思。我似乎明白，又不敢肯定。正要求证，母亲问我："你刚才说，纪军把房子转给了你大姨？"我说："是的。""他们是想把房子占住，免得生事！"母亲下着结论，脸昂着，仿佛坐在她对面的不是我和父亲，而是姨父姨母。

看来母亲的意思，正是我想的那种意思，也是我需要的那种意思。

父亲终于把两粒花生拍进嘴里，花生被煮过，本以为早就死去了，但在父亲的牙齿底下，依然发出被切割的痛苦呻唤。他说："难道人不住那里，拆迁起来就不给他钱？还会生啥事？"他完全误解了母亲的意思。

我怀疑他们很难把某件事、某句话，理解成同一个意思。

母亲眼神里的疲惫，又深了一层。

就至此为止了吧，我对自己说。我真不想再说什么了。我非常后悔答应表哥来干这件事。干这件事让我厌恶。然而，在我起身向父母告辞之前，我还是扔出了几句话："真要生事的话，当然会有事。那年说把房子给表哥表嫂，只是说，又没立字据，更没有外婆签字……大姨他们防的是这一手。"说完我就走了。

我发誓再不掺和这件事情。

朋友送来一条狗，本以为是帮他养段时间，谁知他养了四条，实在养不过来，这条萨摩耶真是送我们的。我和张静哪是能养宠物的人？听说是送我们，我心里当即冒出一个念头，这念头说出来真是没有敬意：当初连养外婆也没耐心呢。

然而也正是这个念头，让我看穿了敬意的脆弱。

养外婆没耐心，养这条狗真有。

它跟姨父当年养过的那头牛一样，也有个人的名字，那头牛叫孙贵，这条狗叫邹薇。它老主人姓邹，萨摩耶又生就一张微笑的脸，便叫了邹微。因是母狗，为彰显性别，"微"改作"薇"，像雌性天然地就该属于花花草草一样，哪怕是一只母老虎。朋友对我说："算是过继给你了，就让它跟你姓，叫它刘薇吧。"我想这实在没有必要。听人讲，若非皇帝赐姓，改姓都会有内心的撕扯，仿佛是背叛祖宗抑或是被祖宗抛弃，令人产生悬空感、虚无感。我无法断定狗就没有历史意识，没有追根溯源的渴望，万一也有，它定会痛苦。养它，又让它痛苦，对双方都是损害。因此不改，还是让它姓邹。

邹薇比我们更早清楚它是有了新家而非暂住，进屋就伸着舌头，四处巡视，犄角旮旯都不放过；对新主人，它巴心巴肝地蹭腿，求抚摸，把凳子顶到我和张静的屁股底下。正因此，它把我们视作客栈的家，变成了真正的家：我们再不能三天两头地把家空着，至少得有一个人按时回去。

如此，家里便形成这样三种格局：刘青林+邹薇；张静+邹薇；刘青林+张静+邹薇。三种格局中，唯一不变的是邹薇，它比我和张静更有资格拥有那个家，也成为我和张静之间的纽带。比如我没回家，张静就会向我报告邹薇的情况；张静没回家，我也会向张静报告；同时，我和张静还会向儿子报告。

不过，儿子远在英国读中学，去了两年了，该熟悉的都熟悉了，有了朋友，有了让他自足的世界，加上跟邹薇没有实际的接触，还没建立起感情，视频通话时，邹薇朝他笑，用狗的语言叫他哥哥，他也只是含混回应，像很不好意思，又像带着些许嘲讽。

我猜想，儿子嘲讽的，多半不是邹薇，而是邹薇对我和他妈妈的改变。邹薇确实改变了我们。从不早起的人，天色微明，听到抓门，立即起床，送它去楼下的草坪；尿撒了，屎拉了，它还想在户外呼吸新鲜空气，还想跟它的狗友打个照面，就又随它在绿化带转悠，甚至出了小区，沿磨底河绿道，走很远的路。

每当这时候，我就想到父母，也想到姨父姨母。

如果父母也养一条狗呢？

"那不行，"张静说，"你以为它是狗，就嚼得烂妈的那些刀子话？"

逢年过节，该去看望我父母的时候，张静从没借故不去，只是，每次去之前，她都暗暗运气，让自己的内心变得强大些，并且保证两个耳朵绝对通畅，母亲的言语，能畅通无阻地从她左耳进、右耳出。此外她还要卸下全部首饰，把自己变得很本真，本真到平庸，平庸到在任何方面都不会引起我母亲的注意。

平时，她也不在我和朋友们面前谈论我父母。朋友们倒是经常谈论有关父母的话题，包括各自的公公婆婆、岳父岳母，无不是气得牙痒：从不把话说明，让儿女去猜，猜错了就生气；菜买得把冰箱挤爆，却舍不得吃，坏了又舍不得丢；他们这一辈，年轻时忙着干革命，退休后忙着跳广场舞，自己基本没照顾过老人，现在儿女去照顾他们，却苛刻得很，容不得半点儿差池……张静听着，神情淡然、内敛，绝不接话。

可是她心里有话。为邹薇着想，她把心里的话说出来了。

她说得对。一方面是怕邹薇受伤害；另一方面，母亲有鼻炎，不适合养狗。

如果姨父姨母也养一条狗呢？

"那不行！"这是我说的。

但我没解释，我只是想：两个儿子都没能成为他们的共同目标，一条狗能行？对姨父姨母而言，养狗养猫养金鱼，无论从调节身心的角度，还是从缓和关系的角度讲，都不会产生什么意义。其次是姨父的身体也不允许。他那病可比鼻炎严重。一个得了重病的人，病会成为最高权威，它不招呼，你也得每天主动去它那里报到，付出全部精力去服侍它，哪有心思养狗。

说到姨父，他现在怎样了？那回去看了父母，说了那些话，已过去一个半月。我用邹薇去模糊了这一个半月，事实上是不愿去想，也不愿去听。我也像是一个得了病的人，想知道，又怕知道。在想和怕之间，总是怕占上风。

其间，我有几次都准备去看父母，也准备去看姨父姨母，衣服穿好了，鞋子穿好了，最终都作罢。电话是打的，口气里先就做出忙得不可开交的样子，三两句问候过后，就挂了。最奇怪的是，表哥竟然也不跟我联系。虽然奇怪，但这样好，我们本来就联系得少，不特意联系，证明一切正常。

然而，哪一种状况才叫正常呢？

一号过了是二号，一月过了是二月，这是一种正常。

雨落旷野，大漠孤烟，也是一种正常。

山川震彻，星河摇动，同样是一种正常。

这么想来，世间原本没有不正常的事物。我们说不正常，只是因为不符合自己的习惯和愿望。对我而言，哪怕世界并不美好，只要节奏不乱地运转下去，本身就是美好。从某种意义上说，邹薇的到来，破坏了我的一些东西，但还在可控的范围内，而且是我喜欢的，即是说，那种破坏是符合我愿望的。真正让我不适、像个结石一样搁在心里的，是表哥的托付以及我在父母面前的那番表演。

好在都没有声音了，一切都过去了，又变得正常了。

这年十月，送狗的朋友邀约去泰国游玩，我不大想去，张静特别想去。她走过很多地方，东南亚偏偏没去过。另几个朋友都是夫妻同往，张静去我不去，显得怪怪的，落单的感觉也会让她不舒服，于是我也决定去。

签证很快就办了，问题只在于怎么安排邹薇。邹薇的老主人说，送到宠物店寄养——他现在说话，已不把自己当成邹薇的主人了，据说这是有德行的标志：你已经把它送出去了，它就不是你的了，你不能再以主人自居。

因为要出远门，而且一去就将近半月，出发的前几天，我再懒散，也得去公司忙碌，把该处理的事处理掉。安排邹薇，就由张静负责。

在我办的那个企业，我并没打算给张静留个位置，当然更主要的是她自己也不想去要个位置。我们都有个古怪的想法，觉得夫妻同调，会给人黏黏糊糊的印象，甚至是不洁的印象。在公园里，看到某些夫妻锻炼，丈夫在甩手，妻子也在甩手，妻子在下蹲，丈夫也在下蹲，我会深感悲哀，觉得他们的生活陷入了泥潭。这实在太古怪了，简直毫无道理，可张静居然也是这样想。目标和步调，在我们心里是两个概念，甚至是分裂的概念。因这缘故，张静不跟我做事，去跟了另外几人合伙，漫不经心地开着一个酒吧，轮流值守，时间上很自由。

找宠物店寄养并不难，但张静去看了好几家，都不满意。说舍不得把邹薇丢进那样的场合，说那不是店，是牢房。其实人家也挺负责的，每天有人带狗出去遛，只是像邹薇这种性格活泼体形硕大的狗，平时要被关进笼子。

"关进笼子还不是坐牢吗？"张静质问我。

我无话可说。是因为近段时间以来，我感觉自己也被关进了笼子。所谓正常的话，无非是自我麻痹。既是麻痹，总有清醒的时候。我老有一种负罪感。无形的环墙，阻挡了我的路。我连去看父母和姨父姨母都迈不开脚步。

按理，分明知道姨父得病，应该时不时去走动一下才对，但我有意忘记。

我真不该听表哥的。我觉得他是给我设了个圈套，有些恨他。但另一方面，我是不是正需要那个圈套？是的，当初说把房子给表哥，我态度积极；安葬外婆，我可以不给表哥钱，但还是给了……可这些举动，是否能说明全部问题？尽管我不缺钱用，但四十万和上百万（甚至二百万、三百万），在我心里就不会造成落差？

这才是最让我对自己感到不满的。

张静完全不理解我的心思，甚至也没察觉到我的变化。由邹薇重新缔造的这个家，或许只属于邹薇。

但现在不得不让它暂时离开。不愿放进宠物店，张静就去找朋友。

也是这时候，她才发现，我们的朋友多为玩伴，并不适合帮衬。她打了十七个电话，才终于有人答应收留。

这天上午，她带着邹薇、邹薇十余天的口粮、维生素、卵磷脂、钙片，开车去了朋友的家。两个钟头后，她到了我的公司。并没上楼，只打电话叫我下去。车停在一棵梧桐树下，秋天的阳光洒在银灰色的车顶，斑斑点点的。见了我，她摇下车窗。阳光的斑点像是微微晃动了两下。

"咋回事？"还隔着自行车道，她就惊乍乍地问我。

与此同时，坐在副驾驶座上的邹薇纵身一跃，跃过张静，跳出窗口，向我扑来。

"啥咋回事？没送出去？"

"你上车来。"她说。

副驾驶座坐不下我和邹薇，我们便上了后排。

"爸妈咋跟大姨他们闹翻了？"

她这才告诉我，她把邹薇送到那朋友家，结果那朋友对养狗一无所知，见邹薇体形这么庞大，心里怕，又听说每天早一趟、晚一趟，要带它出去拉屎拉尿放风，当即就为难起来。张静对她的为难很生气，说："又不是不给你钱！"这句话把对方彻底冲撞了，说："你张静有钱，我又不找你借，更没说要给你的狗当保姆。"张静带着邹薇，转身就走了。然后她开着车，气呼呼地在街上乱转。

说起来也是机缘，竟转到了同善桥街。

表嫂的炒货店就在那条街上。

但张静并不知道，她从没去过表嫂的店。这时候，她见一个女人挂着一领大花布围裙，双手插进围裙的兜里，斜斜地站在一方门下，无所用心地望着街景，还非常吃惊。让她吃惊的是那个人怎么跟表嫂长得那么像：圆脸，大眼睛，鼻子老给人静默沉思的印象。待看见顶上的店名，才知道那就是表嫂。店名叫"宁瓜子"，是姨母当年取的名字。那领大花布围裙，那闲时望着街景的模样，也是从姨母那里继承来的吗？

张静灵机一动，想到邹薇终于有着落了。她深怪自己这么几天，都没想到表哥表嫂头上去。

都说表嫂的生意比姨母当年经营得好，但从情形上看，最多就是傍晚时分好一些，白天也基本上是闲着，让邹薇跟她到店里，完全不误她事。即使白天忙，照样误不了事，邹薇乖巧、听话，叫它坐着就坐着，叫它躺着就躺着，遇到陌生人也很有礼貌。于是张静把车靠边停了，喊"表嫂"。

表嫂从半开的车窗里见到张静那张脸，比张静见到她时更吃惊。让表嫂吃惊的，定是张静的笑。张静笑起来，是彻底开放毫无遮拦的那种。为什么还会那样笑呢？表嫂疑惑着，迟疑了一下——这"一下"并不代表时间，简直就没有时间，但能鲜明地感觉到——朝张静走去的步子，也迈得滞重。

"你别问我，"还有几米远，她就对张静说，"我啥都不晓得。"

张静蒙住了。

表嫂揣着手，站在车门边，说了好一阵，张静才勉强听出个意思：我父母天天去找姨父姨母，见面就吵，以至于姨父姨母不敢住在西苑，更不敢住到水井湾去，当然也不会住到表哥表嫂家里去。他们自己出去租了房子。

"租在哪里，我确实不晓得，"表嫂满脸通红，"前些天，二姨他们天天来问我，有时一天要来好几回；我说不晓得，又不信；二姨还朝我撇嘴，说'我还以为你春燕是个诚实人……'"表嫂快要哭出来了。

张静一手搭住方向盘，一手搁在邹薇头上——它趴着，一动不动，像生怕被窗外的人看见，就要被交给窗外的人养——尽管根本不明白这期间发生了什么，但心里知道，叫表嫂帮忙照管邹薇，已经很不妥当了。她只是对表嫂说："我不是来问你的，我只是从这里路过，看见你，打声招呼。"言毕开车走了。

这么说来，表嫂也跟张静一样，既不知道表哥的计划，也不知道姨父的病？表哥表嫂这两个该回家时就必定回家的人，究竟是一种怎样的关系？张静问我爸妈为什么跟姨父姨母闹翻了，神情上兴奋多于焦虑，或者说只有兴奋，没有焦虑，焦虑只是色彩，为的是把兴奋涂掉。她并没有错。自己演戏给别人看，别人也演戏给自己看，她是有一种看戏的感觉。

可是我就不一样了。

父母是怎样达成一致的？父亲仅仅是母亲的傀儡还是跟母亲同舟共济？姨父姨母又是怎样结成了同盟？连儿子也没能成为共同目标，难道为了捍卫一套房子，就当真化解了将近半个世纪的干戈，有了"夫妻的样子"？

我决定去父母家看看。

泰国之行我已取消了，张静一个人去算了。我本来就不想去，现在有了理由。别的理由我没讲，只是说，既然不愿意把邹薇送到宠物店寄养，又找不到人代养，家里总得留个人。张静没说什么。她沉默，除了认同我的话，还因为，以前她怕人家都是夫妻同去，她一个人去，免不了会孤单，现在她不怕了。通过为邹薇找临时东家，她看穿了一些事。所谓孤单，是因为对别人有依赖心，依赖心消除，孤单感也就自动解体。

张静出发的当天下午，我就去了蜀凤苑。

那是我父母居住的小区，无论从哪道门进去，都见古木森森，当然是移来的古木，那些榕树、黄葛树、公孙树，老家在岷江中游，树冠自带云雾，使这小区显得有些阴。乘电梯上行途中，我看着地面之物一寸一寸小下去，知道那不仅是空间，还有时间，是时间把我带离了空间。地面之物的小，也是我自己的小，我跟着它们小成一个黑点时，电梯门打开了，黑点走出去，在密闭的空间里还原为一米七六的高度，再穿过一条弧形走廊，便到了父母家的门前。

我身上有钥匙，但我没掏出来，而是伸手按门铃。

按了三次，里面毫无动静。

进去吗？这么想的时候，钥匙已插进了锁孔。

屋子里的气息我太熟悉了，那不是家的气息，是客栈的气息。整个白天，父母多半不在家，只是夜里回来养精蓄锐而已。人不在，家就被寂静占据，墙上、桌上、地板上、沙发上、冰箱上、电视机上、半开的抽屉里、盛着核桃壳和橘子皮的垃圾桶里、摊开的《参考消息》的字缝中……到处都是寂静，伸出尖嘴，啃啮时光。我一进屋，寂静猛然抬起头来，吓得尖叫，却并不逃走，也不躲避，只在原地蹲着、趴着，对我怒目而视。半分钟过去，见我不能把它们怎样，就越发凶恶起来，嚷嚷着让我离开。我喊了两声"爸、妈"，便退出去了。

我希望爸是上班去了。但多半没有。表嫂说去找她的，不止我母亲一个人，还有父亲跟着。父亲现在上班没有任何事，他的办公室里，也没有任何人进去汇报工作、请示，所以对他而言，去单位其实是一种折磨。

为什么不跟我商量呢？

至少应该跟我商量一下……

迷离之中，我到了水井湾，又到了西苑。两处都没装门铃，只能敲。正是在敲门的过程中，我注意到，外婆的老房子，荷叶街水井湾1栋1单元4

号，门是旧门，锁却是新的。以前，我父母也有这道门的钥匙，他们去外婆家，都是自己开门。自从外婆跟了表哥，那把钥匙再没用过，怕是早就扔了，但姨父姨母担心，就把锁换了。如表嫂所说，姨父姨母没在水井湾，也没在西苑。金凤路西苑5栋3单元9号门外，门垫上均匀地布满灰尘，明显有很长时间没被踩踏过。

我在9号门口站了一会儿，像是有所期待。然而，整栋楼都没有人声。只有门上的对联喧闹着："花灯灿烂逢盛世，锣鼓盈天颂华年。"这是春节买来贴上去的，再过两三个月，将是又一个春节，就该换新的了，到时候还有人去换吗？

表哥曾讲，姨父在天台养了花。到天台也无非再上三层楼，那就去看看吧。

早不习惯爬楼梯，每迈一步，腿肚子都像被锐器钻了一下。

天台是通的，从那头下去，就到4单元。花草只种在3单元11号楼顶。我当即明白那就是姨父种的。姨父定是这样想：11号楼上，属他们单号门牌户共有，既然别人不利用，他就可以利用。但他绝不占据双号门牌户的区域，更不占据4单元的区域。这是他的界线意识，也是他的反界线意识。

当年，据表哥说，姨父在老家为牲畜治病、节育，开始是工作，免费；后来也是工作，但节育时要收取一定费用。回龙镇上游是黄金镇，两镇交界处的黄金人，都愿意请纪同志，而不请本镇兽防员。纪同志手快，猪崽叽叽两声，就被骗了，还骗得干干净净；黄金镇那些家伙骗起来，猪叫得哭，哭得主人流出眼泪花花，还被夹在两腿之间。可这惹得黄金镇的同行很不高兴。姨父的办法就是：让村民把牲畜赶到界沟西侧回龙镇的地盘上，他再动手。

花木是共赏之物，但姨父独占了地方，觉得应该有所回馈，他便筑了四个水泥墩子，每个墩子上竖根铁杆子，拉着电线，供人晾晒衣被。就像当年，到年关，区上开会，他会请黄金镇的同行去店里吃碗小面。

盆栽之外，还有十余个大浴缸。这一带装修房子，曾经时兴在盥洗间安个陶瓷或亚克力浴缸，后来普遍弃用，在被清洁工拉走之前，姨父把它们扛上楼，再去周边寻土，把浴缸填满，种上无花果、樱桃树、竹节蓼、小叶榕……树下乱草丛生。草都干死了，成了草的尸体。这片辽阔的平原上，已经很久没下过雨。连耐旱的沿阶草和马唐草，也根根枯黄，酢浆草更是趴在土上，像是枕住自己的小手，永远睡过去了。

下楼的时候，我给表哥打电话。我的悲凉和怒气，被楼道里的回音放大。谁知表哥竟然欢天喜地的，说："青林啊，我空了打给你。我们单位来了巡视组，白天晚上整材料，忙得起火！"嘿嘿一笑，就把电话挂了。

两年过去了。在这两年当中，我再没见过姨父姨母。只知道，医生给姨父判定的刑期，早已失效。姨父不仅活着，还越活越精神。

这是听表嫂说的。

两年前，张静去泰国旅游期间，我一直等表哥的电话，但他始终没来电话。我想你再忙，也不至于忙到不吃饭拉屎，你的计划已经演变成了计谋，让我父母深陷不义，我也连带受过。既然这样，我实在没必要再吞下那个秘密。

于是去"宁瓜子"找到表嫂，对她说了。

她竟然不信。这不怪她，因为我首先对她撒了谎。我问她知不知道姨父有病，她说知道。我问她知不知道是癌症，她很是错愕，像兴冲冲赶上前去拍一个熟人的肩膀，待那人转过头，才发现根本就不认识。我又问她知不知道姨父最多活半年，这还是三个月前下的结论。她脸色一白，明显胸口被堵住了。她跟姨父姨母处得怎样，我并不十分清楚，但就算不怎样，就算只是普通熟人甚至是仇人，突然听说对方没几天好活，也会物伤其类。这时候，我才把表哥的计划说了，而且说我父母也是知道的，他们就是演戏。我编造的是最后一句，表嫂不信的也是这一句：真有人能把戏演到那种程度，可以将一个病人撑得无家可归?

这证明她是一个把演戏和生活分得很清的人。

但问题是本身就分不清。她去向表哥求证,表哥没说别的,只说:"我没告诉你,是怕你担心。妈我也没告诉。"

表嫂得到了证实,也得到了安慰,便给张静打电话,表达歉意。

那时候张静还在泰国呢,表嫂的话,风一吹就过了。世界那么大,阳光那么好,钻石海滩那么迷人,这种小事,不值得耽误时间,更不值得挂怀。她是从泰国回来,把万千照片向我展示了,洗尽了防晒霜,褪尽了热带风尘,从异域情调回归日常处境,才突然记起,也才向我问起。我便也向她讲了。

"有病!"她说,"想得出来!"

"不过也好。"她又说。

她说的"好",不知道是指哪种好。

但"好"确实是事实。姨父不仅突破了半年的生存期限,去复查时,癌细胞还大面积撤退了,他没事了!另一方面,在这两年当中,他跟姨母,姨母跟他,都不再争吵,当真有了夫妻的样子。这是双重的胜利,也是表哥的胜利。表哥混到而今,还是个普通职员,那些小年轻都当上了业务主管,成了他的领导,客气些的,叫他一声"纪哥";不客气又装老成的,叫"老纪";老成也懒得装的,就直呼其名了。但这只是水面上的生活,水面之下,表哥还有另一种身份:中年之后,他成了导演,他把一场假戏导出了真境,且超越科技,重塑人生。

在我父母这方面,何尝又不是胜利?

最初我十分担心,我怕这出戏把姨父的病治好了,却让我父母得病。这是很有可能的,陷入郁闷和争斗,血液会变质。但事实证明没有,我父母跟姨父姨母一样,越活越精神,而且母亲的强势、父亲的惧内,得到了奇异的中和,两人一个眼神、一个动作,都能心有灵犀。我父亲彻底退下来后,天天钻研法律文书，准备跟姨父姨母法庭上见，他由此开辟出了另一种事业：小区里的熟人有了财产纠纷，都来找他咨询，后来陌生人也来找他，他为他们答疑解惑；不仅如此，他还去网上开课，讲解财产的物理特性、心理特性和精神特性。

只是，我们一家，姨父姨母一家，再不相聚了。

这也没什么特别的，俗话说：有老人在，家才在；老人不在，家就散了。我们两家无非是散了而已。

原载《收获》2023年第2期

去云那边

须一瓜

……当我撑大我那风造帐篷上的裂缝，
直到宁静的江湖海洋，
仿佛是穿过我落下的一片片天空，
都嵌上这些星星和月亮。
我用燃烧的缎带缠裹太阳的宝座，
用珠光束腰环抱月亮；
……
我是大地与水的女儿，
也是天空的养子，
我往来于海洋、陆地的一切孔隙——
我变化，但是不死。
……

——雪莱《云》

一

一辆白色的SUV正准备下高速公路，它已经奔波了三个多小时。年轻的女人开着车，带着五岁的男孩。男孩一路在看云。在高速公路上，年轻的女人反对小男孩躺着，她要求他坐在配合安全带的儿童专用增高坐垫上，但是，小男孩一下子就放弃了。他还是躺着看车顶大天窗外的云，追云不便时，他就解开安全带，站起来。他只专注于云的变化，似乎在编写云的剧情。这趟行程，路有多远，云的故事就有多远。因为小男孩一会儿坐直，一会儿躺下，一会儿系上安全带，一会儿又解开安全带，使女人不得不放慢车速。

女人不时瞟后视镜，并通过耳朵，去捕捉后座的动静。除了云，小男孩对所有的人事，都心不在焉。三岁前没有开过口，家里的老人根据经验，都怀疑他是哑巴，但后来证明医生的判断没错，他会说话，只是不想说话。父亲平时忙，陪伴少，跟他说话，他以点头摇头回应。当爹的有一次大怒：不许摇头点头！眼睛看着我！用嘴说话！小男孩就吓得小便失禁了。对那些非要撬开他的嘴巴、动手动脚的热情客人，小男孩眼神排斥，有一次竟然哭了，令家人客人都颇为难堪。总之，他能不开口就不开口，比如，给他食物，他张嘴，就表示接受；拒绝，就是走开；甚至要去洗手间拿遗忘的玩具，里面的人连问他要什么，他只踢门不作答；那些学龄前儿童视听教材，他一律视而不见、听而不闻。偶尔，小男孩发出清晰的单词，或回应了人，犹如钻石光芒，令綦家蓬荜生辉，这证明了他的听、说能力，都是正常的。但不能否认的事实是，他几个月的说话量，不及正常孩子一天的。他似乎活在自己的世界里。

有个懒惰的、嘴甜的保姆，被长期雇佣了，因为，她能给小男孩指认各种云。他们一起去顶楼天台看云，遇上了好云，小男孩会容光满面地回来，又比又画，描述他刚刚经历的一场盛大相遇。比如，满天螺蛳云、棉花罐打翻云、茶垄云、散掉的香菇云、老头撒尿云、老鼠偷油吃的云，还有树根云、吐血云、金片片云、猪奶头云……这个准文盲保姆，用对云的想象力，激荡出小男孩云世界的生机勃勃。

有时，保姆洗菜洗一半，或者拖地进行中，突然一声高喊："哇，看天！天烧起来啦！——快看！"

小男孩就连忙牵着她去阳台观赏，或者他们直接就奔向顶楼天台——他们家就在顶楼错层里。高天阔地，小男孩软软的头发，像丝绸旗帜一样飞舞。他会张开胳膊，像十字架一样，仰天旋转，然后拥抱自己的云。保姆倒没那么喜欢云，但她从来没有忘记自己"读云者"的天职，她一边解读云彩，一边玩手机。公平地说，她对看云的孩子有无限耐心。看到天空暗沉，云们归途隐匿，他们就心满意足地一起下天台回家。

旅途中，无数车辆掠过这辆白色SUV。两个半小时的路程，他们已经走了三个多小时。因为车里的云孩子，女人只能尽量以平缓的速度来护佑后座上的看云人。孩子的父亲正在离这两个半小时车程的锦天城开会，今天是他的生日。女人决定给丈夫一个惊喜，她要带着孩子"从天而降"，给他特别的生日祝福。小男孩对这个建议无感，因为爸爸无论是否出差，都经常不在家。但是，妈妈说："哎呀，锦天就是出七彩祥云的地方啊！"

小男孩张大了眼睛，看着妈妈。

"五颜六色！"妈妈加大诱惑力度，"满天！红的、绿的、黄的、湖蓝的、金棕的、蓝紫的……"

"各种颜色？"小男孩归纳了一下。

"对啊，"妈妈说，"前几天电视新闻不都说了，锦天这个季节彩云最多。"

小男孩并没有看到电视，因为外婆大喊他来看云的时候，新闻画面已经闪过了。

妈妈继续鼓动："所以要赶紧！到时我的手机还借你拍照。"

小男孩没有吭声。他把一本云童话绘本放进自己的双肩包，又把一只麂皮象宝宝玩具，放进去。这是他出门必带的助眠玩具，他必须捻着象宝宝左耳朵的尖尖，才能入睡。女人暗暗得意。一路上，男孩的自言自语表明了她的确拿捏准了他的小七寸。

小男孩说:"棉花糖的云,都是加颜色变的。"

妈妈很聪明,说:"那是假云嘛。真的云,什么颜色都是自己长的。电视上说了,只有特别的地形地貌,才会邀请到天上各种颜色的云——全世界只有锦天最多!"

"要是它不来呢?"

"给电视台打电话呀。"

"怎么说?"

"你就说,喂,你们不是说,这几天都有彩云吗?"

男孩笑了,但他说:"我不。"

车行了一两公里后,小男孩说:"你打。"

年轻的女人愣了一下,反应过来,说:"嗯,让爸爸打!他说,喂!我们全家来锦天过生日啦!说好的七彩祥云呢?!"

男孩无声地笑了,看起来很有信心。

二

出高速收费站,SUV女司机把车靠边,接起一个反复打进的电话。后座上的小男孩,又解开了安全带。他手里有两张嘎嘎响的玻璃纸,一张香槟色,一张宝蓝色,他轮流透过玻璃纸看天。通话中,女人不断回头看后座的小男孩,她语调亢奋,有点急躁,她说:

"还要二十七分钟,估计我会比预计时间要晚点。"

"孩子饿了,我会先带他吃点东西。"

"不不,不去酒店吃。给他惊喜!这饭点儿人多,万一被他看到就不好玩啦。"

"你把他房卡放总台,交代好就行。估计我们吃好进去你们要开会了。"

"知道，你发的流程我看了。下午我出去办点事，最晚五点到酒店给他庆生，不耽误他晚上八点的活动。"

"不用不用！他不吃蛋糕，小生日而已。谢谢谢谢。"

"不不！小事！就是买些有机菜种——我自己开车导航很方便。"

"保密啊！——这会让我们綦小朋友大开心的！"

"当然当然，你们綦总可能都忘了自己生日。对了，你的房卡也留总台一张，到时我可能需要打理一下。"

三

龙帝温泉大酒店从空中鸟瞰，是个拉长的S形，尾梢犹如巨幅飘带，飘了七八百米，其实，它模仿的是巨龙飞天的造型。在锦天起降的飞机上，最容易看到的就是，在绿树掩映中腾起的龙脊摆动线条。说是龙脊，其实是平的。整个酒店不高，昂起的龙头才十多层，龙尾一层多高；S形的屋顶天台，就是斜上的平展龙脊，上面"龙鳞"——半圆片式的扁平阶梯，缓缓升高，间或又穿插着一方方如茵绿草。龙脊中线，从龙头到龙尾巴都是艺术灯柱，仿佛是S形的龙脊在晶莹发光。夜色里，巨大的"龙脊飘带"上，银白的星光小灯，会在草地上满天星般闪烁，如银河在人间的倒影。所以，当地人都叫它"那个星光龙酒店"。

女人的车开进龙帝温泉大酒店差不多是下午两点了。进了大堂，一手牵着孩子，单肩挂着双肩包的女人，一眼看到了唐秘。唐秘却没有认出低扎马尾，穿着牛仔裤平底鞋的老板娘。看到笑着走向自己的女人，小秘书还算机灵，立刻春花绽放地迎了上去。"姐姐真是越来越漂亮了！比年会时更年轻啦！我都没敢认呢！"唐秘说，"我正要给綦总房间送资料，那都给姐姐吧。这是他房卡，918。"

等候电梯的时候，唐秘压低嗓子说："这次订晚了，没订到大床房，被綦总骂了。是我们秘书组的失误。"唐小姐做着鬼脸，从小包里掏出了一个黑蓝色的丝绒小盒，托着递给女人，"祝老板生日快乐！——只是小领带夹，弥补一下我们工作过失。"女人竖起食指，嘘了一声，谨防泄密的样子。小男孩伸手抓过小盒子，女人接过秘书手里的材料，说："你开会去吧，我自己上去。"

女人上了九层。酒店的扭曲结构，让她有点蒙。一名保洁阿姨路过，鞠躬问候，说："去星光自助餐厅往那边，出玻璃门下楼梯就是。"女人更为困惑，阅人无数的保洁阿姨不再掩饰轻慢："很多阿姨都会走错。小孩爸妈在里面是吗？我带你去。"

女人有点明白自己被误认为保姆了，她倒不生气，只亮了一下手里阿拉伯数字很大的房卡。保洁阿姨说："噢，918。往那边，拐弯第一间，你碰一下门就开。"

地毯很厚，小男孩跑向自动玻璃门，又跑下楼梯，他看到了自助餐厅。俩服务生想摸他的大脑袋，小男孩立刻原路返回。好在这些都没有被妈妈注意到，她站在918房门前，门把上，挂着"请勿打扰"的纸牌。女人嗞地碰卡开门，就在门要自动关上前，小男孩进来了。他没有注意到，他的妈妈站在玄关，呆若木鸡。

标房里的两张小床，已经被拼成一张大床。綦总个子大，拼大床也可以理解，但是，女人看到了床前两双凌乱的拖鞋，是用过的拖鞋：珠粉缎面的是小码，深灰缎面的是大码。

女人蹲在地上，缓了缓困难的呼吸。她心跳如鼓击，口干舌燥。小男孩看到她在深呼吸，便自己爬到窗前的沙发上。他把黑蓝色的小盒打开，拿出领带夹，研究了一下，还咬了一下，很快失去兴趣，便把它夹在小象宝宝的大耳朵上，然后去卫生间尿尿。

女人绕床而行，如她所愿，床头柜上，她看到了安全套盒。她不想碰它。男孩从卫生间出来，塞给妈妈一样东西。女人没有心思看，把小男孩的手推开。她被枕头上一根栗色的直长发吸引。小男孩把从卫生间里拿出来的东西，再次夹到了小象宝宝耳朵上，一边一个，他觉得满意。

女人去了洗手间。洗手间乱堆的浴巾里，她再次看到了一根栗色直长发。女人感到自己上嘴唇异样，就像几只蚂蚁在爬。是，上嘴唇在发抖。她按住颤抖的上唇，但手指一拿开，它还是在微微颤抖。她想，它如果靠近键盘都能打出字来了。女人看向镜子里的自己，没有涂口红的嘴唇发灰，彻底的素颜，让这张情绪风暴中的脸，就像冰箱里过了保质期的冻肉，红的发灰，白的也发灰。她本来有一头天然微鬈的浓密长发，因为劳作不方便，习惯随手一扎，头发被皮筋常年控制得紧贴头皮。她觉得自己就像一个出土的兵马俑，真丑啊。难怪，难怪那个保洁阿姨，态度轻慢，她当她是一个带孩子去餐厅与他父母会合的迷路保姆。

女人目露凶光地出卫生间，拎起背包，一把拉起沙发上的男孩往门口走。小男孩不想走，女人粗暴地抱起他，男孩双腿乱甩，以示反对。女人语气凶恶："要干什么你？！"小男孩沉默。女人大吼："说啊！"小男孩沉默。女人胸腔一阵爆痛，她觉得自己心脏要炸开，她狠狠掼下小男孩，死死瞪着他。男孩看着疯狂的女人，退着走到沙发边，拿起小象宝宝，紧紧抱在怀里，眼睛里已经有了泪光。

女人心里一颤，扑过去，搂紧孩子。

她是到总台取车钥匙时，才忽然意识到儿子的象宝宝耳朵上的领带夹。她暗吃一惊：首饰盒子还在918的沙发里；更重要的是，她注意到，小象另一只耳朵上的水钻发夹——当然是粉色拖鞋主人的。女人低声问："你是在卫生间拿到的吗？"小男孩没回答。她取下小象耳朵上的水钻发夹。

女人让门童看护一下儿子，她奔向电梯，按了去九楼的按钮。她再次进了918房间。不知为什么，她的上嘴唇又开始颤抖，她一口咬住上唇。她把扔在沙发上的黑蓝首饰盒拿起，把水钻发卡扔在洗手台边。然后，她退出了房间。她听到了有人从电梯出来的声音，走廊空空无处藏身，丈夫回房间的可能性很小，但是，她还是做贼一样心虚紧张。厚地毯无声无息，她却感到有人在袅袅走近。她选择了面对915房间，假装找房卡开门。一个苗条的女人走过，她用余光看到了一袭珠灰洇紫的长裙。随后，身后有门禁嗞地响了。她顿时浑身冒汗，上嘴唇不可控制地又抖动起来。她努力克制住回头看的念头，但终于，她还是侧脸猛地回瞟了一眼。走廊里已没有任何人了，一切又回到静谧的状态。珠灰洇紫的长裙进了哪个房间？918？她搜索视觉记忆的残余，觉得自己看到了那个女人进918房间的背影。栗色的直发被时尚发簪斜绾，垂落的发丝随意而别有风情，肩型有致，然后是——918的门沉重而缓慢地闭拢。看错了吗？一时之间，她膝盖僵硬、胸口虚空，不知道自己刚才那一眼是想象，是事实，还是整个都是幻觉。

保洁阿姨推着保洁车过来，还是之前那个，和之前一样，有优越感地礼貌问道："需要我帮您开门吗？"

四

今天，对这个叫刘博的男人来说，是个非常可恶的日子。不止今天，这几天都是他妈可恶的日子。今天的肝火，是昨天堆积的；昨天的肝火，是前天堆积的；前天的肝火是大前天造的孽！他粗算了一下，已经近五十个小时没睡觉了。肝火如野火，烧得他一直口腔溃疡牙龈出血。一个人，年近半百，又老又傲，他对世界就更加不妥协了。这样的人，他不口腔溃疡谁口腔溃疡呢？他悻悻地想。

人们尊称他刘博，那是对他学识的尊敬，实际上，很多人看他一个光头，心里就会怀疑他的学问。现在，他不仅光头，还加上三天没刮的灰黑胡子浓密杂乱，再加上一副被透明胶临时粘起来的眼镜，看起来社会评价更低。这眼镜是今天上午被一个混蛋打飞的，还好他闪得快，不然以那个家伙的劲头,可能连眼镜也打进刘博的眼窝里。更可恶的是那个老实的年轻护士,那混蛋第一脚就把她踹翻了,当时她蹲在病床前在病孩脚腕处扎针。进针两次失败,小孩在哭叫。儿科病房,患儿哭闹声是正常的音响。带着几名实习医生查房的刘博正遇见了劲爆瞬间。不是他一把推开了那个混蛋,护士少不了挨第二脚。但是,年轻护士一骨碌坐起来,连滚带爬,就扑向病床给孩子拔针,她怕伤着孩子。孩子母亲趁机一巴掌扇在护士脸上,护士帽飞越病床。刘博一把揪住那女人的马尾巴,提起并摔开她,自然是下了重手。在女人、孩子的尖声鬼叫中,混蛋男人一拳当头打来。刘博躲避,眼镜飞了。两个男学生扑上去死死拧住那混蛋。

医务科过来处理了,后来,分管领导也来了。混蛋夫妻拒不道歉,大跳大喊:"护士不会打针!医生很会打人!"刘博让学生报警,分管领导要他冷静,而那护士擦干眼泪就表态说她理解患儿家属的心情,她原谅了患儿父母,弄得院领导比患儿家属还感动。院领导也希望叫刘博的那个男人,能忍辱负重,向患者家属道个歉。刘博转身继续查房去了。

查完房,刘博回到办公室,年轻护士进来,说:"主任别生我的气,我知道您在帮我……"刘博懒得说话,他摘下学生替他用透明胶带临时粘住的眼镜,拿在手里晃荡。护士低声说:"我就是觉得大局为重比较好。"

刘博说:"大局你跟院领导谈。"

护士回避他嘲讽的恶毒眼神,眼看窗外,语调更加怯懦:"对不起,我真的没多想,就觉得……"

刘博说:"之前你护着患儿很善良,但之后,你装神弄鬼干什么!"

护士泪光闪闪不承认。

刘博摔门而出。

这一天,是好天。蓝色的高空,卷云如丝,天边积云像白塔。但对于刘博来说,这个倒霉日子,才刚刚拉开序幕。大前天,同寝室的大学好友从四川过来开个专业学术会,但这三天他们都还没见上面。第一天,他代二线医生值班，碰到一个笨蛋住院医生，一夜不断求救，害他整夜"仰卧起坐"，根本睡不好。次日是他的门诊日，一百多号病人，看得他滴水未沾、滴尿未撒，精疲力竭才收工。到院食堂才打了饭，城东儿童医院急呼他过去会诊。会诊结束后，他披星戴月回家，刚洗完澡，又因一个肠套叠的高危娃，被紧急叫回医院实施急诊手术；手术到凌晨四点，回家再洗洗睡，已经快五点；两个半小时后，也就是第三天，是他自己的手术日，早上七点半到医院，一直忙到下半夜，完成了九台手术，最后一台手术结束于凌晨四点多。他到办公室拉开午休床，才休息了一会儿，床还没焐热，就听到走廊外面人声鼎沸，该死的马大哈助手竟然忘记告诉病人家属，手术顺利，结果，傻等在手术室外的病人家属悬心到天亮。一询问，得知手术早已完成，病人已被送去ICU，立刻举家暴怒了，六七名家属，个个怒喊要投诉。那个叫刘博的倒霉蛋，自然没法睡了，只好起来安抚家属，汇报手术顺利的情况并致歉，然后，查房。本来查房流程结束，他终于可以回家睡大觉了，但是，在最后时刻，他的眼镜被人打飞了，而且，家属要投诉他"像黑社会老大一样，领着学生打人"。这事看起来尾巴长，院办让他先回去睡觉。

可是，老同学下午就要飞离锦天了，中午告别餐，他必须过去，哪怕一刻钟也是礼貌的。他心里打算的是，见半小时就回家睡觉。

五

那个被称为刘博的光头男人，驱车往吃饭地点"棕榈人家"而去。

从医院过去有七八公里，但从棕榈人家到他家，倒是很近，两公里不到。多年未见的上铺兄弟，小个子，宽肩膀，和过去一样，还是习惯驼背，却动辄发出声如洪钟的哈哈大笑，睥睨生死。事实上，他也确实胆大，因此，他赢得了班花的青睐。二十年过去了，他已是西南医界翘楚。一见面，大家就被光头胶带粘上的破眼镜逗乐了。都是医生，天南地北的医院都有同样的故事，所以，说着说着，就骂着粗话一杯杯喝酒解怒。光头倒没喝。两周前，他们院骨科医生，喝了两杯啤酒，醉驾被刑拘了。但是，最后临别，他还是喝了一小口白的。因为老同学说自己和班花离婚了：婚姻就是一口锅，把两棵小白菜煮烂——老同学说的时候，高举酒杯，独孤求败，又难掩感伤惆怅。光头告诉他，今天也是自己离婚冷静期的最后一天。话音未落，举桌喧腾：小白菜呀，锅里黄……

老同学拿起手机，当作采访话筒，问他感言。光头男人说："如果不是冷静期，今天我没回去，她能打我二十个电话，并要求视频为证。她觉得我能全世界出轨。所以——两棵小白菜都煮烂了……"

举桌再次沸腾。老同学提议为婚姻之暖锅干杯，于是，光头男喝下了一杯；之后，代驾来电说两分钟到，他又主动敬了大家一杯，然后和老同学拥别。

那个叫刘博的男人，独自下楼到门口。约好的代驾，却迟迟未到，再催促，才明白那家伙，因为听错地址，到了岛外一个连锁店。男人倦怠不堪，跌坐在店外石阶上。女老板过来说："拐个弯，都能看到你们小区的白蘑菇顶了。算了，一站多路，我送你吧。"他们才一上车，女老板没有放手刹就猛踩油门，唔的一声，把光头男人睡意吓没了，紧跟着是猛烈倒车，车撞到右侧棕榈树上，男人的头撞到副驾驶座窗框上。女老板跳下车查看擦掉的红漆："不好意思不好意思！你以后别停这有树的位置，很多人……"

疲惫至极的男人，懒得查看刮伤位置，他揉着被撞的包，奄奄一息地挥手让她靠边。女老板贴心地喊"一杯啤酒也会抓啊……"

头其实被撞得很痛，而且，眼镜的鼻托位置，更痛。这个叫刘博的男人从后视镜里，看到了自己右边鼻梁透出点紫青。"我×！"他恨恨地咒骂着。

已经能看到自家小区前的公交站了，只要过这个十字路口，右转进辅道就能直接开进茂盛花木夹道的小区地库口。但是，这个该死的红灯时间特别长，横向路早都没车了，它还红着。这路口的红绿灯，简直是不负责任的混蛋操作。

今天是他倒霉的日子，倒霉的高潮马上就要开启。

六

法院路和主干道湖西一路交会处是个大丁字路口，白色的SUV在丁字下竖位置的法院路，它要右拐到横在路口前的湖西一路。SUV要右拐，无须看信号灯，只要没有直行车就行。当时，SUV女司机眼睛里就是没有直行车的。她内心犹如乱坟岗，戳心堵肺地痛，以至于她都忘了叮嘱小男孩系好安全带。但是，好像就是刚右转，身子还没有正过来，车子左后部就被什么重重地撞了，她听到男孩吃惊的叫声，与此同时，她也踩死了刹车。SUV很稳地停住了，但只见车前路面，掉落了一地的车零件，分尸似的痕迹绵延十几米，痕迹最前段，靠边停着一辆旧的暗红色车。女人被吓到了，连忙出了驾驶室。

她的车，左后轮上，一块花盆大的凹陷，有撞痕，白漆基本还在，但一地的车灯、塑料片、保险杠之类零碎，拉拉杂杂地撒了一路，显然都是那辆暗红色破车的，它们把事故现场渲染得很吓人。女司机的心怦怦直跳。一辆黑车打着双闪停在两车间，一个打深色领带、白领模样的短眉细眼的男人，怒不可遏地出来，他直接对前车下来的光头男人发难："你他妈奔命啊！这么快的速度变道超车，你差点撞了我你知道吗！"

光头男人在查看自己破红车的伤情。

SUV的女司机看着一地狼藉十分心虚，说："我拐……真没看到你的车……我才……"

那个叫刘博的光头男，一听就暴怒挥手："拐弯让直行！你他妈的新手上路吗！"

"超速！"白领男说，"限速六十，你起码八十！不是我反应快，你得先和我撞！"

那副胶带粘连的破眼镜，都掩饰不了光头男人拧着眉头的凶狠样子。

看红车肢解似的惨状，SUV女人还是惶恐："超速，那我们……各负一半责任……"

白领男突然高叫起来："还酒驾！！你报警！他全责！"

白领男手机一通拍。女司机还有点迟疑，白领男训斥："你也拍！正面、侧面、撞击点，包括两车的全景照！"

光头男人用杀人的眼神阴沉地盯着白领男。

白领男很轻蔑地冷笑："绝对酒驾！绝对超速！危险驾驶罪！"

白领男塞给女司机一张名片："我为你做证，也可为你提供任何法律援助。"

女人麻木地接过名片，她的眼睛直勾勾看向自己的车。不知何时自己下车的小男孩，摇摇晃晃地向她走来，他脸色发紫，两只小手抓着自己的脖子。女人丢了名片，尖叫一声，扑向孩子。光头男人也奔了过去，他推开女人，从背后抱住小男孩。他的两臂围住小男孩胸腹，使劲往上提，一下，一下，又一下，小男孩有时被他提离地面，但终于，小男孩噗地吐出了一颗开心果仁。

女人一把抱住小男孩，急得乱摸他喉咙："还有没有？！"

小男孩在思考。重新恢复的呼吸，大概让他舒服，他仰头看着光头。

女人有点歇斯底里："说话呀！还有没有？"

光头男人："怎么可能？"

小男孩感到新奇和疑惑，他指指自己喉咙，对着光头男人说："一震，就吸进了……"

女人起身，把光头男猛推得一趔趄："都你撞的！"

女人蹲下，上下摸着孩子，果然，她发现孩子额头发际有个发红的、微微鼓起的山核桃大小的包。女人按压着，小男孩躲闪，说："壳子……"

女人大惊："果壳？也呛进去啦？！"

光头男人："怎么可能！"

男孩又摸自己的头。女人喊："很痛？！"

小男孩只摸不说话，他走两步，蹲下来看自己吐出来的开心果仁，又仰脸看光头。

女人站起来，捡起名片，然后掏手机。光头男人一看她按110，连忙把她按住："别！私了吧，我帮你修车。我的车我也自己负责。"

"那小孩呢！！"女人凶神恶煞，和刚才的惶恐迟疑截然不同，她的面目变得十分凶悍。

男人深吸一口气，蹲下，仔细检查了一下男孩。男孩始终眼神清澈地看着他。"想吐吗？"男孩摇头。男人站起来，说："他没事。"

"没事？！你说没事就没事？！去医院拍片！"

"他真没事。你相信我。"

"放屁！我信你一个酒鬼！"

"我告诉你，以我的酒量，两小杯只是在口腔消下毒！"

"酒气都喷我脸上了！你哈口气，鸟都掉下来！"

"你以为你是酒精检测仪啊！"男人被她骂得有点想笑，但他的心情太糟，依然铁青着脸。女司机环顾四周，这才发现，刚才那个路见不平的白领男人突然不见了，黑车也开走了。女人再次掏出手机，又骂了一句粗话："行，混蛋，就让警察测！"

"好了好了！我他妈都赔你！我全责！我带小家伙去医院，检查检查检查！"男人怒气冲冲。

"去大医院！协和！我必须五点前回到龙帝大酒店！"

"去协和起码九公里，周六病人多，你回来来不及的。去儿童医院吧，三公里多。不信你自己导航。"女人掏手机导航，男人说，"现在两点四十,这样好不好,你先回酒店休息,也让我休息半小时——我三天没睡——半小时后,我去酒店接你们去医院,保证五点让你们回到酒店!"

女人怒眼圆睁:"你他妈当女司机都弱智?酒驾肇事逃逸,罪加一等!"

光头男人咬紧牙关,他掏出驾照,给女人看:"我不逃。算我求你了,我真的四五十小时没睡觉,现在,我头昏脑涨。"

女人劈手夺过驾照:"先去医院!人没事你就滚!"

男人咬牙切齿。他给车行朋友打了电话,把车钥匙交给路边银行里的保安。

光头男人上了她的车。他估计这辆该死的进口SUV,得让他赔一两万了。他的那辆黑色途锐,归即将离去的老婆了。如果今天它们对撞,应该不会像红色的老车那么狼狈,但可能就他妈得赔更多银子了。

七

这个叫刘博的倒霉男人,他也没想到,去儿童医院的路在修,突然被围挡,车得绕行。女人猛拍方向盘,摁出了七八声恐怖长喇叭音。工地上的工人,全部直身在看她。光头男人狠狠抓住了她疯狂的手:"全市禁鸣你不懂吗!"

"松手!"女人左手突然有了一个黑色喷筒,它对准了光头。光头猜那是防狼喷雾。他怒吼着:"神经病!禁鸣多少年了,你他妈开惯了乡下土路吗!把交警按来了,就让交警给你儿子做体检吧!"

女人反唇相讥:"来呀,我看他是先测你还是测我儿子!"

"行,你摁!什么颅内血肿、颅底出血,你耽误得起,就继续摁!"

女人老实了。男人恶损了人,自己还是心肺闷痛。他妈的,今天就是见鬼了!离家一步之遥,偏偏被一个有神经病的女人缠上。女人拉着黑脸按他指出的新路开，一脸不信任的叵测表情，明显是提防再遇围挡阴谋，但她又不得不隐忍着，因为小男孩在这。小男孩在后排，则不时发出零碎的小声音。光头男人觉得，那也是一个有神经病的小孩。

开出龙帝温泉大酒店大门后，女人脑子还是一片空白。满腔油泼似的怒火，让她像一支熊熊火炬。开始她只是模糊觉得，今晚决不在酒店过了，太恶心！现在，她需要购买一批有机种子，尤其是儿子指定需要的紫色花椰菜。买了，她连夜回家，让他妈的生日快乐通通见鬼去吧！多一分钟她也待不住了，回去她就着手离婚。但很快，她觉得不对。复仇！她必须先复仇，必须狠狠地复仇！这是狗男女对她的家庭、她的生活最严重的侵犯。这个家，她付出了太多！

得让小三死无葬身之地！得让混蛋背叛者无地自容！

五点，她必须赶回酒店，回到战场。开过第二个天桥，她就把车靠边了。她已经理清了思路。熄了火，她开始打电话。第一个电话，打给大綦的秘书小唐，先确认大綦晚上的会议，大概几点结束。唐秘说，綦总好像不太想参加了，说肠胃有点不舒服，想早点回房休息，让曹副总去。看不到老板娘脸色的小秘书自作聪明地说，嘻嘻，说不定綦总想给自己过生日吧。第二个电话，她打给蛋糕店，定制了一个生日蛋糕。她加价，要求下午五点务必送到酒店总台。第三个电话又打给唐秘，说，如果晚上有空，多找几个小伙伴，来918房间吃蛋糕。不过，准确时间待定，只要确定人在酒店就可以。还有，最重要的——请大家一律严守秘密。

唐秘兴奋得嗷嗷叫。

计划严密，没想到才布置完不久，就撞了车——这该死的酒驾！

绕路显然远了很多，女人不断因为路况，指桑骂槐地撒野泄愤。光头也阴沉着臭脸，不时回击，说她咎由自取，是孩子不系安全带的结果。车里的愤懑对峙情绪，张力十足。直到后排的小男孩呼叫："一条！一条！一条！"前排的两个大人都没有反应，小男孩拍了光头男人的椅背，想引起他的注意。光头男人潦草地转了转头,他明白小男孩是看到了辐辏状云。他刚才就看到了,那折扇骨一样的辐辏状云,其实很淡,不是爱云人,不是专业观察者,很多人都会忽略。

显然,小男孩很想让陌生人关注到自己的发现。车到湖边,小男孩再次夸张惊呼:"线!云线!"

小男孩猛踢椅背。

光头男回了一句:"那叫航迹云,飞机弄的。"

小男孩又踢了一脚椅背。光头男人说:"是飞机尾气形成的痕迹,不算云。"

男孩眼睛闪闪发亮,很快地,他喊:"这边——马!小马!"

光头男偏头看了,说:"那叫碎积云。"

"还有!大大花菜云!妈妈要种紫色的花菜!"

光头男人说:"都谁教你的——那叫高积云。这些都是很普通的云,分数很低的。"

小男孩完全兴奋了,他撅着屁股,半站着,不是扒在光头男的椅背上,就是反转身子看天窗,满天找宝一样指云。保姆解读的云,都被陌生而了不起的名字改变了。那个叫刘博的光头男人,终于被童心点燃,也多少是想摆脱无聊,他不仅有问必答,后来还摇下车窗,伸臂竖起三个指头,用指测法,教男孩分辨了一座云是层积云还是高积云。

越来越崇拜他的小男孩,要求停车,他要下车。女人的腮帮在连续鼓起,金鱼一样吐气。捉奸的核弹引爆在即,时间已经太紧了,可是,她也不明白,这个自闭症患者一样的孩子,莫名其妙地和这个面目可憎的光头男亲近。她不得不承认,孩子的这个状态是让她舒心的。

停车熄火,但她不下车,就在驾驶室,她看着一大一小两个男人,在湖边的草地上,伸长手臂,竖起三根手指,对着天上,做着直臂测云动作。两人重新上车,受小男孩的邀请,光头男人也坐到了后座。小男孩的问题非常多,这样的健谈,让前面的女司机暗暗吃惊。光头对孩子的语气,越来越温和,女人觉得不是男人对付孩子有一套,而是自己的孩子原来这么聪明讨人爱。男人介绍了云的三大家族,描绘了低云族、中云族、高云族,在天上的高度和变种。他还让小男孩知道了,雷暴云有多狂暴雄壮;为什么积雨云又叫"云彩之王";高层云为什么无聊得像塑料膜。

女人为了表示领情,参与说:"没想到成年人也会对虚妄的东西感兴趣啊。"

光头指着一片像风过沙漠泛起涟漪般的云,把男孩脑袋拨过去看:"收集云彩,不是要抓住云,我们只是看它,爱它,记住它,这就足够了。云知道的。"

男孩一直点头,还击鼓似的同步抖动小拳头。女人感到被男人排斥在话题之外。他还是对她窝火。女人觉得自己更恼火,但她为儿子的意外快乐而宽容,所以,她又厚着脸皮问了一句:"你气象站的?"男人说:"我母亲曾是。"女人说:"你在哪上班?"男人说:"……维修厂。""修什么?""看人家需要吧。反正,钳子、夹子、刀子、电锯、锉刀、锤子,我都顺手。"

"所以,你的车可以自己修?"女人忍不住悻悻问一句。

到了儿童医院急诊室,女人又怒火暗起。首先,急诊并不是你一挂号就给你看,还得排队。候诊长椅上,已经坐等了八九个人,还有不断来去的人,不知是不是候诊人。其次,总共就两个急诊医生。导医小姐说,一个小学参加区运动会的车被撞了,一下子送来六七个孩子,已经在调度加派医生。而两个值班急诊医生和护士们,在几个急救间之间奔忙,小学生的家长们正陆续冲进来,大呼小叫,还有哭哭啼啼的;剩下一个轮转见习医生,满头大汗地接待普通急诊。只能排队干等。

女司机站起又坐下,坐下又跺脚,焦躁得不行。

"喂,"光头男人说,"你看不出来吗?这么长时间了,他没呕吐,神志清楚——他没事！"

"闭嘴！"女人说，"我同学，摩托车撞了，全身哪都不疼，他也感觉没事。回家到晚上才发现鼻子、耳朵有一点出血。幸好他女朋友坚持去医院，结果，你猜怎么样？什么左颧骨右颧骨，血肿骨折，脑袋里被撞得像打散的蛋，差点完蛋！——医学的事，你最好闭嘴！"

"行行，我去下洗手间。"

"你可别想溜！酒驾的人证、物证，我这齐了！"

光头男人转身走。女人掏出他的驾驶证，又把那个路见不平的好心人名片仔细夹在里面。这时她才发现，名片上写的是"律师"。律师？这下子，女人心更安了。

八

叫刘博的光头倒不想溜，但是，他太想打个盹了。候诊时，那个精力旺盛的"小破孩"，根本不让他闭眼。他知道门诊部二楼有个咖啡座，从洗手间出来，他转上自动扶梯，但是，刚要到二楼，就看见咖啡座玻璃墙里，有个熟悉的同行的脸。他不想让人发现他麻烦缠身，只好又掉头而下。他郁闷烦躁至极。

回到急诊大厅，他座位边多了一对夫妻，妻子抱着一个五六岁的男孩，看那腿脚，应该和那个爱云娃差不多大。光头一走近，就听到丈夫在低声斥责："我们小时候，谁蜜蜂蜇了当回事！我告诉你，他是男人，你再这样宠他，就是废了他！"

光头这才注意到，那个被蜂蜇的男孩，手腕红肿，脸似乎也有点肿，松弛无力的嘴巴张着，露出虫蛀的小门牙。爱云的小男孩，也是个圆脸，眼睛旁的太阳穴处特别饱满宽展，加上光洁的大额头、软软肉肉的有型下巴，看起来还真比一般孩子漂亮。一看光头回来，小男孩收回对蜂蜇男孩的傻看，马上挨到他身边,还掏出了两张玻璃纸。

他又开始和光头谈起了云。男孩想用两张彩色玻璃纸,制造彩云。那个蜂蜇男孩,在看他们。女司机在看手机,但心思都在儿子这边。

…………

"我还见过这样的!"小男孩把食指和大拇指弯成半个圆圈,"天上,就一个小门,姐姐说,是鸡笼门。因为,那么小,只有天上的鸡才能进出……"

光头男人比了一个弯月手势,小男孩热切点头。男人心不在焉地哇呜了一声:"那是马蹄涡!非常非常稀罕的云,最多持续一分钟就蒸发了。看见它的人有好运!太厉害了你。"

"那它多少分?"

"四十分吧,也许五十分。"男人说。他开始为身边的蜂蜇男孩分心。蜂蜇男孩闭着眼睛,他的脸越来越肿,但那对夫妻依然专注于指责对方,他们一直在压抑性地攻击对方,父亲的语气像说黑话:"蜂来富!燕来贵!你的笨蛋儿子说不定就从此转运变聪明了!"孩子的母亲四两拨千斤:"你经常被蜂蜇,是蜇出了科长还是局长?你爸连马蜂都蜇不死,怎么还是全村最穷的人?我们结婚他……"

那个做丈夫的腾地站起,急赤白脸,胳膊拧起又放下,他狠狠瞪了一眼正看着他的光头男和女司机,硬生生收了抡掌动作,然后,怒出候诊大厅。被瞪的路人甲和路人乙,第一次互相看了一眼,眼神都是默契的悻悻与无辜,还不约而同耸了耸淡漠的肩。蜂蜇男孩的妈妈,把脸贴着疲倦昏沉的男孩,一边望着就诊通知屏幕,一边掏出手机。她在电话里,不知对谁,历数丈夫的自私、懒惰与不靠谱,声音越来越大。

"那最最多分的云,什么样?"小男孩说。

光头看着这个孩子,他不明白,他为什么不能安静一会儿呢?

男人仰头闭上眼睛。小男孩用力推他。男人说:"开尔文-亥姆霍兹波，它就像一排排整齐的海浪，卷起的花边……"闭着眼睛的男人，听到了异常的吸气性喉鸣音，他睁眼看蜂蜇男孩，并站了起来。那个年轻母亲还在失望控诉。蜂蜇男孩的脸肿得厉害起来，他额发湿透，面色青紫，呼吸有明显的喉鸣音，手腕伤口周围，出现了一大片明显的疹子。他妈妈在泪水的控诉中，已经谈到离婚事宜。

爱云小男孩坚持要牵光头的手，要他坐下。

光头男人漫应着："开尔文……也只有一两分钟，看到它的人，所向无敌……"

光头男人突然重拍蜂蜇男孩的妈妈，一手抱孩子一手拿手机通话的女人也跳起来，她也看到了自己孩子的异常。光头男人冲进了诊室，那个见习医生跟着出来。

"喉头水肿！"见习医生让孩子母亲抱娃进了抢救大厅，他要护士过来测孩子血压，并准备静脉输液。光头男人看着几近昏迷的男孩，语气粗暴："立刻！环甲膜穿刺！马上！"

见习医生显然不买光头的账，因为他自己看起来就是打架打输的急诊脸。但是，年轻医生又被光头的霸道气势镇住了。看孩子的样子，也的确像高危的喉头水肿，所以他一扭头，就向急诊大厅另一角落，高喊一个急诊医生的名字。光头厉声大喊："快！再慢，就来不及了！"

一名护士奔回来，拿出环甲膜穿刺盒。但是，躺在急救台上的男孩，因为呼吸受阻，挣扎越来越厉害，穿刺术变得非常困难。没有经验的见习医生无措，又想去搬救兵，光头忍无可忍，戴上手套就拿起穿刺器械，说："别动！就一下！我是医生！"

对孩子的环甲膜穿刺本来就很不容易，何况一个想摆脱窒息的小孩，但光头男人出手利索准确。男孩气道通了。见习医生差点跪了下来，是感激，是后怕，也是松弛。年轻的医生知道，若插管延迟，患者可能在半小时内病情恶化，而那时，气管插管及环甲膜穿刺都非常困难。一句话，过敏性急性喉头水肿，一耽误就是致命的。

生死系于一线，SUV女人感受到了紧张。她在大门外，隐约看到光头忙碌的身影。她和爱云孩，两次企图混进抢救大厅，都被护士赶出去。第二次又被赶出来的她，翻出了扣留的光头驾驶证，没错，上面没有单位信息，名字叫刘旗云。照片上头发颇多，看起来还蛮讲道理的，和眼前凶狠不耐烦的光头不太像。女人想了想，决定给那个路见不平的人打个电话。

电话通了。先是一个女声，问明需求，然后那个白领男的声音就出现了。没想到他第一句话是："女士，算了，冤家宜解不宜结。"女人说："我是外地人，马上要离开锦天，还想请您处理善后问题呢，您这是……"

律师咳嗽了两声，说："直说吧，这人不坏，他救过我儿子，手术到下半夜，完了还丢出红包。我认出他来了，所以，我走了。"

"他是医生？"

"对，非常有名的医生，只是老了很多，胡子都花白了——如果我没有认错人的话，就是他。但不管怎样，冤家宜解不宜结，退一步，天地两宽。就算是律师给你的人生忠告吧。"

"万一他不是呢？"女人说。

"那，"律师喘出一口粗气，"如果赔偿合理，你还是放他一马吧。总之，一个好医生，他也不知道会在哪里收获回报，甚至长得像他的人也跟着有福了——OK？"

九

离开医院的白色SUV，往龙帝温泉大酒店而去，时间是下午四点二十一分。

在光头阴郁郑重的恐吓下，女司机终于放弃了等候。周六本来病人就多，再加上校车出事，那些随后闻讯赶来的爷爷奶奶、外公外婆、姑姑舅舅等，把候诊厅吵得像春运火车站。女司机烦躁不堪，她明白五点钟，是不可能赶回酒店了。女人说："行。晚上八点后再来。"

光头男人拒绝再上车，女司机砸了两拳车喇叭。

"言而有信，你是男人吧？"

那个叫刘博的倒霉蛋说："我不是。你要体检吗？"

"上来！"女司机说，"没时间了。请——上车！"

光头男人不动，他坚持说女人八点的活动结束，他一定在儿童医院恭候——虽然，男孩绝对没有问题——对此，他愿意赌两万块。

女人喝令他上车："信不信，我现在报警，警察还能测出你酒驾！"

男人转身而去。他在医院大门外的超市，买了一瓶矿泉水，大喝几口，想想，他又买了两瓶。

女司机赶上来说："你也知道法网难逃啊，风筝线我拽在手上呢。"

光头男人说："我告诉你，驾照补办很简单，我徒弟一天就能搞定。至于酒驾，你他妈爱举报就举报吧。老子非常非常需要睡觉！如果杀了你才能让我睡一会儿，我可以切开你气管！"他往副驾驶座重重扔下两瓶水，转身而去。

机动车道上，SUV车发了一会儿呆，又追了上去。她狂按喇叭，光头男人一转身，小男孩立刻手舞足蹈，大喊："爸爸！来！"

光头男人简直七窍生烟。那个额头宽广的小男孩，对他打出了马蹄涡云的手势。光头男人胸口温热，几个沉重的深呼吸，都没有化解掉那个暖和感。他还是走回了SUV车。

"我不是你爸爸！"男人还是没好气。

女人咆哮："他也没真当你是爸爸！只是因为你救了他，他习惯把帮他的人都叫作爸爸，他还叫过一个十五岁的中学生爸爸——这是他的礼貌——你以为你是什么东西！"

男人阴郁地说："你说呢？"

女司机口气忽然转暖:"算你帮我一个忙吧,求你了。"

男人虽然上车,但冷着脸。小男孩把他的手打开,把自己的小手放在他手心里;另一只小手,示意大手掌把里面的手,豆荚一样包裹起来。

女司机说:"酒店的活动,也许少儿不宜,我需要你陪陪他。如果他耳朵、鼻子开始出血,你最知道怎么办。再说,善始善终,做人基本责任,对吧?"

男人还是冷漠无言。一路无言地开了一会儿,小男孩趴在男人身上睡着了。沉默带来令人厌烦的尴尬,女人打破尴尬,声调亲和得有点低三下四:"喂,我是不是——很像保姆?"

"不像。"

"那你,第一眼觉得我像什么?"

"像被欠薪的保姆。"

女人抄起车门边的喷筒。

男人说:"彩带喷筒。你下车的时候,我看了。"

女人音量猛提,看不出是玩笑还是愤怒:"我像保姆?!你他妈还像个人贩子!我今天才知道什么叫遇人不淑!"

男人说:"是,我就是懒得拐精神病患者的人贩子。"

"你的破眼镜和紫鼻梁,怎么回事?"

"被人打了。"

"你打输了?"

"对。我们没有正当防卫的资格。"

"明白了,你们被人捉奸在床了。"

"恐怕比那更糟。"

女人语气再次低伏下来:"谢谢你!我儿子今天说了比一年说的还多的话。"

男人没有回应。

女人说:"看得出来吗,他自闭?"

男人没有回应。

"你看不出来吗?"

女人从后视镜里,看到男人闭着眼但微微摇头。

女人说:"其实我非常苦恼。已经在约心理医生了,说先试一个疗程,五次一疗程。"

"他没自闭。"

"他爸说,他四个同学的孩子都自……"

"他没自闭!"

"专家说,现在有很多患自闭症的孩子……"

"能对视,能指物,能正确表达,没有重复古怪动作——他很正常!"

"他这么看云,不古怪吗?"

"很多人爱云。我母亲去世的时候,正好看到窗外的虹彩云,她笑了,都忘了说遗言。"

"你妈是专业……"

男人高声:"他、不、自、闭!钱多你就约去。"

"呃,还有,我儿子……"

"你他妈能不能让我打个瞌睡?对,你不是被欠薪保姆,你他妈就是被欠薪保姆中的女流氓!"

女人笑了。男人闭着眼,没有看见她的笑。

十

酒店大堂的世界各地时钟中,中国时间十六时四十一分。女司机一路接了三个电话,可能怕光头再发火,她都是压低嗓子通话的,但光头还是听了个大概。一是,那个活动要延迟一刻钟左右,上个会议推迟了;二是有人送来的什么，女人让他交给门童，让门童放在总台；三是703房间可以休息。这些零碎的信息，让光头以为他可以到703房间休息一会儿，没想到，女人把他们领到咖啡座，随后，服务员送来了糕点和咖啡。女人说："我带他上去一下，你先吃点东西。"

小男孩甩开了女人的手。他不走，不仅不走，还试图和光头男人挤坐一个沙发座。男人退到双人座上，男孩立刻也坐过去。女人看着光头。咖啡、曲奇饼干、坚果和布朗尼蛋糕，女人把咖啡杯推移到男人面前，男人无动于衷。

你喝点提神，我很快。她走了两步又回头，耳语般说："天网恢恢。人贩子，我儿子信任你，我也想信任你。"

男人看着她，抄起精致的咖啡杯连托碟，重重蹾到了隔壁空桌，咖啡汁荡漾，溅到乳白的桌面。这是直截了当的拒绝，他们互相瞪视着。

小男孩大口吃蛋糕，自己给牛奶加了很多糖。女人往电梯方向而去，还不断回头看。

光头男人从手包里拿出纸和笔，开始画云。小男孩果然上钩，要求自己画。他在自己的双肩包里掏出了一本云绘本和一盒彩色蜡笔。男人去总台要了三张A4纸，和一条彩色纤维捆扎绳。男人说："我们说过的辐辏状云，就是天街的那种，条条大路通罗马，对不对？看起来是连到天上车站的。天上的车站！你把它画出来，还有两张纸，你再画你看过的最喜欢的云。画满三张，我马上睡着，谁也不许讲话。你画得好，我就能梦见你画的云，只要我俩的脚用绳子连接好——不能断开。到时候我醒来就能告诉你，你画了什么云。"小男孩兴奋得两手直压自己的脸颊。

光头男人终于让自己躺下了，他蜷在双人靠背沙发里，小男孩跪坐在他身边的单人沙发上，他小心保持绳子的连接，他一点也不想吵醒光头。小男孩全神贯注，在和光头男人的梦云比赛。二十分钟左右，一个穿黑色西服的苗条挺拔的女人过来了。

男人在酣睡，小男孩在酣画。女主管一眼就认出了这个男人，尽管他侧脸灰暗、胡子拉碴，胶带缠住的眼镜更是邋邋遢遢。但女人为了确认没有认错人，特意绕着观察了两圈，然后，她轻轻在小男孩脑袋边耳语："画得这么好呀！"

小男孩置若罔闻，专注上色。

女主管说："他是谁？"

小男孩依然在画。

女主管拿起了桌上的小象，小男孩一把按住。

女主管说："你要不要吃软心巧克力？"

小男孩不睬。

女主管说："他是谁？"

小男孩依然上色。

女主管厚着脸皮："哎哟，你是画前天来的七彩祥云？"

男孩这才抬头看她，点头。

女人微笑："他是谁？"

"爸爸。"小男孩边画边说。

女人发蒙，怀疑自己听错了。她再问男孩他是谁，小男孩一把推开了她。

女主管回到总台，示意大家不要打扰咖啡座的人。她自己走出酒店大堂，开始拨打电话。

SUV女司机下楼了，她边走边接电话，出了电梯往咖啡座而来。时间是下午五点三十。

咖啡厅奶棕色的地毯完全吸音，光头男人在沙发上蜷睡。女司机重新叫来热咖啡和糕点。服务生离去后，女人看了看时间。她不准备马上叫醒他，她拿起手机，为蜷睡的男人和作画的小孩拍了合照。相连的黄色纤维绳，得到了细节突出。女司机脸上浮起笑意。

男人微微睁眼,又闭上了。桌边流光溢彩的身影,令他有点迷惑,揉了揉鼻根他坐直了,渴睡的眼睛还是非常干涩。揉捏鼻根动作,让受伤的鼻梁钝痛,他清醒了。戴上破眼镜,明白都不是梦境:那个休闲邋遢的虎狼女司机,已经判若两人。她坐在他右侧、面对大堂的单人沙发上。女人的头发洗吹之后,干净轻盈、丰茂微鬈;一身紧致垂悬的黑裙,被她的二郎腿,勾勒出漂亮的腰臀曲线;黑色的高领下,是一片倒扇形的白皙裸露。没有任何首饰,也许是自信,也许忘了戴。以光头男人的眼光,如果她再丰满一点,肯定更令人窒息。但显然,这女人不在乎,跷着的那条腿的脚尖,挂荡着考究的黑高跟鞋;她的锁骨和挺直的平整颈背,倒散发着知性的美与果敢。光头男人伸了下懒腰,感觉自己就像走出了通宵鏖战的手术室,完成了一个复杂的高危手术,终于回到清新的满天星光下。这是他从深夜的手术室出来,经常有的舒服感觉。

女人好像都是魔术师啊,到底有多少女人会来这一手:一放任,就鹰头雀脑;一收拾,就貌若天仙?

但男人看到了她端咖啡的手,他几乎顿起反感。那只拿咖啡杯的手,无名指的指甲缝里,有着明显的灰线;另一只放在手机上的手,食指和大拇指指甲缝里,也一样有细细污线。男人恶心至极,转开视线。女人看起来在悠闲地喝咖啡,实际她的目光越过咖啡杯,一直盯着大堂里进来的人们。女人很敏感,她还是感受到了男人的反应,立刻把手机上的手,藏到桌下。

光头男人站起来,女人不看他,但一把拽他坐下。他顺着她的视线看,大堂那边,一个高大的白衬衫男人走向总台,他取回了自己的房卡。手上搭着棕色外套的"白衬衫",身高体厚,气宇不凡,他一路低头看着手机。他身后几步远,一个栗色斜发髻的紫灰长裙女人跨进大堂。她双手拿着手机,边走边双手按键,在回复着什么;从她的侧脸看,十分甜蜜可人。

光头男人不明就里,他还是想离桌活动一下筋骨。女人却死死拽住他,一边在回应打进来的电话。男人嫌弃地看着她拽着他衣服的手,既厌恶那条指甲灰线,又忍不住被那些污线吸引,这让他情绪更加恶劣。他摔开女人的手。

"你的重要活动,就是鬼鬼祟祟喝咖啡吗!"

女人收起电话,看着男人。

她似乎也有点不知所措。她的眼神黯淡飘忽,有点像病房里濒临死亡的病孩眼睛——他们还不认识生,就要接受死亡了,那双眼睛中困惑大于恐惧。那个叫刘博的男人,不想回应这样莫名其妙的无助眼神,他转开眼睛。

女人开口了,嗓子很哑,就是突然近乎失声的沙哑,她说:"我在捉奸。"

男人心里一震,低头看她。女人幻灭的眼神,挫败而自卑,和她强劲高贵的黑裙,形成显著的反差,这令他不由得恻隐。他又坐了下来。小男孩还在画云,那是创造者的入迷状态了。女人深深垂下头,男人有点害怕女人哭泣,但只是数秒后,她一甩长发,又侧仰起了脸。这张脸是俊美光洁的。刚才被她的曼妙身形席卷的男人,这才注意到她额角宽广饱满又线条清晰的脸。小男孩很像她。原先秋茄子一样的嘴唇,因为用了车厘子色的哑光口红,比丝绒黑玫瑰的花蕾还性感。之前,他也不记得女司机是什么形状的眉毛,现在,他看到一对流动蓬勃的帅气眉毛。但随着脸一扬,这张脸又显现了倔强和不羁,男人不由得联想到了斗兽场。作为男人,他还隐约虚荣地觉得,她需要他。他回应了她。

十一

女人手机信息提示音响了一下,她一看马上站了起来。随后,她嗅了嗅儿子的头发,又意义不明地拍了拍光头男人的肩,快步离开。男人看了一眼总台的时钟墙,总台的中国时间是十八点十四分。男人无聊地看着那个匆促的黑色背影拐进电梯通道。收回目光后,他又百无聊赖地直身,想看看小男孩的画作。小男孩立刻用手遮挡,并用小象挡出隔离线,表示拒绝。男人便重重后仰,闭着眼休息。

唐秘和三个小伙伴,和在大通道等候电梯的老板娘胜利会师了。有人提着总台取的漂亮蛋糕,有人捧着大束鲜花,有人拿着彩带喷筒,一行人兴奋地叽叽喳喳。这些干练的行政员、市场推广的灵巧人,激动亢奋中,没有忘记给老板娘密集的"惊为天人"级别的热烈夸赞,夸得女人忍不住一直偷瞄电梯镜子里自己的样子。她并不喜欢这类富贵感的衣裙,但是,她确实看到自己的美。这是一个相当正面的激励。女人抿嘴看着摩拳擦掌的"捉奸小分队",唐秘还神气活现地晃了晃手里的文件夹,用她的话说,一切精准到位!

一出电梯,一行人就都竖起食指发出嘘声,其实,通道里的厚地毯完全吸音,但他们就像鬼魅一样,诡秘夸张地飘行到了918房前。看年轻人狂喜的表情,女人也有过闪念,是不是踩下急刹车,不要就这么昭告天下,但是,年轻人眼神默契地最后互相确认"准备好了"的信号时,她也不由得点了头。

唐秘镇定地敲了敲门。"笃笃"。里面鸦雀无声。

"笃!""笃!"唐秘再次敲了门,这次敲门声更重了。

又隔了几秒钟,唐秘正要再次敲,里面传来含糊的男声:"谁?"

这个声音,女人太熟了。她感到自己口干气短,脑门发凉。

唐秘语调沉稳:"是我,綦总,小唐。"

"什么事?"

"锦天市政府发来一份传真急件,曹副总请你签字。"

"什么内容?"

"不知道,可能跟晚上会谈有关。"

"我肠胃不适,晚上我不去。"

"曹副总说得你签发走个流程。"

又过了十来秒。

制造惊喜并期待惊喜效果的年轻人，简直快被他们预想的高潮憋疯了，他们扭曲着身子，露出狰狞的笑容，故作僵直地摇摆长臂，缓释着临爆的压力。

门，终于开了，但是，开得很小，綦总伸手拿文件夹。

一束花重重压在他手上，门差点被推得大开，但高大的綦总控制住了。与此同时，楼道里爆发出突击式的恐怖欢腾，彩带乱喷，"生日快乐"的狂欢呼啸里，市场部的那个奔放女孩，把指头放在嘴里，吹出了足球场上的那种尖厉呼哨。綦总立刻拧起眉头，他借这个疯狂的呼哨，表达了不悦。其实，他一眼就看见了他的妻子，她笑盈盈的脸，莫名地令他极度愤怒。

没有惊喜。门里的男人，表情复杂，他对手下拱了拱手，脸色冷峻。但年轻人都以正常的想象力，把这个表情解读为"老板彻底反应不过来"，这个傻傻的小分队反而更亢奋了，他们试图奋勇进屋切蛋糕。綦总一声沉喝："谢了！我需要休息。敢把我从马桶上骗来开门，也算是心意吧。谢谢大家，我发冷我很难受。"

女人把蛋糕交给唐秘，顺水推舟："綦总肠胃不行，你们就拿去分了吃吧。"

女人手上黑色的彩带喷筒并没有交出，但突然的急刹车，让年轻人面面相觑。这么有趣的事，一下子就冷场了？是继续热心热闹走完庆生流程，还是包容理解老板病痛立马暂停？彷徨迟疑中，就在这个时间点，远处，电梯门开了，一个呼喊而近的嘹亮童声，在通道里像云雀的鸣叫。

女人急速挥手，示意年轻人快走。

十二

光头仰靠在沙发上，消失的睡意再也蓄不回。他不时微眯眼看专心作画的小男孩，大部分时间就闭目养神。他没有注意到，更想不到，那位黑西装主管，若无其事地再次无声地来到他们桌子边，掩饰着用手机给他和孩子都拍了照。

男人的电话响了。就在他低头掏手机的时候，女主管立刻转身离去，但光头还是大致辨认出她的背影来。是院办负责人来电："那个泼妇，被你揪头发的那位，说腰被你甩得让病床撞断了骨头，越来越痛，要求拍片。"

光头说："拍去！有问题，费用我出；没问题，她自理！"

"孙院的意思，你休息好了还是马上进来，别让事情发酵。反正也是你的病人家属，就说点软话，哄哄绝对能摆平。"

光头说："让我道歉？！"

"不是，道歉的话，护士长和我们院办都说了一箩筐了。闹事的夫妻，还是怕你。"

"怕我？！我他妈眼镜还没修呢！他们赔吗？"

"院长的意思，大事化小小事化了。不然，他们乱发朋友圈、微信什么的，很损坏医院形——"

小男孩是突然站起来的，他手指着大玻璃墙外的天空，两眼发直，直瞪着外面的天空，张口结舌。光头男人被男孩的石化动作惊到，他嗯嗯回应着电话，顺势看向酒店外面。露天停车场那边的天空，已是一大片的粉绿深蓝浅紫，如明丽的绸缎飘展在高空。他不是因为惊讶不再回应电话里的声音，而是小男孩拔腿就跑，而孩子忘了自己和光头脚上相连的绳子，绳子一绊，小男孩跌了个狗吃屎，男人也一个趔趄，手机摔飞了。

小家伙一骨碌起来，因为解不开绳子，像青蛙一样，双腿乱蹬。光头男人赶紧按住他的腿，为他解绳。男孩急得捶地。"别急，"光头男人说，

"它至少会持续二十分钟。"小男孩已经激动得面红耳赤，呼吸急促，他一摆脱绳子，就向电梯通道飞跑。这个不擅奔跑的男孩，跑得有点跌跌撞撞。男人顾不得解开自己这头的绳子，从另一个桌子的沙发下捞出手机，也猛追。小男孩的奔跑已经无人关注，因为很多服务生和客人，都往大堂门口而去，在各色人等的大呼小叫、赞叹和跳跃中，人们纷纷掏手机拍照。

没错，虹彩云来了。

男人很怕小男孩跑丢，他边追边喊："你去哪？"

这个沉默的小家伙居然大声回应："918！"

男人差点再次摔跤，他被遗留在脚上的一段纤维绳绊倒，往前冲了好几步才平衡了身子，但他还是用另一架电梯追上了九楼。

小男孩冲向918房间。

抱着大蛋糕、闹生日未遂的讪讪的年轻人的队伍，被一往无前的小男孩穿越。918房间门口，夫妻俩对视，男人的深沉冷峻，对抗着女人的莫测巧笑。"我来得不是时候？"稳操胜券的女人，显然想使出一个温柔的眼色，但是，她的表情不够圆润。丈夫看穿了女人的心机与叵测的妩媚，他按抚着自己的腹部，一只手潦草拥抱了女人。

也许丈夫在等闹生日的年轻人走得更远，也许妻子在等待小男孩走得更近。夫妻俩沉默而潦草地拥抱着，没有亲吻，只有泰山压顶的对视。

这活火山一样的拥抱，同样被一往无前的小男孩穿越。

小男孩冲进房间，一把拉开窗帘，同时踮脚跳叫："看！——看！"

夫妻俩呆怔的瞬间，临时监护人也随之闯进，他从小男孩开辟的通道，直奔窗前，他帮助孩子彻底拉开了沉重的双层遮光大窗帘。

做丈夫的男人反应比妻子快，他一把搂转女人，把她连拥带推，送到窗边。此时，他们一家三口都站在了看得到虹彩云的窗前。大衣柜在他们的身后，因为角度不理想，丈夫把妻子推向贴窗位置，他简直要抱起妻子，而不是矮小的儿子。而光头男人早已后退避让，他看到了大衣柜下露出的紫灰色长裙的一角。

光头踩上去一拧脚尖，裙子机灵地缩回衣柜。

酒店窗子只能推开一条不大的缝隙，但即使开窗有限、角度有限，窗框还是显示了云彩后半部的传奇异彩，它已经超尘脱俗、美轮美奂。小男孩发出原始人或者兽类的尖叫。那个做父亲的，脸贴着妻子，呼应着儿子，也发出原始人一样的夸张号叫。

光头男人再次回头，衣柜内置灯亮着。他知道那个女人顺利逃亡了。

与此同时，小男孩突然急推父母，掉头就往房门口跑。光头迟疑了一下，他当然明白那对夫妻斗兽般的血腥对视，休战只为儿子的虹彩云。光头男人不得不重拾责任追了出去。小男孩一路直奔九楼转下半个楼梯的自助餐厅，来时他就看到餐厅另一头连接的千米大天台，那是天高地远的"龙脊"所在。而光头多次在那用餐，也在那银河星光长廊里散过步，小男孩一往那个方向跑，他就明白了。

大地暮色渐起，天上的云彩，却明丽如新日发轫。这一份与人类不般配的世外美丽，使天地都虚幻起来，而虹彩云是活体，它在呼吸、在舒展，它迤逦曼妙，令人呆怔。

只有心事如铁的人，才不会被它点燃。918房间内，女人看到了大衣柜灯由亮转暗的一瞬。这明灭交替感转瞬即逝，就像不曾存在过。被强力搂抱着推向窗边的女人，其实第一眼就看到了午间合并的大双人床已一分为二，又恢复为原来的标房小床。是的，那双一次性的拖鞋彻底消失了。女人看着虹彩云瑰丽奇幻，再看一脸发青的冷峻男人，她的大脑，有一种类似缺氧的困顿：他们身手真快啊，半分钟不到。

门虚掩着，但楼道悄无声息。男人过去把门开得更大，碰死。

门开再大有用吗？谁能跑掉？女人嘴角一直保留着躺人的甜蜜，男人看透了这份躺人的笑意而进入更严酷的防卫模式。七彩祥云在天，窗里的人，只感到看不见的剑影刀光。女人端详着丈夫，理亏而不妥协的气盛，说明了什么？说明了女人的价值已经损耗到不值得维护了，不是吗？女人夸张笑容里的诱惑和无知感，是山河破碎的自我抵抗，却令做丈夫的男人格外恼怒。他太清楚这个女人的聪明，而柜子对他而言，是个致命的悬念。他咬着牙，回避她的注目，拿出电话打，他要对方给他马上买点肠胃药送来。女人在大衣柜边踱步，轻声曼语犹如对当年热恋的嘲讽：

"一日不见，如隔三揪——'揪'不是'秋'啊。但我是想给你惊喜的，没想到惹你这么不高兴。"

"我只是肠胃难受没心情。你来我高兴啊。"丈夫坐在沙发上，一手按摩着腹部，"一阵阵抽痛恶心，我可能发烧了。七点多还要开会，做男人很累。"

女人坐在了男人身边，歪头看男人。男人伸手搭了一下她的肩，又开始按摩自己的腹部。

"你一直没有正眼看我啊。这黑裙，你说好看，我就买了，八九千呢，值得吗？"

"喜欢就值得。"男人看着窗外，说，"晚上我可能回来比较晚——那些官员你知道，都是一场二场连三场。"

"既然这么难受，就让曹副总去好啦。"

"涉及投资转移，我不去，他不敢拍板。"

"哟，你在出汗，痛得很厉害吗？"女人抚摸男人额头。男人偏开脑袋，说："一阵阵的。吃点药就好。"

"真没事？"女人笑，"那运动一下？以前你总叫它'祖传偏方'，百病可消。"

别逗了。孩子和药，马上就进来。

女人以妖娆甜糯之姿，重重地坐进男人怀里。她开始拉拉链。

男人一把推开她，站了起来。

女人不为所动，依然保持夸张的燕语莺声："当年柳下惠……"

在大衣柜面前，男人愤怒焦躁得几乎崩盘，但他只能还以温柔："快去看看你宝贝儿子吧。"

女人起身走动，她手拿黑色的喷筒，扶风摆柳在衣柜前来回走，突然，她对着大衣柜门喷射，深蓝色的玉米粉，纵横交错喷在柜门上，整个房间立刻蓝雾腾腾。丈夫目瞪口呆，随之他弹起身子，像要保护柜门，但他马上意识到没有意义，因此，他站直了，干瞪着女人。女人哂笑：

"綦志伟！你别再紧张出汗了，也许里面是空的。"

男人的困惑表情很到位。这个表情是真实的，他是希望柜子里的女人趁乱出去，但他心里没底，她是否身手敏捷，抓得住这闪电般的天助机会？同样地，他之前一直寄望于妻子没有发现柜子异样，现在，显然，一切都证明妻子的表情复杂而阴暗。

女人却引而不发。她不开柜门，但她的手在柜门上的蓝色粉末中，来回游走，像是弹钢琴。男人几乎窒息，他感到柜子里的人，会被这样的弹奏弄休克。

"说吧，怎么回事？"

"你疯了？！你看不出我病了？你以前从不这样！"

"对，以前！以前我会做三十七种男人所需的滋补靓汤；以前，你一不舒服，我就帮你艾灸、精油按摩、送药；你和儿子，就是我全部幸福生活的人质。只要你好他好，我赴汤蹈火零落成泥碾作土，甚至粪土也心甘情愿。"

"唉，我都知道，但你今天好好的发神经干吗？我是病人啊！"

"对，今天来了虹彩云。"女人对窗外挥手，满面嘲讽的夸张春色，让男人想狠狠揍她。女人说："你现在装病晚了！下午两点，我就站在这个位置。请问綦总，你们自己搬运的双人床，会比大床房更好做体操吗？"

"这房间一直都是标房！小唐没有订到大床房，还被我骂了。不信你去问！"

"两双穿过的性感拖鞋,女款的也不见了哦,可能连腿还藏在衣柜里——你要不要亲自开门看看?"

"吃错药了你!"男人爆出了吼声,但他很快稳定了语气,"别发疯了,我很难受,一直反胃想吐,我要上卫生间。你去管儿子吧,我们再谈吧。"

"有人看护着呢。綦志伟,说真话吧,我想听一句实话。"

"这就是实话。我不知道服务员是不是给你开错了房间。这样吧,我们都冷静一下,你去看儿子,我去趟洗手间,我上吐下泻……"

女人挡住了他。

"你以为那个物理系的高才生是白叫的吗?中午一进来,她就拍了精彩床照。卫生间里,那女人落下的两样东西,她也拍了——其实,不是傻,是给你个说实话的机会。很遗憾,你没有通过。"

男人两只手捧着腹部,仿佛胃痛难忍。

女人猛地拉开柜门,柜里空洞明亮。

女人略微一震,也有奇怪的轻松感,但她一笑而出,并摔上了房门。

十三

天空蓝得有点发紫。在人们看不见的深空,一定有清泉水在一遍遍荡涤,只为那个时刻,那个绸缎般时刻的到来。也许它不是神祇过境、仙女西行,它只是让有的人,看到自己在天上的美的倒影;只是让有的人,看到自己真正的老家。

龙帝温泉大酒店S形的千米"龙脊",已经被镀上香槟色的薄薄余晖。西二郭湖整个水面,金箔闪烁。光头男人站在星光餐厅通往"龙脊"长廊的玻璃大门口。近千米长的宽展"龙脊",的确是最好的观云地了,但因为是饭点,那飘带式的超长平台上人影寥寥,更显得那个五岁的孩子,在天地之间的细小孤单。自助餐厅里的食客中，没有谁发现大玻璃墙外，旷世的奇云，在高天招展；大餐厅内，灯光美食的香氛氤氲里，人们穿梭于一盆盆新鲜的佳肴美味间。在人间，美食就是许多人最美的天。不习惯看天的人很多，一辈子不抬头看天的人，也不少，人们低头在地面奔忙，有如饕餮，追逐、获得而心满意足。

小男孩面向西天，细小的双臂张大到极限，十个指头也大张，如某种带吸盘的小动物。小小的身影，在用力拥抱，他似乎要把天上的各色云彩，全部揽到他瘦小的怀里。他可能是意识到了云太大太大，颓然垂下了小手，看起来像认输的云俘虏。

多次邂逅虹彩云的光头男人，也被今天这浩大的云天画面震撼到了。太磅礴了。

天边，西二郭湖的水面由金转棕，水库边的树梢和山峦，颜色黑棕庄重。大地的肃穆，更映衬出西天高空上，虹彩云的流丽万端。宝蓝的天幕上，兀自绵延气象万千的那抹宝石般的瑰丽，因为过分超然与靡丽，有了摄人魂魄的迷幻感。光头男人觉得，这是他见过的最磅礴飘逸的虹彩云，它简直就是高天里横过人间的仙锦魔缎，在天空自由飘扬。

也只有到了"龙脊"，天高地远，才能看清今天虹彩云的全貌。它就像一前一后两只迎风而飞的天鹅翅膀，后面这扇漫天巨翅，从翅膀根的紧实到翅膀尖飞羽的轻扬，颜色阶梯，在流丽渐变。翅膀根上，可能云层太厚，只有薄的边缘，被透着橙光的金绿色勾勒了轮廓，然后，整个飘飞的羽翅，在湖蓝、湛蓝、果绿、淡黄、粉紫、紫蓝、柠檬黄、金棕中，晕染魔变，逆风而行，又犹如仙丝柔道在高空梦幻翻转。大翅膀渐渐拉长，但始终在色变中保持明丽的绚烂，有时候是天蓝、粉绿缠绞着淡紫罗兰；有时候，整个底部陡然灰红又翻出清新的灰紫蓝，随后是柠檬黄转淡绿浅粉。最后，翅膀的光亮开始渐渐散淡。就在光头男人以为虹彩云就要谢幕之际，天空的巨翅从中间开始，就像高光核爆，腾涌出耀目的白金色，以它的亮黄金色为中心，金粉绿、金橙、金黄、金红次第铺展开，天空瞬间光亮沸腾，越来越炫目。这才是真正的高潮，它就像一种浩瀚的呼唤，正从天而降。

小男孩仰天呆立，就像电击过的小布偶。光头男人走到了他身边，孩子已经泪流满面。光头把手搭在孩子小小的肩上，搂着他的小肩头。小男孩没有回头看光头男人，他的眼里只有天上的虹彩云，就像在谛听云的呼唤。

餐厅的自动大玻璃门又开了，黑衣女人站在门口。

这犹如一个天人之约，她看到了万里长天上，最绚烂的绝世云彩。

她扔掉了手臂上的风衣，向他们走来。虹彩云照亮了她的微笑，天上地下，各自明丽万千。她就像走在T型台上的模特，蓬松的发卷，随着充满弹性的步伐在脸边自信跳荡。小男孩和她一对视，女人立刻俯身，平伸双臂，对高空的虹彩云，做出很不模特的大波浪身姿。一脸泪痕的小男孩，因为激动，因为有了生命中最为重要的见证人而再次泪如泉涌。他哭出了声。

女人奔过去，与小男孩贴脸，把自己的手机递给他。

光头男人有点困惑，他一时不能理解这个捉奸的暴虐复仇者，怎么忽然如此若无其事、意气风发，918房间里发生过什么？是丈夫成功地摆平了妻子，还是另一场恶战，正在酝酿中？本来，光头男人以为女人没空赏云的，现在看起来，容光焕发的女人，没有错过与虹彩云的相约。她看起来似乎正在滋长恢复自我、修复破绽的能力。

光头男人退往身后的长椅，坐了下来。小男孩亢奋于各种拍照中。

女人绕着草坪走到光头身边："看到了吗，我走过的这一块，和我家天台上的菜地差不多大。之前，人家告诉我，一家人只要有席梦思那么大的一块菜地，就吃不完了。我不信，我一口气种了两张半席梦思那么大的菜地。"

光头男人点头。

"地大，品种、节奏能更好掌控。完全不用去市场买菜，我儿子、先生吃到了最新鲜、最安全的有机蔬菜。因为吃不完，我每周开车二十多公里，把新摘的蔬菜，送到我公公婆婆家，顺道送到我小姑子家。再多，我就送给左邻右舍，送给物业。"

光头男人隐约感到了沉重，他凝视着若无其事的女人。

女人则望着开始暗淡的天空。他才意识到，她平静正常的声音，其实很悦耳。

"他两三岁都不说话，我决定放弃工作。医学研究证实，农药与自闭症密切相关。我信任有机食品的治愈力，我认为食品让人类与大自然产生最深刻的连接。我没有种过菜，但是，我从头学。我去水源最干净的农村，买了三万块钱的泥土，拜了三位老菜农为师。我知道怎么清洁土壤，每次使用后，又怎么修复它们；我知道用鱼粪、厨余垃圾、香蕉蛋羹、灰烬、豆渣，自堆有机肥；我去购买加工过的鸡粪、牛粪；每天，两三个小时，我在天台上浇水、施肥、捉虫；周六周日，除了陪伴儿子，我都在打理天台的绿色菜园。每个季节我的菜园都生机勃勃，芥菜、青椒、空心菜、油菜、莴苣、芫荽、西红柿、秋葵、丝瓜、豆角，还有迷迭香、薄荷、芝麻菜……"

女人语声里有清美的唇齿音，渐渐失色的虹彩云余光，依然让她的微笑，柔暖和善。

"有一次，我公婆因为我送菜耽误了他们的门球比赛而劝我，不要种那么多。我丈夫说：'你们就知足吧，你媳妇是可以把火箭送上天的人，这样的人来给你们种菜送菜，你们是上辈子修了高速公路还是造了跨海大桥？'"

女人一直笑着，就像说别人的段子，可是，光头男人感到了寒意。她春风明媚的脸上，第一颗泪珠越过睫毛后，泪珠便一颗连一颗地掉了下来。她依然努力微笑："我儿子爱吃我种的菜——不过，现在，他爸爸已经觉得农药与自闭症的关系，是专家瞎说的。"

女人对着光头张开她的十指，手心朝上，然后是手背。那个叫刘博的男人，看到了那双手，手指修长，但手心粗糙，至少有三个指头的指缝发黑。光头男人的恶心感略减，但还是不舒服。

"你该戴手套。"

女人说："两三天就要拔草。最难根除的是酢浆草和天胡荽。酢浆草看起来茎细好拔，但根系下面却留着透明大颗粒，在土壤深处，手指得插下去才能摸索到，才能清除；天胡荽的根，也是环绕纠缠。你只能铲起泥土，掰松，像清理蜘蛛网一样，才能拔除。戴了手套，手指就不再灵活。进入指甲缝的土，可以剔出，但留下的污线是清洗不掉的。如果需要，我会腾出时间去美甲，把它们遮掩住。不过，这些年，已经没有什么需要我的重要场合了。"

女人始终微笑着，隐约露出洁白的牙齿，令人莫名酸楚。那些流淌的泪水，荒谬得像是别人的泪。

光头男人很想安抚这个女人，就像拥抱那个小男孩。但是，女人的微笑又令他迟疑。他干咳了几声，说："呃，呃，我不是说你，而是，那个，很多女人，为了一个男人，把全世界关在门外，很蠢。就等于把自己关在牢里，男人回家，她就像被探监一样高兴。她不知道虹彩云，也不知道人间的紫灰裙子。"

女人一下瞪大眼睛。

"你看到啦？！"

光头男人摇头。

"你看到了！"

光头男人耸了耸肩："我一定懂你的意思，但我和他，"男人一指小男孩，"我们两个男人都认为，地上的任何裙子，都没有天上的虹彩云美。你愿意让你儿子看到哪一样？"

女人终于言行一致，哭了。她放声痛哭。

光头也终于感到了女人的脆弱无依。咖啡座的那个眼神，那个濒死患儿般无辜绝望的眼神，是孤苦真实的。女人哭呛了，她跪在地上咳着哭。

小男孩听到了妈妈的哭声，他急忙往回跑，他站在两个大人跟前，轮流审视着他们，生气又有点狐疑。女人看出了孩子的担心，她把双手平伸给光头，那个叫刘博的男人，把自己的手覆盖上去，他们互相牵住了对方的手。小男孩羞怯地笑了，他扔下手机，把自己的小手，也叠放上去。

女人说："我知道封闭体系里的熵增与死亡，我更知道，抓住了胃就抓住了男人是个愚蠢笑话。我也知道所有的爱情，都会被操持家务磨损……"

玻璃门那边，那位黑西装女主管身边，还站着一位着套装的短发女子。她们是亲姐妹，她们都拿着手机，在给三个彼此握手的人拍照。

虹彩云已经全部转灰。

十四

白色SUV车开出了龙帝温泉大酒店的林荫道，时间是晚上八点二十分。

光头说："你确定不去儿童医院了？"

"嗯。"

女司机说："在儿童医院候诊的时候，我就知道我儿子没问题了。"

"那好，你按我的导航开吧。"

女司机点头。小男孩不怎么看星空，他还是喜欢云天，他问："明天，它还来不来？"

两个大人都没有回答他，他就打了一下男人的手臂，这个动作，把问题抛给男人了。男人说："可能还来。"小男孩一指驾驶者，说："她有一条很多颜色的裙子。"

男人说噢。

那么多颜色从哪里来？

也只有男人接得住孩子跳跃的思维，他说："穿过薄云的太阳光发生了衍射，薄云里有均匀的细水珠——均匀的冰晶也可能——小冰晶云是贝母云，我们说过的，它是高云族——反正它们都是均匀的小水珠或小冰晶，把太阳光藏着的赤橙黄绿青蓝紫都散出来了。只要云很薄，很均匀，很自由……"

小男孩说，妈妈的裙子，风吹到天上，也是虹彩云。

当然。所有的妈妈都是虹彩云。她下来给你种菜做饭，就变成雨水；她要做她自己，就又会飞上天变成虹彩云。只是呢，很多妈妈忘记自己是虹彩云，所以，就变成天天下的雨水了。

二十分钟后的夜街头，就能看到高出杧果行道树很多的协和医院鲜红的大招牌。导航说，过红绿灯就进辅道。女人一看到了协和医院大招牌，就扭脸看光头。那个叫刘博的男人，在低头看新进来的微信，随之黯然一笑。

女司机说："彩票中大奖了？"

男人念："一、重婚罪：指在有合法配偶的情况下又与他人结婚或建立事实婚姻所构成的犯罪；二、离婚冷静期，过错方和非过错方，照样可以调整财产分割比例。过错方拿小头。"

女司机说："法律课？"

男人说："对，最后一课。再过三小时，有个女人也要变回虹彩云了。"

女司机忽然感到失落，自问自答般："有多少虹彩云为别人变成了雨水？"

男人摇头："怎么选择，不在婚姻，也不在男人，全由女人自己决定。女人都是天空大地的养子。你儿子都知道，只有最轻盈、最自由的云，才可能变成虹彩云。"

协和医院大门口，车子靠边，那个叫刘博的男人下车。车子启动而去。

行驶了十几米，车子停了。男人疑惑着走过去。

女人把一本驾照还给男人。男人接过，再次挥手让行。他看着白色车在杧果行道树的斑驳光影下远去，但是，二十米不到，车又靠边停下了，打着双跳灯。那个叫刘博的光头男人，跑了过去。

女人降下玻璃窗，说："他还有事。"

后排玻璃窗也降下，男人看着孩子。

小男孩说:"我的书,什么时候给我?"

男人有点忘了。

"给云打分的。"男孩说。

"噢,《云彩手册》。让她把地址发我,买好了,我寄给你。"

"她刚刚不高兴了。"小男孩说,"还嗷了一声。"

女人扭身敲打小男孩的头。

光头走到驾驶座那边。过往的车灯里,女司机脸上的泪痕在暗亮着,她僵直地看着远方迷离的灯光和车流。男人伸手,拍了拍她的头顶:"别连夜往回赶了,拐弯不让直行的人,夜里更危险,还带着孩子。"

女人点头,声音喑哑:"其实,夜间开车我眼睛很花,但我,不知道去哪里好……"

女人又说:"你现在去哪?"

男人说:"去找一个该死的人道歉——你别回去了。"

男人又说:"到家都半夜了。"

每一辆过往的车的灯光,都让女人的新泪汩汩暗亮。

男人说:"真的,别回去了。"

女人说:"我在想,我是不是该去找我儿子最喜欢叫爸爸的那个人。"

男人倾身拍了拍车窗框:"喂,小伙子,你有几个好爸爸?"

后座的小男孩伸长两只手臂并拢后,双剑合璧般,直直指向车外的光头男人。

那个叫刘博的男人,忍不住笑了。

他对着女司机说:"别回去了。听话。"

他声音很轻,后排的小男孩听不清他说了什么。

原载《收获》2023年第5期

花 问

计文君

一

若楠抵达草桥剧场,刚过四点。演出晚上七点开始,三点半把儿子送到英语老师家,她就叫车直奔草桥店了。下车看着剧场的飞檐,若楠生出了久违的解脱感:这一刻,石若楠只是石若楠了。

天气真好。昨夜的风雨,了无痕迹。天空湛蓝如洗,阳光落在身上,是明亮的暖,风拂过,是舒服的凉。一切都让人惬意,惬意到有点儿忧伤。忧伤这种让人行动迟缓且消耗心力的情绪,对于每日操心费神、手脚不停且年届半百的若楠来说,太过奢侈,但斯时斯地,她可以忧伤。

"忧伤"这个词,第三次出现了,跟着出现的滑稽感破坏了她的惬意,若楠甚至都能听见心底咪地笑了一声。这声咪,像划着的一根火柴,点燃了若楠的羞恼,但怒火的苗儿一晃,又被她摁熄在一片湿冷的哀戚里了。

"当全世界羞辱、伤害你的时候,冲在最前面骂你的那个人，是你自己！"

这是阿丹的话。

来草桥店，自然会想起阿丹。

若楠没有走进剧场的前厅，她绕去了后面的园子。池边的柳树枝条青郁，并未见稀疏，风很和缓，轻轻捋过柳条，却捋下了满把的柳叶，握不盈，撒向池面。黑红白花的锦鲤脊背划破了暗绿的水面，都是一尺多长的大鱼，肥硕矫健。那鱼一嗅而知，被落叶引起的涟漪骗了，扑棱转身，四散游开。睡莲的叶子已然残了，软塌塌地浮着，莲叶下有成群的红白两色的小鱼，寸把长，活泼泼的，丝毫不忧虑这美好的秋日稍纵即逝，冰封池面的冬天，就要来了。

池草已然青黄，若楠还是退到了甬路上走。"记得绿罗裙，处处怜芳草。"若楠想着阿丹，似乎可以毫无愧怍地忧伤起来了。

今天叫她来看演出的是叶大可，她拜托孩子姑姑替接孩子的理由也是叶大可有事，但若楠来得如此早，为的却是阿丹。

阿丹本是叶大可的朋友，曾被称作"美女作家"，但在若楠的眼里，阿丹长得并不美，连说普通都勉强。诚实地讲，最初若楠看阿丹，就是那种很会"作怪"的"丑人"。

她从未想过会和阿丹成为好朋友，但事情就这么发生了。

与阿丹相关的所有记忆，都与令人疲惫的琐屑的日常无关，似乎也就不该与若楠的人生相关。阿丹不在了，若楠也就不再踏足此类让她抽离日常的空间了。于是，那些记忆变得像晦暗背景墙上色彩鲜明的画，像空山月下松涛中断续的琴曲，像中年之后依然念念不忘的儿时好梦，因为过于清晰美妙反而不大像真的，若楠忍不住疑心，那是自己编给自己的故事。

若楠沿着甬道走向池上那道折带朱栏板桥的桥头，记忆中的一切就在周遭。那桥跨池而建，中间有亭，穿亭越桥，可以走到剧场的后身，沿池临水错落的仿古建筑都是店面，古玩店饰品店服装店书店茶楼餐厅咖啡店甜品店……

若楠要去逛逛那些小店。那家福记茶楼的醍醐酥，是阿丹盛赞过的茶食，她想买一盒带回去。那家门脸很小味道很足的江南酒家，有阿丹惦记的来自她家乡的鱼鲞醉蟹、鸡汁蒸白鱼、锡壶烫的黄酒……现在正是吃蟹的季节！

回忆氤氲出了暖光热气，耳边是阿丹软糯的声线，平翘舌不分的口音，若楠沉入了那浮着忧伤的惬意里：一个人，带着记忆里的阿丹，慢慢悠悠地去江南酒家，再叫一壶加了话梅姜丝、煮得滚烫的黄酒吧！

若楠站住了。一路行来，她也有些讶异，虽说午后人少，但也不至于寥落冷清得没什么声息。走到了，她才看见被柳荫遮挡的桥头添了道铁栅栏，站着个保安，帽子口罩之间仅仅露出的那双眼睛，充满戒备和警惕。不用问，显然此路不通了，若楠还是问了缘故。保安告诉她，园子里要演戏，所以封了，那些店，没了，都关了。

情理之中的事。时移世易，阿丹都化灰化烟了，她竟还兀自做着醉蟹白鱼黄酒的梦！若楠感受着那份失落，像一脚踏空，却并未跌倒，脚、腿连带着半边身子都被蹾得酸麻起来。

保安终于提醒她戴上口罩了。若楠应了一声，沿着池边的甬道走开了。叶大可发了消息，她已经到了，让若楠到了直接去剧场一楼贵宾休息室找她。

叶大可来这里是参加剧情互动游戏《花问》的首发式，晚上的演出只是首发式的结尾高潮，据说是根据游戏开发的浸没式实景剧的华彩段落，观众也都是应邀而来的专家、媒体记者。《花问》项目的负责人是叶大可的门生丁蔄。若楠与丁蔄也熟识多年。这个游戏前期开发的时候，若楠还帮过一点儿小忙。但若楠不是专家，也不是媒体记者，丁蔄没有邀请她原是自然，叶大可硬拖她来做伴儿才是奇怪。叶大可是知名学者，学生职业生涯的节点，她来站台撑门面，怎么会需要个无职无名的女伴儿？自然有别的原因，不必猜，会知道的。

逛店的打算落空了，若楠也不想这么早去叶大可跟前拘着，哪怕只是在园子里走走呢。看来这园子就是演出标榜的"实景"了，观众和演员今晚就要"浸没"在这里喽。若楠四下张望，池上高高地立了三个像是灯架的装置，也没别的。

若楠见识过"浸没式戏剧"。二〇一五年的时候，她和阿丹一起去蜂巢剧场看了《死水边的美人鱼》，没有舞台，没有座椅，行走的观众和表演的演员混在一起。她还记得入场时，装扮得像德古拉伯爵的男演员，长着一张惨白英俊的脸，向她伸出手，若楠当时受了催眠般就把手给了他，由他牵着走进幽暗的通道，猝不及防地被他丢进一个四壁装满亮白灯泡的房间。

所有的布景道具都是现代装置艺术，不断被切割的空间形成了"迷宫"，走来走去的人，有"居心叵测"的演员，也有到处乱撞的观众。若楠早从催眠里醒过来了，她的"戏剧任务"已经变成了寻找失散的阿丹。她闯进各种奇怪的隔间，一个躺在肮脏浴缸里的男人坐起来对着她念了一段"咒语"，浴缸后面，白色塑料薄膜隔出的"墙"有些飘摇，"墙"外影影绰绰有很多人。若楠绕过浴缸，直接掀开薄膜出去了。那是一个"小广场"，一群人拿纸团砸着一个浑身"血迹斑斑"的女人。有人塞给若楠一个纸团，她顾盼左右，已经分不清演员和观众了，有人像她一样无措地握着纸团，有人一边用力地扔着纸团，一边狂热地叫喊辱骂着那个女人，鼓动围观者。两个年轻女子跟着扔了一下，嬉笑着吐了吐舌头，捡起掉在地上的纸团，又开始扔。

若楠知道这是假的，是戏剧，或者就是游戏，但手里那团纸做的"石头"竟然真的坚硬沉重起来，她到底也没能朝那可怜的躲闪的女人扔过去。

阿丹出现了，她站在了那个"血迹斑斑"的女人身边，纸团也砸在了她的身上。若楠躲闪着人群挤过去，没等她到跟前，阿丹就被一个穿绿军装的男人拉回了人群中,若楠上去一把拽住她。"你干吗?"阿丹笑着说:"好玩儿!"

贪玩儿的阿丹不在了,只属于石若楠的那扇隐秘小门,也就关上了。

若楠低头走着,明亮的午后阳光在她身后变成了橙红色的夕阳,斜斜地将道边的树影描在了路面上,她踩着那光影走,渐次走进剧场建筑的阴影里去了。

叶大可又发了条消息:贵宾室灯光不行,改到二楼咖啡厅,电视台采访,很快。

若楠记得,剧场侧墙朝着园子,有门通往二楼咖啡厅的露台。怎么不见了?她来回找了找,一挂血红的枫藤下,找见了那个月洞门。黑漆的木门紧闭,若楠试着推了一下,推不开。她伸手摸了摸暗金色的铜环,丢开,退后了半步。

若楠的手机里,至今还存着阿丹在这门前的照片。那天她们来草桥剧场看话剧《枕头人》,从江南酒家吃了晚饭出来,走到这里,黑漆木门开着,看得到里面幽径窈窕,花木扶疏,一身绿衣的阿丹在月洞门下,如诗如画的。若楠拿出手机叫了她一声。阿丹扭头,见她要拍照,带着薄薄的酒意,做倚门回首状,拍完跑过来看,说有景深,拍得很好。两人在露台上喝咖啡时又拿出来鉴赏说笑了半天,若楠也颇为得意,说自己拍出了"临去秋波那一转"的味道。

这明媚鲜艳的快乐,在话剧开演、灯光熄灭的同时,也就停止了。

《枕头人》那充满暴力、虐待、死亡的剧情,残酷到超出了若楠的想象边界:枕头人,软绵绵的枕头人,帮助痛苦多年选择自杀的成人,是他的使命。但他的方法却是回到那人的童年,在成为不幸根源的可怕事件发生之前——这还远不是剧中最残忍的故事。

回家的车上,若楠能清晰地感觉到身体依然处在强烈的"余震"之中,脑子里那些暗黑绝望的故事挥之不去,她不停地嘟哝:"为什么要写这种故事?"

阿丹握着她的手说:"写得多好啊!"

若楠并非真的不能理解,如果从比喻的角度来看,若楠甚至能毫不困难地找到现实事件来对应"藏有刀片的苹果""被迫涂上红漆的小绿猪""走进小姑娘房间的黑影"……让她困惑与震惊的是:自己浑身战栗的痛苦里混杂着前所未有的愉悦,一声未吭,却好像在痛快地呐喊!

若楠完全是在喃喃自语:"作者是怎么知道的呢?"

她这话不是疑问,而是感慨。

阿丹接了句:"讲故事的人嘛。"

这也是感慨。感慨过后,两个人都沉默了。

若楠先到家了。车停在小区门口,阿丹也下了车,说拥抱一下吧,她又要出门,这回去的地方很远。若楠问她去哪里,她说南边,地球的南边。若楠故意问:南极吗?阿丹说:也许吧。

若楠被阿丹抱着的时候,心里涌起了一丝妒忌和怨恨,但她只是咬住了嘴唇。阿丹走后,她蹲在小区花坛的阴影里,哭了很久。正常的情况下她不会有这么强烈动荡的情绪,也许是因为《枕头人》里那些故事的缘故,也许是因为她连着在打促排卵针的缘故。

那年冬天,四十三岁的若楠生下了儿子。医生告诉她,超过四十岁的女性做试管婴儿的成功率只有百分之十四,若楠很幸运,当然,身体基础好是关键,厉害!看着医生竖起的大拇指,虚弱的若楠笑了。接着,全世界都对若楠竖起了大拇指,前来看望的亲戚朋友围着若楠和婴儿啧啧称赞:若楠太了不起了!

若楠产生了巨大的成就感与幸福感,美中不足的是,十六岁女儿愤怒地"出走"去了学校宿舍,宣称再不进这个家了。那两年挣着点儿钱的丈夫,按照若楠的要求,同时请了月嫂和家政阿姨,加上非要住到家里来"照顾"

的七十多岁的婆婆，川流不息来看望的四个大姑姐，家里终日回荡着喜气洋洋的人声，只有若楠沉默。没有人想听她说自己多痛苦，哪怕只是行动迟缓时解释说了个"疼"字，立刻就会听到：生孩子哪有不疼的？你又不是才知道！看见儿子，多疼也值了。丈夫满嘴的劳苦功高让她生气，但她没有了发脾气的心力。

若楠沉默地躺着，被"肢解"后又拼接起来的身体像松垮破损的皮囊，各种催奶的汤水灌下去，她不得不频繁前去厕所，而小便对于会阴被侧切过的她来说，犹如酷刑。虽然奶水还没下来，但为了哺乳，她没有吃任何止疼药与抗生素。若楠惊讶于自己的遗忘，十七年前她经历过，却在一系列激素操控下记不清了。她现在正在经历的这一切，最后还会消减、萎缩成一个含义不清的"疼"字吗？

金光闪闪的幸福感与成就感，随着催产素分泌的降低，也渐渐消失了。若楠躺在那里认真思考：那些"金光"是激素水平过高造成的幻象，而此刻的阴郁、悲伤，是激素水平过低造成的症状？

没人关心她的这些胡思乱想，包括她自己；周遭的人都在为那个男婴的进食排泄而焦虑忙碌，却不包括若楠。孩子的反应很正常，不正常的是大人。叶大可竟也要来家看她，这让若楠颇感意外，但也有一丝高兴。

叶大可绝无可能降尊纡贵为繁殖这种动物本能来看望自己，若楠想，肯定有别的事情，但看见叶大可，至少可以透口气，若楠快憋死了。果然，婆婆献宝般抱着孩子出来，叶大可连凑近看的兴趣都没有，笑着摆手说孩子太小，不敢抱。若楠客气地请婆婆、大姑姐出去，顺便关上房门。叶大可身后那个胖胖的中年女子，有着与年龄不符的羞涩胆怯，此时抬起头，若楠才注意到她眉眼酷似阿丹。

她是阿丹的妹妹，她来取已故姐姐让若楠保存的备用钥匙。若楠从衣柜抽屉最深处摸出个小盒子，逐一交代：大门指纹锁的智能卡，书房、卧室的钥匙都粘着标签，衣帽间里面的墙上有保险柜，钥匙是蓝色这把，密码在卡片上……阿丹妹妹和若楠的手都在哆嗦,眼泪噼里啪啦地掉。

她俩走后,若楠趴在枕头上号啕痛哭了一下午,婆婆和大姑姐轮流劝:为了孩子,不能这么难过。人死不能复生,什么好朋友能比亲儿子更重要呢?

若楠不需要劝,哭够了,也就不哭了。婆婆让月嫂把孩子抱给她,若楠看着降生到这个世界还不到一周的儿子,用力吸吮着干涸的奶头,耳边回荡着女儿冲她撕心裂肺的哭喊:"骗子!"温柔的"枕头人"幽幽地浮了出来:也许回到童年劝说孩子去死已经晚了,应该回到出生之前,劝说他们不要出生,痛苦与不幸在出生的那一刻就开始了!若楠猛一激灵,愧疚和恐惧同时涌出来,怀里的婴儿仿佛感受到了什么,丢开奶头,哭起来。

月嫂抱着孩子去喂奶粉了。若楠抱紧双臂,感觉自己像个松软破旧的枕头,所有的内脏都碎成了草屑,上面只剩了一颗狂跳的赤裸的心,像只剥了皮的兔子,惊恐疼痛地乱撞,耳膜被"鼓槌"敲着,咚咚的"鼓声"告诫着她:阿丹和与阿丹相关的一切,都是危险的!

可是,她舍不得关于阿丹的一切。

若楠还是想到了办法,把自己和阿丹隔开了:她是普通人,阿丹是"讲故事的人"。阿丹为故事以人生献祭,而若楠的人生,不需要故事。

这几年,隔着这道"玻璃防护屏",若楠可以安全地想着阿丹。今天,站在阿丹曾经立足过的月洞门前,若楠似乎听到了玻璃破碎的声音。

黑漆木门上的铜环晃动了一下,若楠以为自己出现了幻觉,吱嘎一声,门开了条缝,一个短发青衣的女子探出头来,看见若楠一愣,叫了声:"石老师。"

若楠没想到会在这儿碰上丁菡,笑着解释:"你叶老师念咒把我拘来了。"

丁菡侧身出来,穿了身豆青色套裙的她,站在门前,黑色木门底子上就抠出了一个小巧的丰肩细腰的汝窑梅瓶。她的短发上偏压着与衣同色的压发，密匝匝碧莹莹的青玉珠子编出的璎珞从光洁的额头拢到耳后，黑鬒鬒的发上宛若落了一掌荷露。若楠祝贺《花问》上线，又赞她衣服发饰真美。

丁菡不好意思地笑着拢了一下耳前的碎发，说："剧社的妆发老师给我弄的，嫌我的发型太寡淡，当观众也有损他们戏里的盛世风华。"她略带解释意味地补充了一句，"说起来，您还算我们主创团队的一员呢，当初帮了我们大忙，本想正式首演再请您来指导，今天是为了首发式，只选了'草桥惊梦'一段。"

丁菡说着话，推开了半扇门，往门里让了一步，笑着对若楠说："您进来吧。"

若楠进了月洞门，道边的绯扇月季疏于修剪，多刺的枝干带着硕大的玫红花朵伸到了人脸前，丁菡细心地替若楠挡开花枝，指着窄窄的楼梯说："我要去接一位客人，先不陪您上去了，从这儿上二楼，叶老师在上面接受采访呢。"

若楠不觉朝着花木掩映的小路望了一眼，翁郁的女贞树枝与茁壮的月季花叶上下遮蔽的暗影里，站着个长发女子，秀颀的身形颇似阿丹。若楠心里咯噔一下，随即叹自己，一直在想阿丹，想得都杯弓蛇影自惊自扰起来了。

若楠低头踩着窄窄的楼梯向上了。

二

楼梯的尽头是宽大的露台，原是剧院二楼咖啡厅的吸烟区。剧场演出停了多久，咖啡厅自然也关了多久。捎色蒙尘的遮阳伞收束起来，都挤在角落里，那里还有几株被抛弃的大型盆栽，在风里瑟瑟抖着褴褛的枝叶。

咖啡厅朝向露台的一面，是透明的落地玻璃窗，室内的情形一览无余，大厅里人不多，众星捧月般围着叶大可，她还是标志性的黑框眼镜，原本中分的黑直长发在脑后绾了起来,一身钴蓝袍子,坐在柠檬黄的长沙发上,对着记者和摄像机侃侃而谈。

若楠没有推门进去,而是走向露台朝向园子的栏杆。

铁艺防腐木桌椅一路摆到了栏杆近前,都积了泥垢,桌面上带"草桥"图标的烟灰缸里存着昨夜的雨水。淅淅沥沥下了一夜,怎么会无痕?这世上的一雨一露一沙一尘终要落了因果,人更挣不脱了,能不昧因果,就足以跳脱野狐身了!

若楠有此联想,是因为昨晚电话里,女儿聊到了"野狐禅"的故事。

若楠当时正给儿子讲睡前故事,女儿打来电话,若楠亲了一下儿子的脑门,接起电话,儿子委屈得瘪瘪小嘴,也就乖乖地睡了。

若楠留了夜灯,关上卧室的门,走到客厅,窝进了窗下的懒人沙发,看着玻璃上的雨痕,告诉女儿这里下雨了。

女儿的声音很平静,问了句:"爸没在家?"

若楠说:"刚打了电话,住人家厂里了,现在他得盯发货,怕再有闪失。"

女儿从未连着两天打电话。前一天女儿的声音很雀跃,告诉她晚上斯黛拉·李邀请她去吃晚饭。最初为了便于若楠理解,女儿曾用"英国叶大可"来描述自己的学术偶像。这两年若楠没少听女儿提起这位斯黛拉,知道她研究社会学,却是个奥斯丁迷,所以看见女儿发来的照片,做了维多利亚风的复古卷发,穿着带裙撑的露肩白色小礼服,知道她是在投宴会主人所好,并没有惊讶。

女儿从小到大,很少穿此类衣服,最初是若楠着意"去公主化"教育的缘故,后来就是女儿自己的选择了。照片里的女儿,已然是个美丽的年轻女子了,作为母亲本能的不安,蠢蠢欲动,但若楠立刻给摁住了。

若楠早就下定决心,不用自己的判断去干扰女儿的人生。她能做的,不过是把自己的人生当作一本错题集，彻底打开给女儿看。这本"错题集"原本是要在女儿上大学之后，再打开的，迫于无奈，提前了半年。

若楠决定怀二胎那年，女儿在读高二。她还是和女儿谈了，刚提了一句，女儿反应激烈。丈夫责怪若楠多事，自作聪明地撒谎说不要了。若楠远比丈夫了解女儿，但她实在无力当即彻底解决这件事。丈夫关于她病了的说法，也并非完全算是谎言，五个月的时候她有流产征兆，稳定了之后，出现了妊娠高血压，所以那几个月，若楠都待在医院里。生完孩子，若楠回家，女儿就"出走"了。丈夫被老师叫去了，期末考试的时候，女儿竟然交了白卷，放寒假还待在宿舍里不肯回家，丈夫发脾气，说好话，都没用，奶奶姑姑最后一起上，总算是把女儿哄了回来，女儿还是不跟若楠说话，若楠也就不跟女儿说话。若楠知道女儿伤心愤怒的根源是遭遇了抛弃和背叛，而且还来自她最为信任依赖的母亲。

最为拥挤嘈杂的一个春节，公婆来了，初二那天，十几口人拥了过来，女儿的房间里也被迫安置了表哥表姐。若楠把戴着耳机缩在自己床上的女儿生拉硬拽到了卫生间，关上门，把自己装好的羽绒服袋子塞给女儿，低声说："你穿好衣服先出去，有人问就说扔垃圾，然后在楼道里等我。"

没人在意，若楠踱到门口的时候，发现女儿细心地没有锁门，她闪身出来，进电梯后才穿上羽绒服，虽然女儿还是没有说话，但这次"遁逃"证明母女之间的默契还在。若楠拽着女儿去了购物中心的糖水店。女儿耷拉着头说不吃甜品，若楠说我吃。她给自己点了份双皮奶，一边吃一边说："咱俩还是一伙儿的。妈妈给你说过的所有的话，都是真的。这个弟弟，和你并没有什么关系。你奶奶、爸爸，包括妈妈我，都和你的人生没关系。你是你自己的！你有那么多想法、愿望，去实现啊！怎么，你打算就这么跟屋里那堆人挤着过一辈子吗？"若楠把勺子一丢，看着满脸是泪的女儿，"为什么一个愚蠢的老女人因为要维持婚姻生了一个男婴，就能让你放弃人生，啊？！妈妈告诉过你，什么能给一个人真正的自由？"

女儿抹去了眼泪，说："思想。"

"那什么能让一个人彻底失去自由？"若楠继续问。

女儿的声音恢复了平静："也是思想。"

若楠没有再说别的，抬头看了看从商场楼上悬挂而下的巨幅店铺广告，说："想不想吃火锅？妈妈馋了。"

女儿扑哧笑了。若楠扶着桌边站起来，持续感染造成的疼痛让她行动不便，女儿过来扶住了她，低低地叫了声"妈妈"，靠在她的胳膊上，又落了泪。

若楠喘了口气说："你越强大，就越自由；越勇敢，就越快乐！就算不能，也能避免很多无谓的痛苦。你陪妈妈先去买点儿抗生素，我他妈忍够了。"

女儿顺利地考上了理想的大学，大四那年，申请到了剑桥的MPhil（学术研究型硕士学位），同时，她也得到了母校的保研机会。丈夫的小公司因着海外订单连年减少，零落得只剩下他这个老板和一个财务了。女儿提到剑桥，他倒是精神一振，但听了女儿的专业和计划，只剩下叹气了。MPhil是哲学硕士，与普通的硕士不同，第一年如果通过六项考核，成绩优异，且论文合格，可以直接申请博士学位，所以有"副博士"的旧称呼。人文社科的奖学金极少，不必存侥幸的幻想，四年下来学费、生活费再节省也要一百多万。丈夫嘀咕："你不是学的计算机吗？这咋又改哲学了？"随即笑了，"我不懂啊，你妈妈说了算，反正你要去剑桥，咱家就得卖房子啦。"

若楠笑着说："有肉不吃豆腐，干吗不去？！"

女儿知道家里的情形，反倒没有若楠果决。母女相对时，若楠说："妈妈这点儿话语权也来之不易，咱别弄那些糊涂的小心思，悲悲切切的没必要。钱是工具和手段，你想去，能去，就去！妈妈说过，咱俩是一伙儿的！"

这是若楠人生中做过的最痛快的事。叶大可为这件事破天荒夸赞了她有见识。女儿第二年顺利申请到了博士资格。叶大可拿着女儿的硕士论文,帮她在国内赢得了一笔政府补助,学费基本解决了。年初若楠依旧照数儿给女儿生活费。五月份的时候,女儿告诉她,叶老师给了她一份工作。若楠知道学校成立了叶大可文化研究中心,没想到女儿会被叶大可聘为研究中心在剑桥的联络人,薪酬很不错,女儿就此向她宣告经济独立了。直到今年九月份,女儿才和同学去了一趟伦敦。这是去英国三年来,她第一次离开那个镇子。女儿给她发消息说:"妈妈,思想和金钱之于自由,如车之双轮,鸟之双翼。"

若楠看着这话,心情有些复杂。不过很快女儿又发了一条:"伍尔夫式的文学语言,抒发一下感情。知道!给你自由的东西,也会给你最深的奴役。放心。"

若楠从不给女儿制造幻觉。女儿开玩笑说自小被老妈扳着稚嫩的脖颈"直面惨淡的人生",上大学后,更是给她恶补了厚厚一大本"不幸女子图鉴"。说得若楠又是笑又有些羞愧,杂着心酸。她能提供给女儿的只有教训,不附带正确答案的一系列"错题"。

这样长大的女儿,在若楠眼里却是自信乐观的,遇上事情很有主意。新冠疫情刚起的时候,若楠为女儿揪心,各种消息满天飞,加上婆婆和丈夫的埋怨,若楠一度动摇,但被坚持留校学习的女儿说服了。

自此若楠更加放手,克制着各种担心,不会东问西问。丈夫嘲讽她"心大得不像亲妈",若楠不反驳。她只是很明智地知道:丈夫和自己,并不比女儿更有判断力。女儿人生的题,女儿自己做,答案自己给,对错也不是父母能判断、该判断的。这是若楠心里的原则。毕竟他们对那个遥远世界,一无所知。

再遥远,也在人类这座黑森林里,好在女儿从小就学会了随身携带匕首。若楠有时候也觉得自己所谓的"一无所知",更像是一种胆怯的祈愿:没有消息就是好消息。

差不多固定的频次，差不多日常的内容，若楠和远方的女儿不知不觉形成了某种默契。于是雨夜多出来的这个电话，让若楠摁下去的不安，又抬起了头，但她依然没有贸然提问。女儿也没说什么特别的事情，查资料眼睛累了，就从图书馆出来在外面走走，和妈妈聊会儿。她甚至还轻笑了一下，说："想起妈妈给我说的话：人越少自欺，就会越多自由。这话很厉害，足以解脱五百年的野狐身。"

抬起头的不安生出了牙齿，咬了若楠一下，但她忍下了，"被你夸得不明所以——"若楠能想起那故事的梗概，关键的机锋却记不得了，就问女儿。

女儿说："有人问：大修行人还落因果吗？僧人答'不落因果'，就被罚做了五百年的野狐狸，后来遇到了百丈怀海禅师，野狐问了同样的问题，得到答案'不昧因果'，于是解脱了狐狸身，再入轮回。妈妈拿着蔡志忠漫画讲给我听的，我还记得漫画里狐狸变身的时候，周围画了团爆炸的云，我说像放了个大屁！"

若楠也笑了，却不知如何回应。女儿从她的迟疑中感觉到了什么，说就是走着瞎想，想起了很多事情，妈妈以前讲给她的时候，她以为明白了，其实还是不懂，现在想想，彻底的不自欺，就是不昧因果。她顿了一下，说："譬如，全世界都说妈妈是叶老师的好朋友，叶老师也对我这么说，但是我从小就知道，丹阿姨可以是丹阿姨，叶老师只能是叶老师，不可以是叶阿姨。"

女儿又说了些旧事，叹气说："看来我是想妈了，想得参起了野狐禅。"若楠心里一酸，三年没见了，却笑着说："能不能找个优美点儿的意象跟妈妈抒情啊？"

雨夜谈禅，结尾又回到了下雨。女儿说她那里也正下着雨，撑着伞在雨里走，植物的气味很好闻。挂了电话，若楠的心却被一丝残存的不安微微地吊着，睡得很轻，刚要迷糊着做起梦来，就被耳边的雨声给敲醒了。

若楠站在露台上，望着西边天际大片蓝紫橙红的色彩，想起塞在洗衣机里的脏衣服还没有洗。上午叶大可打电话来的时候，她正在收拾家，因为没睡好，人有点儿恍惚。看见是叶大可的电话，心里咯噔一下，不由得想起女儿的"闲聊"，生怕横生波澜。好在不是。也难怪若楠这么猜，今年她们也只联系过一次，知道她给了女儿工作，若楠打电话去道谢。叶大可笑答："三十年的朋友了，应该的。再说孩子很能干，我想找这么合适的人还不容易呢！"

算起来，她们认识三十二年了。若楠和叶大可相识于微时，叶大可毕业分配出了问题，被发配到一家地方师院教书，若楠在系里打杂。彼时叶大可刚经了挫折，心境有些落寞，行事愈发孤傲，周遭与若楠年纪相仿、听她说话恨不得记笔记的人只此一个，她俩自然而然地亲密了起来。

叶大可出国后，若楠决定考研，准备了三年，一直没有报名。若楠当初费了很大劲儿，才给女儿解释清楚了"单位"这个词，在二十世纪九十年代到底意味着什么，一个人的生老病死差不多都能塞进去，这个概念远不是今天"工作"两字可以对应的。按照当时的规定，报名需要单位盖章，而单位不同意她考研，那么她要报名，先要辞职。

若楠至今还保存着七个带红蓝条纹边框的白色航空信封，内装那三年叶大可写给她的信。虽然若楠写四五封信，叶大可才有时间回一封，但这七封信依然是她改变命运的天外神力。

"你姥姥听见我说又要去上学，把擀面杖一扔：'你咋不上天呢？也不想想，都二十四啦，再不找主儿，好白菜就烂在地里啦！'"若楠笑着说，随即叹了口气，"你没见过姥姥。其实，妈妈很像姥姥，她也不过是扳着妈妈的脖子，让我直面惨淡的人生。"若楠给女儿讲的时候，口吻轻松，女儿也笑了，但若楠心里却仍觉得刺痛和愧疚，母亲在她辞职报名后，突然因为脑出血去世了。那年若楠虽然进了考场，但成绩可想而知。

第二年父亲再婚了，继母带来了两个妹妹。若楠这个没有工作的老姑娘，就在家里待不下去了。叶大可已经回国，若楠就买了张火车票去了北京，出现在了叶大可任教的学校门外。报班、租房、考试，虽然都是若楠自己处理的，叶大可在具体事务上极端低能，但她还是若楠心里的依靠。

若楠研究生毕业的时候，叶大可已经是颇具影响力的青年学者了，业内业外都是话题人物，一部文采飞扬、尖锐深刻的学术专著《类人——以"女"为名的物种》卖了几十万册。在叶大可的鼎力相助下，若楠才得以进了她所在学校下辖的出版社，留在了北京。跑印厂的时候，若楠认识了丈夫，他是去印厂盯公司的产品说明书，家是怀柔山里的，也算北京土著。若楠当年结婚怀孕，叶大可对她的选择很是不解："你费劲巴拉地读书上学干吗呢？换个时空结婚生子，这里那里，有本质区别吗？"

本质不本质，若楠没法判断，但区别，她觉得还是有的，至少那些所谓的娘家人，对她的态度亲热了很多。若楠并没有对这见机而生的亲情做出不恰当的可能伤害自己的回应，就像她从来不对丈夫一家抱有任何不切实际的幻想一样。婚姻和出版社对于她的意义一样，都是有规则有要求需要做好的工作，但她同时还有另一份"工作"，叶大可。

若楠当时只是个小编辑，却有个官称叫作"叶办主任"。更确切地说，她是叶大可的全能助理。她在家休产假的时候，手机也始终在枕边，一边喂奶一边接叶大可的电话："卫生棉条在白色储物柜最上面的抽屉里。不行，十四号你已经答应了老朱，撞车了。在阿根廷庄园过周末，十五号回来太赶。十三号下午没安排，约会又不是结婚，这也要看日子？要不你别回来了，把老朱打发走不就行了？我给你打电话，说有事儿。好笑才笑的，哪天怀上孩子你都不知道爹是谁！屋里没人，放心！名单我有，这么多人，费用是固定的，还要好吃，四川饭店不错了！离你们开会的酒店又近……"

虽然被好几股力量抓着，但若楠的感觉不是被撕扯，而是被支撑。她知道这些力量互相作用能让自己站立得更稳：婆家可以制衡娘家，娘家也能威惮婆家；叶大可是理由，出版社和家里人不得不给了她略微多些的自由；而家庭也是理由，让叶大可不得不克制对她时间的占用。

若楠给上大学的女儿深入分析过自己的"人生力学"，这可怜的平衡在她勉力而为下维持到了女儿初中阶段。

学院出版社的营销渠道很传统，虽然她是叶大可"著名"的朋友，也没有理由让叶大可放弃与头部出版商的合作，把版权继续留下。而且，"叶办主任"也有了继任者丁菡。经济形势好的那几年，丈夫挣到了点儿钱，恶俗剧情如约而至。蛛丝马迹，若楠也没心思当侦探，装看不见，收到了"逼宫"的短信，她就必须正视满是蛛网的婚姻了，为了女儿也不能让家变成盘丝洞，她不得不"打扫"起来。顺理成章地争吵打闹，各怀忌惮地适可而止，但平衡变得非常脆弱。若楠冷静地观察了两年，知道若不引入外力，人生的分崩离析也就是时间问题了。

全面放开二孩之后，丈夫对她说："咱也生个儿子吧？"

若楠看着他，丈夫有些心虚地笑起来："我就是一说，你不想就不生。"

若楠认真想了两天，第三天对丈夫说："试试吧。"

做试管婴儿生一个儿子，是若楠综合考量做出的重大决定，是她为人生的又一次勉力而为。她做好了成败两手准备。成了，不用说；败的话，她多半要拿着妥善保存的证据打离婚官司了。

后来叶大可调侃她：母凭子贵，这下中宫皇后的位置坚不可摧了。

若楠听了也就笑笑。四十几年活下来，若楠自认别的优点没有，只有一点，她不自欺，也不自怜，付出得到，算清楚账就行。生下儿子后，继母带小女儿来北京看望她，妹妹羡慕地说大姐真是人生赢家。这话听来真舒服，若楠享受这片刻虚妄的幸福，但并不当真。她认真地告诉女儿，这是悲哀的成功。

"悲哀"在这里是价值判断。感情上，若楠已然是不悲不喜了。人生里的一切都来之不易，挨过饿的人就算吃饱了也不会抛撒食物，哪怕不合口味，她也珍惜。构成她世界的人有再多的问题，那也是她的世界，容得下就容，容不下就忍，忍不了就逃——逃也逃不远，顶多是逃去阿丹那里，吃顿饭，看场戏，透透气就又回来了。

阿丹不在了，若楠也就无处可逃了。

当然，草桥剧场还在，若楠眺望着园中的池柳楼台，这几年实在是没有片刻喘息的工夫，容她从日常中遁逃到此处看戏做梦。哪怕今天，她来，也不纯为了看戏做梦，或者想念阿丹。

今天电话里叶大可虽然没说有事，但语气郑重，态度坚持，若楠迟疑说丈夫不在、孩子没人管的时候，叶大可说派个学生来给她看孩子。若楠笑了，说还是别难为别人家的孩子了，她麻烦一下大姑子吧。若楠了解叶大可，这次她需要自己出现的原因，只怕会有些难宣于口的微妙。

西天的云霞慢慢褪尽了颜色，空中依旧布满光线，暮霭从地上开始上升，灰蒙蒙的，折损着天光，若楠疑心是眼睛累了产生错觉，扭身看，咖啡厅里的灯光却越发明亮了。玻璃门忽然开了，出来的竟是丁菡，朝她走过来。

若楠迎着走了过去，笑着说："你怎么神出鬼没的？"

丁菡也笑了："在剧场门口接到客人，就从前厅上来了。"

若楠敏锐地发现了她的话前后矛盾。从咖啡厅所在的二楼大厅走楼梯下去，就是剧场的前厅，刚才为什么要从月洞门出去？先在园子里绕一圈吗？不过若楠随即暗笑自己无聊，要你管？人家就想在园子里走走！

玻璃窗里的观众在鼓掌了，叶大可起身，笑着和记者握手。丁菡原本陪在若楠身侧，赶了一步，推开了门。若楠说了声谢谢，紧走两步，进入了屋内。

三

若楠悄悄扫了眼室内的人，都是生面孔，除了那个背对着她们、穿新中式黑色立领装的男人。他正把手举到叶大可面前鼓掌，看这背影、动作，只能是叶门大师兄霍伟。人类文明通约的用以赞美的肢体语言只能如此，他没办法，只好加大上肢开合的幅度，以及延长双手拍击的时长。

叶大可显然是看见了若楠，推开霍伟的胳膊，朝她俩笑着招手。

霍伟是叶大可带的第一个博士生，他是在职读的学位，算起来也只比叶大可小三四岁而已。他报考的时候已经是研究生院学生处的副处长，这些年加官晋爵，在部里当了几年司长之后，年初回到学校做了常务副校长。看这鼓掌的架势，他对老师的热爱，这么多年未减分毫。

吾爱吾师，虽是常情，但敢说"天不生我叶，万古如长夜"这话的，也只有霍伟了吧。他口中的叶老师，从来都是独步古今，天下无双。他的话在认真与反讽的边界处，若虚若实，亦真亦假，退一步是诒媚，进一步是狎昵，偏他就能站在那微妙而神奇的缝隙处，堂而皇之地装疯卖傻，言之凿凿地胡说八道。

霍伟对老师，嘴上一份，手上也有一份。年初回校任职，下马拜印，不过数月，叶大可文化研究中心就红红火火地起来了。于公，他成了上级主管单位的领导，不再只是叶大可的弟子；于私，自家女儿也间接受惠，腹诽原本就是放在肚子里的，面上的恭敬客气还是要有的。

霍伟转过身，若楠笑着叫了声："霍校长。"

"若楠老师，来晚了！"霍伟笑着点头致意，"没听到叶老师今天的谈话，很重要，很重要！以后电影史，不，人类叙事史上的里程碑式人物，得这么排：荷马、莎士比亚、曹雪芹、托尔斯泰、卢米埃尔兄弟、格里菲斯、爱森斯坦、戈达尔、丁蒾！"

若楠笑着，目光流转，丁蒾走到一边接起了电话；视线移过来，正好和叶大可四目相对。若楠猜到了今天自己必须出现的原因。

尴尬人难免遇到尴尬事。

大师兄霍伟与小师妹丁菡有过一段过往，用叶大可的话说："本来是一段佳话，结果弄得不尴不尬。"

算起来已是七八年前的事了，若楠也就听叶大可提了这么一嘴，具体情形不清楚。她也不想清楚，不过男女那点儿事儿，好了歹了，乏味得很。成了或许是佳话，不成也未必是坏事，若楠私心觉得丁菡很好，霍伟就算是世人眼里的"黄金单身汉"，依然不配丁菡。

从初识到现在，丁菡给人的感觉永远是舒服的，小小的个子，齐耳短发，皮肤白净，眉眼普通，也不过分打扮，勤谨麻利，总是喜兴的，活泼的，话不多，说出一句来，却能落在局中人的笑点上，也挠在叶大可的痒处上。

丁菡不是那种智识上的聪明，而是有颗玲珑心。灵巧通透的心窍，都是打小看人眉高眼低学着，被世事人情刀砍斧凿出来的。开了窍的孩子，自然讨人喜欢，也难免过得辛苦，日子久了，反而会让人生出一份真实的疼爱。

不过丁菡身上还有严苛威肃、让人生畏的一面，这是若楠后来才发现的。

每逢大型的国际学术交流活动，叶大可都要以私人名义为某些重要人物额外安排一些活动。在外面还好说，家宴是最麻烦的，当然也是规格最高的。若楠那时还没卸任"叶办主任"，带着几个叶门弟子在叶大可家忙着准备，接到女儿学校老师的电话，女儿病了，校医量了体温，说要马上送医院。

若楠放下电话，焦灼地四顾，当时还在读大四的丁菡走过来说："您快去吧，交给我，有问题我给您打电话。"

若楠在医院守着女儿，并没有接到丁菡的电话。第二天她有些不放心，去出版社拿书稿，同时拐去叶大可家看看。一切安排妥当，叶大可那些要给主宾讲故事的"小道具"也各居其位，同门看丁菡的眼神都不同了。

当年前辈巨擘评价声名鹊起的叶大可：霸悍生风，有几十年一遇的开辟之人的气象。真的开宗立派了，她规训门下弟子，几近养蛊，留下的都是强的。叶大可一直都鼓励智识上的恃强凌弱，对于叶门弟子来说，老师在的地方，那就是言语上的跤场，常年开练。丁菡固然不弱，但若比牙尖爪利，倒也轮不上。以前在叶大可的回护下，丁菡从不"下场"。虽说师生如父子或母女，但"如"，就不是。叶大可并不是刻意遮蔽女性气质的女性主义学者，但要说到母性，不遮不掩也没多少。若楠一直觉得，是丁菡持之以恒的孺慕之思，倒逼出了叶大可的舐犊之情，于是严苛挑剔不容细错的她，也有了丁菡这个例外。

若楠后来发现自己错了，天分才情固然不足，但心性态度上，对老师追摹最甚的，竟是丁菡。本来若楠就很为给叶门弟子派活头疼，一句过去，十句回来，若楠急了就一句：跟你们导师说去！很多时候图省事若楠干脆自己干了。

此后若楠就拿丁菡当了主心骨，遇事先找她。丁菡总能把事情拆分成几项任务，环环相扣，做任务的人互相激励还互相制约。后来连分派任务若楠都让丁菡来了，自己在旁边充当"道具"。丁菡提出的要求远高于若楠的预想，面对师姐是否必要的诘问，丁菡也不推诿，口吻淡淡地回答："这是我对叶大可学术要求的理解，师姐要是有别的理解，咱们商量，师兄觉得呢？"

惯被师姐压制的师兄，自然跟丁菡理解的一样。若楠不觉在心里笑起来。若楠最喜欢甚至有些钦佩丁菡的一点，是她善于管理，却从不弄权。苛于人，更苛于己，每次都把最繁难琐碎的活儿留给自己，把能出风头或者在老师面前展示的机会留给师兄师姐，偶尔有些收益，她一定让给师弟师妹。

丁菡顺利保研，继续跟着叶大可读硕士，也就接任了"叶办主任"。若楠再被叶大可召唤，便是闲局，偶尔交代她一些过于私密不便于让学生知道的事。两次之后，除非叶大可说有事，若楠就拿孩子做借口推辞了。她更愿意把这时间挪出来与阿丹玩儿，与丁菡见得自然也就少了。

毕业前，丁菡突然跑到出版社办公楼下，打电话给若楠。若楠一见面就祝贺她："听说了，留校保博，拿着工资读书，叶大可替你想得太周全了。"

丁菡笑笑，说："是啊，很感激老师，她对我太好了。"没想到她话锋一转，很诚恳地做起了自我剖析：天分有限，也没有以学术为志业的理想，靠助学贷款读完了硕士，留在高校并不是明智的选择，一家互联网大厂旗下的游戏公司"厄言Studio"给了她offer，薪酬很好，而且比起日薄西山的第八艺术电影，更有未来发展空间的第九艺术游戏，才是她真正的兴趣所在。她本该对老师坦言，老师生气骂她，是她活该，她怕的是老师伤心。没办法，只能拜托石老师接受她的不情之请，替她向老师请罪。

丁菡神情语气倒是如常，只是笑容很浅，人也有些憔悴。若楠感到很意外，且很困惑，应了声"好"，隐隐觉得不妥，想劝劝，面对丁菡滴水不漏的逻辑，又不知从何劝起。丁菡听她应了，冲她鞠了一躬，连声说"谢谢您"，抬起脸来，原本黯淡的双眸因为充盈液体而晶亮起来，但她还是冲若楠开颜一笑，告辞走了。若楠忽然很心疼这孩子。想了想，打电话给叶大可，知道她在家午休，若楠抓起包冲去了叶家，说了这事儿。

"学了七年的电影，最后去给做网游的打工，这点儿出息！"叶大可一下被气噎住了，缓了缓，叹了声，给若楠述说了一下丁菡与霍伟交往、分手的前情："分手了，不做朋友就做路人。大路朝天各走半边，别说霍伟在学校没有一手遮天的本事，就算有，他敢怎么着你？！没的因为一个破男人，连自己的前途都让出去的！"

气归气，还是舍不得，若楠又领了任务转回头劝丁菡。当然，任务失败。

七年前若楠任务失败，不仅没伤了她们的师生情分，反而因着若楠的一来一回，淘澄出两汪深情。此后叶大可的很多活动中，还能看到丁菡的身影。叶门中一时找不到如丁菡者，但好在她留下的章程很有用，日常各司其职，偶有例外叶大可还是要他们找丁菡。她们师生直到现在还是一如既往亲亲热热母慈女孝。

若楠带着感慨，回应着叶大可的招呼，走到她旁边坐下，眼睛扫到丁菡。她接完了电话，完美地"错过"了霍伟的那番溢美之词，笑着对众人说："我们头儿从主会场那边过来了，想感谢诸位老师。"她指着墙上的屏幕，上面正播着主会场的演出，"直播一会儿也会转到剧场这边，主持人想来采访一下各位老师，我现在去带一下工作人员。"

丁菡平和得体，看不出有什么异样。若楠收回目光，看叶大可，她正望着丁菡的背影，注意到若楠在看她，亲昵地拍了拍若楠的手，招呼旁边的工作人员，问能不能放刚才的采访给若楠看。工作人员忙不迭拿了电脑过来。

若楠开始看采访录像。霍伟刚才的话虽然夸张，却也算如实传达了叶大可谈话的意旨。若楠不禁感慨：师生亲子，爱人朋友，多多少少都有心照不宣的"共谋"在，糊涂的成了笑话，明白的则成了佳话。

叶大可一生行来，尽是佳话。年轻时情史辉煌，也闹得沸反盈天，如今自然是风中往事了，当事人大多已是江湖成名人物，收束铅华，消弭仇怨，见面厮抬厮敬，谈笑自若。偶有反例，叶大可三十六岁，击败了长她九岁的男友，破格当上了博导。爱侣一夜之间从谈婚论嫁到反目成仇，说来本是笑话，叶大可却生生把它变成了佳话。此君远走南国，一生以批判叶大可为志业。而叶大可反而会拿着武则天读《讨武曌檄》的范儿念他的文章，还说长情痴心，此君为最。对比之下，追摹了这些年，丁菡比自己的老师，心性上还是弱了一层。

屏幕里的叶大可谈着作为二十一世纪文化产品的游戏，提到了丁菡当年如何放弃保博、留校，毅然决然投身游戏业的往事。学生怀抱理想与热爱，老师充满远见与包容，采访者赞叹不已，又一段佳话诞生了。

名师与高徒，原是互为因果的。叶大可素来与自己的弟子，都是佳话连连。叶门大师兄霍伟，不管在外面身份如何，回到师门家宴上，就只是大师兄。

论起深谙圣意，霍伟始终都是叶门中当之无愧的老大，不管唱什么名目的戏文，曲终奏雅，要么是歌功——学问好，要么是颂德——待人好，落不到老师身上都算是跑题。这招万法归宗，师弟师妹们谁都没有大师兄练得炉火纯青，但捧哏搭戏还行。虽然不能跑题，但直奔主题自然无趣，霍伟排演的戏文跌宕顿挫、千变万化。那几个被他当沙包练出来的相熟同辈后辈，早已是钟馗边上的小鬼儿，这边踢腿那边就翻跟头了。

套着招儿打，热闹好看，也没什么风险，自然也就不怎么过瘾。三不五时，霍伟也会寻不知底里的"外人"捉弄。若人家当真，他就继续玩笑；若人家当玩笑，他偏就学术起来，连荤带素地一通捶打。人家往往恼也不是，跟着胡闹也闹不过他，只能忍着尴尬狼狈笑着支应。秀才遇到兵，多半是支应不过的；而霍伟却是流氓会武术，施展得那叫一个痛快。

围观这种言语上的"虐杀"，若楠常会觉得不适，但霍伟这别致的"幽默"戏文却很对叶大可的胃口，她会笑着享受前半段，但不会让"血腥"场面延宕得太久，选准时机出手，以彼之道还施彼身，干净利落地收拾了霍伟，此时"受害人"和"观众"都会发出大快人心的笑声。说到底，霍伟还是拿自己"献祭"，成就了这番欢乐热闹。

采访录像看到一半，被打断了。

两台摄像机和一组工作人员朝他们打着招呼走过来，大家都站了起来。

若楠扭头看见角落里有两个高背单人沙发，她先是不动声色地挪到了长沙发边上，两步就跨了过去，跌坐在背对着镜头的沙发上，没想到上面放着束花，她懊恼慌乱地腾挪身子，把花抱在怀里，抬眼看见对面沙发里藏着个戴圆眼镜的小男生，抱着个平板电脑，略带惊讶地抬头，若楠只能冲他笑笑。

打扮得如同唐三彩乐俑的直播女主持，拿着手卡逐个介绍叶大可教授、霍伟校长，以及旁边几位名号闪亮的专家，接着进行采访。专家们虽然都表示了对网络游戏不熟悉，但自然也明白今天的任务，纷纷夸赞了《花问》的选题、立意，以《西厢记》为主脉络，同时囊括了《霍小玉传》《聂隐娘》《李娃传》《柳氏传》等大量的唐传奇，经典传承，创造转化，民族崛起，文化自信，捧得高高的。

若楠心里一笑，《花问》是先射箭，后画的靶子。他们先设定游戏剧情，根据设定需要再寻找合适的唐传奇作为"原著"。若楠被丁菡请去参与讨论，就是为了提高这个环节的效率。与丁菡团队开会，是若楠平生最为愉快的工作经历。

最后接受采访的叶大可，声调温和，不疾不徐，笑吟吟地说："刚才面对我们的主流媒体，虽然今天很难说是主流啦，传统媒体吧，电视台，我就给出了这个判断：二十一世纪最为主流也最为重要的文化产品，就是游戏。某种意义上我可以说，在今天的文化格局中，游戏取代了曾经的长篇小说、电影、电视剧的位置，充当了不止一代年轻人度过青春成为社会人的重要文化路径，我们吃小说电影这种文化'主食'长大成人，他们吃着游戏这种文化主食长大成人。文化主食的构成和品质有多重要，毋庸赘言。对于这款新主食，我只是个观察者，我给你们介绍一位真正的专家。"

叶大可叫了个名字，若楠没听清楚，但对面的小男生站起来，若楠更不能动了，身体滑得更低，小男生迎着镜头走了过去。叶大可跟主持人介绍，这是她今年新招的博士。小男生先纠正了主持人对自己的称呼，强调自己不是博士，只是在读的博士生，的确写过一本专著，研究波兰那家名为"11 Bit Studios"的游戏公司。他还发表了对比Quantic Dream的《底特律：成为人类》与"厄言Studio"的《蒿里行》两款游戏的文章，他高度评价了《花问》的游戏框架设定，用的是叙事行为本身，可以说这是一款元叙事游戏，充分利用了互动游戏这种媒介本身的特点，完成了一种创造性发展（阿丹只是一种叙事）……"

若楠一边听，一边整着被她压瘪了的花束，花中间插着张卡片——这花儿是霍伟送丁茵的。还好，主花是剑兰这种条形花，要是百合玫瑰之类的就惨了。整得差不多了，丁茵带着女主持和直播镜头也离开了，走向大厅另一边。若楠最后调整了一下卡片，小心地把花束放下，揣着满心的疑云，起身走了回去。

那个小男生正嘟嘟囔囔一脸不高兴地跟老师说什么，叶大可一边让若楠坐，一边继续说："人家杂志三审加外审都过了，你这会儿撤稿？昨天他们主编和我开线上会还夸你这篇文章呢，说选题新颖、材料翔实，他们很缺这样的稿子。"

男生急切地分辩："那个结论没价值！互动游戏也在用蒙太奇，更像电影了，这有什么意义？影响研究本来就带着虚构性质，挺没劲的！您今天谈叙事媒介演化的角度启发了我，应该去挖掘叙事媒介本身蕴含的意识形态内容，我想换个角度重新写。"他说完，带着真实的懊悔与沮丧，孩子气地瘪了瘪嘴。

叶大可宠溺地看着年轻弟子笑了："那就再写一篇。文章本来就是思想发展的过程性产物，留下点儿幼稚肤浅的足迹，怕什么？"

小男生跌回单人沙发里，发出"哀鸣"："会成为我的黑历史啊！"

霍伟哼了一声，笑着说："小小年纪，还挺把自己当回事儿！"

"早有戒慎恐惧之心，也好。免得日后追悔莫及。"叶大可淡淡地说。

霍伟有些烦躁地站起身，踱了两步，小男生不说话了，埋头点划着面前平板电脑的触屏。霍伟有些无聊地凑过去看："这都什么呀？"小男生头不抬手不停地说："《花问》，我解锁了莺莺黑化的一条隐藏线——钮祜禄·莺莺！"

"什么乱七八糟！"霍伟喊了声，又踱开了。真是时移世易，大师兄归来，小师弟不捧哏了。变的不只是小师弟，大师兄与老师之间似乎也不同往日了，刚才那几句言语，波澜不兴的水面下，暗流涌动。

若楠心里的疑云翻滚起来：人也来了，花儿也送了，"家长"叶大可跟着呢，怎么，就着《西厢记》的场，要个走形式的"红娘"？那头顶这片诡异的"低云"又是怎么回事？

一声洪亮的男声破空而来："老师们辛苦啦！感谢！感谢！"

随着声音，一个高大的秃顶胖子带着几个工作人员，抱拳拱手而来。若楠见过，知道是"卮言"的CEO。他到跟前，对着每位专家都深深一揖，大家都笑了。他又对着叶大可作了一揖，说："叶老师，伟大的叶老师！当年我刚创业，没敢指望丁蒻真能来，毕竟从庙堂到江湖，那份落差，不是钱能填平的。谢谢您啊！"

叶大可笑着说："你们都是理想主义者！"

"中二热血，饮冰难凉！"CEO摆了个很"中二"挥臂握拳的姿势，随即大笑，看见站在叶大可身后的若楠，忙招呼，"亲爱的石老师，我们的古典文学专家！"

若楠脸腾地热了，好在没人介意，下一秒CEO已经和霍伟热情拥抱在一起，互相拍着后背。CEO拉着霍伟，比对着给大家展示："大师兄，七四年；我，八三年，说我是他大哥，一点儿都不违和！"

有了旁边庞大的"人形背景板"衬托，体形适中、衣着精致的霍伟，越发显得玉树临风起来。也许是三四年没见了，若楠一眼看去，还是觉得霍伟老了，眉眼肌肤表情纹，都得到了良好的管理，但肌肉线条有一种拉都拉不住的颓势，疲惫不堪哆哆嗦嗦地撑在垮塌的边缘。

一片笑声和赞叹中，大家都落座了。工作人员给CEO搬来了一把餐椅——沙发太低，他坐不下去。CEO与霍伟如此熟稔，是有前情的。坐下后抚今追昔，自然而然地就说了起来。

这位程序员出身的CEO说起自己的游戏项目，有着孩子般的热切，他也有说书人的本事，滔滔不绝，抑扬顿挫，手势动作击节相应："最早上线的《逍遥游》，我亲自带队做的，设定是先秦各派方士，借修仙求道，探究生死之谜；稍后启动的《蒿里行》，我也参与了脚本底稿的撰写，设定是魏晋战乱中的散兵游勇与流离百姓，战争缝隙间求生，要照见人性之渊。钱少人也不够，先集中火力把《逍遥游》上线了，推广费用约等于零，好在圈子里兄弟帮衬，也有识货的'大神'助力，口碑发酵，火了！'厄言'也算一战成名。这下'爸爸'高兴了，给钱！第二年《蒿里行》内测时，游戏区UP主里已经有一群'言粉'了，我也是膨胀啦，好风须借力嘛，就搞了场声势浩大的发布会。除了北京主会场外，选了官渡、荥阳、洛阳、襄阳四个古战场做实景分会场，一线明星代言，一时间烈火烹油鲜花着锦，那个数据涨得，我睡着了都能乐醒，没乐两天，啪，给我举报了：血腥暴力，阴暗残酷。《逍遥游》也跟着倒霉，低级暗示，软色情！"

若楠听过这段"书"，霍伟算是半个当事人，都知道底里，于是都听得心不在焉。若楠留意着霍伟，霍伟直勾勾盯着远处笑盈盈的丁蓖。丁蓖的笑，显然是给被采访的新媒体嘉宾的，也是给直播镜头的。若楠心里又不解又觉得可笑，至于这么眼巴巴的吗？还是想卖弄自己"一双瞳人剪秋水"？

此时"书"说到了悲情处："官宣停服，我一个人录道歉视频，哭得像个二百斤的孩子，这梗就是给我准备的。本来是想九十度鞠躬，高估了自己的运动能力，往前一栽就跪地上了，那就跪着哭。我是真悲愤，在社交媒体上写了难听话，欠考虑了。我们的法务和CCO抱着申诉材料去讲理，直接给撑回来了。"

霍伟收回目光，笑着说："你们不仅不承认错误，及时改正，还引发舆情搞对抗，人家作为管理部门，只能更坚持更强硬。"

"还是年轻！当时的确是我们操作失误。首先'出圈'这事儿，有利有弊。咱实话实说，有些玩家是真没见过世面，一听魏晋三国，想当然地认为就是曹操周瑜诸葛亮，吕布貂蝉大小乔。我们也是俩钱儿烧的，请了团队做推广，游戏里作为大背景的那点儿光鲜亮丽的画面全拿出来做广告了。《蒿里行》是暗黑风，画质逼真，再现的是'铠甲生虮虱''白骨露于野''河内人妇食夫，河南人夫食妇'，加上我们的剧情设定，从头到尾没他们一个熟人，感觉被虚假广告骗了，花钱买了份惊吓恶心，故事还不知所云，一气之下就举报了，这可能有。至于舆情，真不怪我们，我那一哭一跪，纯属意外。我也没想到'言粉'的感情那么深。也可以理解，见惯了'丧尸围城''生化危机'，天天末日生存的资深玩家，看见《蒿里行》，那份激动、骄傲，跟看见了《流浪地球》的科幻粉丝和看见了《大圣归来》的动漫粉丝的心情差不多。这一停服，伤不起！这帮人绝对数量未必多，却是能在网上嚷嚷得声儿最大的一帮人：这样充满深刻哲思和文化底蕴的民族游戏，到底是被什么人举报的？定是有奸人来毁我中华长城！"

有位专家略带惊讶地插了句："打游戏的小朋友，这么上纲上线啊？"

霍伟在旁边笑着说："这才哪儿到哪儿啊？还有深挖举报IP来源的，列出'背刺''厄言'的嫌疑人名单，根据工商登记资料查他们背后的'黑手'，论证'厄言'出品的纯国创游戏动了资本的蛋糕，说'厄言'是背屈含冤的'中国之子'，那叫一个条分缕析，慷慨悲壮。"

现场出现了短暂的安静，专家们面面相觑，都没说话，叶大可面色凝重地望着大厅对面那群造型各异的新媒体嘉宾。

CEO呵呵笑着用手捋着稀疏的头发，说："在网上骂有什么用？我和CCO抱着几万字的申诉材料跑得披头散发，说得唇焦舌干，那帮老爷啊！"

霍伟说："他们也头大，市场司的老赵跟我开玩笑，'厄言'已然成了岳飞，他也不能因为怕被骂成秦桧，就无原则让步吧？有问题就是有问题。我劝他：举报，是民意还是恶意竞争，喊冤，是操控舆论还是民意，弄不清，都不管。咱就事论事，'厄言'的出发点值得肯定吧？传统文化创新，缺乏经验有差池也难免，不能一棍子打死。再说，你们自己审，责任自己担，不如搞个听证会、审核会啥的，毕竟牵涉到经典改编嘛，找几位专家，把把关。"

"大师兄就是大师兄，脚踩七彩祥云出现了！"CEO呵呵笑起来，"我们总算逃出生天，修改后上线。画面是一帧一帧地审啊，女修士跨骑在大鱼上都算是色情暗示，必须改成侧骑，腿得这样！"他说着并起腿侧向一边，体形太大，椅子跟着一歪，两边的工作人员身手敏捷，一左一右一撑一拽，救他和椅子于将倾，大家这才跟着他笑起来。

霍伟的笑声似乎太过响亮了，叶大可笑得靠在了若楠身上。

在她木质调香水的熟悉味道里，若楠感觉头顶那团无形的"低云"似乎更低了，看不见的天际，雨云积聚，起了风。

四

条形餐桌上摆放了精美丰盛的茶点，咖啡机的磨豆声不断响起，有位专家起身说去弄杯喝的，CEO就请大家都移步去餐区。叶大可摆手说不用，和若楠好久没见，聊两句。柠檬黄的长沙发旁，只剩了她俩，叶大可却沉默起来。

丁菡还是周到的，带着服务生端来了咖啡和茶，配着两碟小点心、一份水果塔，笑着说："直播要去剧社那边，我得跟过去。今天为嘉宾准备的只有自助简餐、沙拉、三明治、牛排和西班牙烩饭，不知道味道如何，或者我给老师叫北平楼的外卖？也很快的。"

叶大可摆摆手："随便吃一口就看演出了，忙去吧。"

丁菡点头说："那五点半开餐的时候，我过来陪老师吃饭。"

热咖啡弥散的香气缭绕进了若楠的鼻腔，似曾相识，而她平时不喝咖啡。若楠拿起壶给自己倒了一杯，示意叶大可喝。叶大可摆摆手，意味深长地笑着看那两碟小点心：一碟奶黄色的黄油曲奇，一碟瘦长贝壳样的小玛德琳蛋糕。端起杯子，咖啡的香气更馥郁，回忆也变得清晰，若楠耳边响起了阿丹的声音："日晒耶加雪啡里的果香，总让我想起童年的冬天，南方的冬天也很冷，湿冷，我把冰凉的橘子，拿到铁皮炉上烤……"

叶大可叹了口气，说："我很难相信，这纯属巧合。"

若楠注意力不在当下，最初并未意识到叶大可说了一句奇怪的话。

她正捏着块黄油曲奇出神。阿丹送过若楠女儿一大盒英国的Walkers黄油曲奇，还说丹阿姨会魔法，能把自己藏在曲奇里，等她吃到那一块，丹阿姨就跳出来。读初中的女儿和若楠交换了个眼神，但还是很配合地说："那我吃每一块都会很小心，先咬一小口。"阿丹搂着女儿大笑。到英国后女儿又碰到了这种曲奇，拍了张照片，附了一句："妈妈，丹阿姨的故事是真的，她跳出来了。"

若楠把曲奇放进嘴巴，一口一口咬着，太浓的甜香让她忍不住喝了一大口咖啡，透彻的苦占领了口腔，咽下去，嘴里的味道却变得复杂美妙起来，像阿丹和她这么多年的交往，像看完《枕头人》的那个夜晚，她们告别时的拥抱。若楠的眼睛热起来，她忙低下头，把最后一点儿饼干塞进了嘴巴。

叶大可抽了张纸巾递过来，若楠才发现一片金黄的饼干屑撒落在外套的前襟和袖口，黑色羊绒，很显眼。她接过纸巾，索性站起来脱了长外套，抖了抖，她把外套放在沙发肘上，坐下时和叶大可距离远了些。又是沉默。半天，叶大可才说出一句："女人这种顽固的受害者心态，真是要命！"

若楠想，持续受害的事实要是不改，心态怎么改？改成精神胜利法吗？忽然想起上周刷到的热点新闻，一位新生代的女性主义学者因为就婚育问题发言正在遭受"网暴"。她说：一个成熟、独立、自由的女性，应该按照自己的意志决定是否婚育，而不是被"毫无瑕疵的女性主义者"概念绑架，必须选择不婚不育。至于那条婚育的鄙视链——单身高于已婚，已婚高于已育，一胎高于二胎三胎——非常荒唐！这是对女性主义最为肤浅悖谬的理解。她拿叶大可和自己举例：论学术成就，叶大可是金碧辉煌的"泰斗"，她也是熠熠生辉的"杰青"；叶大可选择丁克而她生了两孩，但两人都婚姻幸福。

若楠当时嗤笑：肤浅悖谬的，是她的这套精神胜利法吧！别人骂得凶残多了，不少叶大可的粉丝骂她脑残不要脸，还敢碰瓷，众筹灭了她！

若楠也就看看，笑笑。被骂的那位"杰青"学者真不是碰瓷，她是叶大可的爱徒之一，跟丁菡同年毕业的博士。若楠抬眼，才发现叶大可正看着自己，就把嘴角的偷笑展开成了微笑。

叶大可说："亲爱的，这么多年，我身边这些女朋友，从精神世界到现实生活，最强大、最独立的，是你。"

若楠惊得连连摆手，笑着否认："怎么可能是我？"

叶大可说："敢于绝望，善于斗争，勇于牺牲！肩起黑暗的闸门，放孩子到光明宽阔处去。"

这话还是从女儿身上来的，若楠笑道："你就乱说吧！"

叶大可也笑了，她给自己倒了杯红茶，掰了一小块儿蛋糕，蘸了蘸茶水，说："丁菡这孩子啊，这是打算堵住我的嘴啊。"叶大可把蛋糕放进了嘴里。

若楠此时才意识到，叶大可方才起了三次话头儿，等着她提问好说下去，她的心思都在那儿跑野马呢。若楠勒住了"缰绳"，回到眼前的曲奇和蛋糕，最自然联想到的就是阿丹，若楠第一次见到声名显赫的小玛德琳蛋糕的真容，还是阿丹带了些到叶大可的聚会上——阿丹？若楠愣愣地看着叶大可。

叶大可咽下了蛋糕，喝了口茶，说："还记得阿丹上演的那出'小红帽与大灰狼'吗？"

怎么会忘？那是若楠与阿丹真正接近的开始。虽然以前时不时在叶大可的聚会上能碰到阿丹，但也就是寒暄客套，一两句话而已。阿丹笑起来张扬奔放，但很容易被冒犯、生气，甚至不止一次当场哭起来，不过又好哄，两句好话就能破涕为笑。阿丹比若楠还大几岁，但那份孩子气让若楠觉得不可思议，自己上小学的女儿，情绪管理能力都比阿丹强。叶大可背后对阿丹的称呼是"疯女人"，也不是没有理由。

碰到闲局时，叶大可总让若楠叫上那个"疯女人"，好玩儿。

阿丹谈话，才情纵横，机敏犀利，高兴起来的确会妙语连珠，但这并不是叶大可所谓"好玩儿"之所在。虽然在若楠的眼里，阿丹细眉细眼塌鼻梁厚嘴唇，实在不好看，但做派举止偏能充满"倾国倾城"的信念，周围人也真能毫无障碍地把她奉为"绝代佳人"。叶大可最爱看的，是座中某位男士对阿丹"着迷"、疯狂追求的戏文。熟悉剧情的固定搭配，男主自然知道自己的戏剧任务就是追求，无限赞美，不停示爱。阿丹那天高冷，他就表示失落痛苦；阿丹那天兴奋，大胆挑逗，他就害羞尴尬，不断退却。偶有不开窍的新人，叶大可想捉弄他，就挑起话头，他不接茬儿，就是冒犯，会被阿丹狠狠收拾；若太过起兴，越过了赞美的边界，戏谑轻薄起来，那会被阿丹和叶大可一起狠狠收拾。基本剧情逻辑就是："我浪我的，你动火归动火，但给老娘忍着！"

阿丹的"爱情戏"比起霍伟的"动作戏"，更让若楠感到不适。但霍伟是主动的，自觉的，若楠对他更反感；而阿丹是被"蛊惑"的，但却沉浸其中，真哭真笑真体验，若楠觉得可笑，也觉得可怜，多想一层，甚至替她感到可怕。阿丹的"爱情戏"远比霍伟的"动作戏"危险。霍伟从来不会去挑衅身居高位者，哪怕他的同侪，不是非常亲昵的，也都客客气气。阿丹却没什么分别心，对于不能进入剧情的同性或异性，无差别地"不认识"。两三年见过十几次，还叫不上来若楠的名字，每次都是带笑抱歉地说："亲爱的，对不起，我又忘了。"若楠见过她忘记大佬级别的人物，所以也不是存心蔑视自己这个"帮闲"。但有时若楠会想，万一哪天"男主"开始抗拒剧本，剧情脱轨，阿丹怎么办？

这一天真的来了。那晚本来就结束得晚，若楠回到家已经十一点了，和丈夫争吵到十二点，被惊醒的女儿哭着敲卧室门让他们别吵，才算结束。若楠安抚女儿睡着，自己洗漱躺下快两点了，四点半不到，叶大可的电话打过来，阿丹出事了，有人进了她家伤了她，具体如何不清楚，叶大可打了110，她的车快到若楠家了。丈夫这时也丢开了刚才的争吵，主动说他跟着更保险点儿。若楠也有些慌，拉着他下楼，发现叶大可趴在方向盘上，忽然想起叶大可晚上喝了不少酒，这会儿应该还不能开车。于是丈夫开车，她陪着叶大可坐在后面。

若楠他们到的时候，警察已经在了。阿丹衣衫不整，人也不清醒，磕伤的额头还在渗血，瑟瑟发抖地呜咽，说不清楚话。叶大可是报警人，跟警察说明情况，若楠过去抱住了阿丹，她哭得那么委屈、无助，竟让若楠想到了刚才被惊吓的女儿。情况很快就弄清楚了，已经跑了的那个男人，一个电话过去就又乖乖地出现在警察面前了。

面对可能的牢狱之灾，男人疯狂求生，又哭又跪，百般辩解，所有当晚赴宴者都被他举为证人。阿丹额头的伤口和身上的瘀痕，是她醒来发疯找手机打给叶大可时，自己磕撞造成的，他没有使用暴力。若楠第二天跟出版社请假，在医院里守着阿丹。阿丹诚实地说，她最后的记忆是那男人纠缠着送她回家，然后就空白了。让她惊讶的关键点，竟然是发现自己内心深处如此依赖叶大可。

情况不复杂，但事情却不简单。这场无妄之灾中同时诞生了两个"受害人"：精神崩溃的阿丹和生活崩盘的那个男人。于他们，是灾难；于他人，是一则匪夷所思的笑话；而于叶大可，还是个不大不小的麻烦。

这个麻烦三天后也就解决了，被刑拘的那个男人出来了，阿丹住进了北医六院，这件事也就结束了。过后叶大可拿手支在太阳穴上对若楠说："让人头疼！这姑奶奶，四十多的人了，怎么还会上演'小红帽与大灰狼'的剧情呢？"

叶大可叹息着告诉若楠，丁菡也演过一次小红帽，那里面的"大灰狼"就是霍伟。两人是交往了几个月之后出的事，只是没有闹得尽人皆知。学校所在辖区的派出所出警了，最后处理结果是情侣矛盾升级，对双方进行批评教育。

这是七年前的事了，发生在丁菡毕业前。若楠忽然想起来，那时她在丁菡与叶大可之间来回"淘澄"，话缝儿间丁菡问过阿丹的"那件事"。丁菡从来不会闲说老婆舌，若楠觉得奇怪，留了这么个印象。丁菡问的是具体情形，追问那晚现场的细节。若楠那时对阿丹的感情与三年前完全不同了，不舍得在背后飞短流长，回答得很简单，态度也有些抗拒。

若楠过于警惕是有原因的，只要有人跟她谈论此事，话里话外，都罪在阿丹。如果不是那晚她感受过阿丹的颤抖，照她此前对阿丹的看法，多半也会这么想。

若楠甚至都不知道自己的改变是何时发生的。事后丈夫曾义正词严地命令若楠，以后与叶大可那帮"烂人"，少来往。对于叶大可那边的事，若楠已经和丁菡完成了过渡交接，但她还是直接撑了回去："行！现在我就给叶大可打电话，让她这个烂人别管你那高贵的外甥！"丈夫扑过来夺了电话，骂她"二百五"。丈夫对叶大可的恭敬客气后面有真实的畏惧，当面说话都会下意识结巴，背后提到叶大可却称"老巫婆"，对阿丹的称呼是"婊子"，他同情那个倒霉男人，中了"婊子"的套儿，妻离子散，差点儿蹲大狱，太亏了！

若楠也吵累了，由着他说。虽然最初是叶大可嘱咐若楠多陪陪阿丹，她精神不稳定，身边也没人，别再出事儿，但后来就是若楠自己想着了，接阿丹出院，又陪着她复诊拿药。她也不知道原因，就是很心疼很惦记阿丹。阿丹明显好多了,她给若楠的女儿买了礼物,跑到她家附近,打电话叫若楠出来,交给她,然后慌乱地跑了,不好意思得像个早恋的中学生。阿丹买的都是昂贵、新奇、漂亮却毫无用处的东西,玩具幼稚可笑,饰品和衣服,就算若楠同意,女儿自己也不会穿戴出去。品鉴阿丹的礼物,成了母女俩一项隐秘的乐趣。

阿丹的病情有了反复,又进了一次医院,若楠才发现她胡乱吃药。再出院的时候,若楠就会打电话督促阿丹按时按量吃药。丈夫进门听到了,就笑眯眯地说:"吃什么药?缺男人!"若楠骂他流氓。他恼了,说:"那婊子是你妈呀?你护成这样?"若楠很后悔,她刚想起来,女儿在屋里做功课。若楠就忍了,拎着冻得硬邦邦的排骨,咣地丢进厨房的水池。丈夫却得意了,躺在沙发上笑着说:"你这上赶着给那婊子舔,舔错方向了!"若楠气得两眼噙泪,冲出来指着女儿的房门,想警告他,发现女儿就站在房间门口,一脸平静地开口问:"什么是婊子?"

隔着客厅,若楠和女儿遥遥对视了一眼,女儿的眼神让她有了底气,对闭嘴了的丈夫厉声说:"给你闺女解释解释,什么是婊子!"

丈夫气得跳起来吼:"石若楠,我——"他到底咽回脏话,摔门走了。

女儿对她一笑,转身进屋继续学习了。若楠走了两步,虚脱地跌坐在沙发上。

几个月后,一个星期天,若楠带着女儿上完课回来,竟然在小区外遇到了来回踱步的阿丹。她穿着件长及脚踝的猩红色裙式风衣,浓黑的长发垂到腰际,顺滑光亮的头发卷出柔和的波浪线条,呼应着身体的线条,像舞台上童话剧里的人物,她还一手拎着个粉红色的蛋糕盒子,一手拿着支亮晶晶的仙女棒。

若楠很惊讶:"也不打电话,就在这儿傻等吗?"

阿丹笑着说:"是啊,等等看。"

女儿一直仰头看着阿丹,若楠忙给女儿介绍,这就是丹阿姨。女儿叫了一声，由衷地说："丹阿姨好美，像仙女一样。"

阿丹开心地放声大笑，手里的仙女棒递给女儿，棒头的星星突然闪烁起来，八音盒叮叮咚咚的音乐声响起来，女儿咯咯地笑着，找寻开关。阿丹把手里的蛋糕捧给若楠，若楠感到很奇怪，说："这——没人过生日啊。"

阿丹说："我过生日啊！请你和宝宝吃蛋糕！"说完一笑，转身跑了。

若楠回到家，女儿去做题，自己准备午饭。在厨房里若楠越想心里越不是滋味，拿起电话打给阿丹。那天，若楠原本打算带着女儿陪阿丹在附近的天使湾购物广场吃顿饭，结果整个下午她都被两个叽叽嘎嘎玩疯了的大小女孩拽着，跟跟跄跄地在满是现代雕塑和商家推广立牌的步行街区来回穿梭。晚上回到家，女儿把满是水钻的皇冠发箍放进收着仙女棒的大抽屉里，去做阅读练习了，带着酒意的丈夫回家，看见冰箱里的蛋糕，问了一声，若楠还没开口，女儿就在房间里大声回答："我朋友今天过生日，她送给我的。"

丈夫笑说："这不反了吗？你这朋友真奇怪。"

女儿出来，淡定地看着父亲说："谁规定的反正？我觉得她一点儿都不奇怪。"

若楠抬起头，轻声说："学习去！"

女儿一笑，转身进屋了。晚上睡觉的时候，女儿搂着她的脖子悄声说："妈妈，咱俩是一伙儿的！"

若楠亲了亲女儿的脸颊。这话一直是若楠安慰女儿时说的。第一次说，女儿才三岁，在奶奶家过年。若楠在厨房听见女儿在屋里尖声大叫："把姑姑撵走，大姑姑二姑姑都撵走！"忙跑过去，奶奶和姑姑们在旁边笑成一团，女儿却小脸通红眼里噙泪。原来奶奶说她是"别人家的人"，女儿都要被从家里撵走。大姑姑笑着说："咱家宝儿真聪明，昂着头问她奶奶：'那你咋不把你女儿撵走啊？把姑姑都撵走！'"二姑姑敲了敲瘫在沙发上看电视的自家弟弟的脑袋，笑着说："早撵走了，就留你爸一个啦！"

女儿在她怀里，委屈得眼泪不住地流，嘴里还说："他们都是一伙儿的！"若楠又觉得好笑又心酸，抱着女儿说："咱俩是一伙儿的，妈妈和你是一伙儿的！"

这话，十四岁的女儿拿来安慰若楠了。

叶大可与若楠的谈话，再度难以为继。若楠也察觉了自己的迟钝，当然，迟钝背后是"蓄谋"已久的抗拒。

叶大可笑着推了她一把："说是一孕傻三年，你这都两三年了！"

若楠笑了笑，实话实说："在想阿丹。"

叶大可叹了口气："她那些荒唐事儿，不想也罢。现在你需要想想丁菡。"

虽然不知情，当想起自己当年对丁菡的生硬态度，若楠还是生出了歉意，不由得带着关切问："霍伟难道对丁菡还有什么想法？"

"他哪有这心思啊！"叶大可叹了声，挪得离若楠更近些，拿手撑住脑袋，低声说："他惹了个麻烦。我昨天才知道。霍伟有个小女朋友，我也见过几次，傻乎乎的。他俩的关系，我一直也闹不大清楚，这次听霍伟说，从认识到现在，分分合合，前后折腾了十一年。霍伟最初也是有歉意的，他的弥补方案是给点儿钱，按他的理解没给够。女孩突然说要向纪委举报、向媒体曝光，他利用权力地位玩弄女性。霍伟找了个律师，带着留存的证据和对方谈——敲诈勒索是可以判刑的。女孩那边也找了律师，还是个女权互助组织的公益律师，深挖霍伟的黑历史。霍伟本来对自己的清白，或者说谨慎，很有自信。女孩不知道从什么渠道得知，七年前学校辖区派出所有份出警记录，报案人是丁菡。"

若楠倒是猜对了自己的任务目标，只是全然猜错了任务方向。

叶大可叹了口气，说："霍伟，权高位重的老男人，除了单身这一点不够理想，近乎完美的拳靶子！一个女孩告不好定性，又一个站出来说me too呢？"

若楠笑了一下，没有接话。

"丁菡那孩子外表柔和，内里强硬，看着聪明，糊涂起来也是一根筋。"叶大可的声音变得充满了怜惜和温情，"当时我骂了霍伟，也跟她谈过，话说得太理性了。结果她博士也不读了，工作也不要了，跑去做电子游戏了。"

服务生端着饮品四处走动，有一位走到这边沙发前，微笑着把托盘递过来。若楠拿了带冰块的苏打水，叶大可则拿了杯红酒，说："霍伟给我的故事版本是：他跟女朋友分手了，也累了，想安定下来，觉得丁菡很好，俩人交往了一阵子，他觉得是水到渠成，没想到还是唐突了。出事儿那晚，他俩待的房子，是霍伟前不久租的，说是准备给丁菡毕业后住。我到的时候，看见的场面：警察质疑丁菡，丁菡跟警察发生冲突，霍伟在旁边劝架。丁菡看见我才不喊了，霍伟不停说对不起老师。有个警察说，是他让霍伟找个镇得住的长辈。"

叶大可呷了一口红酒，皱眉咽了下去："阿丹那件事，还立案、移交给了分局刑警队，那个蠢货被刑拘了三天，最后还是证据不足。霍伟的话肯定有矫饰的成分，他一定伤害了丁菡，我相信丁菡那孩子不会撒谎。但这份伤害被认定为刑法里的罪行，要经过一个复杂、粗粝、冷酷、充满羞辱的过程，阿丹后来受的伤害更大，丁菡再挣下去，会掉进绞肉机里变成肉馅！"

叶大可说的也是事实，阿丹是去分局接受了讯问后才精神崩溃的，若楠还记得自己竭力阻止歇斯底里扯头发、打自己的阿丹时，心里的那份溺水般的无力感。若楠又喝了口苏打水，冰凉的含着气泡的液体落进喉咙，二氧化碳很快带着体内的混乱与灼热冲出了喉头，冲进了鼻腔，甚至眼眶，若楠掩饰地抹了溢出的一点儿眼泪，朝叶大可笑了笑。

叶大可叹了口气："两性关系里，霍伟的确讨人嫌。傲慢、愚蠢，人家都恨得起了杀人的心，他还在那边困惑呢！他是接到'卮言'的邀请才给我说的这事儿，我劝他今天不要来，何苦刺激丁菡呢？他很自信，说自己是

'厄言'的贵人,今天这样的场合下,丁菡肯定不会让他难堪。傻子一样抱着束花来了,到现在连句话都没跟丁菡说上。"

叶大可拿起那半块小玛德琳蛋糕:"这个,丁菡显然是在告诉我,她心结还在。亲爱的,我想让你帮我转达的,只有一个意思:有这么件讨厌的事儿,老师呢,除了心疼她,没别的。如果没人来找她,全当听个八卦,别多想;要是真有人来要她做点儿什么,她就按自己的意思去做,老师尊重她做的任何选择。"

五

有个瞬间,若楠失了判断,不知道是叶大可今天给出任务的方式太"艺术"了,还是自己这几年荒疏了在叶大可身边的"业务",真的迟钝了?这番话听下来,也就是再跟丁菡抒一次情。既然是悉听尊便,何苦要多此一举呢?

困惑也就是一晃,若楠略想想,也就明白了,叶大可这"一举"不仅必要,而且"多得":体恤理解给了丁菡,鼎力相助给了霍伟,暗中给自己加了重防护——这场"火"太近,稍微一扩大,难保不烧到自己。若楠这个"防火垫"也并非可有可无,叶大可在这场冲突中有着无法选择的"天然"立场,不要说去劝丁菡,居中已然是大错,只言片语传出去,"人设"崩塌,"叶帅"的损失就大了。

叶大可仿佛在给她提供论据似的,压低了声音说:"阿丹那是十年前出的事,要是搁现在——跟人'秀'优越感惹了一身臊的那笨蛋,你知道吧?"

若楠笑着点点头,叶大可说的正是在网上被"围殴"的那位女"杰青"。

"一点儿不长心。前几天又有人采访她,让她谈阿丹,出事儿的时候她还没入学，所知有限。也不知道是得了好处，还是被人忽悠傻了，给我打电话！我让她转告那位媒体人，人血馒头得趁热吃，冷了几年的阴间馒头，就别吃了！"

若楠百感交集地应了声："好可怕。"

叶大可说："我过后查了那个视频号，'密涅瓦的猫头鹰'，是个百万级的读书类大号，在做一个名为'那些花儿'的系列，谈九十年代末成名的阿丹她们那批女作家。是我多想了。最近事儿一出接一出，弄得我风声鹤唳草木皆兵的。"

若楠迟疑了一下，还是问了："霍伟这件事，你判断，很严重吗？"

叶大可摇了摇杯中的红酒，嘲讽地笑了一下："霍伟觉得问题不大，麻烦是麻烦，顶多就是想多敲他点儿钱。别看女孩给他上纲上线，但要坐实那些罪名，证据呢？舆论场上，他也有嘴，真到了双方公开质证的情景下，那女孩会吃大亏的。是他宅心仁厚，不想下死手。权力让人傲慢，傲慢就会愚蠢。霍伟是真蠢，跟我说着说着都悲愤起来了：他仁至义尽，又没做错什么，分手而已，他要有钱他就给了，他是真没钱！对方也知道，还如此无理取闹，这不是逼他吗？"

若楠笑了："我毫不怀疑，他说这话时的真诚。"

叶大可也笑了："他还感慨呢！怎么越年轻的女孩子，越不独立了？当年交的那些女朋友，爱就爱了，散就散了，也要死要活地折腾过，从来没有讹人的，丁菡是'八〇后'，那个小女生是'九〇后'，一个个怎么都这样啊？！"

若楠说："占便宜还占出理来了！"

叶大可说："我差点儿一口啐他脸上。装什么很傻很天真？人家怎么不独立了？你要知道，这是个情绪都要计算价值、一切都得给付对价的时代，女孩子们更清醒，对自己的人生权益也更敏感。人家非常独立地要惩罚你！"

若楠和叶大可一起笑了起来。

两人的笑声，淹没在大厅里骤然而起的掌声和口哨声里。

从她们的位置看过去，一个戴棒球帽穿着大两号蝙蝠衫、感觉一开口就要"单押"的男生，和一个刚从《簪花仕女图》里走出来的梳着高髻面贴花钿、披彩帛着红裙的女子停止了说话，望向楼梯口；一个穿灰色风衣的男子，在室内还戴着墨镜，拦住服务生，刚拿了杯酒，也闻声回头。半天，引起掌声的俩人才绕过众人款款出现在若楠的视野中，满头珠翠，贴片勾脸，是穿了全套戏装的"莺莺"和"红娘"。

叶大可显然放松了，说起了闲话："通常我们以为扮演是在遮掩真实，恰恰相反，扮演就是真实，是获得本质的方法。他们好像天然就懂这一点。"

角落里从单人沙发上站起了一个人，若楠都忘记了那个小男生一直在那里埋头打游戏，他张望着，举着电话朝那边挥手，粉黛俨然的"莺莺"朝他们大步走过来，到跟前笑着给叶大可福了一福，开口说话就露出了男孩子的本相："我伟大的叶帅！"

小男生过来说："老师，是'无脸男'！"

叶大可笑着站起来和他握手："牛仔裤换成百褶裙，认不出来啦！"

说了几句话，"无脸男"说想和叶大可合影，若楠闪到了一边，他很得体地说："老师一起吧！"若楠推辞，叶大可拉她，也就一起拍了。拍完让开，叶大可和他又单独拍了。小男生跟叶大可和若楠打了招呼，跟着"无脸男"离开了。

叶大可拉若楠坐下，解释说那个"无脸男"是做电影解说视频的，两年前在好几个社交平台上对着叶大可隔空喊话，弟子看到了告诉老师，叶大可就回应了他。叶大可笑说："很聪明的孩子，有才华，也有趣。"

这段后来被称为"殿堂与江湖"的连线对话，广为流传。若楠在手机上也刷到了别人截取的两分钟片段，又去找了一小时的完整对话，从弹幕到留言，很多人都在赞美叶大可的渊博睿智，观点犀利，态度谦和、包容，人又幽默："叶老师好懂啊！""有被这段话惊艳到！""这教授也太可爱了吧！"

若楠在看对话时忍不住猜度：这次貌似偶然的碰撞，很可能是一场精心策划的双向奔赴；也许这是年逾五十的叶大可，又一次勠力"开辟"。若楠的猜度很快得到了佐证，叶大可在好几家平台上都有了自己的栏目。去年叶大可在那家以"年轻"为名的视频平台有了账号，用的就是"无脸男"代表崇拜者赠她的"叶帅"两字。想到此，若楠也就更理解叶大可的万般小心了，一番辛苦下来，今日的"叶帅"可不只是个闪亮的虚名，而且是沉甸甸的真金白银，磕碰不起了。

若楠不是这个"叶帅"的粉丝，却一期不落地追着看她的视频节目。做家务时，周遭经常回荡着叶大可熟悉的声音。说话的叶大可，还是那个若楠从年轻时就喜爱的叶大可：目光如炬，口舌如刀，犀利只朝向强者，不惮于揭穿历史和当下各种强势权力炮制出的谎言，温厚用来拥抱弱者，"向下看"时永远充满了理解、体恤和同情。她依旧是发人深省予人启迪的，那些能照亮世界的句子从她口中说出，若楠还想记笔记。若楠也像阿丹一样惊讶，自己内心深处竟是如此依赖叶大可。

但盯着屏幕看，叶大可已然不是叶大可了，一蓬蓬鹅毛、柳絮甚至头皮屑般轻飘的只言片语遮蔽了她的脸膛，不管那飘飞、落下的是源自理解或者误解的赞美和热爱，还是有理由或者无理由的冒犯、憎恶甚至侮辱，她都是"八风吹不动，端坐紫金莲"的"叶帅"！

叶大可望着热闹的餐区，笑说："咱们跟他们这般大的时候，年轻是一种缺陷，你得等着，等着时间给你资格；突然之间，又太老了，甚至已经老'死'了，活人的世界已经不是你的了，幽灵就该待在塔里享受香火，不要阴魂不散出来吓人！"

她的笑里有嘲讽，不知道是在嘲讽自己，还是这个势利的世界。

若楠说："年轻时你可没有等！"

叶大可用力拍了一下若楠的胳膊，这个动作代表若楠的回答深得她意，然后笑着靠在沙发背上，看着大厅对面近乎喟叹地说："世界对他们更残酷！至少我们那时候还有愿景，现在他们连失望的机会都没了，整个人类都失去了愿景。"她忽然坐直了，"但他们中会产生很厉害的人物！不怀抱任何幻想，不放弃任何希望，有比我这个老东西更毒辣深刻的眼光，还能生机勃勃地展开生命，我见识过这样的年轻人，很佩服！有一个，在你们家！"

这话是赞美，但不知怎么了，与女儿雨夜谈禅留下的那一丝不安，忽然被这话勾了出来，若楠瞬间有些心慌意乱。叶大可前倾的身体语言，在等若楠对她的赞美给出反应，笑笑显然是不够的。

幸好丁菡如约出现了，她来陪叶大可吃饭。

丁菡笑着说："两位老师是亲自去看看菜色，还是我拿过来一些两位挑？"

若楠站了起来，叶大可笑着说："我不想动，给我拿点儿蔬菜沙拉就行。"

若楠和丁菡一起走向餐区。若楠后背仿佛能感到叶大可的目光，不由得僵直起来。跟任何人提起不愉快的话题，都不会是个轻松的任务。

"我还没机会祝贺石老师呢。叶老师说你们家姑娘，特别优秀。"丁菡笑着说，"您真有福气。"

若楠笑笑："别人这么说，我敷衍客气一句，就过去了。跟你可以说实话，生孩子，已经是在利用他们了，我是无可奈何。但是，别说期待以后如何剥削孩子，就是拿孩子当符号给自己点儿虚妄的价值感，我都觉得无耻。"

丁菡扭脸看了一眼若楠，眼神里有惊讶。若楠巡视着那些香肠熏肉奶酪堆成的冷盘，说："这话在外面不能说，但我就是这么想的。"

若楠说完看着丁菡一笑。丁菡说："石老师想得很彻底——"她想起了什么，笑着摇摇头，"我见识过石老师的厉害，只有一次，但的确厉害。"

丁菡去替叶大可拿沙拉了，若楠没有跟过去。煎肉的吱吱声和胡椒香气来自牛排档，有三个人排队在等，若楠也就拿着盘子站了过去，排队的时候还在想丁菡的那句话，她什么时候在丁菡面前厉害过呢？

若楠顺着记忆往前捋，凡是与丁菡相关的事，都想一下，她捋到了那个晚上。应该是儿子断奶后一两个月的样子，家里的阿姨还在，叶大可约她，吃个闲饭，好久没见了。那晚人不多，六七个人的样子，多是熟面孔，有丁菡，也有霍伟。丁菡坐在她下首，捏着白瓷云朵状的筷枕在出神，若楠那时候只知道丁菡与霍伟前两年分手，以为已然消泯恩仇，没多想。霍伟隔着桌子叫了声"丁菡"，她一惊，手里的筷枕掉在桌面上又滚落地面，摔了个粉碎，服务员上来收拾，叶大可笑着说："看把我们丁菡吓的，霍伟你吼什么？"

霍伟笑着说："怪我怪我，嗓门太大。我就是刚想起来，丁菡你去的那家公司，是叫'卮言'吧？"

丁菡有点儿艰难地应了一声："嗯。"

旁边有个师弟笑着接话："只言片语。"

霍伟喊了声："只言片语？你都未必认识那个'卮'字儿。'卮言日出，和以天倪'，他们的slogan（口号）。这和电子游戏，有啥关系？"霍伟朝他的电子烟里塞了个烟弹，望着丁菡，把烟管塞进了嘴里。

丁菡没有回答，座上有位民间书院的院长，兴致勃勃地接过话头："这是《庄子》里的话……"他在那里讲起内篇外篇，"话雨"下了好一阵才歇，霍伟脸前面淡淡的烟雾也散尽了，他笑着捧了院长两句，接着开始说"闲话"：从市场司的朋友那里听来的，被举报的"国风"游戏，如何色情如何暴力。指手画脚，绘声绘色，大家都笑。霍伟又看向了丁菡："你们家的《逍遥游》被罚停服,要修改后上线。修仙设定里有一条线是'双修',打算怎么改啊?"

丁菡没有应声,霍伟脸上还带着笑,又叼起了电子烟嘴,转过脸去跟院长讨论起"双修",桌上的空气重又活泼起来。院长是唯一的生客,被霍伟搓弄得团团转,似通非通地讲着什么"阴阳双修""性命双修""福慧双修"……院长的不伦不类还能忍,霍伟层出不穷的一语双关,让若楠尴尬得开始顾盼左右。丁菡则一直垂着眼帘,也许在想事儿,也许只是在躲避霍伟的目光。若楠注意到霍伟又一次盯着丁菡,把电子烟塞进嘴里,还有这种不动声色的狎侮!若楠心里生出了厌恶,这时霍伟就着话题提起了《梦幻曲》。

《梦幻曲》是阿丹的作品,霍伟讲的是男女主人公在雪原上"灵肉双修"的情节,讲得屋里空气都热了。那位院长也是过分捧场,当场拿出手机要买这本闻名已久从未看过的世纪末"小黄书"。这本书一度被下架,阿丹去世后,在原来那家出版社的版权期也过了,有家出版社就重新申请书号,出了套典藏版的阿丹作品集。院长看着网页上的简介,被霍伟告知女主即阿丹,男主则是大名鼎鼎的世纪末"文艺教主",不断发出惊讶的声音,各种请教,旁边的霍伟,有问必答,要一奉三,还加批注,附带文化批评。

若楠一直沉默着。霍伟对阿丹的"批评"关键词是"傻×""疯×""作×",不知道第几个"疯×"出现的时候,砰的一声,有什么东西在若楠胸口炸了,滚烫的气体扑出来,肺叶和气管因为灼痛而颤抖,但她的人是冻结的,纹丝未动。

周遭的笑语落了下去,短暂的安静中,若楠开口了。她让话语冷却到了室温,才放出口,最初没有任何人感觉到异样。她笑笑对正拿手机下单买书的院长说:"您一定要请霍司长去讲课。霍司长学贯中西,别看学的是电影理论,做的是行政管理,真正深厚的却是国学修养。"院长诺诺地连连点头,若楠看了一眼霍伟,笑意更深了,霍伟的脸上有些困惑也有些好奇。

若楠说:"在外面,霍司长衣冠楚楚,关起门来,斑衣戏彩,扮小丑打把式逗老师开心,二十四孝里有名号的。夫孝,德之本也,教之所由生也。在这国学的根本上,他修养很深厚。"

此时所有人都听出了若楠话里的兵气,霍伟似笑非笑地呵了一声,显然没找到合适回击的话,干笑两声,说:"这话说的——不敢当啊!楠姐——"他忽然改了称呼,端着酒杯走到了若楠的跟前,"姐姐之乎者也引经据典,你得翻译成白话文,好好教我!"

若楠欠身要站,被他一只手摁在肩上,没站起来,隔着薄薄的羊绒衫,能感到那只手辐射的热,污秽油腻的热,若楠一阵恶心。

"姐姐也是你叫的?"叶大可突然开口,呵斥霍伟,"石老师学古典文学的,你真想学,好好地敬一杯拜师酒!"

若楠挣脱了霍伟的手,站起来,跟他碰了一下杯子,略沾沾嘴唇,也就放下了。坐下后,她才发现自己浑身颤抖,脸颊滚烫,耳边回响起叶大可的那一声喝,心里满是感激,还有一点感动:叶大可竟还记得她的专业!

霍伟喝了酒回到座位上,跟书院院长碰杯,说:"您看,我这根本修得好,现在又有了正经老师,我好好学,就等着您给我机会了。"他倒是不尴尬,院长彻底蒙了,就算知道是玩笑,也分不清是撒娇还是撒气,只得喝酒了。

如今知道了底里,才意识到那晚的闲局并不"闲",叶大可想斡旋破冰,霍伟在炫耀示恩,丁菡则委曲求全,他们言来语去,眉毛眼睛打架,自己这个一无所知的局外人闯了进去,搅了局。

若楠只顾想着,厨师把吱吱作响的菲力牛排放进盘子,叫了她两声,若楠才回过神来,端着盘子,绕远躲开了霍伟和那几位专家所在的桌子,落地窗前有一排方形小桌,若楠走了过去,途中顺手拿了杯红酒。

若楠坐下稳了稳神,拿出手机,给大姑子发了条信息,提醒晚饭前半小时给儿子吃胃药，药就在儿子书包最外的夹层里。大姑子回了个"收到"。这个鲜花簇拥彩蝶环绕的"收到"两字，提醒若楠，还有个由无数琐碎的麻烦让人劳累之事堆积出的现实世界，等着她。大厅里五彩斑斓语笑喧哗，满是戏中人梦中人，这是另一个同样现实并不轻松的平行世界。若楠很清楚，哪个世界她都当不得真，也作不得假，兢兢业业地扮演着置身其中的那个属于自己的角色。

不过此刻，她只是石若楠。

若楠切下一块牛排，放进口中。今天她要了口蘑奶油口味的酱汁，这是阿丹最喜欢的。若楠始终喜欢黑胡椒口味，也许只是习惯。阿丹给她描述过两种酱汁的区别：黑胡椒的味道，就像一挂有着蕾丝垂边的黑纱帘；而另一种，其中的奶油、口蘑、芝士、葱头、罗勒在充分加热后各自释放出浓郁的香味，像墨绿色的天鹅绒长裙下有了白色的丝绸内衬，味蕾被包裹在黏稠的酱汁里，如同起舞的人们沉醉在奢华的维也纳宫廷乐队演奏的华尔兹舞曲中……

阿丹说，只有最为具体的感觉，才能确认最为本真的自己。

此刻，她通过口中的"华尔兹"确认了本真的石若楠吗？显然没有。那个只是石若楠的石若楠，到底是什么呢？这个问题像个深不可测的黑井，若楠朝里看了一眼，立刻缩回头来。

她喝了口红酒，点开了手机，想了想，搜"阿丹、那些花儿、猫头鹰"，叶大可刚才提到的那个视频号就跳了出来。

若楠摸出耳机戴上了一只，点开视频，片头配乐毫无惊喜的就是那首同题老歌，过度传播的结果就是丧失美感，但那句"她们在哪里呀"还是有点儿刺耳刺心。若楠把切下的牛肉放进嘴里，直接拉过了片头，开始看正片。

这只"密涅瓦的猫头鹰"是个戴黑框圆眼镜、留着男款短发的女孩子，看上去和自己女儿年纪差不多，四十多分钟的视频，叙事结构很讲究，即便若楠看来都颇有悬念，搜集的素材也很翔实，她竟然联系上了抛下十几岁的阿丹姐妹远嫁国外的母亲，进行了音频采访。

若楠拉着进度条看的，依然能感受到这只"小猫头鹰"惊人的洞察力和思辨能力，她辛辣嘲讽了很多当年吹捧或者批判阿丹的文章，驴唇不对马嘴！她对阿丹的批评也很直接：蒙昧混乱的女性意识，却荒诞地获得了女性主义写作者的名头，看似大胆地袒露欲望，不过是简单粗暴地冒犯了公序良俗，与人格独立精神自由毫无关系，甚至应该被看作一种别致的迎合姿势。

唯一得到她肯定的是叶大可的那篇《自我凝视》。叶大可剖析的是当时正被争论的"身体写作"概念，部分篇章讨论了阿丹。"小猫头鹰"引用了叶大可的话：阿丹作品里的女性身体，内化了他者凝视，她只是在写身体，而非"身体写作"。但阿丹出色的文学才华和强大的修辞能力，完美地保存下来了一份"精神样本"，让我们可以解剖出女性自我物化、自我戕害的过程，尤其是她对"虚假性欲"的诚实描写，揭露出"无目的自我性剥削"这一罕被表现却并不罕见的精神现实。

若楠没有快进的三分钟，是她分析那场阿丹和三位男性学者的电视对话。阿丹上镜的服装，是露出乳沟的艳粉色羊毛衫、黑丝袜和刚裹住臀部的皮短裙，这的确不是阿丹平时的穿衣风格。叶大可跟若楠提起这事就气不打一处来，骂电视台混蛋，也骂阿丹蠢疯了，哪怕像平时那样打扮成巫婆也好，为什么要打扮成妓女去上电视呢？

"小猫头鹰"采访到了当年这档节目的制作人，当时他们对服装的选择，是基于对"身体写作"的理解，彰显性感并不羞耻，代表着先锋与解放。"小猫头鹰"只能为年代审美"深表遗憾"，会被误解为从事特殊职业者服装的皮短裙，的确一度是中国城市街头常见的女性"潮服"。对于三位学者和主持人的表现，她极尽嘲讽地称"充满张力"：堂皇的言语与管理不到位的表情、不得体的目光和肢体动作，都被定格凸显，飞来的大红印章带着音效盖下，那些脸上就盖上了"恶臭""猥琐""油腻"的红字。

若楠长长地出了口气，心里一阵痛快，但她也知道，这场电视对话之后，就是阿丹的"社会性死亡"了。她直接拉到了视频的结尾部分，开始看一组缓慢叠化的风景照，低低的配乐下旁白再起："这是阿丹留在YouTube上的一组照片，也是她留给这个世界的最后信息，照片中的小城叫作乌斯怀亚，在阿根廷的最南端，被称为'世界尽头'。"

旁白停止的时候，音乐被放大凸显，字幕告知是德沃夏克第九交响曲《自新大陆》的第二乐章，忧伤却不失宽厚庄严，若楠看着画面里的海面、黑色的山岩与闪光的积雪，辨认出风景中那个小小的背影，应该是阿丹，她真喜欢那件红色的裙式风衣！旁白在读阿丹作品中的描写片段：关于风景、食物、植物、动物、时间、颜色、气味……"小猫头鹰"最后感慨了一句："她所有的感官都仿佛在对这个世界说：真美啊，停一停吧。"

若楠眼眶一热，以为视频会在这样的抒情中结束，交响乐却突然换成了明快热闹的百老汇音乐剧合唱，画面也变成了一堆童话人物挽着胳膊唱歌跳舞。猝不及防的若楠看清了字幕，认出了剧目和人物，浑身一麻。那是桑德海姆《拜访森林》中小红帽的唱段。音乐与歌声渐消渐隐，旁白响起："在阿丹的故事结尾，小红帽最后被当作女巫处死了，因为她傲慢、贪婪、放纵、不贞、冷血……虽然行刑者和受刑者都是她，但那命令来自别处。"

视频播完了，手机黑屏了，若楠才怔怔地摸下了耳机，塞进了包里。她在想，视频里没有提到那桩"疑似强暴案"——都打听到叶大可跟前儿了，自然是知道的，但她只字未提。若楠又点开视频，拉着进度条查了一遍，与阿丹相关的男人，除了身份成谜的父亲，还有下场惨烈的初恋对象，以及传出绯闻的世纪末"文艺教主"，他们都是阿丹长篇小说的人物原型。

若楠无意间发现了她拉过去漏看的片段，阿丹原来有写自传三部曲的计划，第三部没完成，阿丹妹妹在姐姐电脑里发现了一个文件，名为《女朋友》，里面有大纲和章节标题，暂停，若楠把手机举远，看上面的小字，她看到"仙女棒"三个字，手一软，放下了手机。

这只陌生的"小猫头鹰",在这个视频里,说出的和没说出的,同时安慰了若楠。她软软靠在椅子上,闭上了眼睛,一股温暖浩荡的气流正在流遍她的身体。这感觉,就像被十四岁的女儿搂着脖子,轻声说出那句"妈妈,我和你是一伙儿的!"

若楠忽然很想听一听女儿的声音。睁开眼睛,看看手机上的时间,女儿那里差不多是上午十点,她就给女儿发了个动图,一只探头探脑的猫。若楠很少主动联系女儿,一般情况下,女儿都会很快回复。若楠盯着手机,餐桌对面放下一只盘子,她抬头,丁菡笑了笑,坐了下来。

六

丁菡的盘子里只有两个手指三明治,一点儿菜叶子。若楠看了眼手机,女儿回复她:在图书馆,有事儿?若楠回:没事儿,等你闲了再聊。女儿回了个"爱你"的表情,若楠不觉一笑。

若楠把手机放在了桌面上,对丁菡解释了一句:"闺女。"丁菡咽下口中的沙拉,说:"看您的笑,猜到了。"

沉默。落地玻璃窗外的园子里,有晃动的灯光刺破夜幕,好像是在启动什么设备,但是看不到。若楠就问了一声,丁菡笑着指了指她身后不远处,墙上的液晶屏,声音被关掉了,画面正是外面的园子,人影幢幢。

丁菡说:"演出前的准备,介绍一下全息投影设备。"直播画面又回到了剧场内,屏幕上出现了一个包着花头巾的精瘦男子,对着镜头在说话。丁菡扭头看了一眼说:"这是草桥剧社的主理人,他上中戏时,我们俩就是好朋友。带着一群小朋友,挺不容易的。他自己还能接点儿线上的活儿,那些小朋友,熬了一两年,没饿死也要饿跑了。我们俩商量出来这个主意。那帮小朋友也是真有才华,第一次上会的时候,剧本完成,游戏的几条大线索都做出来了,作曲完成了一半,中间两首歌直接拿来用到游戏里当插曲了。

我们头儿多识货啊，把研发周边的费用一把拍给了他们。长远看，我们是赚的，他们也不计较，一桶水先活了他们剧社这条鱼再说别的。"

丁菡不急不缓地说着，带着种潭枯水冷的平静。

丁菡抽掉三明治上的牙签，咬了一小口，皱了皱眉，咽了下去："拿错了，以为是黄芥末，却是蛋黄酱！"

若楠说："再去拿点儿别的。"

丁菡欠身："石老师还要什么？我一块儿拿。"

若楠摇摇头，说不吃了。丁菡就又坐下了，笑说："算了，懒得跑。叶老师要我陪着石老师。"说完，拿起那不合口味的三明治，一口一口吃着。

又是沉默。若楠从丁菡这悬而未决、充满等待意味的沉默里，读出了很多，她用突兀的提问作为这场艰难谈话的开头："你知道了？"

丁菡低头笑笑，也不遮不掩地直接回答："知道——也不知道。知道霍伟有麻烦了，但不知道叶老师打算怎么帮他解决麻烦。"

霍伟惹上的那个"麻烦"，在向他发出"威胁"的同时，就来找过丁菡了。若楠听完，轻轻地呼出口气，最为困难的叙事部分，省了。她说："叶老师让我转达的态度是，心疼你，尊重你做出的任何选择。"

丁菡和若楠对视，同时笑了出来。

丁菡笑得无奈、哀戚、嘲讽。若楠笑得理解、同情，同样嘲讽。

尊重她做出的任何选择。好像丁菡有选择似的。

若楠喝了一口红酒，酒里的单宁氧化了，没那么涩了，但还是酸。丁菡又咬了一口三明治，是真不喜欢啊，那么小的一块儿，吃了这么半天，还有大半。若楠放下酒杯，说："别吃了！去拿点儿可口的东西！顺便帮我拿点儿沙拉。"

丁菡笑了，放下了捏得瘪瘪的面包片，起身去了。

手机响起来，若楠一看是女儿打来的，立刻接了起来，女儿的声音比昨夜还要暗一点,有些沙哑,若楠不由自主站了起来。玻璃被黑夜涂成了镜子,镜子里的女人紧张得两只手捂着手机。女儿还是跟她说些关于天气功课之类的家常话,问她在做什么,若楠心里的焦灼和恐惧不断翻滚,直至沸腾,她忽略了女儿的问题,竭力控制着不让声音颤动,问道:"宝儿,昨天你是不是有话要跟妈妈说啊?你遇到什么事都可以跟妈妈说,妈妈能明白。"

女儿沉默了,若楠的呼吸跟着暂停,女儿的声音再度响起时,她才用力地吁出口气,听着女儿的叙述,一阵尖锐的放射性的疼从左肋传到右肋,恐惧和愤怒在若楠的体内喷射出火舌,五脏六腑都烧灼起来。

冷静,要冷静!若楠告诫着自己。虽然女儿是倒叙,先告诉了她故事结局,但若楠还是冷汗涔涔,后怕不已。

"大灰狼"从来都与性别无关,只与权力有关,人类不管是什么性别,在居于优势地位时,都有可能化身为狼。好在女儿不是小红帽,关键时刻掏出随身携带的匕首,剥下了狼皮,但她还是受伤了。

偶像失格让她感受到了幻灭,甚至让她否定了整个世界。痛苦了一天,从幻灭里爬出来,下午在雨中给妈妈打电话谈禅,当时感觉好像找到了道路,但晚上她就发现这不是条路,而是个断崖,站在断崖边发现,不自欺的结果,必然是一连串的自我否定:是自己接受了诱惑,暧昧了很久,存着很多功利的念头,用心打扮里充满了迎合,她起了因,招来了果——

"不对!"若楠一声断喝,"不能这样想,不能!"后悔像硫酸一样在心里淌,若楠快哭出来了,"宝儿,你没有一点点错!你听妈妈说——"

成了镜子的玻璃里,映出了站在她身后的丁菡,若楠竭尽全力地控制住了,不能喊。丁菡没叫她,走到桌边,放下了手里的盘子,坐下等她。

若楠走开了两步,女儿已经在电话那边安慰起了若楠,笑着说福柯、拉康的书也不是白看的,从十一点开始她就告诉自己要停止归罪于自己。不昧因果,虽然好过自欺,但意味着对现有秩序彻底臣服。女儿还贴心地加了一句:"妈妈,我不是在否定你的人生,你很了不起!你的自我否定,是我所有可能性的前提。但对于我们来说,仅仅不自欺,是远远不够的。"

"宝儿!"若楠急切地说,"妈妈在为自己的苟且妥协找借口,你不要听,不要听!那些话,那些话就是,就是你小时候说的,野狐狸放的一个大屁!"

听到女儿熟悉的笑声,若楠的心略松了些,下巴有些痒,抹了一把,原来是眼泪淌到了那里,她急得都没意识到自己已然哭了。

女儿说,那个失格的偶像虽然道了歉,但刚刚又给她发了一封邮件,是明年的计算与哲学欧洲论坛的邀请函。

若楠的心又揪起来:"她还想干什么?"

女儿笑了起来:"妈妈别紧张,她在邮件里,一半示好一半施压。她也有她要担心的因果。我会好好考虑,妥善处理。妈妈别担心。哎,跟你说出来,好像天也没塌,感觉好多了!"

若楠说:"想好了一定得跟妈说,妈妈和你是一伙儿的!"

女儿笑着应了一声,换了很郑重的口吻说:"石若楠女士,以后继续当我同伙吧,当我妈当得咱俩都生分了!"

若楠笑着应了声好。互相嘱咐了两句,母女结束了通话。若楠忙转身坐下,不好意思地对丁蔚说:"孩子遇上了事儿,我就沉不住气了。"她抽了纸巾擦着脸上的冷汗泪渍,吁出口气,"现在没事儿了。"

这话既是给丁蔚解释,也是在宽慰自己。

丁蔚面前的盘子里,三明治和沙拉都没动,若楠整束心神,用叉子卷了团绿叶子:"你多少得吃点儿。"

丁蔚应了声,低头默默地吃了。若楠嚼着团"草",心里的烧灼感并未退去,她四顾,想转移注意力,一片鲜衣丽服里,偏就看见了霍伟。

他抱臂站着,微微侧着头、蹙着眉,耐心且严肃地倾听着面前两个女孩子说话，他伸出手指摇了摇，开始解释，神情平和，动作得体。霍伟说完了，两个女孩子应该是向他道谢，他和蔼地笑笑，朝里面那片柠檬黄的沙发走去。

这是再普通不过的公共社交场合会出现的画面，毫无异常之处，但就是因为它的寻常，反而形成了一个力场，挤压着周遭的空气。

若楠有一瞬间觉得吸不进气了，艰难地咽下那团"草"，用力喘出口气。丁菡已经吃完了简单的食物，木然地盯着桌布上用来修补破洞的白色梅花。

若楠打破了沉默，问："你准备怎么办？"

丁菡抬起头："能怎么办？叶老师说这句话，已经是给我面子了。两个完全不对等的选择：如果帮那女孩，代价是什么，有什么后果，我不清楚，她也不清楚；另一边，我什么都不用做，就当无事发生，没有代价。"

丁菡脸上那丝自嘲的笑，凝在了那里，不再表情达意，凝固开始在丁菡身上蔓延，身姿僵直，放在桌面上微蜷的手，也一动不动。沉默里有条透明的蛇，盘旋着，嗞嗞作响地喷出冷气。

也许是与女儿刚才通话的余波还在，若楠竟然焦急得浑身颤抖起来，她带着创痛和恐惧想起了阿丹，两只手不觉伸出去，用力握住了丁菡搁在桌面上的那只手，脱口而出："什么都不做，也有代价！"

说完若楠就后悔了，这话近乎蛊惑，她的头嗡嗡作响，但她没有放开丁菡的手，继续说："你别误会，我不是在鼓动你，你做的肯定是最明智的选择。我只是担心你会多想。不要多想，你没有任何错，不是你的问题，你很好！"

丁菡刚被握住手时一怔，脸上有诧异、不解，甚至微微的尴尬，但被礼貌约束在了平静之下，随着若楠的语无伦次，平静的约束消失了，她的表情舒展成了笑，那种从心底泛出来的带着光的笑，像一朵花在若楠眼前徐徐绽放。

丁菡的另一只手回应地覆在了若楠的手背上，用力握了一下："放心，石老师，我不会多想的。"

若楠收回手，蜷起手指，冰凉的手指抵着热热的掌心，她还在哆嗦。

丁菡拿起手机，看了看说："我有事要先过去，一会儿开演时会有人过去带您和叶老师入场的。"

若楠应了一声，也站了起来。她又看到了玻璃镜子里自己的影子，方才的一切感觉像梦，与女儿通话是梦，与丁菡执手是梦……唰地一道探照灯般的亮白光柱扫过来，扫过若楠双眼，影子消失，她陷入了短暂的充满光感的失明里。

"失明"的若楠转过身来，等着视力和意识渐渐恢复，视野里出现了那片柠檬黄的沙发以及沙发上的人，若楠要走到那里去。

走了几步之后，身体不抖了，步子变得很稳，她走得不快，松松地握着拳，手指此刻也变得温暖起来。"失明"的那几十秒里，若楠在想，这么多年，自诩从不自欺的她，忽略了一个简单的事实：人是无法在纯然的否定中存活下去的。她否定得有多彻底，肯定得就有多坚定。虽然她并不知道自己肯定的东西确切的模样，但显然它在，就在某个如梦的瞬间显现。

梦，本就是个同时拥有深刻的否定性与强烈肯定性的词啊。

若楠走到了那片柠檬黄的沙发前。

霍伟站了起来，看表情，他显然知道了叶大可对自己的委托。叶大可摘了眼镜，举着手机在看，看见她，立刻放下手机，仰头问："怎么说？"

若楠平铺直叙地说了：那个"麻烦"女孩，已经找过了丁菡。丁菡的回答，若楠引用了"两个选择"的原文转达。霍伟朝若楠快速地抱拳，若楠回避了目光，叶大可长出一口气，笑着对他说："该干吗干吗去吧！"

霍伟走开了，叶大可拉若楠坐下，笑了笑，说："费心了。"

这突如其来的客气，让若楠有些尴尬，还有几分莫名的心虚，笑说："你真是——我什么话都不用说，丁菡想得明白。"

叶大可戴上眼镜，若有所思地说："你有没有觉得，丁菡想得太明白了？"

若楠顿了一下，还是笑着问："这话怎么说？这孩子一直都很明白事理。"

叶大可看着若楠："你在那边的时候，我又在脑子里过了一遍霍伟跟我说的话，他根本没想到事情会失控。那不是个很有头脑的姑娘，不然早就看清楚霍伟，及时止损了。那女孩身形气质有点儿像阿丹，眉眼更漂亮些，典型的女文青，不是很通人情世故的样子。霍伟之所以和她纠缠这么久，是因为她简单，头脑简单，社会关系也简单，好控制，好处理。霍伟巧言令色，都是他把对方说得痛哭流涕，低头认错。这次也不例外，是那女孩因为朋友结婚受刺激，情绪失控，霍伟是以受害者的姿态和她结束的，而且还给了她钱，女孩也收了，'敲诈勒索'的证据就是这么来的。到此为止，他们冲突的全部内容也就是爱不爱婚不婚，霍伟软的硬的两手都占主动。"

若楠想起了月洞门里，幽径深处，那个让她自惊自扰的人影，丁菡前后矛盾的遁词，让她脑子里已经拼接完了另一条暗线。

"我刚搜了那女孩的微博，'向过去11年告别'，这显然是在接受现实。第三天，霍伟开始收到巨长无比的支付清单，都是那女孩为霍伟花的钱，一包牙签都列得清清楚楚。她逐年整理，发给霍伟让他核对。总共也没多少钱，但律师告诉霍伟，这个貌似无聊的算账过程，严重模糊了那十万元的属性。自此女孩子的应对变得很有章法，两人之间的冲突内容也从私情变成了公义，纪委警察律师女权组织都来了。霍伟只能和律师联系，再也没能跟那女孩说过一句话。丁菡刚才跟你说，那女孩为报警记录的事来找她——我猜想，事实会不会恰恰相反呢？"

叶大可说出最后一句话的时候，语气里并无多少疑问的意思。

若楠拍了拍叶大可的胳膊，笑说："亲爱的，你是被终极反转弄得神经过敏了。对了，我刚才拉着看了一遍你提到的那个视频，做得很好。你抽空看看，那小UP主，也是你的粉丝。"

叶大可笑了："我看了，是很好。不只有态度，还有办法。角度选得真好，把阿丹讲得明白，不偏不倚，深刻真实，让人心疼喜欢，太不容易了。"说完，叶大可出了一会儿神，笑着叹了口气，"也许真的该重估阿丹作品的价值，这都过去三十年了，那女孩与霍伟，完全复制了阿丹《梦幻曲》的故事逻辑。一段关系失败，女性会发现社会不仅不提供任何救济途径，还会启动一套意识形态内嵌的隐形惩罚机制，她们觉得受伤、不公，甚至都找不到任何表达这种创伤的日常语言。除了沉默，她们就只能变成愤怒的疯女人，发动自杀式袭击。"

若楠想起《梦幻曲》的情节，女主呼天抢地死缠烂打，荒唐到去男主工作单位的大门外拉横幅"告地状"，女主仿佛在跟整个世界撕扯缠斗，却根本触碰不到男主一根毫毛。

叶大可冷笑说："霍伟为了证明他宅心仁厚，给我看他手里的'把柄'，说要是他公布出去，她一辈子就毁了。我警告他，留这种东西是愚蠢的。"

若楠担忧地问："是什么？照片视频吗？"

叶大可说："传播那些，是违法犯罪，就算他蠢，律师也会拦着他。是那女孩写给霍伟的'认罪书'，交代和别的男人发生关系的细节，亲笔手写的，好多封，霍伟都留着。那是他的小情趣，并不想拿出来要挟对方。对方用出警记录向他施压，他就拍成了照片，他的律师也自以为得计，给了对方律师，说对方态度立刻软了，回复谢谢，会找当事人核实。"叶大可说到这里，冷笑两声："人家是真的在谢他！他要是还有点儿人性，不拿出来，还好。这只能证明一件事，他对女友实施了精神控制。刚才霍伟还在我这儿得意呢，说就算丁菡犯傻，他也不怕。你看看他，像不像一只快乐的傻狍子？"

霍伟本来和某位专家站着谈笑，空中传来了钟鼓弦乐声，他转头在找，看呆了：玻璃落地窗外漆黑的夜空里，幻术般涌出来一片光芒四射的亭台楼阁。

餐区中的人纷纷涌向窗前，甚至有人开门去了露台。

若楠和叶大可两个人，待在了一小片柠檬黄色的安静里。

叶大可看着霍伟，叹了口气："随他去吧！梦里不知是狍子，且自贪欢！"

若楠笑了。也许真如叶大可猜度的那样，有一把极富耐心的"猎枪"在瞄着这只走进射程的"狍子"。

叶大可低头，似乎想起了好笑的事儿，轻笑了一声，抬起头说："以前看着人群，我是个乐观的机会主义者，想着，多聊聊，谁知道哪块儿云彩里有雨呢？现在，我是个悲观的保守主义者，心说：躲远点，谁知道哪桶炸药先炸呢？"

叶大可此时的坦率，与方才的客气一样突兀，若楠一时不知如何应对，叶大可的笑里有了些凄凉之意："炸就炸吧！总好过不停重复阿丹那种憋屈故事！"

聚集在落地玻璃窗前的人陆续离开，跟着工作人员走向一楼。一个挂着工作证件的小姑娘跑过来，招呼叶大可和若楠，解释说是他们老大——说完这个称呼，立刻吐了下舌头，改口称丁总，让她过来带二位老师入场。

叶大可笑着说："你们老大这会儿肯定忙着安排正事儿呢！"

若楠起身，拿起外套穿上，瞥见单人沙发上斜伸出的剑兰，被她坐坏了的花穗，已然耷拉下来了，不过也没人在意了。

沿着楼梯往下走的时候，叶大可对若楠说："我有点儿不舒服，得回去量量血压。亲爱的，你去凑热闹吧，看看他们如何惊梦。"

下到了一楼，接到消息的小男生跑过来，握着车钥匙，说还是他送老师吧。叶大可要了车钥匙，让他跟朋友好好玩儿，坚持不让任何人送，跟大家挥挥手，一个人穿过空荡的大堂，用力推开沉重的剧院大门，走了出去。

逐个刷码后，观众沿着一条布景搭出的通道鱼贯而入。在一个空荡荡的房间，红丝绒幕布前，一个身穿长衫、手拿折扇的男人正对着七八个戴口罩的人比比画画地说着什么。

若楠进来的时候，人都还聚集在入口这边，与那边的听书人群中间有一段空地，很快空地就消失了，大家都围拢到近前听那先生说："这一回叫作'草桥店梦莺莺'。说的是张珙张君瑞，离了普救寺，赶往长安城。正是回望暮云遮萧寺，半林黄叶满离情。昨夜儿与那小姐还是温香软玉蜜意柔情，今晚则是草桥荒店清冷孤灯。张君瑞惨戚戚潦草睡下，不觉就生出一梦。老话说，梦是心头想啊，诸位，您说他想什么呢？崔莺莺！……"

说书人口角学得不错，一小段说下来也就三分钟，屋里的人都站定了，稳住了心神，他啪啪啪以扇击掌："才交五鼓，鸡鸣荒店，张生猝然一惊，抬头晓风残月，他以为是梦醒，殊不知入梦更深！"

他身后的丝绒幕布缓缓升起，房间里灯光变暗，景片上晨光熹微，一弯残月下是荒草茅店，背对着观众伫立的是个古代书生。他撑撑袍袖，从两个景片中间的一座木桥，走到后面去了。

说书人若吟若唱："长相思，在长安，美人如花隔云端！诸位，咱都走着吧！"

说书人招呼大家一个个走过窄窄的木桥。霍伟和两位专家的身前身后都有工作人员照顾。若楠本就站得靠后，胳膊被人拉了一下，扭头，竟然是丁菡，露在口罩上面的眼睛里跳动着笑意。她们也就落在了队伍的最后。

丁菡低声说："叶老师走了，我还担心您也走呢！"

若楠说："我有点儿好奇。"丁菡提醒她小心，要上木桥了。

过了木桥，转过一道重峦叠嶂的景片，豁然开朗，已然到了室外园子里，全息投影给出了长安城的一片轮廓，钟鼓隐隐，丝竹飘飘，渐次有几个"唐代长安人"加入队伍，说笑起来。热热闹闹的一行人，跟着孤零零的"张生"，绕行池畔花圃，走上板桥，穿池越亭，周遭回荡着低沉的男中音合唱："长安，长安，太阳近，长安远！长安，长安，居不易，行路难。长安，长安，金银作炭烧，珍珠把米换。长安，长安，看华盖摇曳，听急管繁弦。"

这本是游戏中用过的插曲，那旋律有些魔性，很快满脑子就是它了，人群里有些人的身子开始跟着旋律摇晃。

若楠想想剧情，有些疑惑，凑近丁菡问："这是梦境，还是真的？"

丁菡说："就这点儿悬念。剧透给您，就没啥可看了。"

若楠和丁菡还在板桥上一前一后慢慢走着，遥遥地看着很多人跟着"张生"到了那座灯彩辉煌的酒楼前面，空中的合唱换成了柔曼的女声："九重宫阙，万国衣冠！画楼高百尺，谁家玉阑干？十丈红尘软，应知到长安！"

酒楼的二楼，凭栏站着排绿衣红袖的歌姬，朝着人群抛撒缠着彩绸的花枝，等大部分人进了酒楼，那排歌姬也都隐入了室内。

若楠两个人此时才来到楼下，拾级而上。灰白的石阶上散落着各色花瓣，一枝完整的玫瑰红得显眼，若楠忍不住弯腰捡起，鼻子闻到的却是百合那粉扑扑的香气，一大朵砸碎的香槟百合，被踩成了黄泥。

"……谁的长安？再不见黑水白山。谁在落日里，寻找前生的碎片？"同样的旋律，却换了一套乐器与编曲，气氛感觉完全变了，"谁的长安？挥不去梦里楼兰！谁在弹琵琶？酒杯里月光眩晕！"

丁菡比她高了两阶，侧身回头说："您听，高丽舞下面是波斯舞，再不快点儿，连胡姬打流氓客人耳光都得错过，只能撞见公差抓人了。"

若楠知道她说的是戏，但忍不住还会多想，紧走两步，跟了上去，丢下了满地狼藉的花瓣。

原载《十月》2023年第4期

野火烧不尽

刘 汀

第一章 火：乌拉盖

1

几年后，当我重获自由，将会第一时间来到乌拉盖草原。

不出意外的话，那应该是一个初夏。我会站在逐渐茂盛的草场上，重新想象那场在回忆里始终未曾熄灭的大火。它把这片草原烧出一个巨大的窟窿。火焰升腾时，有只鹰一直在高空盘旋，发出嘎嘎的鸣叫，它锐利的眼睛清晰地看见，火圈的中央有一个人影，那是萨日朗，我的母亲；火圈的边缘则是两个人，那是我和父亲拉西。

这片生息了亿万年的草原，其实不知道经历过多少次大火了。按照地质学家的研究，在六千五百万年前，一颗小行星从宇宙中飞来，穿过大气层，击中地球，整个大地都置身火海，许多生物包括恐龙都灭绝了。但是，燃烧之后的地球犹如涅槃的凤凰，获得了重生，再过六千多万年，人类在火后的地球上逐渐演化成型，文明史开始了。这是监狱里循环播放的电教片里说的，当我将来站在乌拉盖草原上回想往事时，这段话会和大火一起浮现于脑海。

这场火不同，这场火来自人，也终结于人。母亲萨日朗看见身边的庄稼终于燃烧起来，连成片，她骨头里冰冷的疼痛瞬间消失，整个身心感觉到畅快。她已经很多年没有过这么舒服的时刻了。随即而来的是温暖，温度一点一点上升，她知道自己也渐渐烧着了，却并没有感到灼伤的痛。可能，她疼了太多年了，早已习惯了一切疼。她的骨头，她的内脏，都曾经整夜整夜冰块撞击一般地疼，那种疼才是最煎熬的。每次犯病的时候，她都紧紧咬着牙，尽量不打扰身边那个为了照顾她已经很久没能睡个好觉的人。但是她不过是个普通人，又不是铜浇铁铸，怎么可能忍得住呢？呻吟就一丝一丝从她的牙缝里钻出来，很快，满嘴的牙都被咬松动了，声音便越来越大。终于，她忍不得了，猛然嘶喊一声，啊……那个人，拉西腾地一下从俯卧状跳起。他看向她，立刻明白了怎么回事。他急匆匆地去看镇痛泵，发现里面早已经没了药水。这是家里的最后一个镇痛泵。喊出来之后，她觉得舒服了一些，真是奇怪啊，每次疼痛来袭时，效果最好的并不是镇痛泵，而是肆无忌惮的喊叫。一开始，她都是大声嘶喊，甚至是咒骂的，用蒙古族话和汉话，还有一些稀奇古怪的发音。生病多年之后，她发明了一种和疼痛对抗的语言，把无意识的喊叫、咒骂和呻吟融为一体，像某个原始族群的祭歌，连她自己也听不懂。但是她同时发现，她的喊叫是一把锯子，在稀释自己的疼痛的同时，也在锯着拉西的骨头。他的表情无

法形容，似乎是有人在他脑壳顶上砸一枚钉子，他却只能一声不吭。再后来，她就尽量不叫喊了，只剩下风吹草尖一样的呻吟。多年的疼痛并没有麻木她的心，尤其是对身边这个人。

但是今天无须忍着，她可以随心所欲地喊、骂。真舒服啊，她的咒骂犹如蒙古长调，随着火焰不断爆裂和升腾。在飘忽的火舌中，她看见火圈外拉

西死死拉着我,但眼睛却盯着自己。他在看她,看燃烧的她。她很欣慰,这个陪伴了她大半生的男人拉西,是懂她的。当她下定决心时,他曾哀求和她一起离开,但是她劝住了他。"达来不能在同一天失去父亲和母亲,留下的那个才最苦、最累。"他明白了。在这一刻,萨日朗觉得自己终于对他有了初恋般的爱,和他成了完完整整的一个人。他们一起生活了几十年,她亲近他、怜惜他、照顾他,跟他睡觉,给他煮茶煮肉,感情像秋天酸奶桶里的奶皮子,厚得不能再厚,但那都似乎不是爱,不是一个女人对一个男人最开始所该有的那种虚无缥缈的爱。

原来爱是从死亡中才能提炼出来的东西,就像火烧过之后留下的温热的灰。

天空和草原颠倒了个儿,火焰如同晚霞,天上却是一片无垠的绿色,一会儿一匹马嘚嘚嘚奔驰而去,一会儿一群羊咩咩叫着走过。一条上万米长的鞭子,把云朵劈成一小块一小块的碎片。萨日朗看见,拉西和我变成了烟做的人,弯弯曲曲地升到半空中。她自己也飘起来,回到了二十岁的年纪。这时,她看见了那个最初让她心动的人——北斗,在那座小城里一家小店的大通铺上,他把药和水递给她。他们睡在了一个被窝里,她嗅到了他跟其他人不一样的气息,她的心跳得像那达慕大会上的鼓点,又密又急又乱。

萨日朗知道自己进入幻觉了,那些燃烧之物散发的烟气进入她的口鼻,开始在全身作用。她转瞬即明白,自己之所以没感觉到疼,也是因为如此。她的意识似乎越来越清晰,那一刻正在来临。

毫无声息,一切都消失了,像是黑夜覆盖了草原,连那些高高矮矮的大针茅、羊草、糙隐子草、冷蒿、苜蓿,也和牛羊一起睡着了……

——这是我此刻幻想中将来的回忆,这也是我曾亲眼所见的过去。

我就这样看着自己的母亲从一团火焰变成一团灰烬,火有终结一切的力量,或者,它有重新安排已经发生的一切的力量。

我跪着。我应该一直在流泪,但是炽热的空气随即把眼泪烘干,我的脸像是烤完的红薯皮，又紧又皱，随时会裂开许多缝隙。

　　我旁边跪着父亲拉西。我已经很多年没有喊过他爸爸了，我只称呼他的名字拉西。我们像两截木头戳在土里。一开始，是他拉着我不让我去救母亲；现在，他放开了我，可是我已经站不起来。我浑身瘫软，双腿麻木。他应该也是。一缕火苗烧了我的眉毛和头发，焦煳味转瞬就被那种特殊的香气淹没，我像是浮在一池刚挤出来的牛奶中。香味是我的庄稼燃烧后散发出来的。然后，我在燃烧物最后的噼啪声里，听到了吟唱声。声音来自拉西的鼻腔，他用自己最擅长的呼麦送别妻子，曲调和天空中的烟一样高、一样轻、一样缥缈。

　　过了一会儿，拉西唱完了，挣扎着站起来。他找到一把铁锹，把土扬向几处试图蔓延的小火苗。空中有鹰隼盘旋不去，从它的视角，会看到一大片绿色的中间有一小块灰黑的土地。它感到惊讶。它还嗅到了烤熟的野物的香味，不知是偷跑进来的兔子还是老鼠。最后一天，我已经无暇去看护这片庄稼，那些早就蠢蠢欲动的小动物，掏洞、咬断栅栏钻进来，疯狂地啃食籽实、花叶。它们很难把这些全部消化，有些动物吃完之后跑了，把粪便排在草原的其他地方，其中的一些包裹着籽实。那些籽实，说不上在什么时候，又会重新发芽、抽枝、长叶、开花。

2

　　大火三天前，陈皮特打电话来，告诉我邮路通了，他联系上了可靠的买家，让我赶紧收割庄稼。他说，这是他最后一次帮我，从此我们彻底两清，无论从基因上还是从利益上。我一下从宿醉中醒来——这一年多，我的睡眠基本上是靠酒精来实现的，喝酒，喝得断片，然后剧烈头痛把我叫醒。我每天喝46度的马奶酒，只要喝到4两，就一定会失去意识，昏睡过去。在这个电话之前，陈皮特已经消失了快一个月。开始的几天，联系不上他，我几乎疯狂，不断地打电话，不断地给他发信息；十天后，我想他可能跑回美国，不再管我的事。我甚至动过找他女儿沐沐的心思，但后来还是忍住了，我答应过陈皮特，决不主动和沐沐联系。我和她之间，有一条命的深渊。

白天的时候，我会绕着几亩庄稼走几圈，看着它们长得旺盛而茂密，正在结籽成熟。庄稼周围的各种药草，也在成长，只是我现在顾不得它们。我心里只有庄稼。我的鼻腔里充满庄稼的味道，那是一种生麻味，让人忍不住打喷嚏。庄稼有一人多高，最高的两米多，但是都被我折断了，我怕它们太高引起注意。我绕着庄稼地走，主要是看有没有乱七八糟的动物来糟蹋它们。兔子、老鼠，或者地羊，都有可能在庄稼地里挖洞，把它们的根啃断。我一棵都不想糟践。它们是我最后的希望，危险的希望。

这的确是你最后的机会，达来。陈皮特叼着一支粗大的雪茄说，看在沐沐的分上，我最后一次帮你。我会帮你找到买家和邮路，但是我决不参与这件事，我可不想吃牢饭。大尾羊的事上，你也不要怪我黑，商场就是战场，资本天生就是贪婪的，我也是身不由己。

"大尾羊"三个字令我恍惚，那曾经是我的骄傲和痛苦。因为它，我走上过人生的巅峰，高处不胜寒，然后一夜之间跌落谷底。没有人甘心平庸过一生，尤其是曾经风光过的人，所以我选择了铤而走险。我仍然笃信挺过最狂暴的风雪之后，就会迎来好天气。只是，我可能错看了风雪。

然后是两天前，拉西和母亲回到了乌拉盖。

母亲本来应该在镇上的疗养院里住着。她患骨癌很多年，不断地放疗化疗之后，彻底放弃了，努力又痛苦地延续着生命。那些年，我在事业上升期，不缺钱，把她送到美国去治疗，但是她的病没法根治。我知道她为什么如此痛苦还没有死去，因为我，哪怕是在我最成功的时候，她也整日忧心忡忡，仿佛早就预见了我今天的困局。但是她从未阻止过我做任何事，从少年时毅然选择去住宿学校，到二十多岁突然去美国，再到后来在那里结婚，最后到回国创业，每一次都让她眉头紧皱，可是从来没有说一句"达来，你别再干了"。没有。所有人都以为她皱眉头是因为骨头疼,只有我知道,她是在担心我。我曾在一个深夜,听见她跪在床上跟天花板念经,祈祷我平安如意,她愿意用自己的一生去换。

那天中午,我还在宿醉中昏睡,梦见芝加哥的天空飘起了大雪。有时候,芝加哥和乌拉盖真的很像,冬天寒冷、多风,下雪时也是一样刮白毛风。但是那里没有草原,有很多森林,风里带着一丝腐殖质的味道。乌拉盖的风里则是干草味和牛羊粪味。所以我的梦是混杂的,既像是乌拉盖的冬天,又像是芝加哥的冬天。我在七月闷热的天气里瑟瑟发抖。

我睁开眼睛,看见母亲和拉西站在门口。拉西搀着母亲,她化疗造成的光头被阳光照得如同一枚剥了壳的鸡蛋。假发握在右手里,像是她进屋前故意摘下来的。他们如同电影中的两个外星人。

额吉,妈妈。我嘴里嘟囔了一声,以为还在梦中,好大的风雪啊,好亮的阳光啊。

达来啊达来,你怎么跑得这么远。母亲说。小时候,我生闷气的时候就会一个人在草原上乱走,不分方向,不看深浅,有好几次都迷路了。母亲找到我时,总是这么说:达来啊达来,你怎么跑得这么远?她不打我,也不骂我,只是搂着抚摸我的脑袋,好像在安抚,又像在宽慰自己。你走得再远我也会找到你的。最后,她会补这么一句。

我再次撑开眼睛,这回看清她另一只手里还拿着一根庄稼。

好吧,现在我不得不说说我的庄稼了。我的庄稼是一种不该被种下的植物,母亲手里握着的庄稼有一米长,枝叶灰绿,饱满的籽实垂着头,仿佛在替我感到羞耻。

再远一点儿,妈妈就找不到你了。母亲说着,用那根植物抽打我的身体。她很用力,但是我并没感到疼痛,我觉得一阵轻松。这一刻终于来临了。这感觉有点儿像玩极限运动,比如蹦极,在真正跳下去那一刻之前,总是有一种退缩的心理,但脚步一旦凌空,你会立刻放松了:终于来了。

我跳在地上，泥地的微凉让我哆嗦了一下。一切都可以摊开了，再没什么好隐瞒的。

这天下午，我和母亲、拉西三个人坐在那片庄稼地头，很久很久都没有说话。天边乌云在堆积，仿佛要来一场暴雨，但是雨始终没有到来，只来了凉爽的风。我们并没有因为沉默而感到尴尬，反而觉得特别和谐、特别舒服，仿佛是三个出去旅行的人，在一起欣赏怡人的美景。这是自我成年后，我们最像一家人的时刻。其间，母亲发出了一声呻吟，我知道她的骨头又开始疼了。拉西回到房间里，端来一碗水——那是一只铜碗，他一直随身携带，他说用铜碗喝水能减轻骨头疼——母亲掏出止痛药，先倒了两粒，停顿一下，又倒了两粒，就着水吞了下去。这药对她更多的是精神作用。

我们继续坐着，风把庄稼掉落的一些籽实吹到身边，我捡起来，放在嘴里嚼嚼，苦里带着一点麻麻的油味。后来，是母亲先说话的，然后是拉西，他们跟我说各自的过去。这些年来，我跟他们在一起生活的时间并不多，主要是在上学之前。上学后，我就到镇子上的双语寄宿学校，上小学，上初中高中，然后去北京上大学，再之后去了芝加哥。我从未了解过他们的过去，我对他们的记忆只是他们每天的忙碌和劳累，是牛羊的叫声和味道，是夏天的闷热和冬天的风雪，是一只惨死的母羊。现在想来，他们是故意把自己的人生讲给我听的，是对我的交代，更是对自己的总结。

那个黄昏，夕阳落得非常慢，几乎是卡在了乌拉盖草原的边沿上，仿佛是有意在等着听他们的故事。

母亲开始了她的讲述……

3

达来，你这个傻孩子呀。钱是什么东西呀？最贱最贱的东西，你有过很多钱，又没有了。没有就没有了，怎么能为了它种这个东西？这是啥？咱们草原上，从来不缺这个的，而且乌拉盖的水啊土啊，最适合种它了，可是为啥牧民们从来不种？原因不光是政府禁止，根本上是牧民们知道这东西的好处，但更知道它的坏处。它能把人的魂勾走了，把人的血和骨髓吸光了。我宁可骨头再疼一百倍，也不愿意没了骨髓。

跟你说说我们的事儿吧，你听听，就知道一辈人有一辈人的苦，一辈人也有一辈人的甜。人啊，就像这草原上的草，年年长，年年死；年年死，年年长。看着好像都一样，但今年的草，毕竟不是去年的草了。妈妈说点儿秘密吧，其实这么多年，对有些事，你爸爸也是一知半解，应该让他知道。现在我已经是一个废人，没所谓啦，随时随地就走了，再不说，那些事就都埋到土里。事儿不像草，不会再长出来。我生病之后，这些事就老是在脑子里转悠，有时候清清楚楚，有时候又模模糊糊。人活的是什么呢？其实不是活快活，人是活苦的，那苦里头藏着一点儿蜜，这就够了。所以，我也不怕你俩听了不好受了，不好受才对，不好受你们才会尝到那点儿蜜。

达来，妈妈都糊涂了，你今年四十了？四十一？哦，四十三了。那就是大概四十年前吧。那时候，乌拉盖草原上的狼成了灾，虽然我们蒙古族人把狼当图腾崇拜，可是狼多得到处都是，几乎每天都有羊被狼掏走，也就是祸害了。那年，公社成立了打狼队，队长是武装部的一个人，叫布和。我爸爸，也就是你姥爷是副队长。说是打狼队，可是十几个人的队伍只有四五支土枪，剩下的就是蒙古刀甚至是棍子之类。那年，天旱了一整个夏天，草原上的草都被烤干了，还起了几场不大不小的火。不过因为草太稀了，刚好没起风，火连不成片，很快就扑灭了。木伦河的水也干了，不要说牲口，连人用的水都不够，我们只能赶着马车，到十几里地外的乌兰泡子去拉水。泡子里的水，浑得跟泥一样，但这好歹是水啊。用铁桶装回来，扔两块白矾进去澄清一晚上，第二天烧开了，才算能喝。桶底的湿泥倒在羊圈里，那些羊疯了似的啃。

草原上一旦不长草，那靠它活着的所有生灵都得遭殃。再加上快入秋时，蝗虫又来了，把仅有的那点草叶也给啃个干净。乌拉盖前面的乃林坝上，本来有几棵大杨树，以前，夏天的时候满树叶子，密密匝匝，十几里地外都能看见。那年，蝗虫把树叶啃光了，树皮也啃光了，那些树就这么露着过了冬，冻死了一多半。我骨头疼的时候，脑袋里就会想起那些树的样子，它们的骨头应该也是一样疼。

说远啦。还是说打狼队。草原上不是没吃的嘛，羊没吃的，兔子也没吃的，很多小动物都饿死了。狼自然也没吃的，它们就从林子里钻出来。以前它们不太往乌拉盖这边来的，自从有了生产队，牧民们的草场固定下来，狼只要有吃的，是不会下山的。但现在不行了，山里没有任何猎物，它们饿得要死，集体钻出林子，到草原上来了。其实这群狼早就听到了围栏里的羊叫声，这些羊也饿，越饿就越叫唤，叫声传到狼群里，它们忽然想起了羊肉的香味。有的狼从出生起就没吃过羊肉，有的狼还是多年前吃的呢，草原上成立生产队之后，羊都集中到了一起，放羊人也多，狼很难掏到羊。

反正这一年，狼一群一群地往乌拉盖跑，大的小的，一只只瘦得像柴棒，龇着牙，眼睛凶得不能再凶。它们饿得胆子大，不但闯进了以前不怎么来的草库伦，甚至还借着一条水沟，从很远处挖了一个洞，直接通到了羊圈。一开始，放羊人发现每天少一只羊，可是羊圈门、围栏都好好的，也看不见狼爪印。那些羊仿佛被人家变戏法一样变没了。直到四天后，一个羊倌在羊圈的角落发现了几撮羊毛。这些羊毛不是正常掉的，而是被撕扯下来的，毛根是白的。接着，他又看见那儿的土跟别处的颜色也不太一样。因为干旱，因为羊每天都吃不饱，羊粪蛋很少，早都被蹄子踩碎了。羊粪末子是软软的，发黄，可是草原的泥土是黑褐色的。他扒拉了几下，发现下面竟然有个一尺宽的洞，洞里不仅散落着羊毛，还能看见血迹。羊倌赶紧招呼人，他们沿着这个洞一直摸过去，竟然有五六十米长，洞口在水沟的斜坡下。

羊让狼掏走了，牧民们说，没想到这畜生这么精，竟然还学会了打洞。

生产队开会讨论这个事。有经验的牧民都清楚，这种年月里，狼直接到羊圈掏羊，就说明成灾了。而且很快，其他生产队乃至整个乌拉盖草原，都有了狼的踪影。于是就成立了打狼队。我爸爸也在打狼队里，他是草原的老猎手了，能在乱七八糟的印记里分辨狼爪印，能在几里地之外嗅到狼粪的味道。

那时候，我刚和拉西订婚，他是另一个生产队的，两家的草场离得远，我们也不常见面。那个夏天，他被他们生产队派到锡林浩特去卖牲口，他回来后不久，我们就结婚了。我们的婚姻是另一个故事啦，等你爸爸和你说吧。

打狼队的成果还挺显著的，半个多月的时间，他们一共打死了七只狼，还活捉了两只。打死的好办，直接剥皮拔牙就行了，活捉的怎么办呢？没法养着，也养不起，可不养着也不能放了，除非再打死它们。唉，牧民们就是这样啊，如果跟狼争斗起来，手起刀落，眼睛都不眨一下，可是一旦活捉了狼，却又不忍心杀。尤其是我爸爸，他是个有经验的草原猎人，枪法准得不得了，就是他不主张直接杀了活捉的两只狼的。布和不在乎这个，按他的想法，这两条狼直接打死，皮子还能卖不少钱呢。其中一只狼的牙长得漂亮，拔下来做挂坠，威风得很。可是父亲拦住他说：猎手不杀俘虏的狼。布和心里头不服，但碍于父亲的面子，也不好说什么，心里有着自己的盘算。

秋越来越深，本该是打秋草的时节，可乌拉盖草原的草稀稀拉拉，又黄又瘦，牧民们的割草的镰刀都甩不开。整个乌拉盖的人都愁容满面，担心牲口不等过冬就得饿死。老人们还说，夏天大旱，冬天肯定要有大风雪。生产队的人开会合计了好几次，都没想出好办法来，那时候的牛羊大都是集体财产，也不能随便卖掉，卖也卖不上价啊，一个个都瘦得皮包骨。

有一天傍晚，爸爸又去看那两只狼。这段时间以来，他一直捡些死羊死牛的骨头和烂肉来喂它们，有时候没有肉，就只给它们点儿水。那两只狼跟草原上的牛羊一样瘦，但是它们的眼睛还是黑冷黑冷的，好像越是饥饿它们就越是凶狠。

这天，爸爸从生产队的大师傅那里，用半包烟叶换了一副死牛的下水。

那头牛因为没草吃，在山上吃了荆棘，刺破了肚子，死在了外面。等人找到的时候，内脏都快腐烂了，拖回来，把皮剥掉，好一点儿的肉大家分了，牛下水没人要。父亲拎着来给两只狼吃。但是到了地方，却发现拴它们的绳子断了，狼没了踪影。爸爸大吃一惊，心里想，这俩家伙连这么粗的牛皮绳都能咬断？这时候，他感觉有人拍他的肩膀，正要回头，突然想起了什么，一动也不敢动。他猜得没错，拍他肩膀的不是人，是一只狼，它把两只爪子从后背搭在爸爸的肩膀上，只要他一回头，它就会直接咬住他的脖子。老猎人自然知道这一点，所以他假装若无其事，没有回头，身体猛地向前一扑，两肩一痛，知道是被狼爪抓伤了。

但是他忘了还有一只狼。那只狼从前面跳出来，他被两只狼夹击了。爸爸摇动着手里的牛下水，意思是自己是来喂它们的，但那两只狼不为所动。这时，爸爸发现它们的身上都流着血，好像受了伤。他搞不清是怎么回事。

两只狼越逼越近，爸爸觉得自己今天要死在这两只狼嘴下了。他没有特别害怕，作为一个草原猎手，这也算是死得其所。这两只狼被养这么多天，似乎失去了以往的耐心，前面的狼扑上来，父亲伸手撑住它的爪子，这时听到后面的狼低吼一声，准备发动进攻。突然，一把砍刀斜刺里飞过来，砍在前狼的腿杆上。挥刀的是布和。两只狼放弃父亲，开始围攻布和，后狼跳起来，咬住了布和拿刀的胳膊。爸爸想过去帮忙，但他的肩膀疼痛难忍，手臂几乎举不起来。他开始大声呼喊。

两只狼撕咬布和，他的脸被咬出一大道口子，肋部也给抓伤了。很快打狼队的其他人赶了过来，几声枪响，两只狼倒在了地上。众人再去看布和，发现他浑身都是伤口，尤其是腰肋那儿，血肉模糊，骨头上都能看见爪子印，好在没伤到内脏。有人跑回去，找了一张牛皮，把布和抬到牛皮上，四个人拽着牛皮的四个角，把他抬回了最近的蒙古包。爸爸看着那两只死狼，心里充满悔恨，如果不是他非要养着，就没有今天的事儿了。这时，他又看到了拴狼的绳子。他捡起来，感觉到不太对，绳子断掉的地方太整齐了，不像是咬断的，倒像是被刀割断的。他心里明白是怎么回事了。

无论如何，布和也是因为救父亲被咬伤的，我们不能不管他。

爸爸找了四轮车，把他送到苏木（相当于乡）的卫生院去治疗。卫生院的条件有限，只能把伤口清理，打点儿消炎药，创口面积太大，他们缝合不了。父亲要送布和去市里的医院，但布和坚持不去，或许是他因为把绳子切断而惭愧。确实，那天是他用砍刀把绳子给砍断了，他想着，那两只狼会去羊圈里吃羊，到时候，他就名正言顺杀了它们。不承想父亲刚好过去，两只狼不但没有去羊圈，还开始攻击人。

卫生院的医生只好勉强给他缝了伤口。他们从卫生院回到生产队，布和疼痛难忍，脾气暴躁。他躺在床上，大声咒骂，要么就声嘶力竭地喊疼。虽然打了消炎药，但是因为伤口缝合不整齐，有的地方还是发炎了。老人们从草原上采了些草药，捣碎了糊在上面，炎症算是止住了，可是疼痛没法减轻。老人说，除了神仙草，没有什么能帮他止疼了。啥是神仙草？就是你种的这些庄稼呀。

那时候，这种东西早就被清理了，没人敢种，就算看见野生的，也是立刻把根刨出来，把籽实烧掉，防止它再长。乌拉盖人已经很久没见过这种东西了。爸爸从队里借了一匹最健壮的马，就往草原深处去了。夏天的时候，来往的人说过，在木伦河的源头木伦草原上，今年雨水多，草长得好。人们知道那里管得松，野生的神仙草也多，说不定能找到，爸爸想去试试。

四天之后，爸爸空手而归，整个草原都找不到一株神仙草。

布和疼得精神都不太正常了，一会儿哭一会儿笑，也有人说他不是疼，是中了狼牙里的毒。无论如何，得想办法给他弄点止痛药。队里打听，附近的苏木都没有止痛针，只能到东乌珠穆沁旗的乌里雅斯太镇，那里有一个更大的卫生院。狼还是时不时地下山，父亲不能再出门，我便说我去。我走了三天路，才到了那里，可那时候，止痛针哪那么容易弄到啊。我在东乌珠穆沁旗待了半个多月，自己还染上了风寒，差点死在那里，最后也没能拿到药。

但是这次去东乌珠穆沁旗，我在乌里雅斯太碰到了一个人。遇见他的时候，我甚至连他叫什么都不知道。我只知道，他也是去那里找东西的，我找的是药，而他找的是羊，乌珠穆沁大尾羊。奇怪吧，他一个汉人，竟然找的是羊，他说他要改良羊种。几年之后，乌拉盖草原和附近的苏木嘎查的所有羊变成大尾羊。他是第一个引进这种羊的。真想不到，他一个种地的汉人，竟然要给草原上的羊改良换种。

我病了，他照顾了我几天。那时候，我汉话说得还不好，但是不知为什么，特别相信他。我把家里的事情都说给他了，他也把他家里的事都说给我了。临走的时候，我才知道他懂蒙古族话。唉，我从没遇见过这样的人，我被他给吸引住了。可是我得回去。

等病好一点儿，我没打招呼就离开了。因为没有住店的钱，我把一个银镯子押给旅店。几个月后，他赶着买来的大尾羊回村，路过乌拉盖，我们又碰到了。他跟你爸爸竟然是朋友，很小就认识的。这时我才知道，他汉族名叫北斗，就是那个星星的名字。他把镯子还给了我。他的儿子叫小满，这个你熟悉的。

布和还在受疼痛的折磨，这时候，拉西回来了，听说了这事，帮忙解决了这个问题。他带来了另一种止痛药，是大烟膏子，对，草原上不只是长神仙草，还长大烟，但是极少极少。而且国家也不让种植这种东西，谁家有大烟膏子，被告发了，那可是要坐牢的。拉西的大烟膏子是萨仁妈妈给的，这块黑到发亮的大烟膏子，已经传了二三十年了，萨仁妈妈的爸爸是一个大夫，这是他自己熬了当药用的。老人家一直贴身带着。她带着也不是想自己用，而是为了关键时刻吞下它自杀的。那些年月里，草原上跟其他地方一样不太平，有人造反，有人搞运动，有人受迫害。萨仁妈妈的娘去世时，把这块大烟膏子给了她，老人咽气前塞到她手里说：哪天，这世界上的苦你真受不住了，就一口吃了它吧，它会把你带到好地方的。有许多次，萨仁妈妈都把它掏出来，放到了嘴边，但是转念一想，再挺挺吧，说不定就过去了。就像草原上不会年年大旱，也不会年年大风雪一样，总有雨过天晴的一天。她就这样挺过了一关又一关，后来两只眼睛都看不见了，她也没吃掉它。

拉西回去找萨仁妈妈，问她要那块大烟膏子。这事只有他们两个人知道。萨仁妈妈一开始不给他，他便说为了帮我，萨仁妈妈才点了头，把这块大烟膏子给了他。

我爸爸拿着这块大烟膏子，不敢告诉布和，每天用刀切下小小的一块，放在茶里让他喝下去。他开始不那么疼了，甚至跟我开起了玩笑：嗨，萨日朗，我救了你爸爸，你是不是应该以身相许？我不说话，抄起一截羊棒骨敲他的头。

他也不恼，只是央求我：再给我烧壶茶吧，快点儿啊，我浑身又开始疼了，只有喝了你熬的奶茶，我才不疼。我告诉了爸爸，爸爸说，坏了，这小子可能有点上瘾。我们烧茶，但是不再放大烟膏子，他喝了之后身上还是疼，又开始鬼哭狼嚎。他的伤其实好差不多了，他也明白自己喝的茶里肯定放了东西，便开始四处翻，想找到那块大烟膏子。他找不到，因为那个东西爸爸一直都揣在怀里。

有天夜里，我正睡着，突然感觉有什么东西在解我的袍子。我睁开眼，看见了布和。他两眼红红的，又雾蒙蒙的，像是中了魔。我大声叫喊，但是父亲没有任何动静。我心里想，他不会是把父亲打死了吧？原来这家伙在半夜钻进我们的蒙古包，把父亲捆在床上，用羊毛袜子塞了他的嘴，从他怀里找到了大烟膏子，掰了一大块，用蜡烛火烤着全吸了进去。他吸多了，已经疯癫了。

说到这里，母亲停下了，她深喘了几口气。母亲沉默了好一会儿，我明白了她的意思，心里想，妈妈，不要说出来，不要说出来。我不知道自己为何如此害怕知道母亲被布和侮辱的事，在这些年里，我隐隐约约地感觉到过什么,却从来没有问出口。比如,我到底是不是拉西的亲生儿子?除了那只从风雪中走来的羊,这也是我和他隔阂的最大原因吧。

他把我祸害了。

母亲还是说出了那句话,口气里没有怨恨,甚至没有遗憾,话语比一阵微风还轻。说完,她还笑了笑,仿佛那不是她的伤疤,只是无关痛痒的回忆。夕阳落下去一半,留下的那一半像一颗牙,咬住远处越来越黑的山影。

等他从迷乱中清醒过来,才知道自己干了什么事。他扑通一声跪下,给我磕了两个头,说:萨日朗,我对不起你,我没想这样。他就这样走出了蒙古包,从此以后我再也没见过他,也没有任何消息。后来有人跟我说,他可能死在了山林的狼窝里了。

我跟拉西坦白了这两件事。我说,拉西,咱们的婚约得解除了,我啊,从心到身子都不纯了,像是牛奶里落进了羊粪球,怎么捡也捡不干净。我没法再遵守萨仁妈妈的约定嫁给你了。可是拉西不同意,他说,萨日朗,你现在要是嫁给别人,我不拦着,如果不是,我就要娶你。在咱们草原上,还有比牛羊粪更干净的东西吗?它们可全都是青草变的啊。

我说,我明白你的心思,你不在乎布和侮辱了我,我也可以不在乎,毕竟那不是我本意。可是北斗的事,我也不能瞒着你,我的心很大一部分已经给了他了,被他带到乃林坝前面那个长着麦子和谷子的地方了,这辈子都没法回来了。我现在只有半颗心了。

你爸爸听完,半天没有说话。过了一会儿,他走出蒙古包,捡了一些干牛粪回来,开始鼓捣那只用泥巴搭起来的炉子。那会儿刮西南风,炉子不好烧,每次生炉子都要点半天,满蒙古包的浓烟。我俩就这样在这浓烟里,流着泪咳嗽着。后来,炉子终于着了。他又开始找砖茶、盐巴和炒米,烧了一大壶奶茶。

蒙古包里暖和起来,他倒了一碗茶递给我说:萨日朗,我要娶你。你的身子脏了,我帮你洗干净;你的心不全了,我给你补上。你有半颗心,而我的心……我的心……也许连半颗都不到。

我知道，他想起了自己的出身，自己的往事。

我点点头说，拉西，我和乌拉盖谢谢你。真的，也不知道为什么，就那一瞬间，我就把对北斗的那一点幻想忘掉了，我就觉得我的身体也干净了，心也完整了。后来我明白了，就是因为拉西的心也是残缺的，我们两颗残缺的心拼到了一块儿，就是一颗完整的心，就是一颗比所有人都大的心。我觉得，不管怎么样，这个人是个好伴儿。我们在冬天来临前，结了婚，开始在一起生活。

拉西伸手握了握母亲的手，说：歇会儿吧，我来说。

母亲又长长地喘口气，仿佛那是她最后一口气，点点头。她看他的眼神里，充满信任，我觉得母亲并非不爱拉西，只不过可能从一开始，这爱就掺杂了太多其他的情感。共同成长的友谊，对一个男孩的同情，天生的母性，蒙古族女人特有的温柔，有限选择里的最优选项，这一切都把他们推到了一起，可这一切也许都是情，不一定是爱。爱和情，有时候是两回事。这时，我突然想起艾丽看我的眼神，也是充满信任的，而且更欢快。在她生命的最后一刻，脖子上流着血，她就这么看着我。我跟她说：艾丽，亲爱的。别害怕，一定要挺住。我会救你的，我一定会救你的。可是我没有救活她，不但没有救活她，我还利用了她。艾丽，对不起，让你带着破碎的身体和心离开人世。也许就是从那一刻开始，我慢慢成了现在的我，后来的一切疯狂和悲剧，都在那一瞬间生根发芽。

太阳只剩下橘子皮般的一层，橘子汁四溢，草原正在被夜晚拉进被窝。风像是因为太阳要落山而放心地吹起来，很小，但你能明确感觉到它环绕在周围。我闻到了庄稼的味道，我想母亲和父亲肯定也闻到了。那是一股生麻籽味儿，有点儿冲。母亲的骨头可能又开始疼，她的身体在微风里轻轻颤抖着。拉西把她拉到怀里，让她靠着。

我想喊他们回去，但又张不开口。

这时，拉西开始说话，他要说他的故事。

4

人生一世，草木一秋。

人和草木没什么区别，绿过了之后就黄，黄完了之后就枯。今年死了，明年还长出来，就算你不长出来，也有别的草长出来。从哪儿说起呢？不接你妈妈的话说那件事了，没什么可说的，我从认识你妈妈那天起，就下定了决心，这辈子不管什么时候，我都陪着她。除非她不要我了。为什么呢？这就说到几十年前，唉，我都快记不清了。你心里别嘀咕啦，你是我的儿子，亲生的，跟那个布和没有半点儿关系。

我要说我自己的事，我这棵草长成这样，是因为有这样一条根儿。人和草一样，根扎在哪儿，就只能一辈子在哪儿往上长了。我这个根儿……已经扎了五十多年了。

达来，陈皮特早就和你说过了我的身世了，因为这层关系，我最终还是没忍住，劝你帮他救了沐沐。唉，如果当时我没劝你，不给他你的地址，是不是也不会有现在的事了？可是，我怎么可能忍心让沐沐就这么死了？

我不知道陈皮特给你说了多少，怎么说的。我还是把我自己记得的说一下吧，很多事情，别人说和自己说，完全就是两回事。我不是蒙古族人，当然也不出生在乌拉盖。我是上海人。八九岁的时候，我被一列火车从上海拉到了内蒙古，然后分到了乌拉盖的萨仁妈妈家里。从那天起，我就再也没离开过乌拉盖，我从一个上海人，变成了一个蒙古族汉子。我一点儿都不觉得自己不幸，相反，我特别庆幸到了这里。

他们说那几年是最饿的几年，全国人民都吃不饱饭，连上海这样的大城市也是。我记不清到底是什么感觉了，唯一记得的却是一块梅菜烧肉。我就是因为一块梅菜烧肉来到这儿的。

那天早晨，天都没亮全呢，爸爸就把我叫起来，说带我去吃好吃的，还让我别吵醒妈妈。她那时正怀着孕，肚子里就是后来的陈皮特。我本来睡得迷迷糊糊，可是一听去吃好吃的，一下子就爬起来，不自觉地咽唾沫。因为吃不饱饭，只能不停地喝水，喝得肚子里咣咣响，咽下去一点口水，从胃里立马泛上一股酸水，只能又把这股酸水咽下去。

我以为他顶多带我去吃一碗汤泡饭，再好点儿是一两水煎包，没想到是一大块梅菜烧肉和一碗米饭。我到现在也没想明白，怎么就是一块，不是两块，也不是一盘？那块肉不太好，瘦的多，肥的少，肉皮上猪毛都没燎干净，梅菜好像也有点儿烧煳了。可是肉毕竟是肉，很大一块肉，那股味儿一进入鼻子，我的整个身体都激动得哆嗦起来。我心里隐隐地害怕，不明白爸爸为何单独叫我吃，没叫妈妈，也没叫爷爷奶奶。我已经从几个小伙伴那里听过一些事，他们说，家里人没有吃的，就把小孩子卖掉换钞票了，而那个被卖掉的小孩子，则被买去的人家杀掉吃肉。我打了个冷战，再看那块肉时，便怀疑那是哪个小孩的肉。我们弄堂里已经有好几个小孩子不见了，大人们说他们被送去寄宿学校了，说那里管吃管喝，可是我们小孩子都说他们被卖掉吃肉了。我也不知道这个离奇的说法最早是怎么来的，在孩子们心里头，这就是真事。

我心里想，完了，我要被当肉吃了。

爸爸端起那块肉，说：团团，吃吧，好吃的呀。

我想吃又不敢吃。可那块肉送到了我嘴边，我就再也忍不住了，一口咬住，几口就吞了下去。

吃完肉，爸爸带我走到大门外，说：儿子，爸得跟你说件事。

我不敢答话，心里还在想着刚才吃下去的那块肉。现在，一说起这事，我嘴里好像还有一根猪毛，就卡在喉咙里，吐不出来也咽不下去。

家里没有任何吃的东西了，你晓得吧？咱们家里人多呀，加上爷爷奶奶、外公外婆，共七口人。他停顿了一下，继续说，所以……爸爸送你去一个能吃饱饭,每天都喝牛奶、吃肉的地方好吧?

我心里想,天天喝牛奶、吃肉,只能是天堂了。

我哇的一声哭出来,大声喊:爸爸爸爸,不要把我卖了,我不吃饭了,从今往后我只喝水不吃饭了。我把刚才吃的肉吐出来。

说着,我就用手指抠喉咙,干呕了半天,只反上一些胃酸,那块肉似乎已经被消化完了。

傻孩子,说什么呢?你听到啥乱七八糟的了?不是卖你,怎么是卖你呢?团团啊,上海好多人家都吃不上饭,已经饿死好多人了,爸爸也是没办法,要不全家都得饿死呀。政府替我们想办法,要把没饭吃的小孩送到大草原上去,好多孩子想去都去不成啊。你晓得吧,大草原哎,你上课背的"天苍苍野茫茫,风吹草低见牛羊"说的就是那里。说的就是那里有奶牛,可以喝牛奶;有成群的羊,可以吃羊肉。不是你一个,好多孩子一起去。将来如果好了,爸爸一定去找你呀。

我脑子里浮现出课文里的那几句,但是不晓得大草原到底是哪里,心里头蒙蒙的。可是爸爸说的有肉吃、有奶喝让我的肚子咕噜咕噜叫,嘴里不断流出口水。

爸爸就这么看着我,看了一会儿说:团团,你慢慢想,不急的,不急。我们走一走,一边走一边想。

他抱住我,想把我抱起来,只是他也好久没有吃饱饭了,力气弱,一下没起来,第二下才把我抱起来。我的头伏在爸爸肩膀上,他走路一摇一晃,我很快感觉有点儿困,或许是胃里终于有点油水了,血液都赶过去吸收那块肉的营养,走着走着,就睡着了……

等我醒过来,已经在一个孤儿院里了,爸爸没了踪影。一大群哭着找父母的孩子,我也哭。一群保育员,每个都忙得张牙舞爪,没人在乎一个小毛头。后来,我搞清楚了,真的是要把我们送到大草原,不是卖掉吃肉的,心里的害怕减去了大半。我想起有一天晚上被尿憋醒,听见爸爸和妈妈说话。他们说家里没有米,也没有钱了,怎么办?爸爸说,要不流掉吧,现在大的都养不活,再生个小的怎么办?妈妈摸着肚子哭,哭了一阵,爸爸又安慰她:你不要哭了呀,哭对胎儿不好呀。他哪里又舍得。妈妈抽泣,爸爸叹息,就这样好久他们都没有睡。我尿急,心里想,你们快睡呀,睡着了我好去撒尿。可他们就不睡。过了很久,爸爸说了一句:要不,还是按之前商量的吧,大的走,小的养着。走了的能有个活路,留下的也能多点儿希望,日子总不会每年都坏的吧。妈妈没有说话。后来我想起这个场景,才明白,妈妈的沉默是一种默认。那天晚上,我没去成厕所,尿在了床上,湿答答睡了半夜。第二天,他们看见被褥,破天荒没有骂我。

坐了两天一夜的绿皮火车,从南方到了北方。先被送到包头的育婴院里,在那儿待了半个月,然后就被送到乌拉盖草原。那里有一个公社临时建的保育院,原本是镇里的小学,正好是暑假。学生们快开学的时候,我们被牧民们领养回家。

从上火车开始,我就没再说过话,那些工作人员还以为我是个哑巴。我不说话,是因为知道我被爸爸妈妈丢掉了,虽然没有卖掉我,可是把我骗到了保育院,骗到了包头,骗到了草原上。因为不说话的事,我是最后一个被领走的。萨仁妈妈说,这个孩子没人要,我带走吧。她把我带走了。当然,后来萨仁妈妈说,她带我走也不是看我像个哑巴,而是知道我故意不说话的。这个娃娃精明得很呢,她后来一直说,我喜欢聪明的孩子。萨仁妈妈一辈子没有自己的孩子,她结过婚,也怀过孕,可是后来因为冬天去找走丢的牛,冻坏了身体,流产了,再后来丈夫得病去世,她就一个人生活。我到家里后,就我们两个人生活。

回到蒙古包里,她给我烧茶喝,还跟我说:你就叫拉西吧。我之前给孩子起的名字就是拉西。我知道你会说话的,你故意不说。

我看着她,心里想,她怎么知道我会说话?

她看出了我的心思,笑笑说,你白天不说话,可是晚上说梦话了啊。你说，爸爸，我再也不吃梅菜烧肉了。梅菜烧肉，很难吃吗？

我撇撇嘴，嗓子被那根猪毛弄得痒起来。

她又笑笑，说：我们这里没有梅菜烧肉，只有手把肉。

那时候，我不会蒙古语，她的汉话也不灵，但是那些话的意思我都懂，能从她的表情和眼神看出来。

无论如何，我只是个孩子，一旦我感觉到人间的温暖，很快就活泼起来了。而且这里真能吃饱饭，可能大人也饿肚子，但我们小孩从来没饿到过。草原上有许多牛羊和小动物，它们都让我感到亲切和高兴。也许我天生就适合这里。我们一起来的那批孤儿，有的吃不了羊肉，有的喝不下刚挤出来的生牛奶，只有我，什么都能接受，而且我贪婪地吸收着肉和奶，很快就长膘了，身体渐渐壮实起来。几年后，我几乎就是一个标准的蒙古族小孩，跟其他孩子一起爬山坡，我总是第一个爬上去。我还第一个学会了骑马，十几岁的时候，就在苏木举办的那达慕大会上拿过少年组的赛马冠军。

你天生就是我的孩子，乌拉盖的孩子。萨仁妈妈说。

产生这一切的变化，除了缘于萨仁妈妈的照顾之外，最大的功臣就是萨日朗。那会儿我们两家在一个生产队，离得近，后来牲口多了，人口也多了，草场不均衡，才分成了两个生产队的。她比我大两岁，我来的时候，她几乎就是个草原上的小大人了，每天都帮着父母干活。萨日朗的父母都在生产队里挣工分，家里的事全是由萨日朗张罗的：收拾蒙古包，做饭煮茶，缝补袍子，给羊羔喂奶。

我们俩熟悉起来，和当时乌拉盖草原上的一件大事有关。

我来之前那年，因为全国都没吃没喝，耕地面积有限，尤其是南方，每家总共就那么几亩地，人口增加了，又赶上连年的灾荒，到处都缺吃少喝。这时候，上面想起了内蒙古大草原，这里有广阔的土地，只要开垦出来，就是上好的良田。于是就有了大开荒、改牧为耕的政策。上面来了命令，下面就得执行，几个月后，乌拉盖就建了一个国营农场，几万亩草场变成了耕地。我们生产队的大部分草场都被占了，要改成农田，牧民们心里当然是不愿意的。对那些城里人来说，不喝奶死不了，不吃粮食肯定要饿死的，所以他们不会知道牧民们的难处。

我到的时候，正是第一年垦荒。春天，刮起了风，垦荒工人开着拖拉机，要把整片草原翻个底朝天。以前草原上，风起来的时候，漫天都是枯黄的碎草、牛羊粪末子，可是那个春天，在我们苏木，漫天都是沙尘。牧民们围着翻草皮的拖拉机，嘴里头念叨着"天哪，不能这样"，可是也做不了什么，都在想：今年的牛羊，怎么过冬呢？国家有补贴，可大家知道，那点儿补贴够买点口粮就不赖了，哪里还买得了草料？那些农垦工人则在欢呼，他们看见肥沃的黑土地，本能地觉得开心，因为他们是农民，是种田的，可是牧民的感觉刚好相反，看着刚刚冒芽的草地被翻开，每个人心头都像被铁犁铧犁过一样疼。

这时候，萨仁妈妈从人群里走出来，站到了拖拉机前。

你们不能这样。萨仁妈妈说。

拖拉机怒吼几声，仿佛是在回答她。她毫不畏惧。

僵持了一会儿，苏木的负责人来了，跟萨仁妈妈说：姐啊，这是国家政策。现在全国人民都没饭吃，到处都是天灾，只有咱们草原上的土地比较多，国家为了养活大伙儿，征用一些草场，改为农田种粮食。

萨仁妈妈说：书记你说的我知道，我还收养了一个上海来的娃娃，也是因为饥荒送来的。可是你把草场都变成农田，我们的牛羊没有吃的了，我拿啥养娃娃呀？

周围的人听萨仁妈妈把他们心里话说出来了，也都开始帮腔，说乌拉盖草原本来就草场少牛羊多，前些年成立生产队之后，就没有人再像以前那样保护草场了，连轮牧也做不到，很多本来茂盛的草场，现在雨水好的年景牧草都长不到齐膝高。国营农场偏又选了仅剩的最后几块好场地，因为挨着木伦河，因为方便灌溉。

书记看人群有些激动，赶紧大声喊：大伙儿的担心我都知道，我会跟上面反映，我会帮咱们嘎查争取，到年底的时候，多给一点儿补贴。

接下来，他凑近了萨仁妈妈，小声说：姐，你如果再闹下去，我看你那个娃娃就养不住了，只能换到别人家里了。

萨仁妈妈一愣，她没想到他会说这个话，会用拉西来威胁她。其实萨仁妈妈心里也知道，自己这样闹，闹不出啥结果，她一个妇女，哪能挡住一层一层下来的命令？就像一棵小草，哪儿能挡住烧柴油的两米多高的拖拉机？但是她心里有怨气，只是想趁机发泄一下。几年前，草原上成立了合作社，牧民们都入股合作社，自己的牛羊成了集体财产，统一管理，但是还是分户散养，每家都签订了"四保""四定"合同。牧民们有自己的私心，平常自留牛羊和集体的牛羊一起放牧，但是晚上都偷偷跑到草场割草，回来喂自家的羊。因为家家户户都这么干，互助组的干部也只能睁一只眼闭一只眼。现在，这块草场被翻了个底朝天，他们再没有地方可去割夜草了。

萨仁妈妈听了书记的话，扭头看了我一眼，长叹一口气，拢了拢头发，弯腰捡起一块还带着草根的土坷垃，说了句：造孽啊，腾格里保佑。

我站在人群里，因为听不懂蒙古族话，搞不清状况，只是想：这群人在吵什么呢？

萨仁妈妈走过来，抱起我说：为了你这个小羔子，我也顾不得那些羊羔子了。

第二天早晨，萨仁妈妈一起来就发现羊圈的木栅栏豁了一个口子，羊全跑了。她急坏了，赶紧喊我起来去找羊，我听不懂她的话，但看着羊圈的豁口和妈妈着急的样子，也能猜到是怎么回事。我撒开腿就跑，可是那么大的草原，我也不熟悉，哪里知道去哪儿找呢？我只好去我唯一知道的地方，就是国营农场。不知道为什么，我觉得那些羊就在那里。我跑了一会儿，跑不动了，刚歇脚喘口气，一个人追上了我，是萨日朗。

我见过她，刚到的那天，她就去过萨仁妈妈的蒙古包。她是去借针线的，说她妈妈要缝袍子。

你妈妈这么早就给你准备嫁妆啦。萨仁妈妈说。

才不是。她红着脸摆手否认，随后想起我根本听不懂她们说的，又咯咯笑起来。

我正在吃一块水果糖，那是在上海上火车时保育院的阿姨给我的，我一直留着，没吃。我把那块糖拿出来，咬下一块，没控制好力度，咬下来的是一大半。我虽然很心疼，但还是伸手递给她。

她不太相信地看着我。

给你，可甜了。我说。

她接过去，含进嘴里，糖刚一化开，她的眼睛就亮起来。

我叫萨日朗。她说。我没想到她会说一些汉话。

我叫……我一时竟想不起自己的名字了，后来我说出了"拉西"两个字。

萨日朗追上来，扯扯我的衣袖。

我陪你去找。她说。她的汉话说得不地道，不过我听懂了。

她的脸蛋红扑扑的，眼睛像木伦河里的清水，头发参差不齐，后来我才知道那是她爸爸用剪刀给她剪的。

我俩磕磕绊绊地走过拖拉机翻过的黑土地，沙土灌满了鞋窠，我们便脱掉鞋，光着脚走。我从未走过这样的土，泥土已经被太阳晒干晒热，踩上去甚至有点烫脚。我走得小心翼翼，偶尔有些坚硬的草棍硌一下，疼得龇牙咧嘴。而萨日朗却大步流星，仿佛她不是走在翻滚的黑浪上，而是走在海边柔软的沙滩上。

你的脚不怕硌吗？我问。

她抬起一只脚，亮出脚底板给我看，脚底黢黑，但是能看到很多老茧。

我平时不到冬天都不穿鞋，都是光脚走，早练出来了。她说。

你真厉害，铁脚大仙。我真心夸赞她。

铁脚大仙。她重复了一句。她其实不太听得懂这个词，以为我在打趣她，一扭头，快速走远了。我在后面磕磕绊绊地紧追。

农场里已经围起了土墙，就是用泥巴和着草做的材料，墙还没干透，踩上去马上会塌下去一块。好在我们两个孩子比较轻，很容易就翻进了院子。那些工人正端着饭盒在食堂里吃饭，叫叫嚷嚷的。我们绕到十几台拖拉机旁边，那时候，我忘了自己来的目的，很想爬上拖拉机的驾驶室去看看。

萨日朗使劲拉了拉我，说：我听见羊叫了。

真的？我竖起耳朵，可是什么也没听见。

你跟我走，这里绝对有羊。

我们摸到了挨着简易厕所的一处，那里也是用土坯围成的，门口挡着一块大铁皮。透过缝隙往里面瞅，竟然真有一只羊。我认出了，那就是我家的羊，最肥的那只。刚到那几天，我陪萨仁妈妈放羊的时候，发现每只羊的左耳朵都有个小豁口，好奇地问：妈妈，这些羊是不是叫"缺耳朵羊"啊？妈妈不明白，我指指那些羊耳朵。她用不太流利的汉话说，那是"耳记"，也就是耳朵上的记号。每家每户都给羊做耳记，有钱的人家，会在羊耳朵上打耳钉，一般人家就在羊出生后剪耳朵，有的在左耳，有的在右耳；有的剪三角形，有的剪半圆形；有的剪一个，有的剪两个；有的靠上有的靠下。等羊群转场的时候，成千上万只羊浩浩荡荡向另一处迁徙，人们就是凭着这些记号找见自己的羊的。

那只羊的右耳朵靠下的位置上有一个三角形的豁口，那是我家羊的耳记。

我们把羊放出来，小心翼翼地赶着往外走。刚到院子中间，那只羊不合时宜地叫了一声，把工人们招来了。我们赶紧赶着羊跑，才出了院子，那只羊慌不择路地跑起来，而我在翻过的土地上跑得很慢。我的鞋子摔掉了，也顾不得硌脚，只能拼命跑，过了一会儿，听不见后面的人声，才敢回头。其实也没跑出去多远，我看见萨日朗被农垦工人抓住了，他们把她挂在了拖拉机上，她看上去像蚂蚱一样小。

那一刻，我又害怕又难过。我想，完了，萨日朗死了。

我一路哭着回去找萨仁妈妈，可是又说不清发生了什么。妈妈跟着我到了农场里，远远地就看见了被挂着的萨日朗。

萨日朗也看见了妈妈和我，拼命大喊：别过来，别过来！他们吃人啊。他们是吃人怪。

妈妈走过去，那群工人抱着饭盒在那里吃挂面，头顶上就是萨日朗，她的袍子已经快被铁钩子抻破了。

萨日朗叽里咕噜说了一串话，应该是把我们发现羊在这里的情况告诉妈妈了。妈妈点点头。

妈妈要爬上拖拉机。她手刚搭上去的时候，一个农垦工人冲出来，想拉住她。妈妈回过身，手里多了一把明晃晃的蒙古刀，她轻声说：我这辈子杀过的羊，没有一千也有八百了，我能把你剔得一根肉丝都不剩。妈妈说话声不大，轻轻的，甚至比风还轻，但是我看见那个人明显浑身哆嗦了一下，旁边的工人也都愣在那里。

妈妈把萨日朗从钩子上放下来，他们一起爬下拖拉机。

妈妈说，你们想吃肉跟我说，我杀羊。但是谁要再敢偷我的羊，我就挑了他的脚筋。我们乌拉盖人说话算话。

那些人抱着铝饭盒，一动也不动，直到我们走出去很远了，他们还在那里站着。那天以后，我们再也没有丢过羊。

也是从那天起，我和萨日朗成了最好的朋友。萨日朗没事就往我家跑，一是来找我玩，二是她看中了妈妈的蒙古刀，或者说，她看中了妈妈杀羊的手艺。她想学。她觉得那天妈妈亮出刀子的一瞬间太帅了，就像传说里的英雄。妈妈收了这个徒弟。后来，你妈妈就成了乌拉盖草原最厉害的女屠宰手了。

她教我说蒙古族话，教我怎么挤牛奶，怎么煮奶茶。偶尔有机会吃手把肉的时候，我总是啃得不干净，她把我啃过的骨头拿过去，好像从嘴里一过，骨头就光溜溜的，一根肉丝都不剩了。等到我俩都成年，萨仁妈妈就张罗着给我俩订了婚，这是后来的事儿。

第二年春天，垦过的草原没有长草，长出了一望无际比青草还要整齐的麦苗。大地不管这些呀，你种什么，它就长什么。青草还是麦苗，对它来说都一样。麦苗青青，远远看去也和草一样，但是这里没有杂草，没有野花，也没有小动物。清明刚过，一股浓浓的农药味就开始飘散，在挨着农场的操场上，小动物也几乎绝迹了。

牧民们在山包上放牧的时候，远远地看着那一大片一大片的麦苗长得一天比一天高，高过其他地方长短不一的草场，然后吐穗，然后在某个夏日变黄，变得金黄。草原上从来没有过这么大片这么纯粹而热烈的黄，好像是一块巨大的创可贴，贴在乌拉盖的伤口上。人们的眼神里，充满了好奇、迷惘，还有说不出的感觉。

那年秋天，农场丰收了，据说小麦产量破了纪录，而这也自然被当成草原开荒必要与合理的证据。下一年，另外两块农场也在乌拉盖草原的其他地方建立起来。原先那些牛羊转场和勒勒车通行的便道上，时不时驶过一辆拖拉机、收割机，高大的轮胎在草地上轧出深深的两道沟。牧民们的勒勒车因为车辙更窄，经常一侧轮子陷在沟里，拉车的马和牛用尽浑身力气，也没办法把装满东西的车拉出来。大伙只好互相推车。

草场被占的苏木和合作社社员，分到了一些麦子，据说这是特批的福利。牧民们看着红褐色的麦粒不知所措，他们几乎没见过这种东西，炸果子做面食都是买现成的面粉，再说一年也吃不了几顿面。

这些麦子还得到镇子上的磨坊里磨成面才能吃，没有谁家会为了十几斤麦子跑一趟镇里的，除了萨仁妈妈。她的马背上不但装着我家的麦子，还有用羊毛和牛奶换的其他人家的麦子，走四五十里路到镇上，磨成了面粉带回来。萨仁妈妈学着汉人的样子，给我擀面条、蒸馒头。我已经一年多没有吃过这样的食物啦，当雪白的馒头被我和萨日朗还有另一些孩子攥在手里时，我们疑心自己吞下去的是天上的云朵。

这种甜蜜短暂而易逝，再一年冬天，农场的负面影响开始显现了。

其实，第一场霜来的时候，愁容就开始浮上乌拉盖牧民的脸。因为大片优良草场变成了农场，草场锐减，而牛羊的数量却还在递增，草场负担过重。第一年的时候看不出来，那些牲口因为草不够，把草根都啃出来了；第二年草变稀了，瘦瘦小小的，这一年的牲口啃得更狠；第三年很多草场几乎不长草了，再加上木伦河水被几个农场用抽水机抽来灌溉，草原上降水不够，很多地方也开始了沙化。农场连年丰收，草场却连年沙化。

再有就是，很多人看到种田收获粮食，粮食可以直接拿到公社去售卖，当年就能拿到收成，不像养牛羊，最少也要三年才能见到回头钱。于是，很多人偷偷把自己的草场垦成了田，种麦子、种玉米，好换回一些零用钱。就算不换成钱，也还能攒些口粮。

冬天的大风刮起来，牛羊和人走在风沙里，经常走大半天，也找不到一块有草的地方。两个羊群相遇在路上，一群对着另一群咩咩叫，叫声里都是饿。

腊月，连续下了一个星期大雪。牛羊连最后一点儿出去找草吃的机会也没有了，只能关在圈里，又根本没那么多秋草去喂，饿死的冻死的一只接一只。本来，自留的羊都比分养的膘肥一些，所以分养的羊先死了。可是合作社、互助组不管这个，分给你养的羊，养死了便只能拿自己的羊顶账。

我十二岁那年，雪灾最重。我和妈妈两个人躲在蒙古包里，没有足够的牛羊粪烧炉子，蒙古包里滴水成冰，只有做饭和晚上睡前才敢生一会儿炉子。不缺肉，那些冻死的羊吃都吃不完，但是没有米，也没有奶。秋天就没攒下多少奶嚼口和奶豆腐，也不敢烧奶茶，只能烧一些茶叶水喝。之前，冬天都是化雪水喝，可现在的雪里也充满了沙土，化了之后澄清一夜，第二天烧开了喝还是有土腥味，只能放点儿砖茶末子压压。

我已经会说一口流利的蒙古话，本来，政府是安排我们这批孤儿上学的，只是学校比较远，在镇子上，一来一回得一天的时间。我也不爱学，上了不到一年就辍学了，我喜欢骑马、放羊，在操场上闲逛。我觉得这才是最舒服的。

这年冬天，最大的那场雪落下来后，天寒地冻，不但死了牲口，还死了人。乌拉盖就有七八个，都是冻死的。前一晚哆哆嗦嗦睡下，半夜不知不觉失温，第二天人已经僵硬了。过了好些天，有人来找才发现尸体。萨日朗的妈妈，也就是你的姥姥，就是这年没的……

大雪是灾，可也是福。只要熬过了冬天，地气一暖，雪化了，草原上的草就开始疯长，不缺水啊。那些草像是憋了好几年的劲儿，一次都使出来了。草原活过来，牛羊活过来，人也就活过来了。风啊雪啊牲口啊，都像是草原上的草，今年没了枯了，第二年风吹来草籽，只要有水有土，便又长出来了。人也一样，一茬覆盖着一茬，总有旧的人离开，也总有新的人出生，是不是？所以日子看起来是重复的，今天跟昨天差不多，明天和今天一个样，但是再细想呢，这重复里又有很多不同。也许，我们活着就是为了这点儿不一样吧？

达来，今天说了好多话，好多过去的事，只是想让你知道，我和你妈妈是怎么活过来的，是怎么面对那些好的坏的、甜的苦的。你从小就不喜欢草原上的日子，长得也不像蒙古族汉子，咱俩刚好相反。一棵草，可能没机会选择从哪块土地上生根发芽，可是它能决定自己长成什么样。

你的这些庄稼，铲了吧，趁现在还来得及。你的日子还长，你才从土里长出，还有许许多多的日子等你去过呢。

5

我没回答他，我心里还存着奢望，我已经走到最后一步了，只要一迈腿，我就能重新活过来。

夜色深了也凉了，我和拉西一起把母亲搀进屋子里。我烧了一大壶茶，又煮了一锅面。我和拉西各吃了一碗，母亲喝了一碗茶，面只吃了几根。我让她先躺下休息。她蜷缩在土炕的一角，像一只刚出生的羊羔。那时刻，我心里仍然充满犹疑——就这么放弃翻身的机会？就这样功亏一篑？

我想起艾丽，我这一生最对不起的人。她曾经无比相信我，相信我永远爱她，相信我会在车祸之后救她。我辜负了她的爱和信任。

父亲握着母亲的手，伏在旁边似乎也睡着了。我走出土屋，走进庄稼地里。

它们长得比我还高，一棵一棵在夜风里轻轻摇晃着，诱惑着我走进深重的梦里，或者拉扯着我从梦里醒过来。摸着它们麻麻的茎秆，我心里竟然生出一种父亲般的感觉，好像这些庄稼都是我的孩子。的确，它们是我亲手种植，就像我是母亲养大的一样。还有一样就是，我们都是有毒的逆子。

刚才，拉西提起过大雪，那是他的大雪。

我也有一场我的大雪，每个人都有一场自己的大雪。

九岁还是十岁，我竟然记不清了。那场雪并不大，但是风大，风裹挟着雪，让整个世界看起来像一台启动的滚筒洗衣机，让一切都旋转、翻滚。

那年寒假，我从镇子上的寄宿学校回到草原上。白毛风刮了三天。第一天的时候，拉西赶着羊群回到家里，羊少了一半。第二天，我躲在蒙古包里，拉西和母亲骑着马出去找羊。傍晚，他们找回了走失的一多半，还有十几只没找到，估计已经冻死在哪儿了。那些大尾羊，有着肥硕的尾巴，却并不禁冻。

第三天风停雪住，我命中注定的那只羊回来……

我还不知道，在我面对着这些庄稼犹豫的同时，那场同样命中注定的大火，也在路上了。

它已在母亲的心里燃起。

第二章 血：中国城

1

刚到芝加哥的时候，我觉得自己呼吸的每一口空气的含氧量都要更高些，那是从乱梦中醒来时的感觉。我离开乌拉盖草原的风沙和干燥，离开那里的暴风雪和牛羊膻味，离开记忆中黑白电影般的场景，到了西半球一个截然不同的城市。那时候，红遍全球的歌舞片《芝加哥》还没有上映，我对这座城市的了解主要来自芝加哥公牛队和"篮球之神"乔丹。国内已经开始直播NBA，学校里的男生几乎都是乔丹和公牛队的球迷，几十个人围着14英寸的黑白电视机，看那只球飞来飞去。互联网才刚刚兴起，但只有很少人有资格上网。对初来乍到的我来说，芝加哥的一切都是陌生而新鲜的。其实，无所谓新不新鲜，我渴望的是拉开距离，翻转到硬币的另一面。

当我抬头望见碧蓝的天空和大片大片的白云时，会有几秒钟的恍惚，但很快就分辨出这里的天和云跟乌拉盖的不同，它们同样辽阔、洁白，乌拉盖的云朵似乎更低一些，仿佛被草原给吸住了，而芝加哥天空高远，云朵像是从一个更高的地方垂下来的。市中心和密歇根大街两旁高楼林立，繁华无比。尤其是它的摩天大楼，高到让人眼晕：110层的威利斯大厦、100层的约翰·汉考克中心和82层的阿莫科大厦，像上帝竖起来的三根手指。我没有登上过这几座大厦中的任何一座，但是站在地面上仰头看，也足够能体验那种高了。我在想，这也是这里的天空比乌拉盖高的原因之一吧。

最开始，我会把这里的任何东西都和国内的进行比较，但是随着生活的深入，当我适应学校的节奏，尤其是日常交流没有大问题之后，很长一段时间都没再想起国内的人和事。拉西和母亲，草原和牛羊，小镇和高中，复读和落榜，大学和北京，这一切似乎都被彻底屏蔽掉了，似乎我是个突然间长大的孤儿，一睁眼就面对着一个新世界。我只是现在的我，此刻的我，每天徜徉在湖水边和校园林荫道的留学青年。我注意到了草坪，它们被修剪得整齐、低矮，每根草仿佛都很清楚自己的角色，绝不长高，而是嫩绿嫩绿的，显示着柔弱，像电视上美丽漂亮的模特，只是作为装饰而存在。乌拉盖的每一棵草都恨不得自己把周围全部营养吸收掉，能长多粗长多粗，能长多高长多高，然后被牲口吃掉，不知被风吹到何地。这两种草都掌握不了自己的命运。

周围的人们在讨论马上到来的新世纪和千年虫，我对此无所谓，我对这些假设的灾难甚至有些兴奋——那样，我就不用独自一人承受痛苦了。而我的痛苦，说起来真是又矫情又简单。它附着在一只死去的羊身上，父亲杀死了它，并且，把它煮熟吃掉了。我不知道这记忆怎么会如此顽固，像一枚钉子揳进了我的骨头里，现在，我已经能控制自己不再想起那些场景，甚至它刚一出现，我就能用另外一些画面遮住和替换，并且很快借用一些外在因素，把自己的情绪调整得积极一些。

比如冷。我喜欢那贯穿身体的透彻的冷，它令我有被洗涤的感觉。我们可以在淋浴间里给皮肤洗澡，但是没办法给肌肉、骨头和内脏洗澡。这种冷有点儿像无形的水，能够穿透皮肤，让骨头和肌肉甚至内脏都感觉到它，感受那种凉，是一种沐浴。所以，在深秋的时候，我常穿一件风衣走在芝加哥的大街上。其实我的衣服并不比周围的人薄，这些美国西海岸的人早就习惯了这种温度。在草原的时候，人们夏天穿薄的袍子，秋天穿棉布袍子，冬天穿羊皮袍子，永远把自己的身体包裹得暖暖的，因为蒙古包里外的温度几乎是一样的。这里不一样，这里的房间略带潮湿，但是很暖和。

三年级下半年，我认识了一个女孩，她叫艾丽。她也是留学生，老家在中国的四川南部，离乌拉盖有十万八千里。不过他们全家都因为她的留学而移民到美国来了，住在堪萨斯城。缘分起始于一节文化课。我走进教室就看见了她，因为只有我和她两张亚洲面孔，这在当时的美国大学里不常见，所以我们不自觉地对视了一眼，仿佛由此认了同类。她穿着时尚，英文发音很标准，而且整节课都表现得很活泼，像一只布谷鸟，不断地咯咯咯咯笑着叫着。我想，她可能是那种ABC（American Born Chinese，指出生在美国的华人），跟在国内长大的年轻人是完全不同的状态。后来下课时，她主动走过来打招呼，说的竟然是一口"川普"，让我大为惊讶。

没想到，我说，你不是在这里出生的？

Ofcourse（当然），她说，我是正儿八经的四川人。她把标准的英语发音和拐弯的"川普"结合起来，有一种特别的效果。听她说话让人开心，似乎她独特的音调能把你周围所有的杂音都遮蔽掉，只留下她的嗓音和轻柔的呼吸声，还有清晰可辨的心跳。我从未有过这种感觉，后来，当我们恋爱后，她常常据此说我对她一见钟情。我找不到反驳的理由。

那节课上老师布置了一项作业，他给每个学生发了一张画有芝加哥各种建筑的图片，让我们去找到那些建筑，了解它们的名字和历史，然后完成一个报告。我和艾丽很自然成了一组。拿到图片，她走了过来，扬了扬手说：一起吗？我点点头。然后我们开始详细介绍了自己，是她起的头，姓名，从哪儿来，哪个专业，等等。仿佛是为了让对方充分信任，她几乎把所有个人信息都共享了；作为回应，我当然也得这么做，只是保留了一些内容。得知我来自草原，她表现出巨大的好奇，开始追着问问题：草原上有厕所吗？你们多久洗一次澡？每顿都是吃肉？我可太喜欢吃羊肉啦，以后回国，你是不是应该请我吃最正宗的手把肉？我见缝插针地回答着她连珠炮般的问题，感觉身体都变轻了，好像有什么负担正被一点点卸掉。

我忍不住端详她：脸很小，五官精致，下颌处有点婴儿肥，皮肤白皙，笑起来的时候左脸颊有浅浅的酒窝。从侧面看的时候，我觉得她的眼睛有某种熟悉感，但当我正面对着她，熟悉感却消失了。她画了眉毛，不过我可以忽略掉眉笔的痕迹，脑海勾勒出眉毛的本来样子，像是蒙古语中的某个字。

她告诉我，芝加哥有一个中国城，那里像一个小小的国度，能找到几乎所有的中国元素。对，是元素，海外的中国城都是这样，贴满了各种中国的标签，龙、汉字、中国结等，像一个符号的集合。那里甚至有两家火锅店，不，一家火锅店，一家涮羊肉店。她说。她指了指图片，继续说：作业里就标注了一家，既然我们要去，不妨就找个晚饭的时间，可以趁机吃一顿火锅。说到吃火锅，她第一次露出了笑容，两个浅浅的酒窝在她脸颊上显现。我点点头，说，好啊。

你不知道，堪萨斯几乎没有一家像样的中餐馆，她补充道，那些中餐馆的厨师好像都被阉割了，只能做不伦不类的左宗棠鸡丁、麻婆豆腐。

左宗棠鸡丁？

就是宫保鸡丁啦，你不知道这个典故吗？据说这道菜是左宗棠发明的。

哦。我明白了，就像下江南的乾隆，一路发明了上百种小吃一样。

哈哈，将来有一天，我一定会在堪萨斯开一家正宗的中餐馆，就叫"下江南"怎么样？

没问题，我去给你当店小二。

她走在我左边，刚好把酒窝和一只似曾相识的眼睛显露，那一刻，我心里想，只是为了这个女孩，这次毫无目标的留学也是值得的。

2

我们第二天是分头去中国城的。约定时，我有点儿奇怪，既然都在学校里，为什么不能一起走？不过我没有问，我想，或许她不住在学校的宿舍，又或许，她有其他事。碰头地点就是中国城入口处那个"天下为公"的大牌子下。我早到了二十分钟，因为路不熟，便早早出发。看见孙中山手书的几个字，我有点儿恍惚，他的字体似曾相识，后来，我想起在历史课本上看见过，就像"革命尚未成功，同志仍须努力"之类。

艾丽来了。看得出，她稍微打扮了一下，因为她嘴唇的颜色明显跟那天不同了，更红更润，甚至整个唇也更丰满了，有点像电影里那些美国女人。

今天你真漂亮。我由衷地夸了一句。

嗨，她说，你不用刻意这么说，实事求是嘛。

真心话。

实事求是，你应该说我太漂亮了，哈哈。

所以……看来我还需要一点儿时间适应她的说话方式和幽默感，赶紧掏出自己的那张画满建筑物的表格问，我们的第一站该怎么写？

她打开包，也拿出那张表格，看了看，吐吐舌头说：其实我来这里只是为了吃火锅，中国城的历史信息我在图书馆就查到了，你抄一下。

果然，表格上"中国城"那一栏已经被英文字母填满，我看了看，有些单词完全不认识。我就在"天下为公"的牌子下开始抄，她离开了一会儿，回来时带了两杯咖啡。我心里想，既然去咖啡馆买咖啡，干吗不直接去那里抄呢？

抄完后，我们开始进中国城，沿着里面的街区走。那种奇怪的感觉又出现了，甚至有些强化，店铺的招牌都很老，而且都是繁体字，让我感觉这里像是国内的文化街，只为游客建的那种。出国之前，我主要生活在内蒙古北部的小镇上，后来在北京读大学，学校在郊区，去市区要倒三趟公交车，大部分课余时间都窝在学校周边的网吧里打游戏。大三那年，我陪老师出差，去过一次上海。在北京你看到的招牌当然都是简体字，牌子简单；在上海，有一半的招牌是英文的，很洋气。

中国城并不大，不用半个小时，我们就逛了一圈。一路上，我和艾丽彻底打破了刚认识时的那种尴尬，聊得越来越热络，主要是她说我听。我说过很喜欢她的"川普"，奇特的口音让所有话都平添了一种魅力。她讲起自己出国的经过。她说，她出来主要是为了摆脱母亲。她的母亲曾是一个政府部门的处级干部，一个管理者，在家里说一不二，而她和父亲就像她的两个下属。每一天，从吃喝拉撒睡到各种家事，母亲都有一套自己的处理方式，类似于有强迫症。比如洗完的碗，一定要按照固定的顺序摞好。比如每个人回家后脱下来的外套，只能挂在固定的地方。从小到大，她从没有过随意的时刻，甚至在幼儿园的阶段，她跟着老师涂鸦的作品上，母亲都要补上几笔，好让它符合她想象中的涂鸦。这令人窒息。不过，另一方面母亲对她又相当放纵，比如，从来不阻止她看动画片，当然只能看她指定的英文原版动画。对孩子来说，只要能看动画就可以，管他原版不原版呢。她的确因此锻炼了较好的口语和听力。母亲在她几岁的时候就告诉她，将来一定要出国，一定要去国外生活，所以他们家的一切都围绕着这个目标来进行。大四那年，她终于拿到了芝加哥大学的录取通知书，本来想把国内的毕业证拿了再说，但是母亲等不及了，让她马上出去。她同意了，因为这样她就会摆脱她的掌控，成为真正的自由人。她到了美国没有马上去学校，自己偷偷办了个半年休学，在各地疯玩了一圈。

可令艾丽没想到的是，半年后，父亲和母亲拎着包裹也来了，这个女人竟然辞掉公职，办了移民。他们在堪萨斯城定居了。

"成年之前，我最喜欢的电视剧就是《成长的烦恼》，"艾丽说，"其中有我理想中的家庭生活。"

我没看过这部戏，在我童年时，小镇上电视根本没有普及。寄宿学校的教工宿舍里有电视，但每天只有固定的时间才会播放片子，我们偷偷趴在窗户外面看。那些老师知道我们在偷看，但装作没看见。我能记得的，是看过《变形金刚》《西游记》之类的动画片。

中午的时候，我们进了一家火锅店，名字叫"羊羊羊"。我没怎么吃东西，因为我吃不了太辣的。艾丽没有点羊肉，她点了一堆鸭肠、毛肚什么的，还有就是鸭血，她一个人就吃了两份。店里没有鸳鸯锅，我吃得很少。不过我并不觉得饿，一是我不断地喝水，二是看艾丽吃本身就很满足。她一边调蘸料，一边跟我说葱、姜、蒜、小米椒、香菜、香油应该怎么放，每一种的顺序都不能错，错了味道就变了。还有那些食材，哪一种烫多长时间都有严格的标准。

"鸭血看起来像果冻一样,至少要在锅里烫十分钟才熟。毛肚呢,七上八下,就能吃了。"她一边说,一边给我演示"七上八下",然后把毛肚在油碟里蘸满,满足地一口吞下。

我心里想,她可能一生都走不出她妈妈的阴影了,她已经成了她妈妈的一部分。

我是在和她谈恋爱之后才真正体会到这种想法的。

我们两个顺理成章地——至于如何顺理成章,我其实讲不清楚,只是这件事发生得非常顺畅和自然,可能只是偶然和幸运——成了情侣,第一次牵手,第一次接吻,直到第一次做爱,都几乎是按照剧本准时发生的。那种恋爱的愉悦感十分明显,或许过于明显了,有时我觉得我们像两个深深入戏的演员。当那天清晨,我们在某家小旅馆的房间里几乎同时醒来的时候,我脑海里浮现的就是中国城里的那些繁体字招牌。艾丽睁开眼睛,看着我,并没有欢爱之后情侣之间的那种陶醉和亲密,而是一副有话要说的样子。我很少看见她这么严肃。

过了几秒钟,我问她:"你……在想什么?"

你。她回答。

我?

你……你昨天戴安全套的步骤,不太科学,你应该把前面气囊里的气体挤出去,否则它容易破裂。她说。

我愣在那里,第一反应是:她这么熟悉,看来性经验很丰富啊。

她仿佛看透了我的心思,翻身找到那盒避孕套,从里面抽出说明书,指着说明书说:你看,说明书就是这么说的。

我不知该说什么,凑过去,吻了一下她的额头。可能她也觉出了这不是一个恰当的话题,回应了我的吻,然后起身说:我去洗澡。

接下来的日子,我们很容易就进入了快车道,仿佛你在高速路口堵了半天,过了收费站,面前一下空旷起来,脚底下的油门不知不觉就踩到底。等你反应过来的时候,时速已经到了一百三,这时你不由自主地松脚,正是在降速的时候,你才感觉到汽车在轻微摇晃,不安感缓缓袭来。

  这就是我结婚前一晚的心情,有点儿恍惚,不太清楚自己怎么一下子就走到了婚姻的门口,又觉得非要结婚不可。那是我和艾丽认识的一年后,按说,谈一年恋爱然后结婚,也不算很短,但我总觉得这一年是转瞬就过完的。第一次约会和第一次做爱,是后来恋爱生活的预演,我们很清楚各自的角色,并且能够顺畅地演好。我们曾一起到学校的活动室看《楚门的世界》,电影结束后,我们讨论最多的并不是楚门,而是那个扮演他妻子的人。我们一致认为,她的生活才是生活的本相,她知道自己在演戏,同时,演戏又是她的全部生活,所以她不得不强行插入广告。楚门走出了巨大的摄影棚,电影没有讲述之后他的人生是怎样的。假想一下吧,也许他很快会发现真实虽然可贵,但并不那么讨人喜欢,那些由真实世界中的意外所带来的惊喜感、陌生感,很快就让人疲惫了,他怀念起在摄影棚里的规律生活,那些演员准时出现在固定位置,跟他说安排好的台词。他在这里的人生没有意外。他以之为真,那一刻,这一切就都是真的。直到死去的父亲再次出现,直到他发现无论如何也走不出那片海水,然后日常生活里所有的细节都陡然变得不自然。他发现了破绽,也可能由此终结了最美好的日子。观众看见他走出那个乌托邦般的囚笼,热泪盈眶,仿佛他们由此也走出了自己的囚笼。直播结束,楚门获得了自由,他们则回到自己的囚笼之中——而那里,正是楚门的下一站。想想这悖论吧,如果真实的生活那么好,人们为何还要如此热烈地追这档以虚构为核心的电视节目呢?

  这次讨论让两个人产生了奇怪的感觉,一方面我们为彼此有如此一致的认知感到庆幸,另一方面又觉得两性之间的某种神秘感消失了,双方似乎都有些犹豫,但又都远未到终止当前一切的地步。就像她的"川普","川普"和英语的混合,听了一年多之后,就成了日常。尤其是在这个很少有人说汉语的环境里,艾丽的所有发音都代表了汉语。甚至,我在一定程度上已经更习惯看见繁体的汉字而不是简体的汉字了。

我觉得自己结婚前的心理状态像是坐过山车：有点儿害怕，但已经不可能再下去了，于是索性心一横，突然间，加速、升高、坠落、翻滚。最终我们都会安全地回到出发的地方。

我的出发之地是哪里？乌拉盖？北京？

肯定不是芝加哥，这里只是其中一站，我和艾丽坐上车，刚好坐到一个座位上。无论如何，和一个你喜欢的人结婚，都是一件值得庆幸的事。如果我们都没有过去，也没有未来，只有现在，那就更好了。

我只给母亲打了个电话说结婚的事。电话打到苏木的政府办公室，他们托人给母亲捎信，让她三天后同一时间来接电话。我告诉母亲我要结婚了。母亲沉默，然后祝福了我。

这样也好，她说，我们都为你开心。她没提拉西的名字，但是这个"我们"就是她和拉西。其实出国这几年来，我对拉西的怨念已经越来越淡了，可能是我长大了些，发现有些小时候觉得特别大、特别重要的事，其实都不是事。也可能是距离把隔阂拉薄拉细了。我不确定再次见面的时候是什么感觉。二十天后，我收到了母亲寄来的一包东西：一件蒙古族姑娘出嫁时穿的袍子，一枚银镯子。我把礼物交给艾丽，她兴奋地穿上拍了个照，就脱下来放在衣柜里了。镯子她倒是一直戴在手上，直到出事的那天。

按照美国人的习惯，婚礼的流程很简单，登记，到教堂里举行仪式，完活。我们俩在芝加哥都没有太多朋友，也就是几个同学，我正在找工作，还没有所谓的同事。我们最熟的人其实是房东。恋爱半年左右，我们同居了，在校外租了房子，离中国城不远。倒不是因为想家什么的，而是因为便宜，房东也是个华人，移民二代，在中国城里开了一家针灸馆，生意不错。我们租他的房子，源于有一次我头疼，到医院去，大夫开了一堆检查，脑部CT之类的，我看着账单想，如果看病，就得跟父母要钱。我不希望自己再跟他们讨钱了。后来艾丽说，中国城有家针灸馆，挺管用的。她便带我去试了试，做了几次针灸，头疼果然消失了。忘了是哪一次，我们可能谈起过要出来租房。我最后一回去针灸的时候，谭师傅说，你们一定要住学校附近吗？那时候，我俩都开始写毕业论文，基本不上课了，所以住不住学校附近无所谓，便摇头否认。谭师傅带我们穿过针灸室，到了后堂，打开一个房门，说：你们看这间怎么样？是个两居室，大概有六十平米，整个装饰和家具都很中式，橱柜的玻璃甚至漆着鸳鸯和松鹤图。他说了一个房租价，比学校附近的房子便宜近一半。我和艾丽便租下了这个房子。

住进去之后，别的都还好，只是谭师傅的老婆是卖保险的，每天都给我们推销各种保险。鉴于他们是房东，鉴于便宜的房租，也鉴于有时候谭师傅会免费帮我或者艾丽扎几针，我们买了几种保险，主要是意外险之类的，保费不算高，但赔付不错。卖保险的推销时会说，买的就是一个心安。但其实真正让人动心的，恰恰是不安，是意外之事可能带来的危险引起的不安。这不安像是另一种赌博，骰子掌握在上帝手中，赌注未定。

婚礼那天，我们把客人安排到中餐馆聚餐，就是那家羊羊羊。饭店也不大，只有两个包间，我们都订下了。两个包间并不挨着，隔着饭馆的大堂，所以我们敬酒的时候，要穿过人群。但我挺喜欢那一刻的，餐馆里大部分是中国人，吵吵闹闹，特别像是在国内。也不是想家，是因为在教堂时的西式仪式，那种仪式太正式了，充满表演感。

那天打电话的最后，我问母亲要不要来参加婚礼，母亲说离不开。那一年，家里的羊已经五百只了，忙不过来。我便说，等结婚那天，我会再打个电话过来。打完电话，已经是国内的晚上八点多钟了。父亲骑着摩托带母亲到镇上的电话亭接的电话，他们一直等在那里。

艾丽对着话筒，远隔上万公里叫了声爸爸妈妈。妈妈一直在给艾丽道歉，说没有来参加婚礼实在不应该，等我们回国的时候，一定好好给我们补一个。

我给你做的那套袍子，按照蒙古族出嫁的习俗做的，上面的金线都是我自己绣的。母亲说。

谢谢妈妈。艾丽说,可能是隔得太远,她称呼一个陌生人妈妈没有尴尬,说得很顺口。

挂电话之前,母亲说,拉西要和我说两句话。这一刻,我没法拒绝这个请求。

过些天,可能会有人去找你。他说。

我没搭腔,心里想:没头没尾,谁?找我?乱七八糟。

为什么去找你,他会跟你说的,一切你自己定。拉西又说。

我哦了一声,挂断了电话。

艾丽的父母来了,他们住在费城。两个老人对我这个女婿不是很满意,尤其是她妈妈。他们觉得艾丽应该嫁给一个美国人,至少是一个美籍华裔,而不是一个中国人。岳父艾青山在国内是教物理的,到了美国成了蓝领,修理工,主要是帮社区修修各种电器什么的。工资不差,但是社会地位下降了好几个档次,好在在这里大家互相也不怎么接触,更不愿打听别人的私事,他也就无所谓了。岳母佘海燕整场板着脸,她可能在国内时习惯了这种表情。

给他们敬酒时,岳母眼皮低低的,一副不得不接受这场婚姻的样子。我能理解,所以也就不太在意。在听说我家里有上千只羊之后,岳父的态度明显好了。我把羊的数量凭空夸大了一倍。说这个数字的时候,我心里鄙视了自己一下。

"你爸爸妈妈来不了,我们也就代替他们了。有长辈在,这个婚结得才算完整。"艾青山端着酒杯说。

谢谢妈,谢谢爸,我说,我一定好好对待艾丽,请你们放心。我说得特别顺嘴,我觉得这就是我的台词,没有任何心理障碍。

新婚之夜,我和艾丽都累瘫了,洗漱之后上床,拥抱了一下,又吻了一下。我们都在想,是不是应该按照剧本,做点新婚之夜该做的事情呢?两个人都很犹豫，正踌躇着，灯灭掉了。停电了，或者是跳闸了。我只好起身，走到前堂去，跟穿着大裤衩的谭师傅一起去接保险丝。谭师傅帮我扶着凳子，我站在上面，小心地把两根细细的铜线重新接好。

等我回到房间，艾丽已经睡着了，也可能是假装睡着了。借着微光，我又看见了她的侧脸，酒窝和闭着的眼睛。我轻轻吻了她的额头一下，心里想，这是我的妻子了。

3

转折发生在一年后，我们从芝加哥去堪萨斯的路上。

之前一周，艾丽接到岳父艾青山的电话，说她妈妈今年的生日准备好好办一下，七十大寿，人生七十古来稀。艾丽说，那你们来芝加哥吧，我和达来给你们摆酒。岳父说，不用你们张罗，你妈妈自己都策划好了，就在堪萨斯办。到时候你们过来就行了。艾丽说，也好，毕竟你们那边熟人多。接下来的几天，我俩跑了好几趟商场，给岳母佘海燕挑生日礼物，最后选中了一套旗袍，据说是纯手工缝制的。也不知为什么，那些在国内从来不穿旗袍的女人，到了国外之后都要买上几套，一旦有什么聚会，就穿着旗袍去参加。有点儿像东北的女人都要买一件貂皮大衣一样。还选了两样首饰，一个金镯子，一副翡翠耳环。

从商场回去的路上，艾丽开车，我坐副驾驶座。

抱歉啊。等一个红绿灯的时候，她突然说。

什么？我愣了下，发生什么事了？

结婚到现在，我还没有给你爸爸妈妈买过任何礼物，甚至都没有回国去看过他们。反而我爸妈每年生日都买了礼物。想想，是我做得不好。

不一样，他们在国内嘛。我说。我其实从没想过这个问题。

或者今年我们休一下假，一起回去。我一定都补回来。

再说吧。我说，他们都不是那么在意这些的人，不过你有这份心，我还是很感激。

灯绿了,艾丽还没反应过来,后面的车轻轻嘀了一声。艾丽赶紧挂挡。

她开车技术比我好,所以一起出行的时候,大部分都是她开车。我不喜欢开车,主要是我不记道,走很多经常走的路,也要靠导航才行。而那个导航的机器提示音又让人没来由地烦躁。艾丽不一样,几乎只要走过一遍,她就能准确记得这条路,哪里转弯,哪里进环路或者出环路,她都清清楚楚。她表面上欢快活泼,内里装的却是一个严谨的灵魂。

我开车容易走神,经常陷入对某些细节的回忆和幻想之中。有时候,在路上看到一棵树,看到了树上一片刚刚开始泛黄的叶子,我就会顺势想象那片叶子在秋天掉落,然后被一阵风不知道吹到哪里去。接着,猛然间发现就快撞到前车的尾灯了,紧急刹车,又差一点被后车追尾。我反思过这种情况,这有点像是随时处于某种浅层的梦境,那些毫无逻辑的飘浮之景象和我身处的现实同在,让人恍惚。最常出现的景象是这样的:

一片浩大无比的草原(我到了芝加哥后,渐渐地,那草原之上浮动的不再是深秋的青黑色苇草,而是青碧的湖水,不,是湖水和青草的混合物),远处袭来白色的风暴,那是白毛风,但是它并不像真的白毛风那样迅疾、毫无规律,而是如同海潮一般被某种统一的力量推动,缓慢地覆盖过来。在风暴的最前面,是一只怀孕的母羊,它细瘦的四条腿支撑着鼓胀的身体,眼神里充满绝望和迷惘。它在狂奔,并且声嘶力竭地咩咩叫着。它和风暴一起冲向我,不断逼近,但它们永远不会抵达我。这种风暴袭来的感觉比身处风暴中更令人恐惧,我开始浑身颤抖……

出事的那天也是如此。

突然,世界开始旋转,以一种非常不规则的弧线运动着。然后是各种急速撞击的声音,疼痛是最后才到来的感觉,不是某一处疼,而是浑身无处不疼。这时候,身体是不存在的,疼的就是你的全部神经、你的灵魂。

几分钟后,我从疼痛中缓过劲来,才清楚地意识到发生了什么。交通事故。对侧公路上偶尔有车飞速驶过，没有发现不远处一辆残破的车刚刚还旋转的轮胎已经停止转动，所有的玻璃都碎裂了，汽车碎片散落得到处都是。

我和艾丽都被甩出了车外，我记得我们都系了安全带，不知道怎么都被甩出来了。我喊了她一声，没有回应。我想，还有一种可能，就是我们都死了。

这时候，我看见了头顶的夜空，星星不多，月亮很亮，天很高很高。

一种奇特的声音响起，我心底清楚，它来自我大脑的回忆，而不是现实，但是真的清晰无比。那是拉西，我父亲的声音，他用自己的共鸣腔发出的呼麦之声，那是仅仅靠演唱者自身的器官就制造出的两个及以上声部的独特唱法。我对此从来无感。小时候，每当拉西骑着马赶着羊群回来的时候，他就会在马背上吟唱，母亲听见这个声音，就撩开帘子，走出蒙古包，看向她的男人。拉西的身后，太阳正从远处的山包落下去，阳光都被他的声音震得微微颤抖。

我终于可以动了，这时才发现，我的四肢、头部、躯干，没有任何残破，只有瘀青和红肿。不可思议。我站起身，甚至感到那疼痛并不存在，或者是，那些疼痛和呼麦声一样是从记忆深处来的。

我看见了艾丽，她伏在公路下的草坪上。我走过去，扳过她的身体，惊呆了。

艾丽的脖子被一根枯树枝戳了个大洞，正是颈动脉的地方，鲜血已经流到了后半程。

我愣了半天，才开始呼唤她的名字：艾丽，艾丽！亲爱的，亲爱的！

过了很久很久，她轻轻睁开了眼睛，看着我。

我听见了警车声。应该是有人发现了事故现场，报了警。

一定，救救他。她说出了一句话。

我没太听懂，她不是应该说"救救我"吗？"救救他"是什么意思？他是谁？

她用最后的一点儿力气，把手伸向上衣的口袋，但是，并没有掏出什么，那只手就垂了下去。手腕上的镯子也滑了下去。我也把手伸进她的口袋，掏出了一张纸。那不是一般的白纸，而是医院的B超报告单，上面是一团黑影，下面有两行小字。我把那张纸举起来，对着月光最明亮的方向，这时，黑影显现为一个蜷缩的婴孩的形象，像一枚放大的蚕豆。

我恍然明白了，艾丽怀孕了，但是她没有告诉我。或许，她想在这次岳母的生日现场宣布的，那将是一个让所有人高兴和振奋的消息。有了下一代，岳母对我的不满就会彻底消除。

从这一刻起到陈皮特找到我，我没有再说过一句话。

这里是我们从芝加哥到堪萨斯的三分之二处，凌晨两点半。我们应该在下午五点左右到艾青山家的，生日宴会在第二天下午，但是下午出发前，艾丽突然觉得不太舒服。后来我才明白了，她那是妊娠反应，有点儿担心，自己又跑了趟医院，她没告诉我。我问，要不要明天早晨出发？她摇头，说还是今天走吧，妈妈在家等着。我们在下午六点启动了车，后备箱里装了一箱马奶酒，是拉西寄来的，让我带给艾青山。还有一大包风干牛肉。其实艾青山和岳母的牙都不好，都装了一口假牙，根本咬不动风干牛肉。

夜里十点钟，我们路过一家汽车餐厅，停车去吃了汉堡。汉堡里的肉带着一股腥味，艾丽一口也没吃下。后来上车，我拿了几个牛肉干给艾丽，她竟然吃得津津有味。

味道不错呀，艾丽说，不油，很有嚼劲。

她以前吃过，并不喜欢，觉得太干了，没有肉味。现在，没有肉味，不油，却成了优点。

笔直的公路在车灯的照耀下，像一个凝缩成细条的梦，看不到多远，你只能以每小时80迈的速度向前飞驰，一点一点把黑暗冲开。汽车仿佛是一条啃噬无边无际黑色桑叶的蚕。

在我眼前，这枚桑叶时隐时现。

艾丽喊我，达来，达来。

怎么了？我迷迷糊糊地说。

我来开吧，你太困了，你睡一会儿。

没事，我还好。我抹了一把脸，那枚桑叶缩小为一条叶脉。

换我吧。她又说。

我没搭话，把油门踩大了一点儿，车立刻快起来。几乎整个路途都是高速公路，我不需要记道，沿着路走就行了。

艾丽看着我，我看着挡风玻璃外的公路。那条路突然变得清晰起来，但是有一种爬坡的感觉，为了不从坡上滑落，我只好继续加大油门。后来，是车窗玻璃的震动让我惊醒，才发现车速已经到了120迈，在夜晚，这个速度十分危险。

半个小时后，我们冲出了公路，撞破护栏，翻滚到右侧的草地上。后来，我跟着警车到最近的小镇上时，看见公路上立着一个牌子，写着：前方公路有塌陷，请慢行。

警车前面，是拉着艾丽的救护车。

4

当陈皮特出现在我面前，讲述我和他的渊源之时，我的第一反应是笑。

我不能不笑，因为那就是一个笑话。他说他是我叔叔，亲叔叔，他已经找了我几十年了。他一贯善于夸张，不过我后来知道，他这句话基本属实。我不打算跟他相认，尤其是在这样一个悲伤的时刻。我觉得自己像是楚门，被强行拉出了摄影棚，仿佛活到现在，我才进入真实的生活里。

然后陈皮特说出了那句改变我整个人生的话："我能把你从这场车祸里救出来。"他解释说，救出来的意思是让我彻底摆脱疲劳驾驶导致另一个人死亡的罪名，甚至还能获得巨额保险赔偿，如果我买了保险的话。我抬起头看了他一眼，他知道我被说动了。

你确定？这是我一天一夜里说的第一句话。昨天晚上，当我看到艾丽脖子上汨汨流血的洞，便失去了说话的能力。这一天一夜里，任何进入我眼帘的东西，都带上了一层红色的滤镜，我知道那是艾丽的血。

那些警察询问我事情的经过，我始终缄口不言，通知艾丽父母，也是他们代办的。

你们的女婿可能脑袋受了伤，或者吓傻了。警察跟两位老人说。艾青山和佘海燕并不相信眼前的事实，他们觉得这是另一场梦，或者是某种恶作剧。白发人送黑发人，一切成空。后来，老太太冲到我面前，撕扯着我的衣服和头发，哭喊着：你为什么还活着！你为什么不和艾丽一起死！你为什么不替她死！我任由她撕扯。她的眼镜掉在地上，我一边护着脸，一边小心地不踩到眼镜。

我说不了话，但心里想了许多事，回忆和幻想因这个意外事件扭结在一起，像洗衣机的涡轮把所有衣服都搅成了一团。夏天的时候，我和艾丽带着午餐去湖边。湖水像是凝缩的天空的影子，让人有一跃而下，躺在上面酣睡的冲动。水鸟在岸边的芦苇丛里起落，叽叽咕咕，过它们的生活。我们在草坪铺下防潮垫，摆上面包、水果、芝士，还有房东太太自制的果酱。艾丽用一把银色的刀切法棍，然后把果酱抹在上面，递给我。我吃了一口，蒜香味和果酱味融合在一起，让我想起在国内吃的糖蒜。可能二者味道的相似性并不大，但我一时只有这唯一的联想。芝加哥的火锅店都是川式火锅，就像我和艾丽第一次去中国城时吃的那种，而不是老北京的涮肉，没有糖蒜。我们后来大概每两个月就会去吃一次，我对麻辣的接受程度越来越高，只是我还不吃羊肉，我更喜欢川味火锅里的鹅肠、黄喉、腰花之类的。我觉得自己的饮食习惯渐渐被艾丽改变了。

有时候，我们去芝加哥本地餐厅吃晚餐，点一个厚底比萨。艾丽在学校上完研究生课程先去找位置，我下班后急匆匆赶过去。吃的时候，我习惯把比萨对折起来，那样，它就成了一个不规则的边缘破裂的馅饼，里面是芝士、洋葱、火腿,有时候是各种海鲜。还有一道菜叫sampler,东西很全,有蒜香芝士烤面包、鲜嫩的马苏里拉奶酪、炸意大利饺子和油炸蘑菇。吃西餐是这样,吃每样东西你都能更好地尝到食材的本味,但是到最后,胃里总觉得有某种空缺。而绝大部分中餐,吃的都是食材的混杂和融合。热恋那段时间,我们喜欢在吃饭时聊天,尤其是我,强行把面前食物跟人生进行对照。我以为那是成熟和睿智的表现,但结婚后,我和艾丽再次聊起这些事,她的话却是:我其实是被你的怪异的顽固打动的,我觉得那是不一样的可爱,就像它。她说这句话的时候,我们在千禧公园里散步,面前是刚刚落成的标志性建筑,一个雕塑,被人们称呼为"大豆子"。它那么光洁,仿佛连尘埃也无法立足其上,它把游览的人群、周围的街道和高楼,甚至蓝天白云都三百六十度反射出来,而那些鼓起和凹陷的光滑表面,则让一切发生了变形。在它的世界里,万物都变得怪异而可爱。艾丽正是指着这个大豆子说的。我理解了她的意思。我没有告诉她,对我来说,这个建筑与其说像一枚大豆子,不如说像另一种东西。当然,那种东西在很多地方也被称为豆子。

我指的是羊卵。也就是公羊的睾丸。小时候,每到春夏之交,拉西和母亲会走进羊栏。母亲一伸手就抓住一只三四个月大的小羊,公的,递给拉西。拉西半蹲抱着小羊,把它的后腿夹在自己的两条腿之间,前腿用一条胳膊抱住,左手撑开它下腹底部,右手小刀飞快地划开小羊的阴囊,手指一挤,两颗豆子般的羊卵就被挤出来,手起刀落,豆子随即被抛入一个坑坑洼洼的铝盆里。

铝盆端在我手上。我眼看着那些豆子一点一点累积,最多的一年,那一盆里有一百只卵,也就是有五十只公羊被阉割了。那一天的晚上,萨日朗会用羊板油把这些豆子爆炒,撒上一大把山花椒,如果有辣椒,也会放上一把。拉西就着一斤酒,把它们一个个丢进嘴里,咯吱咯吱嚼碎咽下去。

他让我也吃,说:吃点儿达来,这个对男人有好处。

我不想吃,我感到胃内翻滚,几乎要呕出来。他则哈哈大笑,然后说我不像个男人，尤其不像个草原上的蒙古男人。我的确不像，身材瘦削，面容白净，眼神忧郁，更像电影电视剧里的南方男孩。我希望自己是个南方男孩。也许，这是我和他的矛盾的开始。他一生都在为自己是个蒙古族男人而自豪，他放羊养牛骑马，都是一等一的好手。他还学会了大部分蒙古族人都不会的呼麦。而这一切，都是我从心底里厌恶的。

死亡瞬间就让人改变，艾丽的去世，把我、艾青山和佘海燕三个人从各自的轨道抛出去了，一开始，我们三个失去了固定的引力，相互碰撞，但很快，三颗球体就慢慢分开了。尤其是陈皮特突然加入之后，整个世界都颠倒了个儿，连已经发生的事情都有机会重新发生一遍。

一个月后，在保险公司的听证会上，陈皮特找的代理律师成功地帮我拿到了五十万美金的保险赔偿。陈皮特拯救我的第一个招数是，让我跟调查事故的警察说，那天是艾丽开的车，她疲劳驾驶导致车祸，所以我不但不应该对她的死承担责任，反而是受害者。仅仅是因为幸运，我活了下来。这遭到了岳父岳母他们的激烈反对，但是现有的证据尤其是我的证词，有力地证明着这个结论。他们拿不出反驳的证据。

必须说是艾丽开的车，陈皮特说，否则你将会面临更严重的指控。艾丽的父母和保险公司会认为你是为了高额保险赔偿故意制造了这起交通事故，毕竟艾丽死了，而你几乎毫发未伤。为了让一切更合理，陈皮特让我讲述了那天晚上的所有细节，然后，他以对我有利的方式重新叙述了一遍：我劝说艾丽第二天再走，艾丽坚持当晚赶回去；开到汽车旅馆，我累了，想休息几个小时，但艾丽说换她开，今晚必须赶到；然后就出事了；事故发生地点的道路塌陷，是这次意外的真正原因。

我按照陈皮特教我的讲给警察、保险公司甚至新闻记者听，讲了几遍之后，连我自己都觉得真相就是如此，甚至，我还开始添加和补充细节。我讲述的时候，艾丽平时的神态、语气、动作都附着在这些她并未说过的话之上。我对充满真实细节的谎言信以为真，几度流出了眼泪。我说，我多么爱艾丽，如果我知道她怀孕了，我一定会劝住她的。

但是，一切都晚了。

岳母佘海燕认定我制造了这场事故，她买通当地的一家小报和几个小网站，散布我杀妻骗保的新闻。我在附近的华人圈里成了热门话题。人们其实并不关心真相，也不关心故事的主人公，他们只是喜欢看这种八卦。这里也包括房东夫妇。我回去的时候，他们显出一种真切的悲戚，不过很快房东太太就面露得色地跟我说：达来呀，幸亏我让艾丽买了那么多保险，要不然她白白丢了一条命啊。的确，真正统计的时候，我才知道艾丽在房东太太那里买了那么多保险，保险受益人都是我。房东太太说，我更应该感谢她，是她让艾丽把受益人都写成我的。艾丽曾想把几种保险的受益人写成艾青山夫妇，房东太太劝她说，艾丽，从专业角度讲，你还是写达来。这样万一真有什么事理赔的时候，手续好办，否则还要折腾老人。再说，他们毕竟年纪大了，哪一天生了病怎么办？艾丽被她说动了，而且还顺便给岳父岳母买了老年险。

我跟房东太太说谢谢，告诉她我可能要搬走了。

哎呀，押金可以退给你，可你们提前交的房租可不好退哦。她说。

我点点头，说：行。

我想快点离开这里，否则，总有一天我会崩溃的。我没法面对自己对艾丽做的事儿，除了逃走，没有其他办法。

5

半年后，我和陈皮特一起回到了乌拉盖草原。

陈皮特找到我，主要并不是认亲，他救我的根本原因是我能救他。他的小女儿沐沐，查出患了白血病，需要骨髓移植。当他们家里所有人配型都不成功时，他想起了拉西，这个许多年前被父亲抛弃的长子。

陈皮特动用了所有的人脉和资源，费尽心力，终于找到了拉西。第一次看见拉西，陈皮特以为自己找错了，眼前的这个人怎么可能是他的亲哥哥？他们两个没有一点相似之处，不用说相貌，就算是一根头发都长得不一样。陈皮特的头发油光可鉴，鬓角修剪得整整齐齐，拉西的头发却是自来卷，黑白掺杂。但是，当陈皮特说出拉西离开上海时最后吃的那块梅菜烧肉时，他看见了拉西脸上肌肉的抖动，还有他眼睛里瞬间闪过的光，他知道这个人就是他的哥哥，陈润成。他原名陈润功，英文名叫皮特，后来便自称陈皮特，搞投资，搞外贸，搞期货。

陈皮特摆出自己的困难和条件：刚刚上初中的小女儿一直在美国读书，查出患了白血病，急需骨髓移植，家里所有人配型都不成功，拉西成了她最后的希望；条件随拉西开，不管是钱还是什么，甚至他可能把已经瘫痪在床的父亲拉到乌拉盖这里，给拉西当面道歉。

如果你需要我的命来换沐沐的命，也没问题。陈皮特说。

拉西一句话都没说，转身走出蒙古包。很快，陈皮特听到了嘚嘚的马蹄声远去。后来母亲说，他在草原上逡巡了一整夜。

第二天，拉西坐陈皮特的车去了北京，陈皮特联系了一家私立医院，只要配型成功，就带他去美国做移植。很遗憾，拉西的配型依然失败。

陈皮特彻底绝望，他蹲在医院的门口欲哭无泪。拉西一直陪着他，直到夜幕降临。

看着满街的灯火，陈皮特说，哥，也许这是我的报应。

拉西说，沐沐还有最后一个机会。

那就是我。

这是陈皮特在美国找到我的前情。他为了打动我，准备了许多说辞，准备了一笔钱，他以为这一定是个艰难的过程。没想到，刚好赶上那场车祸。

他把我从那场车祸中救了出来，一切就都简单了，我没法不还这个人情。

我们去医院为骨髓移植配型做检查，结果完全吻合。我花了三个月的时间，按照医生的安排健身、补充必要的营养，做移植的准备。这期间，陈皮特跟我提了一个条件：永远不见沐沐，不告诉她骨髓是我的。

我不希望她背上这个心理负担。他说，我只会告诉她，骨髓是医院从骨髓库里筛选出来的，她只是幸运。

我想起了报告单上的小豆子和公园里的大豆子，这一刻我好奇，自己和艾丽的孩子到底是女孩还是男孩。

我答应了陈皮特，其实，我也不想见到沐沐。我做这件事，既是还陈皮特人情，又是替拉西补足这份亲情，更像是用这种方式为自己赎罪。

手术成功，我和陈皮特一起回到了乌拉盖。

看见我们两个走进蒙古包，拉西知道，沐沐活下来了。他松了口气。

艾丽呢？母亲问。

我们离婚了。我说。我没有勇气把真相告诉母亲，只是掏出那枚镯子，递给她。

母亲的身体僵住了，半天才说：我给你们烧点儿茶。

她没有接镯子，我只好放在旁边的桌子上。

母亲用炉钩子捅了捅炉子，里面的牛粪转瞬间被轻风吹得热烈燃烧，发红，然后最表面的一层耗尽能量，变为灰烬。茶壶坐在炉子上，母亲打开壶盖，把碎砖茶倒进去，加了点盐。不一会儿，茶水就沸腾了。这期间，拉西和陈皮特走出了蒙古包。

别怪你爸爸让他去找你，母亲说，你妹妹的病，他不可能坐视不管。

我知道。而且，陈皮特也帮了我忙。

一切都有因果，有什么因就会结什么果。母亲用手轻轻捶着左腿，又捶捶右腿。

妈妈，我这次回来，就不走了。

母亲抬头看着我，带着疑问的眼神，好像窥破了我的秘密。

回来好，可你总不能回来放羊吧。

我投资赚到了一笔钱，我想去北京，创业。

母亲没再说话，开始往茶壶里加牛奶。我闻到了鲜奶的腥气，那是乌拉盖草原新挤的牛奶特有的味道，只以颗粒状飘浮，一旦你去喝牛奶，口舌之间则不会有这种味道。我深吸了一口，这一刻，在多年的海外生涯之后，突然身在家乡的时候有了一丝乡愁。

后来，我们四个人一碗接一碗地喝茶，喝得浑身冒汗。我不知道父亲和陈皮特聊了什么，他们似乎达成了某种共识，两个人虽然没有再说话，但各自脸上的表情是平静的。我想，陈皮特应该遵守了约定，没有提及艾丽的事。

我这时候还不知道，一段全新的生活开始了，我更不知道的是，它藏着一个大大的圈套。

第三章 肉：天通苑

1

很多人到了天通苑社区都会迷路，那里的房子几乎长得一模一样，一栋一栋连成片，一片一片连成社区，像是不断复制的马赛克图案。如果有一双足够大的手，可以把它们像摆棋子一样摆来摆去，能当俄罗斯方块、消消乐玩。但是在这个秋天，天通苑凭空多出来一个民间地标，是一家火锅店。火锅店的名字叫"大尾羊传统涮"，食客们都简称"大尾羊"，主打的是乌珠穆沁大尾羊肉，以及乌珠穆沁草原全天然无污染的绿色产品。这家火锅店开业两个月后，就成了附近餐饮的爆点，每天中午开餐前一个多小时就有人排队。火锅和涮肉在中国一直是餐饮竞争的红海，那时候，海底捞、小肥羊、东来顺等一众新老品牌均已建立声势，再想入市搅局难度可想而知。但大尾羊竟然硬生生杀出一条路。半年后，大尾羊第二家店开张，一年后，第三家第四家开张,家家火爆,而且成了最早的一批网红店之一。五年后,大尾羊直营和加盟店已经开到了100家,而且还在以疯狂的速度递增。

事后人们总结,大尾羊之所以火爆,是因为做对了几件事。第一是产品有自己的独特之处,大尾羊传统涮和其他火锅、涮肉不一样的地方在于,它的每个锅底都会送一份肥羊尾,涮肉前先用清水把肥羊尾煮二十分钟,羊尾肥厚的油脂沁入汤汁,这时候再下羊肉或其他涮品,香味提升不止一两个档次。另外,它的锅底还有一个秘密,那就是独特的调料包。调料包里的所有调料,均产自乌拉盖草原,比如山花椒、扎蒙花、韭菜花等,解腻去腥,连店里用的盐都是来自额吉淖尔盐湖的青盐。还有,大尾羊独创了羊奶锅底,一改传统火锅的麻辣、清汤、牛油、菌菇锅底的味道,羊奶锅底把奶香和肉香完美地融合在一起,吃起来清新健康。还有就是,大尾羊为那些喜爱羊肉的顾客提供真正的羊血、羊肠、羊肚、羊肝,以及其他一些小食物,也是乌拉盖和附近特有的。再说主食,一般火锅就是手擀面、麻酱烧饼之类,大尾羊这里是饸饹面,用荞麦面做的,低脂低碳。饼是发面油饼,松软香甜。别家的羊肉汤是用羊肉和羊骨头熬的,这家的则是籴的,主打的不是羊汤的鲜,而是羊汤的香。鲜是第一口,香则是回味,回味能深入人的无意识。

第二是这家涮肉从一开始就搞了个逆向营销,它打出的第一条横幅不是促销的,而是"永不打折"。这引起了媒体的大量报道,它也趁机在本地的都市报上大做文章,找了一批写手,狂写软文。那些文艺青年,用尽了自己的想象力和词语,把大尾羊的羊肉和草原、湖水、天空这些人人向往的事物联系起来,让人觉得吃一次大尾羊,如同去草原走了一圈。何况每家店里,都养着一只真正的大尾寒羊,活的,一边吃草,一边咩咩叫着看着围观拍照的人群。最开始,它对闪光灯和人群显得慌乱,叫声里充满恐惧。时间久了,它平均二两重的脑子也已经判断出,自己被捉到这里并不是要被杀的,而是接受一种奇特的圈养。上好的青草和清水,有时还有玉米和胡萝卜,许多自己在草原上从未尝过的青色植物,都是它平时最渴求之物。那些人围着它赞叹,几乎每一个都要伸手摸摸它硕大的羊尾巴,这是大尾羊传统涮的卖点——这几斤重的大尾巴的确令食客们震撼,别说绝大部分都没有见过活着的羊,就算那些见过羊的,也从未见过如此硕大的羊尾巴。那就是一把肉锤子,能把食客们一下捶晕。偶尔,某个摸羊尾巴客人的手里会多出几颗黑色的小球球,是羊粪蛋。客人先是好奇,等明白是什么之后,感到恶心和厌恶,但很快,他们又体会到某种恶趣味带来的快乐。

第三,大尾羊每个月选一批幸运客人,把他们送到乌拉盖草原上去,让他们亲自看看自己吃的羊,是怎么吃草喝水的,吃的是什么草,喝的是什么水。这些宣传都让大尾羊迅速出圈。第一拨宣传有效果了,带动了更多人进店消费,消费者的体验基本符合宣传,他们就会成为"自来水",主动帮你宣传。

当餐馆里人满为患,每一张桌子上的锅底都沸腾之时,我正坐在大尾羊第一家店楼上一角的办公室里,疲惫不堪。生意兴隆,并且眼见着以夸张的速度扩张,前来入股和加盟的人几乎和店门口来吃大尾羊的客人一样多,我心里既兴奋又紧张。陈皮特,我凭空而来的叔叔,我的合伙人,刚刚打来电话:他刚走下自上海回北京的高铁。他去上海是为开分店做准备的,在这一点上,我们两个存在分歧。按照陈皮特的构想,大尾羊应该以最快的速度扩张,甚至要抛开直营店,全部改加盟店,在最短的时间内达到可以上市的规模。对于做投资出身的他来说,一个品牌如果不能上市,那就是失败。

达来,亏你还在美国待了这么久,竟然不懂,真正赚钱的都是靠资本赚钱,那才是大钱,咱们开店每天这么忙这么累,赚的都是零花钱。陈皮特叼着一支雪茄。不管在什么场合,他都必定西装领带,领带每天不重样,叼着雪茄,一副华尔街金融大佬的派头。不过话说回来,一开始开店的时候,他的这副装扮的确发挥了作用。我没有那么大的野心,开到第四家直营店,我已经感到力不从心了。搞餐饮看似简单,但是涉及的环节太多,需要打交道的各种部门和人也太多,就算是一片菜叶,也可能会占用你两个小时的时间。最关键的当然是人,只有每个人都可靠,都能各负其责,一家店才能正常运转,关键部门但凡有一个人掉链子,整个店就会因此乱套。这些天来,我开着车几家店轮番跑,四处灭火。我的想法是在最初的扩张之后进行收缩,一开始扩张是为了扩大影响,影响有了,就转回店里提高品质,稳定品牌,增加顾客黏度。我想,其实一家店要成功,倒不一定非得做大多数人的第一选择,而是家人、朋友、同事聚餐时,最后那个妥协的答案。也就是或许不是所有人都喜欢的店,但一定是所有人都能接受的店。再多花一点心思,让那些吃饭前能接受的人在饭后感觉到一定的惊喜,那下一次,它就很可能成为第一选择。

而大尾羊传统涮的第一把火,始于一顿偶然的饭。

我离开乌拉盖,到了北京,每天盯着银行账号里许多个零,想自己到底该做什么。房地产正火热,房价火箭一样往上蹿,但就这点钱没资格去搞房地产。如果我早回来半年,倒是可以炒房子,只可惜限购政策已经出台,在北京买房得有户口。共享单车,外卖快递,移动互联,感觉国内各个行业都在赚钱,赚大钱。但这些行业,我一个也不了解。有一段时间,我几乎失去了要做点什么的心思,想这笔钱存在银行里吃利息算了。但是陈皮特不这么认为,按他的观点,钱一定要流动起来,流动起来就能增值,存在银行里,则会变质。

"就像……"他吐出烟圈,"就像你们这里的木伦河,河水不流动就会变成腐水,可是一旦流动了,它就浇灌了草原和农田,而草原和农田则产生了价值。"

从我拿到保险公司的这笔赔偿金开始,陈皮特就在劝说我回国创业。他说现在的中国就像一艘乘风破浪的大船,需要各式各样的水手。海面潮涌,每个人都有机会立于潮头。他喜欢用水来比喻任何事情。他说的有道理,只是我不懂投资，不敢把钱扔进金融圈里。我只能做自己看得见摸得着的事儿。我心里渐渐清楚的是，虽然我曾想尽办法离开乌拉盖，但是我真正熟悉的也只有那片草原。所以，要创业，也只能从这里出发。但是到底能做什么呢？

就在这时，母亲病了，骨头疼，卫生院的大夫说，可能是大病，让她到大医院去治疗。我急匆匆地回到乌拉盖，陈皮特闻讯也跟来了。陈皮特来，是想劝说拉西带母亲去上海治病。他的心思不难猜，据说他和拉西的父亲也快不行了，想在临死前见见自己的大儿子。拉西一直没答应陈皮特的提议，只是说：北京的专家号都找人挂了，上海太远，萨日朗经不起折腾。这其实是拒绝。

陈皮特说，我只是把老爷子的话带到，去不去，你们自己定。

拉西要带母亲去北京看病，草场和牛羊都只能抛下。他们知道，我是不可能接手这片草场和牲畜的。那天，小满骑着马来家里，带来北斗去世的消息。和这个消息一起来的，还有现在村子周围的山野已经禁牧，小满家里养的那些羊就要没处吃草了，只能考虑卖掉。小满是父亲的朋友北斗的儿子，住在乃林坝前的农村里，种庄稼，也养牛羊。乌拉盖草原上的大尾羊，当年是北斗第一个从东乌珠穆沁旗引进的。两家人一直有着紧密的联系，夏天的时候，地里的庄稼长高了，北斗会把他家的羊赶到我家的草原上，放牧到收完秋，再赶回去。作为回报，他带来蔬菜瓜果，主要是带来药品帮助我家的羊防疫驱虫，也帮助我们联系买羊毛羊绒羊肉的倒爷，让拉西总是比草原上其他人卖更高的价。

听到那个双腿瘫痪的北斗终于走了，拉西没有显得多悲伤，他只是打开一瓶酒，走出蒙古包，对着东南方连敬三杯。母亲则拉着小满的手，拍着他的脸，轻声说：他先去享福啦。

这个夜晚，每个人都不约而同地想喝酒。拉西煮了一锅羊肉，我们围坐在一起。我面前是一个小洋锅子，里面是牛肉。

总不能每天上山割草喂。小满说,拉西叔,如果实在没办法,我就把羊都卖给你吧。拉西用一块尖细的骨头茬把稀疏的牙缝里的一丝肉剔出来,又塞进嘴里吃掉。这丝肉似乎比他刚刚吃的一大块手把肉更好吃,他吧唧着嘴。

我还想把羊卖掉呢,你萨日朗大妈要去城里治病,牲畜根本顾不上了。

给他们添酒的时候,我随口说了一句:那么费劲干吗?小满把羊赶到我们家草场,两群羊合成一群,我们出草场,小满放羊,不是都不用卖了?

拉西一拍大腿,高声说:还真是个办法,就看小满你能不能长期来这里放羊。其实就是春天到秋天,冬天的时候,也可以雇一个人。

小满皱着眉琢磨了一会儿,说:办法是好办法,不过我得跟我老婆商量一下,这可不是一天两天的事。

我听说小满十八岁就娶了媳妇,第二年生了儿子,小名叫小羔子,大名叫冬至,李冬至。他好像并不是冬至那天生的,只是离冬至很近。母亲说过,他们家的人起名喜欢用节日和节气,冬至的奶奶叫端午,父亲叫小满。好像也没什么寓意,就是离哪个节气节日近,就用哪个。

半个月后,小满赶着一辆装满生活用品的大车和家里羊群到了乌拉盖,把他家的羊和我家的羊合成了一群。我发现,他的羊和父亲的羊似乎有某种不同,虽然都是大尾寒羊。我搞不清二者的差异,但是父亲和小满一眼就能看出区别。两群羊一开始各自占据羊圈的一面,当添上草料之后,它们很快混成了一群。吃完了,又分成了两群。

第二天,我就要带拉西和母亲去北京看病,临走前,他们在乌拉盖草原吃一顿告别的晚餐。因为不知道治疗的结果如何,所以大家都有了一种别离的伤感,尤其是母亲。她骨头深处的疼痛在提醒她,也许她再也没有机会回来了。整个白天,她都逡巡在牲口圈里,摸摸这只羊,搂搂那匹马驹。那些牲口并不知道女主人即将远行,它们只是低着头吃草、啃盐砖,无意识地叫着。它们就像乌拉盖草原上的所有动物植物,没有人类的多愁善感,没有人间的恩怨情仇，但是它们也活着，活得懵懂又自然。

前两年，应该是我结婚那年，拉西在自家分得的草库伦临近公路的地方，盖了两间砖瓦房。母亲一直说等我们回来，再给我俩办一场草原婚礼。母亲早早催着拉西把计划很久的新房子盖起来。拉西在三个月的时间里把房子盖了起来，但我们却没有回国办婚礼，甚至连艾丽也去世了。那间婚房因为久不住人，已经被草原上的风吹得有些破旧。草原上的土不结实，房子四周会有不同程度的沉降，几面墙上已经有了裂缝，像是经历过低等级的地震。房顶的砖瓦都被风吹得破碎了。冬天大风大雪降温的时候，母亲会把那些极度虚弱的大羊和刚出生的羊羔放在屋子里，所以里面有一种羊圈的味道，直冲脑门。大多数时候，这个房间是当仓库用的，堆放着各种工具，马鞍、羊皮、镰刀、麻绳，还有用尼龙袋子装着的羊肉和羊骨头，这些肉会在天气转暖之前吃完。

我看着墙上贴的胖娃娃年画，还有一些残破的红"喜"字，感觉和那段婚姻的收场特别像。另一张画上是个美人，因为糨糊干了，画可能掉下来过，为了固定它，不知谁什么时候钉了一枚钉子。钉子正在美人的脖子上，我心里咯噔一下，想起艾丽脖子上的洞，想起艾青山和佘海燕两个人恨我入骨的眼神，想起我手机叮咚一声收到保险赔偿金时的不真实感。这时候，我意外地发现，小时候最讨厌的羊粪羊尿羊肉味，竟然变得不再难闻。甚至，我感到那是一种臭烘烘的干燥的暖味，与之对比鲜明的是芝加哥空气的清凉和湿润。我不由自主地深吸一口。

我曾发誓再也不回这里的，但是现在，我却有种从未离开的感觉。

这天下午，拉西一遍又一遍地收拾和检查要带走的东西。母亲要拖着病体做饭，小满拦住她，说他来做，他带了很多蔬菜来。

他拉上我：来哥，你跟我一起呗。我哦了一声。

我不怎么会做饭，尤其不会做中餐。我说："我给你打下手。"

小满在仓房里翻了翻，说：我找到一个羊尾，就做个涮锅子吧。他的车上，有从村子里带来的大白菜、角瓜、茄子、大葱，还有一箱鸡蛋。

我费劲巴力地生好炉子，用洋锅子烧了一锅水。小满把那个肥羊尾切成薄片，先下入锅里，又扔了几截葱段和干花椒，然后把能涮的菜都洗干净切好。锅里又开了，他把上层带着泡沫的浮油撇去，然后一股脑把那堆菜扔进锅里。很快，东西就熟了。

说是涮锅，其实像一锅烩菜。

他们吃烩菜，我煮一包泡面。

小满说，你咋不吃？

母亲抢先回答说：他从七八岁开始就不吃了。

小满说，真奇怪，一个草原上的孩子不吃羊肉，我以前也不爱吃，但是后来也不知道从什么时候开始，一点一点地吃了，现在简直上瘾。

我只好说，我自己也觉得奇怪，我从来没觉得自己是草原的孩子，我应该是个南方孩子。

那你吃了会怎么样？会浑身痒，长疙瘩，还是头疼？他的问题像冬天的风，一阵接一阵。

好像……都不会，就是不想吃，一放进嘴里，就马上吐出来。我说。这是我能讲出来的理由。

那你就不是不能吃羊肉，只是不想吃羊肉。我儿子冬至就不吃香菜，他说香菜一点儿都不香，是臭菜。

也许吧。我说。我心里有点儿犹疑，如果……在某一天，我是不是可以吃一点试试？

羊大为美，羊肉可是世界上最鲜美的东西。陈皮特边吃边说，这时候，他那精致的派头一点都没有了，完全是个老饕的样子。

羊肉要涨价了。小满嘴里塞满粉条白菜，叽里咕噜说。

啥？我和陈皮特同时问。

我说羊肉，肯定要涨价了。小满终于把嘴里滚烫的食物咽下去了。

我们都等他说原因。他却继续吃起来，又一筷子菜之后，他发现我俩看着他，明白了。

我是从我们村里的情况判断的，你看，我们这种半农半牧区，整个山区都不让放牧了，很多人家没办法，只能把羊卖掉。羊少了，羊肉肯定得涨价。还有就是，我去市里的时候，看见开了好多火锅店、涮肉店，贵得离谱，一盘羊肉都要二十几块。羊如果少了，那不更得涨价？这也是我答应拉西叔来草原上放羊的原因，我的羊现在卖掉太可惜了，继续养下去，肯定赚钱。

看着继续咕嘟咕嘟沸腾的汤，我和陈皮特对望了一眼，我们同时觉得小满的话点燃了一盏灯。

傍晚，我和陈皮特爬上了家附近的小山丘。小时候，我经常和一只小羊跑上来玩，我把最好的草拔下来喂它，它用它毛茸茸的嘴唇摩擦我的脸。

夕阳正在落下去，隐隐约约，我看见了蜿蜒流淌的木伦河水。这不太科学，我从未在这个山包上看见过木伦河，它应该在更远的地方。或者，这些年里木伦河改道了？也不是没有可能。

我想做火锅涮肉，我说，以乌拉盖草原为起点，做最有特色的火锅涮肉。

如果你不想搞投资，想做实业，从羊上做文章是个路子，陈皮特说，餐饮业永远都欢迎新力量入行。关键是，你得快点儿开始，你的钱在一天一天贬值，创业的风口也随时可能关闭。

明天就开始，我说，就叫大尾羊。

我愿意跟你合伙，共同投资，风险共担，利润共享。陈皮特掏出了雪茄，点了三次才点着。

怎么起风了？他吸了一口说。

我没感觉到有风，我感觉到了火燃起的那种温热，然后脑海中浮现艾丽的身影，她正在羊羊羊店里仔细调配调料，转头问我：你要辣椒吗？

2

我们相信大尾羊会成功，但它成功的速度还是出乎我和陈皮特的预料。

随着店面数量的递增，我和陈皮特的分歧也越来越大。第一百家店面开张后，按他的说法，大尾羊进入了真正的快车道，窗口期只有半年到一年，如果一年内不实现加盟店翻两倍，则上市无望。我一直对他这种资本操作心怀戒备，只是有时候，做事情就像骑在一匹马上，有人在后面抽鞭子，你不知道鞭子从哪儿来的，只是马儿越跑越快。这时，你发现面前有一条鸿沟，跳过去，那边是无尽的青草，鲜花遍地；跳不过去，可能粉身碎骨。你心怀犹豫，觉得没有必要跳，峡谷的这一边也能吃饱。但是鞭子会继续抽下来，最主要的是，那匹马似乎有了自己的意志，它不想停下来，它只想跑得更快，跳得更高。

就在你犹豫的瞬间，它的蹄子已经腾空。这时，你忍不住回头看，就会发现，鞭子攥在你手里，而你的手却攥在陈皮特的手里。不到半年，大尾羊的加盟店就达到了惊人的两百家，据市场部的调研，还有更多的打着大尾羊招牌的小店，根本无力去打假。我们很早就去工商局注册了大尾羊传统涮的商标，但是人家店大多叫"东盟大尾羊""锡盟大尾羊"，大尾羊是一个品种，不受版权保护，谁都可以用。我感觉自己和大尾羊都在腾云驾雾，但是陈皮特看来这个速度还远远不够，他制订了一个"千羊大战"计划，准备一年内完成一千家加盟店。我和他的分歧就在于，他主张扩张加盟店，我只想推广直营店。两条线看似齐头并进，但并没有形成合力，加盟店的数量和规模变成ppt和年报上亮眼的数字，数字背后的则是让我们自己内部都觉得胆战心惊的危机。我们都没有注意到网上对大尾羊传统涮的好评度越来越低，顾客的不满情绪日渐累积，单家店面的翻台率、营业额的下降，被数量更多的加盟店和直营店的营收掩盖了。而这些，不过是可以看见的表面的危机，真正的危机在草原深处，更是在人心深处。

开业第五年夏天，我回了一趟乌拉盖。

放暑假前，小满打电话，说他要来北京。我有点儿好奇，说公司没什么事，正是夏季，羊长膘的时候，你跑来羊怎么办？小满说，他来接他儿子冬至。冬至在北京读大学，暑假想自驾回去。小满打算把车开过来，冬至开回去，小满自己坐火车回去。我说，你可真宠儿子。这样，我很久没回去了，正想回乌拉盖转转，让冬至跟我走，他开车我还省事了。小满想了想，说，行，我跟冬至说。

小满早就不放羊了，自从大尾羊火爆，小满就成了我在草原的大总管。所有直营店的羊肉，都来自乌拉盖草原。小满有两个任务，一个是在我家的牧场上管理自己的牛羊，雇了羊倌专门放，他只负责日常管理；另一个就是帮我做采购。大尾羊传统涮每年要吃掉成千上万头牛羊，还有各种花椒、沙葱、沙棘等原材料，都需要他从乌拉盖和周边收购的。

几天后，我开车到昌平，接上冬至。十九岁的青年，一米八的个子，胡楂已经日渐浓密，可能是为了让自己显得成熟点儿，他没有刮。但是，那张脸尤其是眼睛，仍然充满天真和稚嫩，和浓密的胡楂对照起来，有一种奇特的动人之感。我忍不住回想，自己在这个年纪离开家乡到北京、到芝加哥时，完全不是这个样子，我孤独、阴郁，刻意沉溺于消极的情绪之中，仿佛不如此，就不能对抗那个离开的地方和身后的人。其实，不管是拉西还是母亲，都根本看不到这些。那是一场自导自演自观、自怨自艾自怜的独角戏，或许，这也是后来我会被艾丽吸引的原因。艾丽，这个名字让我的心脏紧缩了一下。

我换到副驾驶座上，冬至上车，先在操控台的台面上支起一部手机。

你要录像？我问。

对，来叔，我想拍点儿视频。我们的暑假作业：记录中国，记录家乡。

看起来，他的驾驶经验并不丰富，安全带一分钟才系上，然后又详细地问了我挂挡、刹车之类的事。

要不，还是我开？

不不，我开。我就是要好好体验一下真正的驾驶感觉，冬至龇着牙说，我拿了驾照还没怎么开过车呢。

过了半个小时，他开得就很顺了，除了对真实路况的应对略显匆忙外，各种反应都很敏捷。聊了一下才知道，他的赛车游戏玩得好，甚至在整个北京高校圈都排得上名次。

我其实更喜欢在游戏中开车，在游戏里，会有比现实世界更极端、更复杂的路况，虽然是假的，但只要投入，感觉上和真的也差不多。不过我们老师说，真实的经验也很重要。冬至说。

假的就是假的。我补了一句。

来叔，你这就落伍了。虚拟世界，懂吧，现在虚拟世界已经渗透到我们生活的方方面面了，所以我大学才选了动画与游戏设计专业。我将来的理想，就是设计一款以假乱真的游戏，只要技术支撑有力，这款游戏或者软件能让人过上比现实更完美的生活。

哈哈，理想很丰满。我明白年轻人这种感觉，以为自己能改变世界，以为只要努力奋斗，一切都可按照想法实现。等他到了我这年纪，就会发现人只能活在自己的现实里，这个现实可能包括那些所谓的虚拟的部分——聊天室、网络游戏等，但是最终还不是吃喝拉撒、生老病死？生物性才是人的本性。要不然，大尾羊为什么会如此火爆？

他似乎看出了我的不以为然，笑笑说：你跟我爸的想法一样，你们这代人其实很保守，当然，这也不怪你们。你们太沉迷于过去，根本不知道未来的世界会是什么样的。我想设计这样一种软件，其实有一个私心。我爷爷你知道吧，我小时候，他的腿受了伤，再也不能走路了，后来他就自己把自己饿死了，因为他失去的不是双腿，而是全世界。那时候我就想，如果有一种方法，能让他躺在家里就走遍全世界，能体验到各种各样的新东西，他一定不会选择死。你知道全国、全世界有多少行动不便的人？哪一个不希望自己过上正常的生活？哪怕每天只有几个小时能实现这种自由，对他们来说也是莫大的幸福。我的软件能帮助他们。还有那些病床上的老人，软件可以根据他们的回忆、照片等等，重构他们年轻时的世界，一切都栩栩如生，这对弥留之际的人来说，应该是最大的安慰吧？如果这个程序再高级一点儿，人们在现实生活之外，同步过一种理想的生活，你可以成为"高富帅"，你可以才华横溢，你可以是足球巨星，你可以每天只享受阳光海滩，你可以弥补一生中的不足，总之满足每个人心底真正的欲望，谁能不被吸引？

他一口气说了几十公里，听得我有些目瞪口呆。我没想到，他还真不是说说而已，更没想到，自己已经离这个时代如此遥远了。

我伸手拍拍他的肩膀，说：有志气，等你将来设计成了，我一定给你投资。

一言为定，冬至说，不能反悔啊来叔。

驷马难追。

公路在向前无限延伸，那一刻，我觉得自己的世界宽广无比。油箱里加满了油，车速一百二十迈，我能到达这个世界的任何地方。

我不知道，有时候通途正是终点。

3

把冬至送到镇子上，他要和高中同学聚会，我和小满先去疗养院看了看拉西和母亲，然后直接开车去乌拉盖。母亲的状态很不好，我们基本放弃了治疗，只是想尽各种办法帮她减少痛苦。我想让他们住在北京，或者去空气更好的海南，母亲不愿意去。她想待在随时能看见青草的地方。小镇虽然不在草原上，但从疗养院的后窗望出去，仍然能看见草原的边缘，也能闻到被风吹来的隐隐的牛羊的味道。疗养院有急救设备，方便有突发情况时急救。

我看着她被折磨得毫无精神的脸，心里想起冬至的话，我想，如果真有这样一种软件，让母亲在弥留之际得到快乐，我一定会毫不犹豫地使用它。

多年来，拉西已经习惯了母亲的样子，他并非不心疼，而是照顾病人的日常琐碎，耗尽了他的心力。这一刻，我对他的怨念消失殆尽了，但是我仍然喊不出"爸爸"这个词。现在，我们之间的隔膜早已不再是那件事，而是时间。

去草原的路上，我感到眼前所见的景物有什么不对劲，但一时又辨别不出怎么不对劲。我差不多有两年没回来了，小满在这里帮我盯着，没出过任何问题，我非常放心。

车里有些闷，我摇下车窗，炙热但新鲜的空气立刻涌进来。我嗅到了尘埃的味道。

今年雨水很少吗？感觉空气很干燥啊。我说。

小满摇摇头，说：雨水还好，跟往年差不多，不过……

不过什么？

你好好看看车窗外，尤其是接近草原的地方，就会明白了。

我们没再说话，任由汽车在铺满沙粒的公路上疾驰，这条路很快就到尽头，接下来便是一段土路。为了往草原运输各种材料，也为了把牛羊快速运出来，我们曾联合当地政府修整过这条路，修柏油路的成本太高，我们只是铺了砂石。不过几年下来，砂石越来越少，这条路很快又变得坑坑洼洼。

我们开上土路后，也就等于开上了乌拉盖草原。这时，我终于明白小满话里的意思了。

已经是农历六月，草木生长最茂盛的季节。我仍然记得两年前到这里的情景：天苍苍，野茫茫，风吹草低见牛羊。但是眼前的乌拉盖草原上，青草低矮稀疏，像中年人的头发，以前那些遍地开放的野花，几百米都看不到一朵。车轮碾起的尘土，直接翻卷进车厢里，瞬间填满口腔鼻腔。接着，我看见了一群又一群的牛羊，每一群都数量庞大，像草原上的一处处皮癣。细看，就会发现牛羊都有些瘦，毛发干枯，它们看见汽车，会抬起头哞哞、咩咩叫，像是在哀求什么。

我把车停下来。

两人都下了车，草原的景象比我在车上走马观花浏览的更具体，也更真切了。我脚下就有两个老鼠洞、一个地羊捣出来的土堆，放眼看去，这样的洞和土堆几十米就一小片，像是青年人脸上的痘痘。

小满忧心忡忡地跟我说：来哥，我必须提醒你，现在乌拉盖和周边的羊已经远远不能满足火锅店的需求了，今年秋天，我不得不去更远的几片草原上收购大尾羊。

只要是大尾羊就可以，现时不同往日了，企业要发展，规模要扩大，肯定不能被材料来源限制住。我说。

如果说，小满继续道，不限于乌拉盖附近的大尾羊，我们把收购面扩大，还能基本满足火锅店的需求的话……他突然停下来。

我看看他，示意他继续说。

他揪断一根蒿草，拿到嘴边闻了闻，然后折断一小截，叼在嘴上。

你不吃羊肉，你不知道，我每天都吃羊肉，现在的大尾羊的味道，跟几年前已经很不一样了。

有什么不一样？都是一个品种，都是差不多岁口的羊，都是一个产地的。

羊不是那羊，草更不是那草了。这些年，因为火锅店跟牧民们签订了预购合同，有多少羊收购多少，牧民们几乎家家都疯狂增加羊的数量。大尾羊几代之后，出肉率、肉的质量都会下降，必须挑选最优良的种羊专门进行改良，这样才能保证羊肉的质量。可是现在大家都忙着多养羊、快出栏，谁会花精力花钱花时间去培育良种？

他说得有道理，但我觉得这不是大问题。大尾羊的口味下降，我也在市场反馈上监测到了，我觉得这是必然，是可预料的风险，不足为虑。第一，一个餐饮企业开了好几年，顾客必然会产生审美疲劳，何况有那么多新开的同类店面。第二，在涮肉市场，顾客对羊肉质量的依赖度日渐降低，人们开始注重店面装潢、服务、菜式等，但是表达不满时，则会挑主要的宣传点和招牌菜来发泄，不过是消费心理作祟。第三，大尾羊这两年的发展势头太好，必然会引起同行的妒忌，商场如战场，他们肯定不会放过任何黑大尾羊的机会。

这个我知道，你说的草不是那草，又是什么意思？

小满把那截草棍在嘴角边倒来倒去，像在吮吸一根没有糖的棒棒糖。

草原就那么大，能长的草就那么多，虽说这些年管理水平比以前提高了不少，利用率也高了，可架不住羊群增长太快，乌拉盖和附近的草原，根本养不活那么多羊。草场得不到休息，牧草质量越来越差，很多干旱一点儿的地方，已经有了沙化迹象。再这么下去，将来有一天乌拉盖的牛羊会无草可吃。如果冬天遇上极端天气，后果不堪设想。

小满的话，让我脑海里立刻浮现出一片风沙，那只怀孕母羊的影子穿过我的身体，我感到一阵发凉。我应该出了一层冷汗，偶尔吹来一阵风，毛孔立刻感觉到凉，微微紧一下，全身就都缩小了一点儿。

这都是大企业发展中不可避免的，我安慰小满，也在安慰自己，这些问题都能克服，就算乌拉盖一只羊都没有了，乌珠穆沁、呼伦贝尔到处都是草原，到处都有羊。我没法跟他解释经营中的危机，陈皮特过于疯狂的扩张，企业资本和银行借贷因准备上市而进行的重组，对于这些我自己都是一头雾水，跟他更说不清。

的确到处都是羊，我们被羊叫声包围了，小满的话的确让我感觉到了某种不安。那时候，我并不相信这种不安，在创业的这些年里，不安感时常袭来，我们努力做的，正是要消除它，甚至是利用它。就像刚刚开始扩张时，一家直营店里出现的食物中毒事件。那次，是中秋节，为了回馈客户，市场部采购了一大批螃蟹，每个来就餐的顾客都能免费获得两只。那天这家店的队伍排了几百米长，既是为了吃大尾羊，也是为了吃螃蟹。中午高峰期，有几个顾客在快吃完的时候，突然腹痛恶心，紧急送医院后，医生诊断为食物中毒。下午，整家店都停业检查，卫生部门对店里全部食材和厨房进行全面检查之后发现，有毒的是螃蟹。原来是一批螃蟹在上锅之前已经死掉，配菜员没有做细致检查，把死掉分泌毒素的螃蟹给客人吃了，导致的食物中毒。赔钱事小，影响事大，那一次事后，我们除了发公司的常规道歉信之外，还大张旗鼓地举办了一次道歉晚宴。我们邀请当天所有来过这家店的顾客，凭当日消费记录或小票免费再吃一次，全场消费由店里买单。这场晚宴之后，大尾羊不但没有因为中毒事件倒闭，反而收获了一大拨好评。

类似的情况很多，以至于每一次不安感出现，我心底也会涌现一阵兴奋，我觉得这是又一次提升的机会。

我和小满开着车在乌拉盖转了两天，草原的情况、牛羊的情况大同小异。我还专门拜访了当地的畜牧部门，对载畜量过大提出疑问，畜牧部门说，他们没法规定牧民养牲畜的数量，只能给予指导。他的一句话让我真正心惊。他说，据可靠的内部消息，因为全区的草原都不同程度地存在过载的问题，自治区很可能要推行退牧还草的政策，保证草原的休养生息。已经有部门在研究下一步的安排了，退牧还草，减少牛羊数量，但是还要保证牧民们的生活水平不断提高，那就只能在其他产业上想办法，具体怎么办，还没有眉目。

4

我带着不安从草原回到北京，准备跟陈皮特来一次深入交流，鉴于当前的情况，我们必须停下脚步，重新梳理大尾羊的发展思路。我要旗帜鲜明地反对疯狂加盟和上市。

就在我跟他摊牌的第二天，羊血事件爆发了。

那份羊血的照片在微博上被转发了近100万次，连续三天在热搜榜的前三名里，相关的微博超话有十多个，关键词都是"大尾羊""羊血""毒血"。电视节目《生活导航》的一名女记者在节目里曝光，大尾羊传统涮三分之一的原材料都是假冒伪劣的，尤其是号称用百分百鲜羊血做的羊血块，其实根本不是羊血，而是加了羊油的猪血、牛血，为了长时间保鲜，还加了有毒的化学物质。羊肉也不是大尾寒羊，号称的草原土豆来源于山西，韭菜花也不是野生的，而是用韭菜做的。总之，大尾羊传统涮不但涉及虚假宣传，还兜售假冒伪劣产品，罪大恶极。这个报道，把长久以来顾客积压的不满一下子挑破了，像一个肿胀到极限的脓包，瞬间迸发出令人恶心的黏液。网友不会就事论事，更不会只局限在大尾羊的问题上，他们更不关心你是加盟店还是直营店，一夜之间，微博上开始了斗图大赛。成千上万的网友把自己在大尾羊传统涮拍摄的食品图片传上网，那些图片都在证明菜品质量不合格。其实，这里面有相当一部分都不是大尾羊的，连加盟店的都不是。

接着，很多门店都出现一批聚集起来维权的人，明眼人一看就知道，这是竞争对手搞的小动作。但是这种商业暗战是没法说破的，各个店长只能想尽办法赔钱，息事宁人。大尾羊店面在大众点评上的评分，从4.7直线下降到了3.9，差评已经覆盖了评论页。

危机显而易见，即便这时候，我仍然觉得大尾羊可以挺过这个难关。的确，自从第一家店开业至今，大尾羊活得太顺了，顺得我有些心慌，我一直在等着一场困难。不经历类似的艰难时刻，企业不可能实现真正的大发展。危险都是和机会相伴相生的。

面对这次危机，陈皮特的应对方式是：卖掉大尾羊。我当然不会同意。

我们开店，不就是为了赚钱吗？现在卖掉，我们两个人都能拿到一大笔钱，实现财务自由。陈皮特永远叼着他的雪茄。

你不是还在计划上市吗？怎么突然又要卖掉了？我问他。

此一时彼一时，陈皮特说，不管是上市还是卖掉，我的目的都是钱，资本的本性就是快速升值，没有其他。我们得学鲨鱼，哪里有血腥就往哪里游，而不是自己变成别人嘴里的肉。

我知道那家想要收购我们企业的，是做川味火锅烤鱼的，它的口碑一直不太好，但背后有雄厚的资本。

他们的出价也太低了，还完银行的贷款，我们根本拿不到那么多钱。而且，他们收购大尾羊之后，就不会再保留这个品牌，他们是想借我们店的数量去融资，用我们的血去续他们的命。

陈皮特没有继续劝，他只是抽雪茄，透过烟雾看着我。他的目光随着烟头的火星闪烁，嘴角的笑意让我琢磨不透。

接着，就是那通来自美国的电话了。

电话是一位自称是佘海燕的律师打来的，他说：达来先生，请您马上飞来堪萨斯。

我一头雾水，问：你是谁？我为什么要去堪萨斯？

律师说：您已故的妻子艾丽的父母，他们找到一些艾丽的遗物，需要亲手交给您。

我心里有些犹疑，怎么会在艾丽去世这么久之后突然找到她的东西？到底是什么东西，一定要亲手给我？

律师说：您到了就知道了，我现在不方便透露。

去，还是不去，这是一个问题。事情涉及艾丽，我不得不跟陈皮特说了这件事。

我陪你去，陈皮特说，不会有任何意外的。他这么说，让我心里有些感动，我想，他是为了让我放心，在我去美国的这段时间，他不会偷偷把大尾羊卖掉。

好，我说，等处理完这件事，我们再来给大尾羊一个最终的决定。

5

我并没有见到佘海燕，也没有见到艾青山。我听说艾青山前年老年痴呆了。我每年分四个季度给他们打生活费，雷打不动。难道他们嫌钱少，想涨一点钱？

我和陈皮特见到了自称罗斯的律师，他是一个标准的美籍华裔，只说英语。

罗斯开门见山：两个选择，一是把艾丽车祸去世时我拿到的所有保险金及其衍生品还给他的委托人，也就是佘海燕和艾青山；二是准备坐牢。

我听了愕然，几乎要笑出来。

我看看陈皮特。陈皮特又在点他的雪茄，那根雪茄已经抽了一半，他先用雪茄钳把燃烧过的部分切掉，然后把火焰对准新鲜的切口，烟丝瞬间发出轻微的噼噼啪啪声，隐隐的火星烧起来，一股轻烟随之腾起。

他吸着烟，仿佛没有看到我的目光。

我忽然间明白了，他要么被艾丽的父母收买了，要么是因为担心我在调查中说谎的事败露牵连到他而故意不说话。他在等着看我怎么回答。等到这一切尘埃落定，我再回溯这一刻的情景时，才发现自己的幼稚和浅薄，才明白这个圈套抛出得有多早。

一时间，我不知该如何是好，主要是我判断不出他们到底掌握了什么证据。我只能先硬着头皮说：我不明白你的意思，艾丽去世后，这些年我每年都给两位老人支付生活费，从道义上说，我没有任何对不起他们的地方。

罗斯律师说，达来先生，道义是道义，法律是法律，再者说，您觉得自己到底是在道义上站得住，还是在法律上站得住？

我心里咯噔一下，感觉脖颈一凉，仿佛被什么东西戳了一个和艾丽一样的洞，全身的热量都从洞里往外散。

那就让法律说话吧！我大声喊，我也会找律师的，我会找最好的律师的，你们不可能打赢官司。

罗斯律师轻巧地吹了吹微微遮住眼睛的头发，扭头对陈皮特说：我想，你还是跟他聊聊比较好，保险公司一旦启动调查，就很难停下来了，那对任何人都没有好处。

他站起身，抻了下西装的袖子，又按了按陈皮特的肩膀，离开了。

我和陈皮特沉默了很长时间，我心里在等他开口说第一句话，我想看看他到底会怎么选择。他也在等我，他觉得不用他劝说，我就会妥协。

他把大半根雪茄抽完，我则喝了三杯美式咖啡。我清楚地感觉到自己的心跳在加快，判断不出是咖啡喝多的缘故，还是在跟陈皮特的较劲中渐渐失去耐心导致的。我其实知道，我终究耗不过他，在这场漫长的审判中，我才是那个真正有罪的人，他不过是帮闲和看客。真的启动法律调查，他大可以说自己是被我的假证据蒙蔽，只是出于亲缘关系而帮我而已。唯一让我可以在心理上拿捏他的就是他的小女儿陈沐。

沐沐还好吗？我问道。

他如释重负地捋了一下花白的头发，说：沐沐很好，身体很健康，成绩也不错。

我还挺想见见沐沐的，无论如何，她身上也算流着一点儿我的血呢。我说。

陈皮特见我把这事说了出来，他的心理负担也彻底放下，身体前倾，说：我打听过了，这些年里佘海燕一点儿都没闲着，一直没放弃调查艾丽车祸的事儿，还找过私人侦探。他们采访了你和艾丽在美国认识的所有人……包括我。我想，他们应该是掌握了足够的证据，能证明那天是你开车而不是艾丽。你要知道，如果证实了是你开车，保险公司就有理由怀疑你故意杀害艾丽骗保。就算最后调查的结论是车祸纯属意外，你依然摆脱不了做伪证的罪名而入狱。

这话不用他说，我心里清楚得很。我现在急需解决的办法，我提沐沐，就是希望用此打动陈皮特，让他再帮我一次。

他们不就是想要钱吗？多少钱我都给。我忍不住喊道。

佘海燕肯定是想要钱，如果他们想要正义，肯定就直接报警了，不会找一个律师来跟我谈。万事有价就好，有价就总能谈拢。

所以我和陈皮特最后商定的结果是，他替我去跟佘海燕那边商定具体数额,只要我给够钱,他们会出一份签字摁手印的谅解书及不再追究此事的声明,彻底了结这件事。

看在沐沐的分上,我会尽力争取的。陈皮特说。

不管看在谁的分上,我说,他们也别把我逼急了,大不了鱼死网破。这话说得心虚得很。

最后谈判,佘海燕和艾青山都到了,而且地点选在芝加哥的中国城。后来我才知道,他们在我回国后就搬到了芝加哥,方便调查我们的情况。

再次回到中国城,那种怪异的熟悉感瞬间又出现了。这里几乎没有任何变化,我们常去的那些店铺仍然开着,既没有变新,也没有变旧,中国城仿佛一处时间飞地。

我们坐在一家茶餐厅的小包间里,墙上贴着年画,还供着观音菩萨,香炉里香雾缭绕。在一张能坐八个人的圆桌旁,我与陈皮特、针灸师傅、艾青山两口子和他们的律师,坐成一个括号的形状。针灸师傅和陈皮特是第三方见证人。

艾青山主持谈判,其实已经无所谓谈判,条件之前经过几轮拉扯已经确定:我把自己所持有的大尾羊全部股份转让给艾青山,他们出具谅解书和声明。也就是说,我因为艾丽拿到的那笔钱及其衍生的一切,都必须还给她的父母。一开始我觉得自己太亏了,后来又觉得这样刚刚好,哪儿来的还哪儿去。无论如何,这些年来我一直在背负着这件事,负罪感从来没有真正消散过。

还给他们,我就可以过新生活了。

一式两份,签字,摁手印,结束。

佘海燕仔细地把那张纸叠好,装进随身夹着的黑色皮包里,顺手从皮包里掏出一张手帕,给不断流口水的老伴擦嘴。

她全程只讲了一句话:我都是为了艾丽。

陈皮特端起茶壶,给每个人面前的茶碗续水:皆大欢喜,双赢双赢。

我赢在哪儿？赢在拿了一笔不该拿的钱，做了一件以前不敢想的事儿，然后一切归零。

在回国的飞机上，我从迷迷糊糊的梦中突然醒过来，然后开始梳理整件事，才明白这一切的背后真正的操盘手是陈皮特。佘海燕拿到我的股份，又不可能回中国去经营，只会把它卖给陈皮特。换句话说，陈皮特用一个很低的价格就把我的股份买回去了。或者，从他帮我拿到那笔钱开始，他和他背后的投资者就已经在下这步棋了，疯狂扩张下的那些加盟店，那场毒羊血事件，这次美国之行，一切的一切都在陈皮特的计划之中。我想起决定开店那天在乌拉盖草原山头上的情形，他的烟点了三次才点着。

怎么起风了？他说。

双赢？只有他一个人赢而已，我是彻彻底底地输，艾丽，你呢？

第四章　药：乌拉盖

1

真正让人觉得痛苦的，不是看大火燃起，更不是看火焰腾空，那甚至有着其他事物无法匹敌的美感。热浪，烟雾，飘飞的灰烬，火苗的舞蹈，一大片红色的海涛，并不是所有人都有机会见到这样的景象。有一些见过的，已经死在海里，只留下极少数人，从火焰的边缘捡回半条命。

草原之火，火焰不会太高，但是蔓延得极其迅速，火线洪水一样向四面八方延伸，吞噬一切可燃之物。就算那些不可燃的、偶尔遇见的石块，也在高温的炙烤下碎裂或酥软。

大火过后，地面一片焦土，干裂的土地缝隙里草根都烧没了。那时候，人的眼前会呈现从未见过的黑。那是消灭万物的黑，令人感到绝望。

终于熄灭了，母亲点燃的这场火虽然猛烈，但范围有限，只烧掉了我的庄稼和那些不争气的草药。围绕着整片种植园的防火沟起了作用，它们既是用来防火的，也是用来蓄水的，夏天的时候，雨水存在里面，我们就不用去木伦河里拉水灌溉了。或许，正是这条头尾相衔的沟渠，让母亲下定了焚毁庄稼的决心，她不会冒引起草原大火的危险。

等热量稍微消退，我和拉西重进了火场。萨日朗，我的母亲，已经消失了，只剩下一些难以分辨的半透明的晶石。母亲不是高僧，当然不会有舍利，那是她这些年吃的、注射的各种药物在骨头里的残留。吃药的人没有了，药竟然还在。偶尔会发现几根弯曲、焦黑的东西，那是我种的草药的根，并没有被烧尽。我想，在泥土更深一点的地方，一定还留着更多的药根。

我和拉西把这些晶石捡起来，捧在手心里。它们五颜六色，像小孩子玩的彩色玻璃球，还在发烫，仿佛母亲留下的最后暖意。我因为很小就去读蒙汉双语的寄宿学校，和她在一起生活的时间很有限，上学之前的那几年，多数时候她也都在忙着放羊、挤奶、喂马、烧茶，没空搭理我。我又不喜欢和周围的小伙伴一起玩，他们都长得又高又壮，我却瘦小、白弱，他们笑话我根本就不是蒙古族孩子，不会骑马，不敢杀羊。所以我才会和那只羊玩，它从不嫌弃我，更不会笑话我。

拉西嘴里念念有词，像是在絮叨什么，又像是在低声唱什么，我听不懂。我只能感觉到他是悲伤的。这时候，我心里又惭愧又羡慕，我想起艾丽死的时候，我痛苦，可似乎并不悲伤。这之前，我以为它们是一回事。不是，绝对不是，悲伤的人是幸福的，他甚至可以唱出来。

这时，消防车的声音从远处传来，其中还掺杂着警笛声，它们都很尖厉，却又不同。那些晶石的热量消失了，开始变凉，像正在融化的冰块。我有一种把它们吞下去的冲动。我把晶石都递给拉西。

我不再恐惧也不再难过，我终于等来了十年前就应该戴上的那副手铐，只是，十年前是美国警察的，现在是中国警察的。

2

那天，和佘海燕他们签完字后，我和陈皮特走出茶餐厅。街上没什么人，天气阴着，要下雨的样子。我想回忆芝加哥生活的一些片段，却发现脑海里混沌一片，想不起一件清晰的事儿。只有艾丽的面孔和笑声飞速闪过，像即将到来的闪电一样。芝加哥和乌拉盖终究不一样，森林和湖水的湿气充盈在每个地方，沁入人的口鼻和肺泡，有一种清爽的凉意。

我不知自己接下来该去哪里，只好跟着陈皮特走。他把我带到了一家酒吧的小包房。

我们坐下后，陈皮特掏出一张卡抛给我，说：这里有五十万，算是沐沐回报给你的。这样，咱们彻底两清了，就算没清，也是我欠你的，不是沐沐。

我惨然一笑，说：皮特，老陈，叔叔，你也不要把我看得太轻。

拿着吧，他说，没必要逞强。好多事坏就坏在逞强上，人应该学会示弱，示弱才是本事，就像水一样，看似柔弱，却无坚不摧。老子曰：天下之至柔，驰骋天下之至坚。

可能他说得有道理，也可能我并没有自以为有的自尊，我的手伸了过去，把那张卡揣起来。

我们开始喝酒，一杯接一杯地喝酒。我醉得很快，没法不醉，我在首都机场登机来美国的时候，哪里会想到自己会一夜之间回到原点？不过这一刻，我心里又悲伤又轻松，仿佛背着一百斤金子跋山涉水，走了这么多年，累得筋疲力尽，终于走到了目的地，负担卸下去了，金子也卸下去了。我只剩下一段疯狂而孤独的旅程。

后来，似乎是痛苦占据了上风，我变得狂躁，不断地哀号着。我借着这件事的终结，借着酒劲，要把几十年的生活之火一股脑喷射出来。是的，我想用我自身的火把自己烧个干干净净，我以为酒精能实现这些。

就在我的号叫声里，那只风雪中的母羊从火中走来了。

它大腹便便，就快要生产了。当那个冬天的早晨，乌拉盖的天空终于露出了青白色，风和雪都止息，草原安静得不真实。一切都像是被冻住了，或者被吓住了，连最轻的枯草叶也一动不动，牲口圈里的牛马羊像木雕一样。

一声羊叫把我们从冰冷的梦中惊醒。我是第一个听到的，并不真切，接着又听到第二声。没错，我分辨出就是那只最大的母羊的，我的伙伴，我的朋友。它和其他羊一样，在乌拉盖这场几十年不遇的大风雪中走失。拉西和母亲出去找了几天，只找回了一多半，还有一部分不知冻死在什么地方。这只怀孕的羊没有回来，我们都以为它肯定死了，我已经明里暗里哭过好几回。

它刚出生的时候，我经常抱着它在草原上跑。我踩进一个土坑跌倒，它便撒开蹄子自己跑了，我爬起来又去捉它。我把它抱到木伦河边，给它洗澡，挑最好的牧草和野花喂它。它的母亲在生它时难产而死，是拉西剖腹把它取出来的。也许，它把照顾它的我认作母亲，至少是亲人了。在长大之前，它都跟我睡在一起，我喜欢它毛茸茸的身体的温度。

它越长越大，我很快就抱不动，我们便一前一后地跑。两年后，它开始和我疏远，因为它到了青春期，要发情，要和羊群里的公羊交配，然后怀孕，然后生产，然后带着自己的孩子去寻觅清水和青草。它长成了大羊，成了一个羊妈妈，比我更成熟。它不再需要我的陪伴，我却仍然需要它。我只能每天在清晨和傍晚看看它、摸摸它，它会舔舔我用盐水涂抹过的手，然后带着自己的孩子加入羊群一起走向草原深处。

这一年已经是它第三次怀羊羔。

等我和母亲穿好袍子、靴子，推开几乎被冻住的蒙古包的门，一眼就看见果真是它。它全身的毛上挂着冰霜，四条腿如四根麻秆，支撑着硕大的肚子，那只大尾巴上的冰霜尤其多，像一把冰锤。

我跑过去抱住它的脖子，它已经毫无力气，被我一把掼倒了。它张嘴，但没有叫出声来。

我们把它拖进蒙古包，点燃炉子，给它烤火。

它慢慢缓了过来，开始低声咩咩叫，仿佛在和我们说它如何艰难地躲过风雪，如何找到了家。它侧卧着，后腿撇着，露出了屁股。

它是不是快生了？我问母亲。

母亲看了看，没有说话，面色凝重。

我不知道不说话是什么意思，又问了一遍。

等下问问你爸爸吧，母亲说，我看不准。

很快，拉西拖着一尼龙袋干牛粪进来，牛粪上也残留着雪。

我问他：爸爸，它是不是快生了？

拉西放下手里的东西，蹲下身，掀起那只羊湿淋淋的大尾巴看了一眼它的后身，唉了一声。

我听出了这声唉里的失望情绪，心里着急，赶忙接着问：爸爸，是不是？是不是？

拉西跟母亲对望了一眼，说，没想到传得这么快啊，它也没躲过。

母亲说，已经是第十只了，今年真是个灾年啊。

他们在说什么？什么传得快？什么第十只？

父亲开始往外拖这只羊，我要上去拦他，母亲一把揪住我：别碰它。

我奋力挣扎，大声喊：你要干吗？爸爸你要干吗？还我羊，还我羊。

我挣不脱母亲铁钳一样的手，眼看着拉西把那只羊拖走了，地上留下一道水印，我甚至分不清那是霜雪融化后的水，还是它已经流出的羊水。从拉西的动作和母亲的神情中，加上以往的经验，我能判断出他要做什么。我见过许多次，但这一次不同，因为这一次的羊不同。

后来，我还是从母亲的手里挣脱出来，或许是她见我如此执拗，不想再拦着了。又或者，她觉得真相更能阻止我。

当我冲进羊圈，刚好看到拉西把刀子捅进它的脖子，血汩汩地流出来，很快就把羊圈里厚厚的一层羊粪末子浸湿，让那些黄褐色的粉末变成了黑褐色。我奋力扑过去，还没摸到那只羊，拉西飞来一脚，把我踹到了几米远。

你再过来，我踢断你的腿！他喊道。

我的确被他踢得胯骨剧痛，一时竟站不起来了，只能嘴里咒骂和呼喊，内容不堪入耳。

后来，我眼睁睁看着拉西把那只羊剥皮，甚至开膛破肚，取出它腹中早就被冻死的羊羔，丢在母羊的血泊里。拉西把整只羊剁成块，用一口大锅煮了很久很久。之后，羊圈里的羊粪，他也彻底清理了一遍。

那天晚上，附近好几个邻居来吃羊肉、喝马奶酒。拉西递给我一块羊骨头，我摔在地上，我是怎么也不可能吃这只羊的肉的。我发现母亲也没有吃，她整晚都坐在炉子边上，不断地往炉子里加牛粪砖，蒙古包热得像夏天。

拉西他们边喝边唱，我轻微而断断续续地啜泣，像是在给他们伴奏。喝醉的拉西吟唱起呼麦，犹如一群蜜蜂集体振翅发出声音，它们的螫针全都刺进了我心里。

母亲下午跟我说，拉西之所以要杀掉这只羊，是因为它被传染了布病。这个病的全称叫布鲁氏菌病，不但会传给羊，而且会传染给人。得了布病，公羊会失去生育力，母羊会流产。人得了布病也一样，全身发软，毫无力气。最近乌拉盖草原上布病成灾，很多羊都得病流产了，再加上大风雪，今年羊的数量减少了三分之一。所以拉西必须杀掉它，以防它传给其他羊和人。高温烹煮可以杀死这种细菌，所以他们把羊肉煮了吃掉。

我想起来，附近的一个牧民邻居曾经被传上过，据说高烧不退，而且关节剧痛，痛得想把胳膊腿全都锯掉。后来，是镇上来了一辆小轿车，把他拉到市里的大医院里，打了半个月的针才治好的。他回来后，总是穿着比别人更多的衣服。

冷啊！不管冬天还是春秋，他都不断地抱怨冷。人们说，因为这个病，他身体里的血在高烧之后，结了冰碴，所以常年感到冷。

我理解了拉西为什么要杀那只羊，但是我无法原谅拉西吃掉那只羊。他把我的童年一起杀死，他把我对草原唯一的依恋吃掉了。从那天开始，我不再吃羊肉，我厌恶乌拉盖草原上的一切，我满心只想着离开，离得越远越好。

在酒馆的这个时刻，我仿佛同时经历着那场风雪和一场布病，再锋利的刀子也没办法把它们分开，我的骨头也开始冷，甚至疼。我的叫喊声嘶力竭，像是一个毒瘾发作的瘾君子。

这时候，陈皮特递给我一支烟，我想都没想就狠狠地吸了一口。好像那口烟不是我自己吸的，我身体里像是有一个洞穴，那里面的风把它吸进了肺里，经过肺泡的过滤，某些东西瞬间进入我的血液，然后游走于全身，直抵大脑。它们和脑细胞拥抱在一起，让这些脑细胞告诉全身的神经，不要想那么多，放松，再放松，一切都会好起来，立刻，马上。

风停雪止，阳光明媚，这是芝加哥的蓝天和白云。灯光明亮的教室里，艾丽向我走过来，她还是我第一次见时的模样，带着止不住的欢笑。

嗨！她打招呼。

对不起艾丽，对不起。我喃喃道。

我们去吃火锅，涮羊肉？啊，忘了你不吃羊肉。她继续笑着道。

你好吗，艾丽？

我很好，哈哈，从没有这么好过。

我也死了对吧，所以才见到你，见到这么开心的你？

可能吧，艾丽说，我也不清楚。我好像永远活在第一次见面时那一天，也就是永远都是那一天的心情。

我感觉到自己流泪了，眼泪淌进嘴里，是咸的，像是海水，又像是血液。

如果我死了，我的债也算还清了。我说。

太阳好像在逼近地球，越来越大，越来越亮，光芒照得我睁不开眼睛。可是我不想艾丽消失，我拼命睁着眼睛看她。她没有消失，她和阳光融为一体了。

我听见她最后的话，她说：你走吧，我放你走了。

3

我孑然一身回到了北京。

我曾以为经历过这些事之后，自己会看破一切，心如止水。但是，当我回天通苑的办公楼去收拾东西，发现大尾羊的招牌已经被拆除，换成了川味火锅烤鱼，心里又突然生起不甘。如果我把从艾丽那里借来的东西都还回去了，那我自己的东西呢？难道我把自己也还回去了？这时，我也终于想明白为何拿了陈皮特的那张卡，心底里，我并没有彻底屈服。示弱是本事，倔强也应该是。

我在北京逡巡了一个月。其间，我和小满见了一次面，还一起去学校看了冬至。回国后，大尾羊的事儿不用我管，人家也不用我管，可是对小满我不能不给个交代。我让他来北京，首先盯着大尾羊接手的人，把小满所有的账都给清了，我知道，以后陈皮特也不会再用他，也用不着他了。

这些杂事都办完，我和小满说，去看看冬至吧。

冬至已经读大三了，正面临着继续读书还是出来工作的选择。那次我们一起开车回去，他拍了一路，后来剪了一个视频，发在网上小火了一把。我以为他会趁热打铁，以后就往影视或新媒体方向发展，不承想这小子就是玩票，他仍然对自己的那个想法念念不忘。

在学校食堂的二层，冬至顶着一头五颜六色的头发跟他爸说：我的未来不设限，我必须做出人们从没想过的东西。

小满说，你可以不设限，但你的肚子有要求，你得养活你自己。

放心吧爸，我毕了业肯定不会再找你要一分钱的。

我插话说，年轻人的事情我们管不了，我看冬至这孩子挺好的，有想法，将来没准会做成什么大事。

饭没吃几口，冬至就被同学叫去，说是在国贸那边有个什么活动，需要现场跟拍一下。冬至扒拉两口饭，扬了扬手机：你们看，这不饭钱来了。他放下筷子飞奔而去。

只剩下我跟小满两个人。小满到窗口问有酒吗，师傅说我们这是食堂，没有酒，要喝你得到外面商店自己买。

小满回来说，咱们换地方吧，这食堂吃着没劲。我好久没吃湘菜了，我想吃点辣的东西。

在学校附近一家湘菜馆，喝了二两酒之后，小满说：达来哥，你想好接下来干啥了吗？

我摇摇头。

他继续道：你别有心理负担，收羊这个活儿，我本来也不打算干了。之前咱们聊过，乌拉盖草原已经不堪重负了，养不了那么多羊了，上面的政策越来越清楚，退牧还草，其实，我早就盘算着改行。

改行？你不会又回去种田吧？我说。

那不会，他摆摆手说，我已经种不了庄稼了，腰腿都不行了。不过，我想干的事儿，也是种植。我正想和你商量呢。

我没搭话，抬头看着他，等他揭开谜底。

我想种药草。我调研过了，现在中草药的价格连年上涨，尤其是咱们草原上的，质量好，销售渠道非常明确、畅通，利润很高。以前，每年到夏天，我们村里人都会到山上去挖药草卖钱。这些年在草原上，我发现草原上的药草比我们那儿山地上的长得好多了。

好主意啊。我说。

你……要不要和我一起？他问。

我？我一根药草都不认得。

你不用认得，我认得就行了呗。咱俩合伙，你出地，我出人力。

我没懂。

小满被小炒黄牛肉辣得吸溜嘴，赶紧喝了口茶，接着说：我的意思是，这个药草还只能在乌拉盖草原上种，我们家那几亩地不说条件不行，也种不了多少。我觉得你们家的草场，完全可以变成一个中等规模的药草种植园。

这的确出乎我的预料，但是我的心一下子就被拨动了。好像我正饿着，就有人喂到嘴里一个肉包子。

小满掏出手机，滑了半天，滑出一张照片递给我。我看了看，是内蒙古自治区政府的一份文件，大概意思是发挥草原优势，大力推广药草种植业，提高牧民收入之类的。小满的意思是，这是政府支持的事儿。

我考虑考虑，我说，毕竟草场不是我的，是拉西和妈妈的，得他们同意。

我等你信儿，小满说，我觉得他们肯定会同意的。

的确，我跟拉西一说这件事，他立刻同意了。他说他已经无力再管草原的任何事，他现在的主要任务就是陪着妈妈过剩下的日子。

只要让她不疼了，我干什么都行。拉西说。

事情就这么定了，定了就这么干了。

4

我跟邻居家换了一块草场，药草种植园便集中到了当年农垦的地方。我们选择这里，一是这儿草场平坦，离木伦河近，方便灌溉；另一个就是当年的农场留下的房子，还有几间能住人，也有一些简单的生活设施。

整个秋冬，我和小满开着拖拉机，把圈定的种植园翻了一遍，然后用铁爬犁把大块的石头和杂物耙出去，再拉着一个大木排，把整块地耙平整。曾经农垦过，所以这块草场比其他地方平整得多。木伦河虽然近，但在秋冬时水量很小，根本没法流到地里。我们便用四轮车拉水，一寸一寸地把整片地浇透，让每一粒土都吃饱水，也方便那些草根和被风吹来的各种草在温度上升时能够沤烂，成为上好的肥料。

那是我一生中最宁静的日子。每天清晨，小满不用闹钟就会准时醒来，等他洗漱完，烧好了热水，太阳刚好从远处的小山坡跳上地面。他的身体似乎联通着大地的作息，日出晚，他就醒得晚；日出早，他就醒得早。他说这是种了半辈子田、放了半辈子羊养成的习惯。他活动的声音会让我从深层睡眠回到浅层睡眠，我听见细微的动静，但是不会彻底醒来，而是在半梦半醒中重温许多往事。在乌拉盖的童年，在小镇上蒙汉双语学校的青少年时期，还有北京的大雪和芝加哥的留学生活，认识艾丽之后的恋爱、结婚直至悲剧收场，许多早已忘却、模糊的细节在这时变得异常清晰，连身边人的神态都看得一清二楚。那个混沌的记忆，被一点一点地剥离出来。只是我从未梦见或想起过开大尾羊传统涮的岁月，仿佛它本身就是更深的一场梦，梦无法在梦里现身。

我们的早餐很简单，几乎都是小满妻子小芹炸好的果子和烧好的奶茶。每十天左右，小芹会开他们家那辆二手奥迪车来到种植园，送来她炸的一大包油果子、几罐子咸菜、晾晒好的肉干和一些蔬菜。小芹不支持小满种药草，但又拦不住，所以每次来，东西一放，一句话不说就走。炒米是拉西送来的。母亲早就放弃治疗，除了止痛药，她也不再吃其他药。我不想我的身体再有伤口了。她说。偶尔，她身体感觉良好的时候，会让拉西把她送到这里，给我和小满炖牛肉，下一锅又宽又厚的扯面，看着我们两个狼吞虎咽。这时，拉西会掏出他从镇子上买来的卤菜，还有一瓶草原白，跟我们喝一杯。母亲斜靠在热乎乎的炕头，看着我们吃喝，她的脸无比安详，犹如草原上最晴朗的夏天傍晚时的落日，静默而辉煌，充满留恋和喜悦。

某一天，拉西独自一人过来，带了一条牛腿和一个口袋。

我和小满在种植园干活，他支起架子，把牛腿烤了。入夜的时候，天有些凉了，我们就着火堆吃牛肉喝酒。拉西打开那个口袋，倒出一大堆黑乎乎的东西。

这是什么？我问。

药。他说。

这是乌拉盖草原上长的草药吧？小满捡起一根说，这个我认识，防风，这么粗啊。

那根防风有小孩的手臂粗，近两尺长，已经干裂。

拉西就着月光，把那堆药按种类分成十几堆：蒙古黄芪、甘草、桔梗、苦参、防风、牛膝、板蓝根、膜荚黄芪、土木香、红花……

他一边分一边介绍说，这个黄芩到处都能长，草地上、山坡上；桔梗主要在不干不湿的草场，成片成片地长，要多浇水；防风不喜欢湿，所以在土坡上多，这玩意儿几乎是直直地往地里钻，不好挖，必须挖个大坑才能把整根拔出来，否则容易断；甘草也不好挖，你如果能找到木伦河支流的干河滩，黄土的，岸边经常就有，顺着河岸往河床下扯，连着黄土就扯下来，最长能到四五米……这个……这个也是药，不过不能种。他把几棵干爽的带着叶子的植物放到一边。

我明白拉西的意思了，他把乌拉盖草原大面积生长过的药草都找来了，其实是想告诉我们，这地方的水土适合哪些药草。他有心了，我记下他的情，但是我不想说出来，便端起酒杯，主动跟他碰杯。

他也伸过酒杯来，就在两个杯子即将碰到的瞬间，他的手缩了回去，杯中酒一饮而尽。

吃肉，肉好了。拉西抽出别在腰里的刀，开始在那牛腿上片肉。

牛肉焦香，散发着诱人的热气，和口腔里残留的酒交融在一起，让人心里生出满足感。

我和拉西之间的隔阂，就这样在一杯又一杯的酒中渐渐消除。不过，我想我可能一辈子都不会喊他爸爸，这不涉及原谅不原谅或者理解不理解，只是因为在我的前半生和他的后半生里,一种最重要的东西已经错过,无须去强行追回。

那天晚上,就在即将睡着的时候,我猛地睁开眼,问小满:小满,拉西最后拿的那种药是什么?

小满没搭腔。我知道他没睡着,他每天都睡得比我晚,因为他打呼噜。他害怕自己睡着呼噜声大我就睡不着了,所以总是在我睡了之后才睡。

你别装了,到底是什么?

就一种药,止疼的。小满说。

名字呢?

他又沉默起来。

我脑子里浮现那几棵植物的样子,突然,它的叶子在回忆中清晰起来,我想我见过,尽管它们因为脱水而变得干且蜷曲。

神仙草,又叫大麻。小满在我即将想起的前一秒说出了它的名字。

对,没错,就是它。没想到这里还能种这个啊,你知道这玩意儿在国外有多值钱吗?

种这个是违法的。小满说。

那拉西的哪儿来的?

他……我估计是牧民放羊的时候在哪儿遇见的野生的,随手扯了几棵。这玩意儿止疼特别好,很多生病的人,把它卷在烟里抽下去,就忘记疼了。

我忽然间想明白了在芝加哥酒吧的那天晚上,陈皮特给我抽的东西。他给我的就是它,或者类似的东西。这么一想,我忽然感到身体起了一层鸡皮疙瘩,仿佛有什么沉睡已久的事物被唤醒了。不安感也随即袭来,但我分不清喜悦和不安都是来自什么,很可能它们是同一个东西。

小满打起了呼噜,可能是睡着了,也可能是怕我继续追问不合时宜的问题假装睡着了。

我躺下,没有盖被子,我的身体比刚才燥热许多。

不管我们多么细致，想了多少方法，地气一升，春天要来的时候，种植园已经平整的土地上还是会长出许多小草。每一阵风都有可能吹来草籽，每一颗草籽都有可能生根发芽，现在，在乌拉盖草原这里，我们需要的是药草，不是一般的草。于是，我和小满蹲下身子，一根一根地把它们拔掉。我们用锄头和铁锹垒起低垄，把整片园子分成大小相同的长方形畦子，一边分一边讨论这里种什么，那里种什么。

一个多月后，等周围草场上的草半尺高，整个乌拉盖都绿起来，我们开始栽种。在拉西提供的品种里面选了十种，每种十畦，正好一百畦。药草种子是小满远赴喀喇沁旗买来的，他收购羊肉和草原特产的那些年里，东奔西跑，认识了很多人。其中之一就是个药材贩子，他帮小满介绍了喀喇沁旗，还承诺种植成功，他一定会来收购。

每棵药草都像人一样，一点一点长大，不过人主要是在地上长，而那些药草的身体，却是往地下延伸。仿佛它们只有在不见阳光的泥土之下，才能积蓄那些治愈疾病的药力。

种药草不像种庄稼，春耕秋收，它是个更漫长的过程。夏天的时候，我们的药草畦里郁郁葱葱，每一种都长出了枝叶，在足够的水和肥料的滋养下，那些枝叶不比草原上野生的药草枝叶瘦小，甚至更肥壮宽大，让人看了心生欢喜。我常常徘徊在种植园里，一会儿摸摸芍药，一会儿摸摸防风，这让我想起母亲一头接一头摸家里牲口的样子。我发现自己明白了她的感觉和心情。

三伏天，我正在和小满拎着水桶一棵一棵地给药草浇水，拉西和母亲搭了一辆车来了。

母亲蹒跚地走下车，看着我们满园子长势凶猛的药草，长长地叹了口气。

妈妈，你看我们的药草长得多好啊。我兴奋地说。

拉西弯下腰，拔出一根防风，递给妈妈。

唉，草地不是庄稼地，药草也不是庄稼呀。她感慨地说。

妈妈把那棵防风给我们看。防风地上部分的枝叶很大，可是地下的根须细得像胡子。我和小满愣在那里。

大妈，药草不像庄稼，不是一年生的作物，肯定要两年甚至三年才长成吧。这我们知道，书上也说了。

是，不过如果这个药草第一年只有这么细，三年五年也粗不了，拉西说，还有就是，你得看它是不是往深里长。如果一个劲往地下长，也不行，将来药草虽然长，可是太细，一挖就断了。一点不往深里长，也不行，得是匀称地长。

我们的心瞬间一凉，各自又拔了几根其他药草，都不怎样，最粗的一棵也就小拇指般粗细，才几厘米长。

我和小满都把这件事想简单了，我们天真地认为，只要土地肥沃、照料周到，我们就能像种玉米和麦子一样种出黄芩、防风、玉竹、牛膝。药一棵棵长出来了，可它们治不了自己的虚弱病。

现在，我和小满骑虎难下，不知道该继续还是该停止。如果继续种下去，没人敢保证两年后这批药草足够成材，卖个好价钱；如果拔掉，再重新栽种，一切都要重来一遍。到这时候，我们才细细地算了一笔账：草场是自家的，虽然没用额外支出，但也是投入。我们平整土地与买种子、肥料花了一大笔钱，这钱主要是小满出的。再往后想，我们还有好多准备没做，比如，就算药草长得不错，如果遇到极寒天气该怎么办？如何保证这些药草不被冻死？小满去村子里供销社的药材收购点打听，发现价钱几天一变，有时候某种药材突然不收了，白送人家都不要。

小满开始打退堂鼓，我看出了他的犹豫。我心里想，种药草的主意虽然是小满提的，但真正急迫的是我。开大尾羊的那些年，小满帮了我太多忙，我知道他很大一部分是看在拉西和母亲的分上帮的，我不想让他吃亏。

有天晚上，小满又巡行在园子里，这里拔一棵出来看看，那里薅一棵出来看看，满脸愁容。我走过去，递给他一支点着的烟，开门见山地说：小满，你退出吧，我把你之前投的钱都退给你。

他愣在那儿，表情讪讪的，有一种心思被看穿的窘迫。

你别多想，你有你的难处，你有老婆孩子要养活，我就一个人。还有就是，我相信乌拉盖坑不了我。

最后，小满只拿了他投入的一半的钱，三十万左右的样子，退出了种植园。现在这个种植园完全属于我一个人了，我不想就这样放弃。我心里清楚，如果这件事做不成，那就彻底完了。把这些药草拔了重新种，时间等不及，资金更不允许，与其如此，倒不如就接着种，两年三年，什么时候成材什么时候挖出来卖。就算长不成又粗又大的药材，只要能卖回个成本也行。

第二年，我又拔出那些药草，发现它们长大了不少。老天不亡我，乌拉盖不亡我啊。我兴奋地拿着一把药草去跟母亲报喜，母亲拍着我的背说：达来，达来，好孩子。

但是这世界上的事情，好和坏总是相跟着来的。就在我以为那些药草能顺利地长成材的时候，几乎一夜之间，附近很多地方都建起了中药种植园。政府明确了大力发展中医中药之后，人们便一窝蜂地开始种药草。小满认识的那个药贩子来了一次，看了看我的药材，开了个价儿。我听了，直接把他赶出了屋子。

那天晚上，我坐在药草畦里，闻着它们叶子的味道，心中涌起难以言喻的酸涩。我的头开始疼起来，我知道那是神经痛。这个毛病是母亲去年拔出那根细弱的防风时落下的，这之后，每隔一段时间就会疼一次。我从镇子上买了索米痛片，先是吃一片，然后是两片，疼虽然减弱了，可索米痛片特别刺激胃。我的胃又开始难受起来。

时间一久，吃两片药也没什么效果了。我守着十几种药，可是没有一种能治我的头疼。我跟跟跄跄地进入屋里，在水缸里舀了半瓢水，咕咚咕咚喝下去。喝水不解决任何问题，我只是想做点儿什么来忘记头疼。我脑袋里应该有一个石匠，他在一凿子一凿子地刻我的墓碑。我开始整理旁边堆杂物的几间屋子，每次头疼的时候，我都这么干。它和喝水是一个作用。

我发现了一个口袋，那里面是十几种干瘪的药材，揉搓一下，几乎变成粉末了。然后，我看见了那几棵神仙草，记起这是拉西那一次拿来的。

我觉得自己有救了。我把那几棵植物小心翼翼地扯出来，随手一捻，叶子就成了小碎片。我找到一盒烟，抽出一支，把里面的烟丝倒出来，混上一撮，又卷成烟卷，点着了，狠狠地吸起来。

那支烟吸到一半，疼痛消失了。这么说并不准确，疼痛并没有消失，但是它不再令人难以忍受，反而变成了一种享受。头依然能感觉到疼，而这疼被麻醉的神经幻化成某种神圣的仪式，我觉得是母亲身上的疼转移到我身上，而她则通体舒泰。我躺在地上痉挛着、嘶喊着、呻吟着。

当一切狂乱消失，我浑身大汗，感到极度虚脱也极度舒服。有老鼠在墙根的柜子里窸窸窣窣，我知道它，有几次我甚至看见了这只老鼠，只是没有刻意去打死它。我自己也不知为何，仿佛把它当成了自己的影子。

疼痛消失的头脑无比澄明，有些毫不相干的事情瞬间建立了联系，陈皮特的脸便从一根巨大的雪茄之后浮现出来。想起他，是因为前段时间我收到了一条短信。短信是沐沐发来的：达来哥哥，我是沐沐。我终于知道了自己的命是你救的，可我还从没见过你，更没有当面跟你说声谢谢。爸爸一直瞒着你捐献骨髓给我这件事，只告诉我是医院筛选配型的。我后来偶然才得知真相，也才了解到我们之间的关系。我想见见你，真的很想见见。你能给我回消息吗？

我没有回信息，我还记得自己答应陈皮特的事，我不想食言。这一切都是我和陈皮特的事，与她无关。而且，我害怕见到沐沐。

所以，刻意不联系几年之后，我再次拨通了陈皮特的电话。

5

我没想到,陈皮特会因为这件事来一趟乌拉盖。

我猜想,他来这里可能主要是为了沐沐。我不知道这个和我有着相同基因的妹妹是怎么跟她父亲闹的,陈皮特同意来这里,还同意让她和我视频一下。他特意叮嘱我,不要告诉拉西他过来了。很好理解,如果被拉西知道我找他来的目的,杀了他都有可能。

陈皮特用他的手机给沐沐拨了视频,镜头里,沐沐正在学校的体育馆打网球。她穿着运动短裙,戴着网球帽,用镜头把整个球场拍给我。

达来哥,你比我想象的……要老一点儿。她说。

你比我想象的小一点儿,我说,我从没想过自己会有一个妹妹。

我们没有聊任何有关骨髓的事,基本是她在说,说她的学校、同学、老师,说她将来想回中国生活,说她最喜欢吃的美食。我嗯嗯哈哈地答应着。她不太会说中文,勉强说几句,卡壳的时候就转成英语。

后来,她问我:爸爸说你在种药草,能给我看看吗?我很好奇。

我把镜头对准那些防风、芍药、桔梗,一样一样跟她说这个是什么药草,主要治疗什么;那个是什么药草,主要治疗什么。

很神奇啊,她说,中医真的很神奇啊。我前一段打球肩膀受伤,医院的大夫让我做手术,我吓死了,后来去唐人街的医馆做针灸,竟然真的好了。不过西医也很厉害,要不然我们也不会认识吧。

这是她唯一一次提骨髓移植的事儿。

等我毕业回国,我一定会去找你玩的,沐沐最后说,我在网上搜索过,乌拉盖草原的大尾羊特别鲜美,我要回去吃一整只。哈哈。

关掉视频,我看见陈皮特正盯着我。

你的雪茄呢?我说。

戒了,他说,肺部有阴影,医生不让抽了。

人人都是病人，人人都需要吃药。我说。

他不抽烟了，但是仍然随身带着打火机。现在，他的手在不停地开关打火机，微小的火苗燃烧一会儿，然后被熄灭，又被打着燃烧一会儿，又被熄灭。他空闲的时候不断重复这个动作，直到这个打火机耗尽燃料，他再换上新的。

他就这么玩着火，听我说完了找他的真正目的。

接下来，是很长很长的沉默。终于，他开口了：达来，基于我们之间的过去，我实在无法相信这不是一个圈套。

当然，我明白。所以我从来没说我原谅了你做的事，我依然觉得你欠我一个人情，一个大大的人情，我现在只想讨回来。我知道你有办法。

陈皮特玩废了两个打火机，房间里充满淡淡的煤气味儿，如果再浓一点，或许整个屋子都能点着。

你想清楚，这件事一旦败露，神仙也救不了你。他说。

我从衣服口袋里掏出一个塑料袋，那里面是上次我找到的植物剩余的碎叶子。我卷烟，点着，递给他一支。

他没有接，我就这样举着这支烟。很快，燃烧的烟雾弥散在四周，盖过了打火机的煤气味。他的鼻翼不自觉地耸动了一下，喉结也上下滑动。我知道，他的身体拒绝不了这种味道。

他接过烟，深吸一口。这时候，他站在了自己肺部的阴影之下。

我只负责帮你找渠道，其他的一切靠你自己。而且，我不保证一定成功。出了事，我也不会认。陈皮特说。

我点点头。

于是，在下一年春天，我瞒着所有人种下了那片特殊的庄稼，我种下了前半生的最后一味药。

6

那些祛风解表、除湿止痛的防风，那些泻火解毒、止血安胎的黄芩，那些养血敛阴、平抑肝阳的芍药，那些宣肺利咽、祛痰排脓的桔梗……与我的庄稼一起，与我的母亲一起，在这场大火中消失了。

大火熄灭，烟雾散尽，它们仿佛都不曾来过。

我穿着囚服，每天按照监狱的作息起床、劳动、听宣讲、睡觉，像一枚指针，走得准确而机械。我已从痛苦中平静下来，好像那些被烧毁的药都被我吸进了肺里，治疗了我的心。我被判了三年有期徒刑，母亲用她的残命换了我一条命，如果不是她那把大火，我可能会被判十年。

被警察带走前，拉西跟我说：你妈妈说，你可以把一切推到她身上。

是的，我有机会再一次逃脱审判和罪责，我可以说那些特殊的庄稼是母亲种的，她已经畏罪自杀。

这一次我不会这么选了，我在法庭上承认了自己非法种植的事。不过因为那场大火，法院没法确定种植的数量，所以只是以估计的数量量刑。我觉得自己不仅仅是在接受这一次的惩罚，也是在接受艾丽那件事的惩罚。

一开始的几个月，我拒绝任何人的探视，包括拉西、小满。我不想见任何人，直到我感觉自己跟过去彻底切割为止。牢狱里的生活枯燥无比，但我过得很平静，可能人就是这样，当心里的负担足够重时，你的身体就会隐形。你会觉得那些规定、戒律、安排，都是在帮你去除欲望和烦恼，时间一久，它们真的少了。我甚至还可以控制自己不去回忆往事，这是牢狱里的人最常做的事情，我拒绝回忆，但是沉溺于幻想。我想象着将来出狱了，自己重新走在乌拉盖的草地上，走在那片生长过药草的园子里，走在木伦河边，在那样的时刻，我会感觉到什么，回想起什么？我的回忆是将来过去时，而我现在的幻想则是现在将来过去时。

八个月左右，我觉得差不多了，开始期待有人来看我。但是拉西和小满都不再出现，我不知道他们是被什么事绊住了，还是也失去了见我的心情。

就在这时，一天上午，狱警敲着我房间的铁栅栏说：达来，有人来看你。

十分意外，我入狱后第一次见的人竟然是沐沐和冬至。沐沐得知了那场大火和我坐牢的事情，不顾陈皮特的反对，毅然回到国内。她找到了小满，然后认识了冬至。她让冬至带她来看我。这两个孩子瞒着他们的父亲，偷偷跑到了这里。

隔着铁栏杆，我看见沐沐涂着烟熏妆，头发染成了金色；冬至长高了些，比以前成熟了不少，目光更加笃定的样子。

达来哥，你好像瘦了不少。沐沐说，那年跟你视频的时候，好像还挺胖的。

作息规律，饮食健康，生活简朴。我说，我简直不是在坐牢，而是在某个健康训练营。

哈哈，没想到你还挺幽默，是不是，冬至？沐沐看看我后扭头对冬至说。

你一个老外，还听得懂中国的幽默。冬至调侃沐沐。

嗨嗨嗨，怎么说话呢？沐沐不干了，别以为我不清楚，达来是我哥哥，可是你叔叔，这么说，你应该喊我沐沐姑姑。

冬至没想到她把关系捋得这么清楚，哼了一声：甭想占我便宜，我比你大一岁，我是你哥。叫哥哥，快。

看着他们斗嘴，我突然觉得很开心。母亲去世，拉西老了，小满也快老了，但是总有人正年轻。这时候，我想起了那首诗："离离原上草，一岁一枯荣。野火烧不尽，春风吹又生。"总有草在生长，总有人正年轻。

他们离开前，我提了一个请求，我希望他们在明年春天去乌拉盖草原看看，然后告诉我那里怎么样了。我开始无比想念那个地方，童年时厌恶的一切，都在蛰伏的基因里蠢蠢欲动，苏醒了过来。我想把春天刚冒芽的青草咬在嘴里，我想闻闻满羊圈的羊粪味，我想揪住大尾羊肥硕的尾巴听它咩咩叫,我甚至想尝尝羊肉的味道。

冬至和沐沐答应了我的请求。

保证完成任务。沐沐说,还敬了个礼。

冬至则打了个OK的手势。

第二年的五月份,小满来看我,给我带来沐沐写来的信,还有几张照片:

达来哥哥:

你这段时间好吗?真抱歉哪,我没法和冬至再去看你了。我的签证到期了,必须回一趟美国,而且我把冬至也拐到美国去了。不过你不用担心,我们还会一起回来的,我准备回去办长期签证。他跟我说了他要做的事情,我觉得很有意思,非常有意思,所以,我想和他一起做。

对了,说说你拜托我们做的事儿吧,春天快过去的时候,我们去了乌拉盖草原。我们从来没忘记过。

我们到了那里,你的父亲,也是我的拉西伯伯接待了我们。他说,今年的雨水好,草长得也好。拉西伯伯从邻居家里借了两匹马给我和冬至,我们骑着马,在草原上四处闲逛。青草已经长到和我的靴子一般高了,我还看到一种野花。冬至说,这种紫色花瓣、黄色花蕊的花叫耗子花。他跟我解释了半天,我才弄明白,耗子就是老鼠,我还以为他说的是号子。我记得有一种花的中文名字叫喇叭花。耗子花、喇叭花,这些花的名字真有意思。冬至还说,耗子花是草原上最早开花的,而且它还是一种药草,据说它的功效是泻水逐饮,祛痰止咳,解毒杀虫。

冬至说,如果是夏天来,草原上最耀眼的花是萨日朗花(我没记错的话，伯娘的名字就是萨日朗，对吗？）。我想我今年一定能看到萨日朗花的，那时候，我肯定、必须、一定再来乌拉盖。

我们去了你家里的那片草场，就是你们种药草的地方，那里也长满了草，而且长得比别的地方还要高呢。我很好奇，这里不是刚刚被大火烧过吗？冬至说，正是因为被大火烧过，草木灰都变成了肥料。冬天的时候，大风把其他地方的草籽吹来了，春天的时候，种子有了，草当然就会长出来，肥料有了，当然就长得高。这个家伙好像懂得很多草原上的事，我甚至有点佩服他了（这句是被迫写的）。

我的中文叙述能力有限，没法把所有感受都写下来，这封信是我口述、冬至代笔的。我们拍了一些照片，你看起来会更直观一些。话说现在都是数码拍照，为了洗这些照片，我们可是跑了好几个地方。

达来哥哥，一想到我的身体里流淌的血液，是你的骨髓制造的，我就有奇特的感觉，好像我不是自己在活，我还替你在活。而之所以能如此，是因为我们有相同的基因，所以有相同基因的人，其实既是一个人，也是一群人。是不是？我是这么想的。

嗯，好了，就说这么多。等夏天，我会带着一大把萨日朗花来看你。

沐沐（冬至代书）

我从信封里掏出几张照片，有花有草，有全景有特写。我看到了曾经的种植园，重新变成了一片草场，和无边无际的乌拉盖草原连接在一起，仿佛从未被垦殖过，从未被焚烧过。从小山头远望过去，天苍苍，野茫茫，你根本不会知道哪片草下发生过什么故事，这些谁也阻挡不了的生长的力量，会把一切都变成泥土的一部分，花草的一部分。

一张耗子花的特写照片抓住了我的目光，吸引我的不是花，是花下面一株小到几乎看不见的植物。它才冒芽，刚刚长出两片幼叶，但是它的形状和叶脉，我太熟悉了。那是我曾栽种过的庄稼。

　　眼泪突然袭来，我感觉自己的胸口是决口的大坝，身体进入汛期，有无尽的江河水汹涌而出。这一刻，我接受了，我是乌拉盖草原的孩子，我是它的一棵草，不论我好还是坏，乌拉盖都会给我一寸生长之地。

原载《北京文学》2023年第7期

海鸥骑士

孙　频

1

这么多年里，我一直记得父亲在某封家书里写到的一句话："走到大西洋的时候，我忽然觉得这条船对我很好。"

我终于又回到了海边。太阳裹在云层里，云朵染成了金色，抬头一看，满天飞行着金色的大灯笼，一缕一缕的阳光从云层的缝隙间笔直漏下，追光灯一般直打到海面上，辉煌，庄严。海面上还静静憩着几条船，一动不动，应该是抛锚了。我喜欢看那些抛锚的船，她们身上沉着一种深不见底的安静，只要远远看着她们，心里都会染上这种奇异的安静。如果是阴天，海和天会连成一体，那些船则像在天空中静静飞翔着。

我从小在这个小镇上长大，终日赤着脚在海边玩耍，看到的船比人还多，对船的感情并不亚于对人的感情。

对岸就是海南岛，我们木瓜镇与海南岛隔着一道海峡遥遥相望，两岸之间的走动只能靠船，于是从古到今，一直有船在这海峡上生息繁衍。沿着镇上唯一的一条主街往前走，走到路的尽头就是港口，这是一个很古老的港口，据说是当年海上丝绸之路的起点，汉代的楼船正是从这里出发的。

小的时候，我经常站在这古港观看日出或日落。日出的时候东边烧一把大火，日落的时候西边烧一把大火，我们的小镇一日之内就要被焚烧两次，把半个天空烧得通红发亮，把整个小镇也焚烧殆尽，连跃出海面的飞鱼和海豚也被烧成了金色。

在我出生的时候，往返于木瓜镇和海南岛之间的基本还是木帆船。镇上的几个渔民在五十年代初成立了水上民船集体运输合作社，他们拿出各自的渔船入伙，组建了木瓜镇第一支帆船队，他们中就有我的爷爷。合作社在六十年代改名为水上人民公社，七十年代又改名为水上运输公司。在我一岁的时候，合作社购买了一艘海军退役登陆舰，改装成了第一艘车渡轮，起名为"鸿志号"。过了两年，他们自己建造了一艘货船，起名为"创新号"，之后又有了第一艘驳船"前进001号"。一九八六年，水上运输公司建造了"海鸥一号""海鸥二号"两艘姐妹船。一九九〇年，公司有了自己的拖轮和油轮，父亲在这一年从运输公司辞职，离开海峡，开始环球远洋航行。一九九六年，公司更名为运输集团有限责任公司。一九九九年，"海神一号"诞生。二〇〇〇年，"海装一号"诞生。二〇〇六年，"海鸥""海神""海装"组成了海峡三大船家族。二〇〇七年，海运萧条期开始了，远洋船接不到单，大量船员被迫下船，到售楼处卖房子去了。次年，父亲结束了他的远洋生涯，在家门口的海峡船上做了一名水头。二〇〇九年，公司更名为船舶运输股份有限公司，又从船厂接回了更大更新的船。二〇一三年，"鸿志号"头戴大红花退役，被封为功臣轮。就在这一年，父亲跳海失踪，从此再没有回来。

我的爷爷和父亲都是水手，父亲曾想让我继承这祖传的事业，可能因为对他来说，在海上比在陆地上更有安全感。高考的时候，我却自作主张报考了艺术学院，因为对于在陆地的边缘长大的"蛮夷"来说，那些高雅的事物才真正具有吸引力，而且做水手很辛苦，大部分时间都漂在海上，鲜有和家人团聚的时候。父亲常年跑远洋，一两年不回家是常事，最长的一次四年多没有回过家。所以对我来说，父亲更像海上的风或是一道影子，属于无形之物，总是面容模糊却又无处不在。

小的时候，我伸出手，他便从我的五指间穿过；我在灯下写作业，他便默默躲藏在我身后的黑暗中，我一扭头，他立刻化为乌有。大部分时间里，他只存在于母亲的口头和那些漂洋过海的书信里。后来又因为我学了艺术，自认为终于变成了一个从陆地的边缘走出来的文明人，留了一头长发，张口闭口都是拉斐尔、伦勃朗，生怕别人不知道我是学艺术的，和做水手的父亲则更是无话。

几年前，父亲终于结束了他的环球远航，回到家门口的海峡做了一名水手，大概是年龄大了，远洋跑不动了。回到海峡之后，他回家的次数比从前多了很多，大概一两个月就能回家一次。而那时候我已经大学毕业留在了省城，但我其实一直没有找到什么像样的工作，画的画也卖不出去一幅，只能偶尔靠仿制些行画为生，又拉不下脸来做别的，好歹是搞艺术的。因为混得不好，便不太愿意回家，和父亲偶尔见一面，说不了两句话，我就不耐烦地把他顶回去，不用你管。甚至有一次还吵了起来，他又忧心忡忡地问我有什么打算，我最怕这种话题，所以张口就是一句，你懂什么？事后我也有些后悔，觉得应该向他道个歉，但我又告诉自己，以后再说吧。而且我发现父亲明显老了，竟然学会了偷偷看我的脸色，似乎还有点怕我，这让我心里很不是滋味，回家的次数便越来越少，到后来，竟然连过年都躲着不肯回去了。

但我时常会梦见大海，还有海上的那些船。那年春节，我找了个借口，又没有回家。除夕那天的黄昏，街上行人寥寥，正是一年和一年之间的接缝处，所以分外冷寂。我在没打烊的小店寻了一碗河粉吃，然后独自沿着河涌散步，看到河涌里漂着一只打捞浮物的小船，我忽然有一种冲动，想不顾一切地跳上那只小船,因为对我来说,船是街坊邻居,是亲戚朋友。我知道只要我坐上船,顺着河涌就能进入珠江,然后顺着珠江入海,就可以漂回到老家了。与坚硬的公路相比,我更喜欢蜿蜒柔媚的水路,而且在水中行船的时候,看着陆上的人和事,总有一种莫名的优越和解脱感,乘坐最古老的交通工具不仅显得古典优雅,还让我觉得自己暂时脱离了拥挤俗气的陆地,独自进入了一个由河流和海洋编织成的世界。

2

那个春节后不久就发生了一件事。当船行到海峡中央的时候,父亲忽然从船上跳海失踪了,而那时候距离他退休只剩下三个月了。因为正是半夜,人一跳进海里就找不到了。在海上失踪几乎没有生还的可能,极少数人在几个月甚至几年之后会忽然生还,但家里往往已经给他们做了衣冠冢。按照航运公司的惯例,在这种情况下,死者的一个子女可以顶替死者进入航运公司成为员工。母亲给我打来电话,抽泣着问我,侬仔要唔要去接班?

这么多年里虽然和父亲见面很少,但我从未想过父亲有一天会忽然离开我,就是从前他环球远洋航行的时候,我也知道,那个漂在大洋上的幻影父亲迟早会回来。在我的记忆中,他永远都是来去无踪,有时候忽然就拎着包出现在我面前,而且每次都会给我带回来一件礼物,或是在异国码头买到的小玩意儿,或是来自深海的稀有海螺。然后,他又在某一天深夜或清晨忽然消散,就像一个魔法。尽管他留在家里的那些船上防晕浪的食品,诸如雀巢咖啡、威化饼干还有国外带回来的双卡录音机都是他曾经回来过的证据,但我还是觉得他只是一道幻影。幻影离家时从不和我道别,而且多在我熟睡之时离去。后来我做了水手才知道,所有的水手都不喜欢道别,因为他们迟早还会在大海上相见,即使有一天葬身海底,那也最终还是归于大海,所以道别对他们来说没有意义。

因为常年跑远洋，父亲远离人寰，几近海洋族类，迈着水手们惯有的八字步，在陆地上几乎没有朋友，而且语言能力也退化如古生物，可以一整天不说一句话。因为没有朋友，回来休假的时候，他便终日在家里干活或呆坐着抽烟。在刚回家的前几天里，因为木床不似船那么摇晃，太稳当了，他居然睡不着，彻夜失眠，半夜爬起来抽烟，或睡到院子里的吊床上，好摇晃着入睡。过了几日，终于勉强能睡着了，又时常在梦中大喊舵令，左舵十，右满舵，双舵二。还有一次，他半夜醒来，看到母亲睡在他身边，忽然跳起来大叫一声，鲁（你）怎么也在船上？

在家里待的时间稍长，他便显得烦躁不安，忍不住要去古港看望船，仿佛那些船才是他真正的亲人。有时候他会带着我一起到港口，只要远远看到船的影子，他便兴奋地大声对我说，快看快看，船都回来啦。我们一大一小立在防波堤上，看着来来往往的船只。一条小小的船影从海平面出生，越长越大，等到即将靠岸时，已轰然长成了一条漂亮的大船。父亲扔了烟头，使劲向船挥着胳膊，嘴里模仿着船的汽笛声，而那船仿佛也听懂了，慢慢向父亲靠拢过来，似一种奇异的人船对话。有时候我和父亲在防波堤上一坐就是半天，眺望远处，有一只抛锚的船静坐于广袤的海面上，仿佛整个世界都烟消云散了，只剩下我们和这最后一条船。

就连搁浅在沙滩上的那只落魄老船，父亲都要走过去，使劲拍拍它破旧的船舷，再坐在船上抽根烟，以作为一种对老船的无言陪伴。我家中的桌椅板凳都是用老船木做的，老船木一生吸收了太多的海水与盐分，连魂灵都被海盐腌过，咸、硬，体重变成了自身重量的几万倍，奇重无比，又散发着一种尸骸才有的阴森与枯寂，使房屋在深夜的时候会忽然现出几分水下沉船的可怖。沉船是海底的坟墓，并不吉利，但父亲喜欢用船木做家具，大约唯有如此，才会使他在回到陆地上的家里时，依然觉得自己还在熟悉的船上。

有时候，我觉得父亲其实已度化为船精，虽然有时候也会幻化成人形，但本质上还是远离陆地，只适合在海洋上生活。海洋是他的家和神庙，所以他对大海虔诚而敬畏，每日的清晨和晚上，都要在妈祖像前点三炷香，磕三个头，常年以蜜柚或娘柑来供奉妈祖。

在我记忆中，父亲也不是没有在海陆之间挣扎过。有一年父亲真的从海洋踏上了陆地，提着全部行李，打算开始做一只陆地生物，因为母亲对两地生活长年累月的抱怨，大约还因为觉得我从小缺失了父爱，总之，出于对家庭的愧疚和补偿，他真的一咬牙下了船，在航运公司谋了份差事。但这个过程只持续了半年，那半年时间里，父亲看起来干旱而笨拙，如一只刚刚开始进化的史前动物，离开海洋，误入了陆地，言语变得愈发稀薄了。人际上的周旋使他看起来愈发干旱愈发史前，古老如一只鲎，我时常想在他身上浇些水，怕他会在陆地的社交中干渴而死。

作为抵抗，他有空便独自抽烟喝酒，嚼两片马鲛鱼干，就能饮下一整瓶海马酒。有时候嚼着鱼干，他会忽然落下泪来。有时候会小心翼翼地问我作业写完了吗。我说写完了，他点点头，过一会儿又不放心地问，真写完了？确定我写完作业后，他会很高兴地说，走，带鲁看船去。看船成了我们之间的一件大事，带有某种仪式性。我们在古港直看到繁星挂满夜幕，海天重新缝合于一处，船都合眼休息了，我困得眼睛都睁不开了，全世界只有他一个人还醒着，站在海陆交界处。

那天，他应该是和公司里的人又发生了冲突。航运公司的人对水手们向来有些歧视，认为大海上的水手们远离文明，向蛮荒退化，而他们自己因常年生活在陆地上、人堆里，所以进化得更为高级。父亲气咻咻地跑回家，一口气抽了半包烟，扔下一地烟头，烟没了，又抱起水烟呼噜呼噜猛吸一气。然后，放下烟筒，使劲一跺黑铁似的大脚，正大光明地对母亲宣布，和鲁讲，我还是去船上啦。说完他如释重负，关键是母亲也如释重负，我也跟着他们如释重负。

父亲再次回到了船上，我和母亲的生活也随之恢复到从前。母亲把父亲带回来的雀巢咖啡都送了邻居，因为她不喜欢咖啡的苦味，还自作主张，把雀巢咖啡改名为"鸟窝咖啡"。父亲在船上写来的家书，还是要在海上漂流三个月甚至半年才能辗转到达母亲手里，而母亲回给父亲的信又要在海上漂几个月，通两封信就得一年时间。在这种海陆之间的书信往来中，密度的变化导致空间折叠变形，时间也被无限地抻长了，一天变成了一年，一年变成了十年。

相比那个真实可触的父亲，其实我更习惯有这样一个幻影父亲。幻影父亲存在的标志之一就是那些海上漂来的书信，我对那些书信充满好奇，趁母亲不在家的时候会偷偷看信。父亲在信中经常会讲一些他在海上的奇遇，信末总会问一下我最近的学习情况。有时候受了什么委屈，我便会跑到古港，偷偷放走一个漂流瓶。我把一封写给父亲的信密封在瓶子里，告诉他我最近的一次考试没有考好，又挨母亲骂了，或者被哪个同学欺负了，信末还希望他从国外给我带回一些从没有见过的好吃的东西。然后我把玻璃瓶扔进大海，目送着潮汐把它带走，带到只有风和云居住的远方。这是我和幻影父亲之间一种秘密的交流方式。

父亲跳海后，在我翻看他的第二本日志的时候，有一段话验证了我童年时候放漂流瓶的那种感觉，甚至让我怀疑，父亲也曾在船上不止一次地放过漂流瓶。

那是一段来自书报的摘抄：

> 一九八三年詹姆斯湾的一个渔民在沙滩上捡到了一个漂流瓶，里面装着一封信。那是一九一〇年一名叫胡格斯的想家的英国士兵，在穿过英吉利海峡时写给妻子的信，信中倾诉了对妻子和刚出生不久的女儿的强烈思念。这封信被密封在一个空瓶子里扔在海里。两天后，胡格斯阵亡。多年以后这个瓶子漂到新西兰的奥克兰岛，被一个渔民发现，那个渔民最终把这封信交给了胡格斯七十三岁的女儿，这是他的女儿从父亲那里得到的唯一一封信。

就这样，我在海边的木瓜镇慢慢长大，有形的母亲和那个幻影父亲陪伴着我，陪伴我长大的还有海和船。当有一天，幻影父亲结束远洋生涯回到家中，忽然变得清晰可触的时候，我反而不适应了。现在，这个终于真实起来的父亲又要重归大洋深处了？这是我接到母亲电话时的第一反应。过了好几天，我才渐渐明白过来，这一次，那个远洋水手永远不会再回来了，我一直想对他说的那句"对不起"也没有机会再说了。在这种自责与懊悔中，我又猛地意识到父亲的意图，回去接班，其实是他送给我的最后一件礼物了。就像我小的时候，他每次远洋归来，都会给我带一件礼物，那成了我童年里最重要的期待。

我就是在那一瞬间下的决心，回去接父亲的班，去大海上做个水手。然后我退掉房子，收拾行李，以最干旱的方式，乘坐陆路上的汽车，奔回雷州半岛，回到了海边的木瓜镇。又看到跟父亲一起看过的那些船时，我觉得自己好像从来没有外出闯荡过。

3

父亲的尸体一直没有找到，也没有潮汐把他送回岸边。最后我和母亲在海边给他做了一座衣冠冢，这样，他一抬头就能看到大海。

父亲留在船上的一些遗物被航运公司派人送到了家中。我打开父亲每次上船时拎的那只旧行李箱，箱子里除了几件换洗衣服，还有三本厚厚的日记本，一模一样的封皮，上面都写着"海员日志"四个红字。箱子里还有一架旧望远镜、一只六分仪、几只火罐、一本潮汐表、一本天文历，还有一串红珊瑚手链，这应该是他的护身符。所有的船员都有自己的护身符，无一例外，这是大海上的习俗。

我打开第一个日记本。"×年×月×日，又一次远洋航行开始了，申请

VES同意出港，备货，试舵，对时，对车钟，开航行灯，备车妥，解缆，绞锚，慢车出港，过南6灯浮，报海事出港成功<CBBG230515941700>。交班一水，航行正常。遇大北风，船长指挥走Z字形，让船头船尾始终受风。一切正常的话，三天后船就进入印度洋了。大洋里的水太多太多了，每次看到那么多水，我都觉得很感动，仿佛都是送给我的。"

"×年×月×日，今天在大西洋遇上了加那利寒流，是从葡萄牙经过加那利群岛流入大西洋的。今天还遇到了一条鲸鱼，它浮出水面的时候就像一座小岛。我知道，这种温柔的庞然大物会把我又来到大西洋的消息告诉每一条鱼每一只海龟：那个叫林海生的水手又来了，快去看看他呀。"

又随便翻了一页。"×年×月×日，船上只剩下土豆和茄子了，大厨已经用土豆和茄子发明出了几百种菜，但牙龈还是越来越肿痛。今天船就要到达格陵兰岛了，我负责在驾驶舱瞭望，北冰洋上到处浮动着白色的冰川，格陵兰岛附近有一个低气压旋，大副判断船会碰上风暴。但船长判断，这是一个切断低压，是对流上部和中部的冷性气旋，当我们到达格陵兰岛的时候，这个低气压旋应该就消失了。而我更关心的是那些冰川，这是我第一次见到冰川，太雄伟了，像海上的宫殿。"

"×年×月×日，航行的第二百八十六天，我忽然想明白了，其实大海就是时间。"

我又翻开第二个日记本，如果那一本是航海日志的话，这一本显然是关于各种海上传奇的摘抄，其中多数与海难有关，大概是父亲在船上用来打发时间的，如："一七六一年九月，一艘大型海船'奥克塔维斯号'从英国前往中国，不幸陷入北大西洋的冰雪中而杳无音信。十三年后，一条捕鲸船在格陵兰的冰雪中发现了这条船。船长派出几名船员去查看，船员们登上这条船，打开舱门的时候惊呆了。他们看到了冻僵的船长，手扶着椅子坐在那里，紧挨着船长躺着的是一位女士，她身旁是一个虚弱的少女的尸体。在船上一共发现了二十八具衣装完好、冻僵的船员尸体。没有人知道是什么造成这样可怕的场景,也无人知道'奥克塔维斯号'是如何横渡大西洋来到这里的。"

倒是打开第三个日记本的时候,我吃了一惊,这个本子里贴满了不知从哪里剪下来的各种名画印刷品。父亲高中毕业后曾离开木瓜镇去广州打了两年工,后来又回到木瓜镇,接爷爷的班做了水手,从没有机会受什么正规的美术教育。在他收集的这些图片里,相当一部分是宗教画,如《哀悼基督》之类,再往后翻,还有德拉克洛瓦的《十字军占领君士坦丁堡》、戈雅的《稻草人》、透纳的《暴风雪》、籍里柯的《梅杜萨之筏》、拉斐尔的《雅典学院》等。

他还在本子里收藏了很多关于维纳斯的画,有提香的《维纳斯从海上升起》、乔尔乔内的《沉睡的维纳斯》、夏塞里奥的《马里内的维纳斯》。我最喜欢乔尔乔内的那幅《沉睡的维纳斯》,他把维纳斯画得像月光一样静谧温柔,并不像神,倒像是在赞美一位他爱慕的女性。

我一开始的反应是,这可能是父亲在远洋航行中的一种消遣。远洋航行中船员们经常在海上一漂就是一年半载,远离家人,如何打发孤寂漫长的时间对于他们来说可能是最大的问题,所以很多船员上船之前要带很多录像带,但还是很快就看完了,于是一盘录像带就十几遍甚至几十遍地反复看,看到能把里面的对话一字不落地背下来。有谁带一本杂志上船的话,最后会被众人翻得稀烂,有女人照片的那几页则干脆被人剪了去,偷偷藏起来。船在一些外国港口进行补给的时候,一旦看到岸上有女人的身影,就会有船员兴奋地大叫,快看,快看,有女人。于是众船员纷纷拥到船头围观,一看,原来是个拄着拐杖的外国老太太。在船上,女人是比远古海兽更为珍稀的物种。

有可能是父亲在国外的哪个港口意外买到了几本画册,发现里面有各种好看的维纳斯,为防止被人借走不还,他便小心翼翼地把这些画剪下来,藏在自己的日记本里,没事时翻翻,用来打发枯寂乏味的航海时光。就好像不小心窥视到了父亲的一个秘密，我不禁有点难堪。

把这本日志从头到尾翻了一遍之后，我忽然又想到，父亲之所以把这些画珍藏在日志里，还有一种可能，因为我是学艺术的，也许他想通过这种稚拙的方式来接近我，起码能和我有些共同语言。想到这里，我又觉得好笑，又觉得心酸，不愿再看下去了，便把本子合上，都装进了自己的箱子里。

在经过三个月的培训之后，我通过了考试，而后在木瓜镇的古港上船成了一名"卡带"，这条叫"银紫荆"的船正是父亲工作过的最后一条船，他就是从这条船上跳海的。有个画家跑到船上来做水手了，这个消息在"银紫荆"上不胫而走，很多船员都跑过来围观我的一头长发。我一看就明白他们为什么要围观我了，因为他们几乎是清一色的光头。

船上有很多通用的代号，比如，实习生叫"卡带"，轮机长叫"老轨"。我猜测，其实原来应该是"老鬼"，因为轮机长常年在不见阳光的机舱里工作，大概是因为觉得不好听，也不吉利，后来就改成了"老轨"。如果大厨厨艺不错，能讨船长的欢心，也会得个雄伟的代号，叫"副船长"。船上的大副很好认，最黑的那个一般就是大副，因为他在甲板上待的时间最长。大副是一种非常神奇的存在，从开船到缝纫，什么都会做，即使船上有人急性阑尾炎发作，大副也能立刻操刀给船员做手术。

上船那天，我站在甲板上久久看着大海，想到父亲也曾站在这条船上，也曾这样看着海，便觉得离父亲如此之近，我和那个远洋航行的水手到底还是重逢了，这次是在大海上，倒挺合他的意。又想到我到底还是接受了他送我的最后一件礼物，他应当是欣慰的，便有些替他高兴，最起码，他不用老担心我会饿死了。同时，有一个疑惑在我脑子里一直挥之不去，那就是，既然已经回到家门口的海峡了，那么多年的环球远航都熬过来了，父亲又为什么要忽然跳海呢？这其实是我愿意上船的另外一个原因，只是在开始的时候，连我自己都不愿承认。

"银紫荆"日日穿梭在木瓜镇和海南岛之间。从木瓜镇往南只有各种岛屿、渚洲散落在大海上，船便充当了信使的角色，邮递员一样勤恳地往返于琼州海峡，又如同苦囚，终生不得上岸。琼州海峡的这些船的气质迥异于远洋船，与沧桑桀骜的远洋船相比，她们更像家畜，被圈养在狭窄的海峡里，日日夜夜负重往返，拉蔬菜水果，拉钢筋水泥，拉猪羊牛鸡，拉人，拉小汽车，拉大货车，拉火车，拉轮船，她们几乎驮起了四分之一块陆地，再把这四分之一块陆地慢慢送到海岛上。作为回礼，海岛把自己吃不完的椰子、波罗蜜、杧果统统塞到空船上，让她们驮到陆地的最深处。

4

"银紫荆"是航运公司买来的二手船，上船不久我就听说了一个关于"银紫荆"的故事。"银紫荆"的前主人打算把她卖给航运公司，因为只有航运公司能一次性付全款，且是现金。"银紫荆"上的船员们听说了这件事后，都很难过，甚至有人流下泪来，说什么也不同意卖船，并日夜守卫着"银紫荆"，防止她被偷偷卖掉。这样过了一段时间，不见再有卖船的动静，船员们便放松了警惕，夜间只派了两个水手值班。航运公司经过一番侦察，买通了那两个值班水手，趁船员们睡觉的时候，连夜用几条麻袋装着现金去买船，还带着自己的老轨和舵手，有备而来，然后在半夜偷偷把船开跑了。船员们醒来发现船不见了，连忙驾着小船追出几海里，一路上边追边哭。后来，还是有一部分船员辞职，跟着"银紫荆"去了航运公司。

同宿舍的水手阿光在向我讲述这个故事的时候，正坐在狭窄的铁桌旁喝着工夫茶。船上的船员，从船长到水手，人手一套工夫茶具，这是船上的标配，就是再简陋的桌子，喝茶的时候都要把一套工夫茶具富丽堂皇地铺排齐全，必须有一个完整繁复的沏茶程序。因为喝工夫茶本身就带有表演的性质，不失为一种杀死时间的好方法，船上的时间实在是过于丰盛了，茶糙点倒没关系，关键是喝时间，又不是喝茶。

阿光也剃了个光头，四十来岁，他从不休假下船，因为他是个光棍，父母都已经去世了，在陆地上没什么牵挂。船上的水手都是互相给对方剃头，连理发师都不需要。因为干活的时候头发上会粘一层机油，又没法及时清洗，再加上高温的时候也要戴安全帽，头发在帽子里洗了一次又一次，都馊了，大家干脆剃光省事。所以一头长发的我在水手当中鹤立鸡群，在这样的长发上再戴一顶安全帽确实不伦不类，因此成了船上的一大景观。但船长支持我留长发，他拍着我的肩膀说，留着，碍事就扎个小辫，让船上也多少有点文艺气息嘛，清一色的光头有什么意思？一大片电灯泡。

我问阿光讨了一杯劣质茶，问，你怎么知道得这么清楚？阿光的一条瘦腿盘在另一条腿上，抖着光脚丫，慢慢呷了一口茶，笑眯眯地说，因为我原先就是这条船上的水手，船被买过来，我就也跟着船过来喽。我在这船上待的时间比船长还长。我恍然大悟，问，那你原来住在哪个宿舍？他依然笑眯眯地说，就是这个屋喽。

原来是我鸠占鹊巢了。我再次把我们火柴盒大的宿舍打量了一番，我和阿光一人一张窄窄的铁床，共用一张铁桌子。事实上，我们宿舍里的一切都是钢铁质地的，铁墙，铁地板，铁柜子，铁椅子，连我们的作业鞋都是铁头鞋，穿上像个变形金刚。所以宿舍里终年散发着一种钢铁才有的酸凉和寒腥。在这样的铁匣子里待久了，连闻到木头的味道都会激动不已，所以水手们经常会养一盆小仙人球，试图用植物的气味来划破钢铁的压迫，还有不少水手偷偷在宿舍里供着一个小妈祖像，妈祖便和仙人球做伴。阿光不养仙人球，他从食堂偷来一只番薯，并开始精心养它。那番薯躺在铁罐头盒里，每日就靠着饮水，居然也长出了一挂长长的绿色藤蔓，从桌子上一直爬到了地板上。阿光很是得意，鼓励这番薯的藤蔓使劲爬，直至爬满整个地板，为我们织出一张番薯地毯来，这样就省得买地毯了。

我又问他，那船长是什么时候来的"银紫荆"？他很骄傲地说，不记得，反正没有我来得早。忽然像想起了什么，他又压低声音，表情诡异地说，听说船长是跑远洋回来的喽。我一听远洋就想到父亲，于是问他认识不认识一个叫林海生的水手。他躲开我的目光，只含含糊糊地说，以前好像是有这么个人，不熟，我和谁都不熟喽。然后便低头继续喝茶，只把一只锃亮的光头对着我，不打算再多说话的样子。

我心里有些疑惑，但也不好再多问什么，只陪着他默默喝茶。喝了一气茶，用掉了半个钟头，阿光缩回到自己的床洞里，拉上帘子，准备在值班前小睡片刻。我们的睡觉时间都是被拆成一小截一小截的，没有大段的睡眠，只能插在各种缝隙里睡觉，经常是刚刚睡着，又猛地被汽笛声从床上拎起来。船员宿舍不许熄灯，不许关门，因为关门会妨碍逃生，随时准备着逃生……船员们喜欢开自己的玩笑，脑壳不安在脖颈上，都是挂在裤腰带上的喽，说丢就丢了。所以每个船员都在自己床上拉了道布帘子，帘子一拉上，人就像掉进了一口洞里，睡觉的时候就窝在昏暗的床洞里，简直像山顶洞人。

阿光是疍家人，就是在船上出生长大的，船是他们的房屋、棺材、祠堂、亲戚，是他们的一切。到兄弟长大要分家的时候，大船就又生出一条小船来，然后大船庇护着小船，继续在海上逐水而生。有老人去世的时候，他的老船会带着他沉向幽冥的海底，沉船渐渐长满青苔和贝类，直至长成一座寂静的毛茸茸的水下坟墓。疍家人并不太喜欢陆地，他们做海上吉卜赛做惯了，早已习惯了大海的辽阔与善变，对陆地的坚固和持久还多少有些恐惧。

阿光从小在船上长大，上学少，文化水平不高，但水性惊人，已经接近真正的鱼类，而且极厌恶穿鞋。我猜测，光脚丫就是他们的蹼，一旦穿上鞋，与水的亲近感就被隔断了。阿光几乎不看任何书报杂志，也从没有打过一个电话，虽然身上也带个旧手机，但更像装饰品，手机比哑巴还沉默。他喜欢做一些别的船员都不喜欢做的事情，比如干活，比如独自在船上游荡，无声无息，神出鬼没，像个寄宿在船上的幽灵。据说海上其实流浪着很多幽灵，只是人的肉眼看不到它们，它们都是那些死在海难中的船员所化，死后仍不舍得离开自己的船，于是一路漂洋过海地寻找过来。幽灵们对人并无恶意，只是深怀眷恋和执念，有时还会趁着水手睡着的时候，替他们开会儿船，所以船自己在海上航行是常有的事。听到这个传说的时候，我心里一阵欣慰，人死后能变成幽灵多好啊，可以了却很多夙愿，我倒期盼父亲的幽灵在海上还能找到"银紫荆"。

每天早晨阿光都是最早起床的，他洗净手脸之后就站在甲板上，虔诚地迎接太阳跳出海面，等着向日出敬礼。他从不看钟表，只看太阳就够了，黄昏时再目送着它回到西边的巢穴，然后再等着月亮光灿灿地从海上升起。阿光说，每天他只要看见这两位老人家又准时来了，心里就觉得快乐。除了等日出等月升，他还时常爬上大桅，静坐在桅端等风，海上的风被裁剪成各式各样的，从狂暴的飓风到温煦的软风，大大小小的风总是会带来世界上各个角落的消息。

偶尔，他也会独自坐在餐厅里看会儿电视，好像在等什么节目，但事实上，不管里面正在播放什么，他都能兴致盎然地盯着看半天，从不主动换台。大厨在空闲的当口会拿着麦克风，独自在餐厅里唱会儿歌，他们俩就一个看电视，一个唱歌，互不干扰，好像熟知对方只是一团空气。但大部分时间他都游荡在船上的各种缝隙里，搜罗各种活儿干，就像在自己家里一样不见外。有时候他会跑到厨房帮大厨做饭刷碗，有时候会出现在震耳欲聋的机舱里，把机工的活儿抢过来干。二管和三管乐得坐在值班室里聊天，看着阿光擦拭轮船那颗巨大的心脏，没有人会拦他。

更多的时候，他一边唱歌一边在甲板上干活，拿着水管冲洗甲板，把船身洗得干干净净，再拿着刷子给甲板补油漆。他还经常在甲板上巡查捡烟头捡垃圾，缝隙里的烟头也一定要想方设法抠出来，但凡看到有乘客在船上乱扔垃圾，胆小的阿光会立刻跳过去训斥乘客，甚至会吵架。阿光还特别喜欢打扮"银紫荆"，每次船抛锚靠岸，有船员要上岸散步的时候，他就叮嘱他们帮他采些野花回来，他会把这些野花戴在船头，还会把水手们吃剩的百香果的果壳做成风铃,挂在船舷上。船长见了,训斥道,我们这是航运公司的船,不是你自己家的渔船。然后命人统统摘掉。但只过了一夜,那风铃又固执地挂上去了。别人钓上来一只玳瑁,他赶紧跳出来说,壳给我留着;别人捞上来一只海螺,他又赶紧说,壳给我留着。过了几天,一些粗糙的工艺品便悄悄挂在了"银紫荆"身上,搞得"银紫荆"浑身挂满首饰。如果有足够多的布料,他恨不得给"银紫荆"做件斗篷披着,怕她会在海上着凉。

在一条船上,船员也是分等级的。像阿光这种没文化的水手,不可能考上三副,更不可能变成二副大副船长,没有上升的途径,只能永远做个最底层的水手,但我发现,阿光在船上却是最自在最熨帖的那个。别人在船上工作,一有机会还是想着赶紧上陆地接地气回趟家;他不一样,船就是他的家,准确地说,他和船已经彼此渗透,长在了一起,很难分清楚他们之间的区别了。没有阿光的"银紫荆"就像少了一部分灵魂,而离开船的阿光看起来迟钝胆怯暗淡,立刻缩小了一圈。

我只见他上过一次陆地,那次船靠港之后,我硬拉着他上陆地去买烟。船靠港抛锚的时候,是船员们难得的接地气的时候,除了值班水手,其他船员都会下船,在码头上走一会儿,或干脆在地上坐一会儿。

上岸之后,我发现他在陆地上走路的姿势很奇怪,他的脚步一颠一颠的,很夸张,起伏不平,好像是脚上带着浪花下来的。后来我才想明白,那是因为他在海上漂得太久了,已经无法适应陆地上的平稳了,那种平稳让他感到恐慌。一买完烟,他便慌忙逃回船上,从此以后再没下过船。只要在船上待着,他就会放松自在得像空气像水一样,到处流动,到处都是他,又无法找到一个具象的他。我每次都是闻到他而不是看到他的,只要闻到那种稳妥自得的宁静又飘过来了,就知道是他。在"银紫荆"上,其实别人都是来船上作客的,就他一个是主人。

阿光虽是低级水手,但船长在给船员们开会时,还不时会表扬他,大家都要学习张胜光以船为家,都看见了吧,人家这才叫以船为家。你们一定要相信,船是有生命的,只要你对船好,船也会对你好。

船长的话让我想起了父亲在某封家书里写到的一句话:走到大西洋的时候,我忽然觉得这条船对我很好。当时虽还是个少年,但读到这句话的时候,我却深感震撼,感觉自己与什么极大极温柔的东西迎面撞在了一起。于是,在心里,不由得对船长生出了几分亲近感,仿佛他是我父亲生前的战友,他们都是从极远极远的大洋深处归来的,都历经九死一生。但我又很快发现,其他船员对船长的态度有些奇怪,表面上他们对船长都是毕恭毕敬的,但又不是一种正常的毕恭毕敬,好像还有点怕他。我还发现,他们在背后提起船长的时候,每个人的脸上都弥漫着一种难以言说的神秘,像一层薄雾罩住了每个船员的表情,以至于只能看到星星点点却让人不寒而栗的目光。

而船长待我也似与待别人不同。我刚上船不久,一天,他忽然打电话叫我去他房间喝茶:林信,过来喝茶。船长是一条船上的绝对权威,因为,船一旦行驶在大海上,就是一座孤岛,而船长就是这个岛上的国王。我不过是个小小的实习生,面对船长的邀请,简直有些受宠若惊,口袋里揣了一包烟,赶紧跑去船长室。爬舷梯的时候我还在想,估计是船上的国王比其他人更加孤单,他也需要有人和他说说话,那他为什么单单找我呢?

船长给我开了门,只见他穿着一套笔挺的西服,打着领带,头发用发蜡梳成整整齐齐的三七分。我觉得有点好笑,船长在船上居然穿得这么隆重?好像要去参加什么重要的晚宴。

这是我第一次走进船长室,比其他人的房间要大一些,有卧室有客厅有卫生间,不过同样是铁屋子,同样散发着铁腥味。客厅里居然有一架钢琴,一架真正的钢琴,黑色的漆面冰凉水滑,我看到我的影子落在上面,船长的影子也在其中,好像两个关在钢琴里的魂魄。我这才明白晚上听到的断断续续的琴声是从哪里传来的。第一次在船上听到琴声的时候,我吓了一跳,还真以为有什么幽灵在船上弹琴。客厅里还有一只铁书架,上面密密麻麻摆满了书，角落里一把空椅子上也堆满了书，我没有想到，居然会有人在船上认真读书。铁茶几上摆着一套砂金釉的工夫茶具，几十只大小不一的茶叶罐，一只博山炉，一只黑陶双耳瓶里插着几枝龙船花和马缨丹。

船长拍拍我的肩膀说，林信啊，我和你父亲是多少年的老相识，我认识他的时候，他还没结婚呢，更没有你了。当年我们一起跑过远洋，后来，远洋跑不动了，又一起回到海峡，一起上了"银紫荆"。没想到船长和父亲是故交，我有些惊喜，嘴里却叹道，我小的时候他总是在跑远洋，有时候一两年都见不到他一次，那时候我老是记不住他长什么样，他站在家门口了我都认不出来。船长笑着点点头，海人嘛，都这个样儿，我女儿小时候也不认识我，要不怎么能叫海人呢？

他示意我坐下，揭开炉盖先是焚了一饼香，袅袅青烟中有暗香浮动。船长说，你慢慢就知道了，在船上生活，还是要做些雅致的事情，这样才可能抵挡住枯燥对人的伤害。这饼香叫"雪中春泛"，我可以告诉你做法，你回去试试。把龙脑、麝香、白檀、乳香、沉香、寒水石研磨成粉，再用炼蜜和鹅梨汁调匀，制成香饼，脱去水分，还必须放在寒水石末中保存，才不会走味。

我心想，这船长倒挺有意思，和父亲那种木讷的水手完全两样。便说，船长好兴致，还会自己做香。他笑笑，又指着那些大大小小的茶叶罐问，平日喜欢喝什么茶？外地人觉得这海峡上不分四季，其实亚热带仍有它自己的四季，只不过夏天太长罢了，喝茶要随着季节的转换才好。春天呢，就喝一点黄茶，夏天喝一点清爽的绿茶，秋天喝白茶，冬天就喝红茶或黑茶。今天我们喝点牡丹，来，尝尝味道怎么样。

想到自己原来也是学艺术的，如今只觉得恍如隔世，心中不禁一阵唏嘘，便说，船长，你这焚香点茶插花都齐了，和我以为的船上生活完全两样。船长说，不要把船上的生活想得那么可怕，船本身就是活的，和人一样，有感情，也会生老病死，和船处久了你就能听懂她说的话。那年在远洋航行途中,你父亲忽然向船长报告,说他听见船说话了,应该是压载水箱出问题了,一检查,果然是二号压载水箱出问题了。听他又提起我父亲,我鼻子一酸,说,船长,你比我还要了解我父亲,我其实一点都不了解他,现在,想了解也没机会了。

他手抚着一只油亮的茶宠,慢慢说,林海生这个人嘛,看着木讷,其实还是很浪漫的,不过那是只属于海洋的浪漫,去了陆地上就未必能成活了。当年我们一起在远洋船上的时候,他研制出一种飞虎爱吃的鱼饵,专门钓飞虎,但他钓飞虎不是为了吃,是为了欣赏。因为飞虎在死前会变幻出各种各样的颜色,蓝色、红色、绿色、金色、紫色、橘色,一种颜色接着一种颜色,整条鱼就像霓虹灯一样闪烁着,他说临死前的飞虎像彩虹一样美。我还记得有一次,半夜忽然遇上了暴雨,夜空里又是打雷又是闪电,我们的船就漂在惊涛骇浪上,有几次整条船都立起来了,那种时候是很吓人的,他却指着一个刚刚劈下来的大闪电喊道,你们看,那闪电像不像大海上长出的一株天树。还有一次,他从海里钓上来一只花豹,花豹身上长着特别漂亮的斑纹,他去食堂把花豹清蒸了,又在花豹头上点了一根蜡烛。后来他告诉我,那天是他母亲的生日。

就像听他在讲述一个陌生人的故事,又新鲜又梦幻。我很轻地呷着茶,不敢发出任何声音,生怕打断了他。但船长还是停住了,像是想起了什么,起身说,喝茶要配些茶点才好,可以让茶味的层次更丰富。说罢打开房间里的一只铁皮柜,只见里面装满了各种零食和水果。我刚上船的时候就听水手们说过,船长有个癖好,喜欢囤吃的。据说这是他当年跑远洋落下的后遗症,其实他也只是囤着,很少吃,但只要是下了船,他就一定要带一大包吃的回到船上,品种之丰富,到了一个人便能撑起一家食品店的地步。还听水手们说过,船长很早就离婚了,在陆地上只有一个女儿,他每次上岸都是去看望女儿。船长捧出盐梅茶饼放到我面前,又问我茶的味道如何。我忙说,好茶。他看起来很高兴,又动手烧水,嘴里说,你也算我的侄子了,以后就常来我这里喝茶。

我有些惶恐，猜测船长对我青眼有加的原因。一来可能是，他和我父亲很早就认识，又一起跑过远洋，从四大洋归来的船员皆为战友。远洋船员对这些终生窝在海峡里的船员多少有些看不起，这是船员之间的一条鄙视链，跑远洋的歧视跑近海的，跑近海的歧视跑海峡的，跑海峡的歧视跑河道的，跑河道的歧视跑运河的。远洋船员位于鄙视链顶端，所以船长自带威严，西装笔挺地坐在沙发上，他自己并不吃，只是捧着茶慢慢喝着。

事实上，船长从不当着我们的面吃任何东西，包括一日三餐，他甚至从不去餐厅吃饭，而是让厨工送到自己房间里。有一次我听大副在背后悄悄说，船长是怕当着别人的面吃东西，会破坏了他的尊严。其实我不止一次听到船员们在餐厅吃饭的时候悄悄议论船长，但只要我一走过去，议论声就会戛然而止，然后，所有人都用一种很奇怪的目光看着我。我猜测，大概是因为他们都知道船长叫我去喝茶了。

二来可能是，船长知道我以前学过画画，便把我和船上的其他船员区分开了，仿佛我是一个比别人更高级的船员。事实上，船长这样待我让我更加羞愧。在省城的那些年里，追求艺术不得，谋生也不得，就那么悬着，其实早已对自己失望透顶，上船做水手之后，倒有了一种报复自己的快感。

我的目光又落在那架钢琴上，因为它太优雅了，与船上的生活实在是格格不入。我说，船长，你还会弹钢琴啊？船长淡淡地说，弹得不好，偶尔弹弹。我见船长挺随和，便又问，船长，你在船上怎么还穿西服啊？船长说，看什么情况了，比如弹钢琴的时候，或者待客的时候，就要穿得正式一点，才显得庄重。我这样一个小实习生居然被船长当作客人来对待，心里高兴，话便多了起来，船长你怎么有这么多书？船长还是不紧不慢地说，你刚上船，可能还不知道，在船上待久的海人多数都有个自己的爱好，有的都不只是爱好。这么多年我亲眼见过的，有人在船上成了作家，写了厚厚一本书；有人在船上成了天文学家；有人在船上成了研究海洋生物的专家。我没什么爱好，所以就看点书。你上船前不是学艺术的吗？挺好，不过，你慢慢就知道了，海上的艺术家和陆地上的又不一样，是一个品种里的两个亚种。

身份感的断裂再次啃咬着我，我发现我其实很害怕听到别人说我是学艺术的，那已经成了我的一个伤口，但我又唯恐自己会在船上变成一个真正的水手，所以宁肯麻烦些也要留着那头长发。出于自我保护，我故意用玩世不恭的腔调说，早不画啦，我来船上就是为了混口饭吃。

船长不说话了，沉下脸去，壶里的水已经煮沸了，他却只是盯着那团水汽，并不去沏新茶。过了半天才把脸抬起，看着我冷笑一声。我忽然想到船员们在背地里议论船长时的表情，不知为什么，心里竟生起一阵莫名的害怕，忍不住往椅背上靠了靠。只见他正了正领带，声音威严，甚至略带阴森：你不能说自己是来船上混日子的，你不够尊敬船，船也不会尊重你。我可以告诉你，船比你想象的要厉害得多，她最后会把海人们变成什么，是你根本想象不到的。

他的话让我眼前出现了一幅奇异的景象，一只孤零零的船漂在大海上，船上载满了被船施了魔法的海人，有猩猩、大象、长颈鹿、老虎、狮子、青蛙王子、小矮人，它们一起划船一起喝酒。我觉得好笑，又不知道该说什么，便只好呆呆坐着。船长看起来也不愿再多说什么了，摆摆手，示意我离开，临走前又从柜子里拿出些零食和水果塞到我手里，并叮嘱了一句，记住，在海上生活，一定要囤点吃的。

5

实习期结束后，我正式成为船上的一名水手，我仍然留着那头长发，以作为对残留身份的最后一点捍卫。

我慢慢感觉到了在海上生活和在陆地上不同。在陆地上看晚霞的时候，就像坐在剧场里观看歌剧，只是一种消遣；在海上却不同，因为晚霞就是海上生活的一部分。在每个黄昏，船员们都会被船带进由晚霞筑成的神秘城堡里，无一例外。天火熄灭，随着晚霞的消逝，玫瑰色的城堡渐渐坍塌，海上出现了一种陆地上永远不会出现的悲壮。整个大海上滚动着金红色的岩浆，海里的鱼都被岩浆煮熟了，连那些漂在海上的船也眼看就要被烧成灰了，而船员们集体迷失于玫瑰色的废墟当中，脸上都笼罩着一层奇异的忧伤，没有人能说清到底是什么征服了他们。

我站在甲板上看着落日，看着看着，忽然想起了父亲日志里的那幅《十字军占领君士坦丁堡》，德拉克洛瓦的用色向来肃穆阴沉，画中是即将倾覆的城邦和战争中九死一生的人们，与眼前这坍塌的云堡和忧伤的水手们何其相似，都像是一幕恢宏的古典诗剧。不到一刻钟，夕阳已经坠入海中，血红色的光线迅速向幽暗处滑去，明冥之际，德拉克洛瓦画中的古代城邦也随着落日消失在海底了。

就在那一瞬间，我忽然被一个突如其来的想法震惊到了，如果一个船员实在没有别的消遣，所以把看落日都当成了一种爱好，并日复一日年复一年地在船上观看这样辉煌壮丽的落日，那他迟早会看得懂德拉克洛瓦的这幅画。而这样的落日，父亲一定也曾千百次地在船上看过。我第一次意识到，也许父亲和我想象中的并不一样。

船上的日夜比大陆上更替得更快更清晰，不久前还是太阳，一会儿就成了月亮。海上时间的密度也与陆地上不同，时间一长，就会产生一种错觉，觉得大海和陆地并不在同一个时空里。有时候在船上看着陆地时，恍惚觉得那里是自己的前世，如今的我是从那里度化而来的，只是，我这种向海人的度化究竟算进化还是返祖，连我自己都说不清楚。

不过我在船上还是有了很多新的发现，我发现其实天空有很多种，大海也有很多种，有时候整个天空会浸泡在大海里，有时候几艘帆船会张开翅膀飞到天空里。天空和大海之间，既孤寂又热闹，因为除了船，这里还生活着无数的风、无数的云和无数的星辰。

我还渐渐发现，虽然远离了陆地，但一切社会规则照样会在船上运行，船员之间的拉帮结派，高级船员与低级船员之间森严的等级关系，船长拥有的绝对权威，这一切使得每一条船都成了一个独立的海上小王国。在"银紫荆"上，我和阿光不属于任何帮派，是游离在外的两个人。阿光的游离是因为，准确地讲，他不能算船员，而只是船的一部分。我的游离则是因为我从开始就被众人孤立了，不知是因为我自觉或不自觉带出来的文艺做派，还是船长对我关照有加的缘故。

我一开始心里挺不是滋味，心想，这和陆地上有什么区别呢？后来再一想，海人们终究还是人，并没有脱离人寰，就是把我们这几十号人流放到一座孤岛上，也一定会产生国王、大臣和平民，还有人与人之间永恒的斗争。

除了阿光和船长，没什么人和我说话。我的烟瘾越来越大，可以长时间地盯着落日，盯着海上那些抛锚的船，一动不动地看半天，好像船身上那种很深很深的安静已经开始传染给我了。尤其在风平浪静的时候，盯着光滑如镜的海面看久了，就会生出一种幻觉，觉得那海面和陆地一样坚实，只想踩上去，在无边的大海上奔跑。有时候看着天空中飞过的几只海鸟，发现连它们的飞行都是静止的，一切都陷入了一种近于庄重的安静，甚至真的开始有了永恒的意味。我想到父亲的日志里有一幅康斯太布尔的《干草车》，那幅画里就有这样一种永恒与庄重。我开始意识到，那些画都不是平白无故出现在父亲日志里的，也并非当初我所理解的那样，他只是想通过这种稚拙的方式来接近我。

一个黄昏，我又在甲板上看落日，一回头，发现船长正无声无息地站在我身后，也看着落日，只见他穿着工作服，头发却还是用发蜡整整齐齐梳成三七分。我发现在这条船上，有两个人是来无影去无踪的，一个是船长，一个是阿光。大约是因为他们和船都过于熟悉了，以至于像掌握了某种隐身术，前一分钟还在那里，后一分钟就不见了踪影，而且，如果他们想在船上藏起来，那就任何人都找不到他们。

我打了个招呼，船长也来看落日？船长手搭凉棚眺望着远方说，林信啊，我看你是不是在船上有点无聊了？我有些不好意思地说，主要是船上就这么大点地方，从船头走到船尾也就几百步，时间一长，就觉得有点像海上的牢狱。船长忽然问我，林信，你怎么理解信仰？我以为他是在说供奉妈祖的事，因为航运公司不许船上公开供奉妈祖，但很多水手还是偷偷供奉着自己的小妈祖像，每天早晨他们都要和妈祖说会儿话，遇到什么事也会和妈祖商量一下。我便说，靠海生活的人敬畏大海是很正常的，在大海面前人连粒沙子都不如。

船长点了一根烟，徐徐吐出几个烟圈，他说，你不要以为我说的信仰是去寺庙烧烧香或者祭拜一下妈祖，事实上正好相反，大海会把所有的宗教仪式都剥离得干干净净。我是想告诉你，海上生活也许并不像你想的那么狭窄，也并不是就束缚在一条船上。当年我环球远洋航行的时候，跟船去过世界上很多地方，见过形形色色的信仰。在格陵兰，当地人崇拜风，认为风能杀死他们最强大的神。越南的渔民们信仰鲸鱼，我曾在越南的海边看到一头鲸鱼的尸体被冲上岸，最先发现鲸鱼尸体的渔民会身穿孝服，充当鲸鱼的至亲或子嗣，为鲸鱼主持隆重的葬礼。有一次我们的船去了摩鹿加群岛，在那里，我看到人们会给植物举办婚礼，鲜花盛开的丁香树会被人们当作孕妇来看待，甚至不能戴着帽子走近它们，必须向它们脱帽致敬。海人们只知信仰大海，但其实，世界上还有这么多奇奇怪怪的信仰。

我说，船长，和你说实话，我从陆地上逃到海上，以为大海上会比陆地上更自由，结果发现也不是。船长笑着拍拍我的肩膀，那是你还没有理解什么是自由，你以为艺术家的自由就是想画什么画什么？不是，艺术家的自由就是在长年累月的创作中忽然抵达的那个沸点，在没有到达那个沸点之前，他们经受的也不过是枯燥和孤寂。真正的自由只属于你一个人，别人都看不到，而且，你可以去创造它。就像你父亲，当年漂在大海上的时候，他创造出一种与家人团聚的办法，当他在夜空里注视着北极星的时候，他认为此刻他的家人也正注视着这颗星星，那么，他们一家人就算在那一刻团聚了。

我勉强笑着说，是吗？我一直以为他是个无趣的人。船长也笑，海人嘛，到了陆地上都这样。我趁机说，船长，能给我讲讲你们当年的远洋航行的经历不？不知道我什么时候才有资格跑远洋。

船长又点了一根烟，示意我也来一根，我赶紧点上，两个人先是默默抽了一会儿烟，然后船长对着渐渐幽暗下去的海面说，我给你讲个远洋故事吧。历史上有个叫威廉·布利的船长，是个航海家，参加过库克王子的最后一次航海探险。一七八七年，布利船长任英国"邦提号"的船长，途中遭遇恶劣天气，全部补给都掉进了大海里。他指挥"邦提号"绕过合恩角，在经历十个月的艰苦航行后到达了塔希提岛。在岛上经过休整之后，"邦提号"从塔希提岛出发前往加勒比海，但三周以后，船上发生了叛乱，因为有些船员厌倦了这种无休无止的航行，想留在塔希提岛上度过余生。于是船长和十八名船员被赶到一只二十三英尺长的小艇上，被放逐到太平洋的中部海域。剩下那些船员在岛上隐居了下来，并和当地土著结婚生子，过了十八年才被人发现。而当时的布利船长，由于没有航海图，仅用一只六分仪和一块怀表，驾着小艇在一个多月里航行了四千二百海里。他们依靠星星导航，在暴风雨中舀出舱里的海水，吃腐烂的肉和难以消化的飞鱼，所有经过的地方，布利船长都记录下来，绘下新的海图，这是欧洲航海史上最伟大的航行之一。

我慢慢把烟头碾灭，装进口袋里，免得阿光忽然跳出来让我捡烟头，在看不到他的时候，我反而觉得他无处不在，觉得船上无论发生了什么都躲不过他的眼睛。我讪讪地说，船长，我的意思是，想听听你们自己的远洋航行经历。他扭过脸来，在稀薄的夜色中看着我，这才是真正的远洋航行，我们这些海人没什么好讲的，你知道航海家和海人最大的区别是什么？不是航海技术，是信仰，而你的自由就在你的信仰当中。

说罢，他转身离去，很快消失在了舱门后面。

我独自站在那里，看着已经变成深黑色的海水，海面上浮出来一片灯光，那是海南岛。海峡上终年船来船往，依然有一种当年海上丝路的繁盛和喧哗，而在那大洋深处则不同了吧。那种远洋航行该是何等丰盛又何等恐怖。说丰盛是因为，全世界的水好像都归自己所有了，所有的飓风所有的滔天大浪所有的星辰也都归自己所有了。恐怖的是，全世界就只有自己那一条船，没有陆地，没有小岛，甚至没有别的船影。如果遇到狂风暴雨，大海上那种类似于《干草车》的宁静又会变成什么？我想起父亲日志里藏着的另一幅画，透纳的《暴风雪》。只要你盯着那幅画看久了就会发现，当那欲摧毁一切的狂暴力量到达顶点时，却转变成了一种宏伟的庄严，于是，大海的恐怖随之消失了。

我又想起父亲当年那些漂洋过海而来的家书，在那些信里，父亲从未提过一句关于远洋航行的恐怖与艰辛，他每次写到的都是他在海上的奇遇。比如，船上有个水手掉到海里了，立刻有几只海豚游过来，一只托着他，另外几只护送着，一直把他托到岸边才放心离去。

6

我不觉就在船上待了半年了，学会了掌舵、瞭望、解缆绳、抛锚链、装卸货这些水手们的基本工作。我也逐渐了解了船员们的生活，海人和陆人其实已经不在同一个世界里了，甚至可以说，一个船员从上船那天开始，就已经宣告了一种陆地死亡，陆上从此再无此人。即使有的船员后来回到陆地，也因为无法适应陆地上的生活，最后还是要回到船上，就像我父亲当年那样。船员们从陆地蒸发，却又化作雨滴融入海洋，完成了一种海陆之间的隐秘循环。所以我心里渐渐有了一种猜测，父亲选择在退休前跳海，也许是因为他不愿再回到陆地。一想到他终究是去了他愿意去的地方，我心里竟然有点替他高兴。

有那么几次，我又有了想画画的冲动，但觉得自己无论怎么画，都撑不起大海这样的辽阔，反而更不敢动笔了。船长还是隔段时间就邀请我去船长室喝茶。每次我去做茶客的时候，他都隆重地穿着西服，先焚一饼香，深静香、小宗香、鄘梅香。接着给我沏茶，白毫、雪芽、合笋、时雨。双耳黑陶瓶里则轮换着插大花紫薇、红花檵木、叶下珠。他还喜欢不厌其烦地给我讲些香道和茶道。品质最上乘的香，出自海南黎峒，香气较为清淑，类似于莲花、梅花、鹅梨的清香。每种茶都是有脾性的，要品其中的茶韵，绿茶的野韵，铁观音的音韵，岩茶的岩韵，喝老茶嘛，则要品其中的陈香。

有时候还和我聊聊文学和艺术，有一次他说到梭罗，说梭罗的小屋正是进行哲学式生活的理想场所，而船其实也是梭罗式的小屋，又说维特根斯坦和海德格尔其实都是"梭罗综合征"患者。

如果是在陆地上谈论这些话题，倒不见得有多奇怪，但在无边的大海上，在一条漂荡的船上谈论这些，会格外感到世界的虚无缥缈与庄重。

此外，不知是不是有意的，他还喜欢和我聊起我父亲。我猜测，他可能是为了安慰我，还可能因为他心里有些愧疚，毕竟他是一船之长，要对所有的船员负责，而我父亲正是从他的船上跳海的。一次我们正随意聊着，他忽然说，其实你父亲比你更像海上的艺术家，别人都是在海上熬时间挣钱，他不是，他是在太平洋和大西洋上慢慢散步，所以他能看到大海的富有和丰盛。对他来说，连观看世界各地的墓地和墓志铭都是一件很有趣的事情。那一年，我们的船在地中海抛锚后，他跟着代理上岸购买食物，趁机溜达了一圈，在撒丁岛上见到一块墓碑，是一位不知名的外国船长的墓碑，他就把上面的墓志铭抄下来，请代理给他翻译了，回到船上给我看："如果不麻烦的话，陌生人，你不妨驻足看看。我有生之年曾无数次在海上扬帆，遍游异国他乡。如今我安息在这里，这是自我诞生之日，帕耳开女神就为我指定的归宿。在这里，我放弃了一切工作与愁绪，不再关心天象吉凶，不必畏惧风云变色、惊涛翻涌，也不必为那入不敷出的光景忧心。至圣的女神，曾三次于生死关头救我性命。我感激你,你值得受世间万物敬拜。再见吧,陌生人,感谢你留意眼前这块石碑,祝你长命百岁,年年有余。"

晚上睡不着的时候,我想起船长对我父亲的那些描述,又觉得并不真实,甚至带有一种传奇色彩。平时叫我去喝茶的时候,他有时候也会讲些海上传奇,我想到父亲还专门用一本日志来摘抄各种海上传奇,便猜测,他们这些在海上待得太久的海人,可能已经无法区分开现实与传奇了。他们也许把那些海上传奇误认为是自己的经历,或让自己的过往消融于传奇当中,于是,那个真实的自己反而隐遁了。

在海上,不仅现实与传奇之间的界限是模糊的,就连活着的船员与幽灵船员之间的界限其实也是很模糊的。有时候,我长久地凝视着大海,也会产生这样的错觉,觉得父亲只是再次去远洋航行了,说不定还会像我小时候那样,在某个清晨或深夜,忽然又出现在我面前。

有时候,船长也会忽然和平日里判若两人。有一次,一个甲板水手没有按规范动作操作锚链,船长立刻冲过去,很凶狠地把那个水手骂了一顿,你一个动作不规范就可能要了全船人的命,不知道在海上生活是提着脑袋的?做不了海人就滚回陆地上去。甲板上的船员都鸦雀无声,用一种半是异样半是害怕的目光偷偷看着船长。

船在日夜不停地航行,晚上也要工作,船员们轮流值班,有的白天睡觉有的晚上睡觉,白天和黑夜早已经没有了边界,时间也因此变得永无尽头。因为时间失效了,船上的日月便分外漫长枯燥,人会慢慢陷入一种类似于半昏迷的漠然状态中。有的船员盯着落日,一看就是大半天,连眼睛都不眨一下;还有的船员什么都不看,仅仅是空洞地盯着海平面,就可以一动不动地看几个钟头。

我也不例外,时不时就会陷入荒漠一样的时间当中,尤其是半夜值班导致作息紊乱的时候,我会分不清到底是黎明日出还是黄昏日落,也想不起到底是哪年哪月哪日了。当你望向海面的时候,又觉得时间已经停止了,海面上的一切都纹丝不动,远处的几只船影似被钉在海面上的标本,好像几百万年前它们就已经在那里了。

我开始明白父亲的日志里为什么会出现修拉的画了,因为在修拉的画中,每个人,每株草,每棵树,都有一种纪念碑式的沉静。也许修拉和我父亲一样,都曾深陷在时间的荒漠当中,都曾被时间彻底淹没过。

7

船上的生活虽然单调枯燥,却也暗藏着一种很魔幻的生机,尤其是风浪大的时候,船就像一块飞毯漂在海上,所有水手都变成了阿拉丁,挤在飞毯上一起飞翔。

船员们没有神灯,但为了抵抗无尽的时间,也发明了层出不穷的办法。有的像复读机一样,把同一首歌唱了几万遍,炉火纯青,都可以去开个人演唱会了。有的爬上桅杆数星星,把几十亿年前的那些古老星座都找全了,可以手绘星空图。有的用生肉钓鲨鱼,钓起来再放了,放了再钓,还嫌鲨鱼是黑白的,身上连点颜色都不带,看看人家神仙鱼,一条鱼就能开一家染料店。有的养鹦鹉,教鹦鹉说话,鹦鹉不仅学会了说话还学会了骂人,结果半夜里被一个水手养的猫吃掉了,但船上的猫有好几只,一时无法破案,从此成了一起悬案。还有的养仙人球,养发财树,有的干脆把船上的老鼠当宠物养,睡觉时一揭被子,里面已经舒舒服服地躺着老鼠一大家子。

风浪大的时候,不仅人会晕船,船上的猫和老鼠也会晕船,晕船的猫和老鼠受不了了,纷纷跳海,连仙人球都要跟着跳海。船员们则给它们扔救生圈,并哭着喊着要跳进海里去救它们。

我想起以前父亲休假回家的时候,每次都会带一只船上的强光手电筒回来,时间长了,家里居然攒下了十几把手电筒。晚上没事的时候,他会打开手电筒朝着夜空中乱射,就像个武士在舞剑,兴致好的时候,他会把所有的手电筒都打开，再集中到一起，一束雄伟的光柱立刻被手电筒放了出来，稳稳立在天地之间。我在旁边看热闹，他怂恿我，只要顺着那光柱往上爬，就能一直爬到夜空里摘星星。母亲忽然跳出来呵斥我们，他便赶紧把电筒挨个儿关掉，光柱轰然坍塌，化为废墟，天地间升腾起一种大厦倾倒的萧索感。现在想来，那大约也是父亲在乏味孤独的远洋航行中的发明之一。

晚上，我找来一只强光手电筒，站在灯光最暗的船尾把手电筒打开，一柄光剑忽然出现在了我手中，从海上直指星空，我左右挥舞，把夜空一劈两半，果然觉得自己像个武士。我又把这道光柱刺进黢黑的大海，竟然看到光柱里面装满了五颜六色的鱼，手电光在海里变成了鱼缸。

忽听有人在我身后说，这是向你父亲学的吧？我一扭头，是船长，不知什么时候他已经站在了我身后。只见他的头发在灯光下闪闪发亮，晚上也一丝不苟地打着发蜡，他在没人的地方照样举止优雅，简直像一个蛰伏在古堡中的幽灵公爵。但时间一久，我也慢慢感觉到船长身上有种难以捉摸的东西了，他时而随和，时而又很阴郁，偶尔还有些凶狠，心情好的时候又会优雅地谈文学和艺术，身上有着一种介于高贵和阴森之间的东西。

我连忙关掉手电筒，光柱消失了，大海重归于黑暗。我还没来得及说什么，就听见船长说，有时候看着你，我觉得就像看到了你父亲的过去，你不要以为人的过去是看不到的，你抬头看看，你以为自己看到的是星空，其实你看到的是宇宙的历史，是星星们的过去。而在海上，你不仅能看到过去，甚至也能看到将来。如果船在太平洋上不停往西走，就会有时差产生，那钟表就得不停地往后拨，你就会感觉到，时间在倒流，人真的在往过去走。如果船穿过亚热带季风气候区，再穿过赤道无风带进入热带沙漠气候区，再穿过热带雨林气候区进入亚热带季风气候区，从冬天忽然进入夏天，或者从夏天一步跨入冬天，你又会觉得时间正在加速流动，一天之内就可以经历四个季节，而海人们也会感觉自己正在加速衰老，好像又在海上碰到了将来的自己。所以每次看到你的时候，我都会替林海生感到高兴，我觉得是他又返回到年轻时候了，可以重新活一次。

我沉默不语地看着海面。只听他又说，我以前就和你讲过，有的海人在船上变成了画家，上船前连画笔都没摸过，我见过一个远洋船长原来连五线谱都不识，后来能在船上弹奏好几种乐器。不过也有的海人变成了海上囚徒，还有的得了精神病，我以前见过一个海人，特别喜欢在船上和人下棋，没人和他下的时候，他就在脑子里和自己下，这个海人后来得了精神分裂症，半夜跳了海。如果你想让船把你变成什么，可以向船许愿，她都听得到。

听到这里，我心里却一惊，一个常年被困在船上的海上囚徒，肉身每日的活动只是从甲板到船舱，再从船舱到甲板，而灵魂却终日围绕着达·芬奇、伦勃朗、米开朗琪罗、提香、委拉斯开兹转悠。在这种灵与肉的剥离中，父亲的精神会不会有一天也忽然走向了分裂，从而导致了他的跳海？

父亲越来越成了一个谜，已经有了些海上幽灵的气质，正隐匿于大海上的无数秘密当中。

8

天越来越热，海上悬挂的好像不是一个太阳，而是后羿射日时代的九个太阳全跑出来了。海面大口吞吐着阳光，于是海水变成了水银质地，亮晶晶的，大大小小的船都在一面大镜子上滑动着。白天在烈日的炙烤下，往返的船只都很疲惫很干渴，抛锚的船呆呆打着瞌睡，漂航的船烦躁不安地熬着时间。看着那些船，我有时候会暗暗希望，有那么一两条船能从这海峡逃走，乘着信风逃进大洋，一旦进入太平洋，就没什么能抓住她们的了。

甲板上的船员们晒得更黑了，黑到发亮，像一群漂在海上的非洲土著，船就是他们的部落。从头上一摘安全帽，就倒出一壳水，刚又在帽子里洗了个头，湿透的水手服洗了晾在甲板上，很快，蓝色的水手服上就结出一层白色的盐霜，刮一刮就是二两盐，大厨常年不用买盐。从海岛的秀英港望着大陆，大陆是一片海市蜃楼，从木瓜镇望着海岛，海岛更是一片海市蜃楼。整个世界都变成了幻影，只有我们这条船是真实存在着的。

　　午夜的乘客大都昏昏欲睡，有个别乘客会一直站在甲板上呆望着漆黑的海面。半夜上船的乘客多是货车司机，连人带车一起上船，这些货车常年来往于琼州海峡，运送各种物资，连过年都不中断，大到钢铁设备，小到蔬菜瓜果，还有的运猪运牛运鸡鸭，有时候还有养蜂人的卡车，带着一车蜜蜂，浩浩荡荡前往温暖的海岛采花蜜。所以这种卡车的上方，一直携带着一团由蜜蜂组成的乌云，黑压压地悬挂在上空，车到哪儿，乌云就跟到哪儿。卡车上了船，这团乌云也跟着上了船，搞得甲板上的水手们还得用衣服把头包起来，只露出两只眼睛。若是运猪车，得不时向车上的猪喷水，免得这些漂洋过海的猪渴死。做这些工作的时候，阿光最是喜悦，他拿着对讲机，身轻如燕地穿梭在车辆中间做指挥，这些大车小车一上船就成了他手里的积木，由他随意摆放。

　　有一天半夜，上来一辆救护车，据说上面拉着垂危的病人，胳膊上还打着点滴。那晚正好是我和阿光值班，救护车上陪同病人的两名家属死活不肯下车，说父亲病危，必须在车上陪护着。按船上的规定，车上是不能留人的，乘客必须上甲板。争执了一会儿之后，阿光悄悄把我拉出了船舱，说，就让他们在里面吧。我疑惑地说，为什么？这可不合船上的规矩。他迟疑了一下，看看周围才小声对我说，车上拉的根本不是病人，是死人，打点滴就是装装样子喽，肯定是海南人客死在外面了，这是要送回老家入土的喽。我大吃一惊，说，这事要被船长知道了怎么办？咱俩还不被骂死？

　　要知道，船是最讲究洁净的，因为船都是生活在海上的，海洋过于庞大又变幻莫测，所以船被迫养成了这样的习性，洁净而虔诚，对大海万分敬畏。而船员们也都生怕船沾上一点点晦气，去船厂接新船的时候会有盛大的仪式，新船要戴大红花，要在船上放两串蟒蛇那么粗的鞭炮，还要在船上舞两头喜气洋洋的狮子。此外还有一个重要仪式，必须由一位有地位有身份的名媛来开启一瓶香槟庆祝，因为船都是女性，所以必须由女性来开这瓶香槟。此后的海上生涯中，这只酒瓶会一直保存在船的驾驶室里，任何人不能随便触碰。平日如果有哪个船员回家参加了葬礼，那回船之前必须先放两串鞭炮驱除晦气。

我和阿光并排站着看着黢黑的海面，阿光对着大海说，这种事情我不是第一次见喽，晦气是晦气，可是人死在外面也可怜，活着不能回家，死了能躺进自家的坟地也算好。我已经和"银紫荆"商量过了，她对我说，大海什么都能装下，何况一个死人。我们就当行善喽，你我假装不知，也不去告诉船长，就让他过海回家吧。

有时候，干完活，我和阿光会悄悄看会儿姑娘们被海风吹起的长发。那些长发仿佛不受地球的引力控制，可以朝着任何一个方向肆意生长。这天晚上，我在甲板上值班的时候，看到有个女孩正趴在栏杆上看月亮，她穿着一条鹅黄色的裙子，黑色长发在海风中飘扬着。我忍不住朝这个背影多看了两眼。过了一会儿，我值完了班，站在舷梯口往下一看，她还是一动不动地站在那里，而此时月亮已经升到我们头顶了，是满月。月光埋葬了一切，整个世界只剩下了这条船和一轮明月。我心想，这女孩不知道长什么样。但也只是想想，终究没有走过去。

不一会儿，船走到海峡的最深处了，这里的海水在白天看上去是蓝色的，在晚上则化为恐怖的墨黑色。月光更亮了，亮得有了些巫气，落在身上都让人有些心惊肉跳了。其他倚着栏杆看海看月亮的乘客都纷纷回船舱了，深夜的海风吹久了会把人吹透。我再次上甲板一看，那个长发女孩居然还站在那里，还是那个姿势。她的背影太过安静了，以至于散发着一种不祥的气息。我心里莫名不安，想喊她一声，又怕吓到她，便朝她走去。无奈我穿的是铁头鞋，笨重，走不快，就在我走到离那女孩还有两米远的地方，她忽然动作轻捷地爬上了栏杆。我意识到她要做什么了，大喊了一声，一个箭步冲过去，但已经晚了，我的手只在空中画了条弧线，而那女孩已经消失不见了。她始终没有回头，我甚至到最后也不知道她长什么样。

探照灯打开了，救生艇也放下去了，但最后还是没有找到人或尸体。在这样的深夜，人只要一掉下去就会立刻被漆黑的大海吞噬掉，几乎没有生还的可能。我瘫坐在甲板上半天起不来，不只是因为她是第一个在我面前跳海的人，更重要的是，在我没能抓住她的一瞬间，我忽然想起了父亲，当年他应该就是这样从船上跳下去的。原来，我心里是如此期望，期望他能不顾一切地抓住我的手，好让我还有机会去了解他，但最后，他甚至都没有回头看我一眼。

船长把我叫到了船长室，先点了一根烟递给我，然后又给我沏茶。我惊魂未定地抽着烟，两三口就把一根烟抽完了。船长一边沏茶一边冷静地说，你还是上船时间短，见得少，这种从船上跳海的事情每年都会有，防不胜防。你没见船上都加了栏杆？没用的，想跳的，翻过栏杆照样往下跳，不能怪你，我已经上报给公司了。

我困惑地抬起头，看着船长说，船长，这些人到底是因为什么要跳海？船长说，什么原因都有，得了绝症的，欠债还不起的，感情婚姻出了问题的，丢了工作的。有些想寻死的人，还专门千里迢迢从北方赶来，就是为了死前能看看大海，看过大海也算了了一个心愿。还有些人，也没什么伤心事，但最后稀里糊涂地也跳了海，这其实叫"海醉"。所以我经常让船员们提醒船上的乘客，不要长时间地盯着海面看，看久了就容易被大海吸进去。说完他又似笑非笑地补充了一句，也不想想，大海是什么地方。

我连着喝了三杯茶，终于抬起头看着船长说，船长，其实我一直想问你个问题，我父亲，他到底是因为什么跳的海？

船长不慌不忙地开始整理书架上的那些书，一边整理一边说，其实跳海只是报给公司的一种说辞，林海生，准确地说，他是不见了，船上找不到他，海里也寻不到他的尸体，那你想，一个海人不见了，他可能去哪呢？那就什么可能都有，是不是？像林海生那样的人，就连那几条经常跟着我们船的鲸鲨，他都分别给它们起了名字，它们也都认了他了，说不定是被那几条鲸鲨接走了呢。鲸鲨可是海里最大的鱼，谁知道它们会把他接到什么地方去，说不定是生活着亚特兰蒂斯人的水下王国呢。

见我不吭声，他又说，不过你也可以认为，也许是他得了绝症，不想拖累家人，还想给家人留下点赔偿金；也许因为他快要退休了却害怕回到陆地，只想永远留在大海上；还或许是因为海醉，被那一瞬间的美蛊惑着，而不顾一切地跳进了大海。你可以选择相信什么，我还是那句话，你的自由就在你的信仰当中。

后来是从阿光嘴里我才知道，在琼州海峡的这些船上，每年都有那么几个乘客会跳海，而且大都发生在半夜，所以人一跳进漆黑的海里，几乎没有生还的可能。这么多年里，跳海的人当中只有一个生还者，还是因为那个人本来就是个游泳高手，跳进海里之后发现海水很冷，他受不了这种冷，后悔了，于是又奋力游回了岸上。那是几天之后，我们半夜一起值班的时候，又说起了那个跳海的姑娘，阿光一副见多识广的样子，这种事我在船上见多喽，我见过的跳海的乘客加起来怎么也有一个加强连了。

我看着漆黑森冷的大海，忍不住打了个寒战，看来，船不仅有运送活人的功能，其实还有引渡亡灵的功能。那些跳海的人之所以都选择半夜，大约是因为知晓了一个海洋上的秘密，半夜的船可能会化身为引渡亡灵的鬼船。

阿光有个特点，不说话就不说话，但只要一说起话来就停不下来。他还在我耳边喋喋不休，别说过海的乘客了，就连船上的船员都有跳海的。前几年有个老船员知道自己得了绝症，看不起病，就想出了一个办法，半夜从船上跳了海，这样一来，不但讹了公司一笔钱，还能让自己的侬仔顶班上船喽。

我两只手死死抓着栏杆，好像怕自己也会掉进海里，因为忽然使了太大的力气，竟感觉到连双腿都是软的。我勉强站着，费了很大的力气才让自己看起来没有什么异样，最后，我甚至还响亮地笑着，问了阿光一句，瞎说吧，还有这等事？阿光急了，冲我喊，我会讲假话？当着妈祖也敢讲假话？我假装用很镇定的声音问，你知道那个跳海的船员叫什么？阿光在甲板上来回巡逻着，光头在灯光下闪闪发光，像一只游弋的水母，我听见他含糊不清地回了我一句，那谁记得，你又不是不晓得，我从来记不住人的名字。

腿还是软的，我感觉自己下半身都腾空了，只剩下上半身漂浮着，我也变成了一只水母。

长发水母诡异地笑着对光头水母说，阿光，我问你，要是哪天知道自己也得了绝症，你会不会从这船上跳下去？

光头水母摸摸头，笑嘻嘻地说，我舍不得这条船喽，只要她还活着我就要照顾她。

长发水母说，人在船在，那是船长的职责，你只是个小水手。

光头水母爬到桅杆顶端眺望着大海深处，他的光头在星光下闪闪发光，好像戴着王冠的国王。他用一种从未有过的陌生语气对我说，阿信，告诉你吧，有时候我觉得，其实我才是这条船上真正的船长，不过，这话你可不能向船长讲喽。我仰起脸对他说，原来我和船长住在一个宿舍啊。

他不肯下来，我便由着他坐在那里，自己则坐在甲板上点了一根烟。我一边抽烟一边想，莫不是，父亲就是阿光嘴里那个跳了海的老水手？知道自己得了绝症，怕拖累了家人，跳海是他能想出的最周全的办法，既能得一笔赔偿金，又能让儿子顶他的班进入航运公司，谋得一个饭碗。他当年也是接替爷爷上的船，而爷爷是死于海难的。这让我想起了海上那只最著名的幽灵船"会飞的荷兰人号"，据说，在变成幽灵船之前，每当"会飞的荷兰人号"上的船长感到自己年老体衰之际，就会让手下杀死他，而这个杀死他的船员将会接替他成为新的船长。

我呆坐着，烟早已经被海风吹灭了，却浑然不知，依然把那半根烟叼在嘴里。前方的海面上隐隐浮出了一点灯光，那点灯光又渐渐洇成了一条光带，灯塔上的红色灯光在黑暗中一闪一闪，前面就是木瓜镇的古港，船又回到陆地身边了。回头一看，海南岛上的灯光更像是掉在海面上的星星。在深夜，从海上看着海峡两岸的灯火，就会发现，这道海峡确实很窄，窄得像海人们的摇篮，又像是海人们的坟墓，生死都在这里了，就连那些去往远方的海客最后还是要回到这里。比如父亲，比如船长，在环球远洋航行之后，最终还是回到了这道海峡。

我抬头看看大桅杆顶端，阿光居然把自己倒挂在了那里，两只胳膊大大张开，做出捕风的样子。我吓了一跳，仰脸喊道，你也不怕摔下来？阿光仍然稳稳地挂在桅顶，很快乐地说，我喜欢这里，这里是船上的最高处，你也上来试试喽，在这里能看到船上所有的秘密。

不知为什么，这句话让我心里某个地方忽然咯噔了一下。等到终于连哄带骗地让他下来了，我便佯笑着问了一句，阿光，你再想想，你说的那个跳海的老水手是不是叫林海生？阿光连忙摇着光头说，不是不是，怎么会是林海生呢？你以为我真不知道林海生是哪个？我追问道，林海生是哪个？他笑嘻嘻地说，就是在本子里夹光腚女人照片的那个喽。显然，他说的是那些维纳斯，我一时不知道说什么才好。忽听他又神秘地对我炫耀道，其实我知道一个关于林海生的秘密，全船只有我一个人知道，因为当时我正坐在桅顶，我能看到别人，但别人看不到我喽，我在全船最高的地方，你说谁能看到我？

我有些紧张地问，什么秘密？能告诉我不？说罢把口袋里的大半盒烟掏出来塞给他，阿光仔细把烟装好，摸了摸自己的光头，这才悄悄对我说，那你可不能告诉别人。我赶紧点点头，他压低声音说，都说林海生跳海了，其实他根本没有跳海。当时是半夜，我坐在桅顶，看见他坐在一只救生筏上漂走了，筏子上就他一个人，这里，就是从这个地方往下放的筏子。然后他看了看周围，用更神秘的声音对我说，我还看到，甲板上有个人帮他解开了救生筏的缆绳，放走了他，你猜是谁？是船长，他也肯定没有看见我喽，我坐得那么高。说完他又有些困惑地自言自语,那就不是我一个人知道这个秘密了,船长也知道,现在你也知道喽。

此后很长一段时间里,只要远远看见船长的影子,我就赶紧躲开,有两次他叫我去他那里喝茶,都被我以生病为由拒绝了。我有些怕见到他。

9

转眼又过了两个月。这天,"银紫荆"上来了一个新的水手,叫阿福。他几乎不和任何人讲话,看起来船员们也不大欢迎他,和我的处境倒是有些相似,于是我心中不免对他有些亲近。阿福是我见过的最老的水手,五十多岁,看上去却远远不止,已经是一头白发,皮肤黢黑似铁,连厚厚的嘴唇都是紫黑色的,脸上没有任何表情,满脸皱纹像用刀子刻出来的。每次看到他穿着铁头鞋干活的时候,我都疑心他整个人是用金属做成的。再加上他沉默寡言,能不说话就不说话,愈发像个铁人,随便往哪里一站,立刻就和船融为一体。阿光也是船的一部分,但他和阿光又不同,阿光是飘逸的、无形的,而他是滞重的,是金属中已经生锈的那部分。

几乎所有的船员在船上都会有点小爱好,但阿福没有,不抽烟不喝酒不打牌不喝茶,他的时间被斩钉截铁地分成了两块,一块用来干活,一块用来睡觉。听他同宿舍的水手说,无论是白天还是晚上,阿福在任何时候都能倒头就睡着,如果风浪大到能把船竖起来,他就跟船一起,竖起来睡觉,照样做梦。好像他身上有个按钮,只要一按就能切换到休眠模式。我有点怀疑他是一个伪装成人类的机器人,带着某种秘密使命潜伏到了我们船上。

据说,每条船上都有那么一两个神秘的船员,这些人的身份是个谜,没有人知道他们到底是来自陆地,来自岛屿,还是来自更深的大洋。有的船员是隐姓埋名的杀人犯,有的船员是负债累累的企业家,有的船员是隐藏起来的作家,船员身份的五光十色也构筑起了船的神秘感。

中午吃饭的时候，又听船员们在背后议论，这个阿福一看就是跑远洋回来的，跑远洋的水手都很木讷，又不爱说话，估计也是因为老了跑不动远洋了，才来跑海峡。听说他也跑过远洋，我心里反而觉得亲切，好像遇到了父亲当年在大洋上的盟友，说不定他还认识父亲。这天晚上，趁着我俩都不值班的时候，我拿出一包炒花生，又拿出从家里带来的五指毛桃酒去他宿舍套近乎。他同宿舍的水手值班去了，就他一人，正躺在床上，见有人进来，忽地就从床上弹了起来，浑身的关节嘎吱作响，把我吓了一跳。我把酒倒在钢杯里递给他，说，福叔，今晚又不值班，喝两口吧，海上湿气大。

阿福没接，警惕地看了我一眼，目光似匕首，几乎能把皮肤割开，我吓得往后缩了缩，酒差点洒出来。阿福穿上了他的铁头鞋，两只铁掌吸在地板上，周身散发着浓烈的金属气味，好像随时准备站起来和我打一架。我心里很是害怕，僵持了一会儿，正要把那只端杯子的手收回去，他忽然伸出一只铁钳般的大手，把那杯酒钳过去了，我这才注意到，他的右手只有三根半指头，小拇指整个没了，无名指只剩下一半，看起来更像一只铁钩。只见他用那只铁钩慢慢举起钢杯，放在鼻子底下闻了闻，便把一杯酒无声无息地倒进了嘴里，我感觉他差点就把钢杯也一起吞下去了，一时竟看呆。他不大像现代人，倒像一个从大航海时代复活过来的远古水手，酗酒，会捕鲸，煮皮带和靴子吃过，得过坏血病，会观天象，能根据晨昏蒙影来判断太阳中心的位置，能用古老星象来导航，曾去过胡椒海岸和象牙海岸。

我连忙又给他倒了一杯酒，我看到自己的手都在发抖，他死死盯着我，吓得我赶紧冲他举了举手里的杯子，先把自己杯子里的酒喝完了。他盯了我一会儿之后，把目光笨拙地从我身上挪开了，我都能听到他的目光挪动的声音，像生锈了很久的机器发出的。他稍一仰脸，一杯酒又悄无声息地没了。我忙递给他花生，他不接，却伸出残手把酒瓶子钳过去了，只一仰脖子，一瓶酒就无声无息地没了。我呆呆地仰视着他，觉得他可以轻而易举地把这些铁桌子和铁椅子都吃下去，甚至整座铁屋子，整条铁船。

好像酒精让他稍微松弛了一点,他重新脱掉铁头鞋,咕咚坐在床上,目光挪向自己的两只大脚。我随他的目光移向那两只大脚,忽然惊恐地发现,他的一只脚没有大拇指,而另外一只脚的中指和小拇指也没了,像是被什么利刃切掉的,伤口早已长平整。我吓得大气都不敢出,却忽然听见阿福终于开口了,你找我干什么?好像在问他那两只残缺不全的大脚。大概是很少说话的缘故,他的声音里全是铁锈味。我赶紧说,福叔,听说你也跑过远洋,我爸也跑过远洋,他叫林海生。他的目光又被滑轮嘎吱嘎吱地抬了起来,稳稳落到我身上,似有千钧重。他抖了抖厚嘴唇,半天抖出一句,你,到底想干什么?我吓得又往后缩了缩,慌忙说,没事,就是,我一听说你也跑过远洋,心里觉得亲切,所以就赶紧过来找你了,也不知道你认识不认识我爸。

他嘴里咕哝了一句什么,往后一仰,掉进了他的床洞里,随手把布帘也拉上了。片刻之后,床洞里已经响起了轰隆隆的鼾声。

后来听大副说,阿福是在远洋上漂了三十多年的老水手,最近刚回到海峡,因为和船长是老相识,就来了"银紫荆"。大副还主动说起了阿福的手和脚,带点炫耀的意味。他说阿福一共只有八根半手指头和七个脚指头。有一年他们的船去纽芬兰海岸拉鱼的时候,遇上了暴风雪。当时阿福和另外两个水手正在一艘轻型艇上清除浮冰,暴风雪把小艇和大船吹散了,几天以后,这艘小艇被划到了纽芬兰海岸的利特尔河渔场。当时小艇上只有阿福一个人,另外两个水手已经被冻死了。但他的两根手指和三个脚趾已经被冻坏了,后来都被切了。

过了几日,我拿出保存了很久的一瓶白兰地,又去找阿福。我看出他其实很喜欢喝酒,便把酒摆在他面前做诱饵,试探着说,福叔,你们当年是怎么跑远洋的,能给我讲讲不?他又盯了我好一会儿,然后抬起那只残缺的铁手,轻而易举地把酒瓶夺了过去,拔掉瓶塞,往虚空举了举,好像在向什么人敬酒,也可能是在向大海敬酒。再然后,一仰脖子,这瓶酒瞬间就没了。他满意地打了个嗝,嘴里昏暗地咕哝了一句,有什么好讲的,跑船就是为了讨生活。说着摇了摇空酒瓶,似乎对酒瓶已经见底了很不满,然后又轰然倒在了窄窄的铁床上。

眼看他又要睡着,我心里后悔把手里这点存货都拿出来,正想着要不要离开,忽听他在床上说,酒不错,还有没有?我赶紧承诺,下次,下次我再给你带一瓶。然后又停顿了几分钟,正当我怀疑他已经睡着了的时候,他开始断断续续地讲话了,就像一台机器终于磨合好了。

远洋嘛,就是打不了电话,没有信号,电视也看不成,只有在快到一些国家的时候,才能,收到信号,就,看会儿电视,到了哪一国,电视里就说哪一国的外语,听不懂,就看图像。老是缺维生素,烂嘴角,口腔溃疡得厉害,牙疼得不能睡觉,自己拔牙,用斧子和改锥。靠生吃柠檬来补充维生素,我一口气能吃好几个柠檬,酸,就酸点嘛。远洋,只要看见一条船,就高兴得不行,不管是哪个国家的船,都像见了亲人。我们最长的一次抛锚,有,有六个月,没水喝了,喝造水机造的水,味道臭,像喝尿,烟早就抽完了,就在甲板上捡别人扔掉的烟头抽,你再扔,还有人会捡起来抽,几副扑克牌玩得能从前面看到后面。只要一下船,就死命地花钱,看见什么买什么,有用的,没用的,统统买,先买了再说,老是被骗,买了很多假货,把口袋里的钱都花光才肯上船。上了船把假地毯铺在宿舍里,把假画挂起来,把假宝石保存好,准备回去了给相好。那年有个水手在泰国下了船就再没上船,他在泰国有个相好。以前我们一个船长在四五个国家都有相好,人家厉害。有个水手出海一年,海上没信号,家里和他联系不上,以为他死了,可怜他还没成家,就给他结了一门阴亲,后来我们老和他开玩笑,说他娶的老婆是个鬼。那年船去印度拉冷冻鱼,大夏天,印度的工人们在船上搬鱼的时候穿的都是皮袄,热带的人平时没有机会穿皮袄,逮住个机会赶紧穿一次,要不一辈子都用不上。最怕的是跑粮食船,装粮食的船舱要一遍一遍地擦洗,最后擦得像吃饭的盘子一样干净,干净到敢用舌头舔。在海上跑得久了,密封的粮食会长芽,还会发酵,在船上酿成粮食酒,凑合着也能喝。我以前跑得最多的是集装箱船,那种船上时常藏着偷渡客。他们就在集装箱里吃喝拉撒一个月,里面臭得都没法闻,他们大部分想偷渡到美国,有的在中途被发现,就被赶下船了,要是在威克岛和中途岛就被赶下去,那也算到美国了。海上有时候会漂过来一些集装箱,那肯定是有集装箱船沉了,我们就把箱子捞到船上。拆集装箱最有意思了,什么都能拆出来,衣服、水果、蔬菜、酒、陶瓷、医疗器械、汽车零件、马桶、叉车、空调,有一次还拆出几艘游艇来……

阿福的声音再次戛然而止,我一扭头,见他已经拉上帘子,眼看又要沉到床洞里去了。我有些生气,呼啦一下把他床前的帘子又拉开了,对着躺在里面的阿福说,福叔,我保证,下次一定带两瓶酒过来。我再问你一遍,你到底认识不认识林海生?也是跑过远洋的。

又沉默了半晌,阿福忽然从床上坐了起来,目光阴沉地看着我,我吓得连忙往后退了几步。阿福一眨不眨地盯着我说,我倒是想起个事,很多年前的,你这么想听,我就给你讲讲,不能白喝了你的酒,酒不错。那年,我们的船在经过太平洋的时候,忽然变天了,当时在甲板上的三个船员被一个大浪打进了海里,放救生艇下去也没找到他们,我们都以为他们死了。没想到十天以后,其中的两个船员获救了,他们坐在一只木筏上,那木筏漂到了岸边,两人都还活着。他们获救后就有了一些关于他们的传闻,说其实一开始的时候,三个落海的船员都爬到了那只木筏上,但后来那个最年轻的船员却不见了,而另外两个船员,在没有水没有食物的情况下,居然在海上活了十天十夜,他们到底是怎么活下来的,谁也不知道。那两个活下来的船员,一个是我们现在的船长,另一个嘛——他停住了。

我一动不动地站着,都不知道站了到底有多久了,只见阿福摇了摇头,收回阴沉的目光,有些疲惫地拉上了帘子,再次退回到了他的床洞里,里面却久久没有响起鼾声。

我来到甲板上,对着黑暗的海面点了一根烟。脑子里一开始是空白的,好像空了很久之后，忽然又哗啦涌出了很多东西。我想起"银紫荆"上的船员对我的不友好，船长越是关照我，他们越是孤立我；又想起他们每次在餐厅里议论船长的时候，只要我一走过去，他们就立刻鸦雀无声。

这时候我又想起父亲日志里摘抄的一则著名的海难。一八八四年七月五日，一艘名叫"木樨草号"的帆船驶向悉尼，开始的几周里他们很顺利，但是后来天气变得恶劣了，将船尾撞破了。船上的四个人刚跳到一艘橡皮救生艇上，船就沉了。撑到第十九天，船长杜德雷感觉没有生还的希望了，所以他建议通过抽签从他们当中选一个人杀掉，以供其他人生存下去。在十九世纪晚期，这种抽签的办法被委婉地称为'海洋的习俗'。其他人不同意这个办法。年轻的驾驶员帕克病得最严重，且没有妻子和孩子，杜德雷考虑还是他先死最合适。最后杜德雷用一把小刀杀了帕克。当他们在救生艇上存活到第二十四天的时候，一艘叫蒙特朱玛的德国船发现并救起了他们。蒙特朱玛驶进法尔茅斯港之后，幸存者被起诉犯有谋杀罪。但在整个审讯过程中，公众都一致站在谋杀犯一边，就连帕克的哥哥，也在法庭上就原谅了杜德雷，甚至还和他握手问好。这个案子移交给了由五个法官组成的特别法庭，在陈述中，一位议员提出，一个人因为形势所迫就可以杀人，事实上是行不通的，被告人应该判处死刑。但六个月之后，被告人还是被无罪释放了。

也许，他摘抄的那些所谓海上传奇只是一种变相的海员日志？

我再没去找过阿福，但一直暗暗注意着他。阿福仍然不和任何人讲话，在甲板上干活的时候，他时常会停下手里的活，远远朝着海平面眺望。可能是因为，那条海天交界线才是远洋航行水手们的故乡，那里会凭空变出很多东西，太阳、月亮、繁星、云堡、飞鸟、船。还有更多的船从四面八方的海路涌来，都朝着那条海天魔法线驶去，她们变得越来越小，越来越缥缈，最后化作一个逃离的姿势，翻过那条魔法线，掉到和我们相反的世界里去了。在海上待久了就会产生这样的错觉，地球是一只大大的玻璃球，里面一半装着海水，一半装着天空。如果把这只玻璃球倒过来，那里面的海就成了天，天则变成了海。

我能感觉到，阿福看着那条海天交界线的时候，似乎期待着船能把他带走，翻过那条晨昏魔法线，去往看不见的远方。有时候，他会随便盯住一个什么东西发呆，盯着盯着，目光忽然就变得阴森起来。而对于出现在他身边的人，他又显得过于警惕，别人从他眼前走过，他似乎都会吓一跳，也不像装出来的，就是真的受到惊吓的样子。

那天船靠岸后刚卸完货，船员们有的下船散步去了，有的回宿舍睡觉去了，我看到大副一个人在甲板上抽烟，大副对我还算友好，我便走过去向大副递了一根烟。大副作为船上最忙的人，难得有点空闲，一边抽烟一边和我聊天，聊着聊着又聊到了阿福。大副说，从海难中回来的人都这样，多少都有点异样，你没见咱们船长特爱囤吃的？我假装吃了一惊，低声问大副，船长也遇过海难？大副弹了弹烟灰，有些意味深长地看了我一眼，说，你不知道也很正常，这种事你父亲未必会告诉你，怕家人担心嘛。船长和你父亲曾经在海上没吃没喝地漂了十天十夜，能活着回来其实都算英雄了，可是船员们反而都有点怕他们，因为不知道他们是怎么活下来的。这海上的事情和陆地上的事情不一样，没法说清楚。

原来，船员们对我的孤立，不只是因为船长对我的关照，还有一个原因：林海生是我父亲。我忽然想起了籍里柯的那幅《梅杜萨之筏》，那幅画也出现在父亲的日志里，我越来越感觉到那些画与父亲之间隐秘的关联。难道说，父亲保存的这本劣质画册才是他真正的海员日志？

我终于剪掉了一头长发，也剃了个光头，倒不是为了讨好其他水手，而是觉出了这形式下面的虚妄。真正的艺术其实是灰烬，不管曾经多么绚烂或恐怖，都已经经历了那个燃烧的过程，都有着灰烬才有的安宁与轻盈。

10

我通过了三副考试,再实习一段时间就可以正式成为船上的三副了。其实我到这个年龄,已经是船上的一个老三副了,但我还是感觉到了阿光的忧伤。从知道我考上三副之后,他便总是有意躲着我,我值夜班,他就换成白班,好和我错开睡觉时间。不值班的时候,他也不愿回到宿舍,他会像古典帆船上的那些幽灵一样,悄无声息地游荡在船的各个隐秘角落里。有时候到处找他不见,却忽然见他轻盈地从压载舱爬了出来;还有时候一抬头,见他正稳稳坐在大桅的顶端,像风之子。以阿光的文化程度是通不过考试的,他永远只能做船上的低级水手,而像我这样通过了三副考试,才有可能再考二副、大副,直至船长。没想到,就是从陆地逃到海洋,照样得面对层出不穷的考试和竞争。由此可见,所谓逃离也如我先前那头长发一样,只是由心造出的无限幻象。

我知道阿光的船长梦,所以见了他也觉得有点不好意思,好像偷偷做了什么对不起他的事。同时我还有点隐隐的担忧,因为阿光和别的船员不一样,别的船员隔段时间就会回家休假几天,阿光从不休假,因为在陆地上没了亲人,又没有成家,他和陆地之间的联系几乎完全切断了,他变成了一个真正的"海人",与海里的儒艮成了一个族群。因为感情在陆地上没有托付之处,他便把自己所有的感情都托付给了船。

每次等乘客都下船了,即使不是阿光值班,他也会把地板擦得纤尘不染。有一次锚链抛了一半忽然卡住了,当时阿光正好在甲板上,他一句话都没说,扑通就跳进了海里,潜下去帮船解开了锚链。过圣诞节的时候,他头上戴着一顶不知哪儿捡来的旧圣诞帽,借着帮大厨做饭的机会,从厨房偷出来些绿叶菜,做了个小圣诞树摆在宿舍里,上面挂着花螺、椰子糖、巧克力、小金橘、动物饼干,都是我每次休假回来送给他的,他不舍得吃,一直攒着,原来是等着给船过圣诞节。

过年的时候,他早早就开始打扮船,在船前前后后挂上大红灯笼,用鱼皮做成鱼荷包,挂在大桅上辟邪,把平日钓上来的各种贝壳统统拿出来披挂在船身上,再在贝壳里接上小灯泡,船被装扮了一身的饰物,一时竟有了几分巴洛克风情。他还在船头、船尾和桅杆上都贴上"船联",船头上写着"船头压浪",船尾写着"舵后生风",桅杆上则写着"大将军八面威风"。等到了除夕夜,海峡上只有我们这条船上亮起了大红灯笼和五光十色的贝壳,黢黑的海面上忽然浮出了这样一条艳丽的船,真是又张扬又诡异。不唯如此,阿光还托下船的船员帮他买回了烟花,船行到海峡中央的时候,阿光站在甲板上开始放烟花。

烟花在海天之间绽放,"银紫荆"如一座忽然从海底长出的热带岛屿,岛上长满了五颜六色的热带植物,榕树、海麻、椰子、槟榔、木莲、榄仁,还有更多叫不出名字的植物。它们攀着月光迅速向星河生长,藤萝交缠,又纷纷捧出了自己的花朵和果实。那些花朵和果实因吸饱了月光和星光,都闪烁着一种珍稀的光华。

其他船从没有见过如此绚烂夺目的船,纷纷驻足观望,除了那些来往于南北两岸的海峡船,连东西走向的外国货船也纷纷驻足观看,所有的船都静止在了烟花之下。"银紫荆"上的船员也都来到甲板上观看烟花,包括船长。我一扭头,发现他正站在我身后,因为这段时间里一直躲着他,我有些尴尬,正不知道该说什么,却见船长一边观赏烟花,一边对我说,其实阿光和你父亲倒是有点像,他们都是能创造出点什么的海人。

我假装没听见,只是仰脸看着海上烟花。

春节刚过,平流雾就准时来了,它们是每年春天必来琼州海峡巡视的。大雾锁住了整个海面,两米之外的人影就会在雾中消散,形同鬼魅,连灯塔上的灯光都融化在了大雾里。在这样的天气里,海峡是禁止通航的,船员们却因为不用出海了而更加茫然。看会儿陆地再看会儿大海,恍惚觉得自己是一座座立在世界尽头的墓碑,早已被陆地遗忘。船员们白天刷洗甲板,钓上几条白鲳或青衣煮成鱼汤，再喝两杯海马酒，或是结伴去码头散步，见了谁都想说话，见条狗都要聊上半天，和卖水果的小贩还价也极有耐心和兴致，反正他们有的是时间，最后崩溃的一定是小贩，给他们便宜两毛钱了事。

大雾里的时间比平日膨胀了几十倍，所以到处都是汪洋恣肆的时间，简直如洪水泛滥。再无聊的话，不值班的船员们就三三两两跑去码头观看货车的盛况，货车拥堵的日子简直就是船员们的节日。

我跟在几个水手后面，跑到码头一看，果然壮观。因为大雾停航，要过海峡的货车已经排得一眼看不到头，长龙若隐若现地浮动在雾中，估计十几公里都有了。看看车牌，几乎每个省份的车都有，好像要在这召开一个货车公会，制定出关于货车的新法典。风把消息捎到陆地的各个角落，于是五湖四海的货车们都闻讯赶来，驮着猪羊鸡鸭，驮着蔬菜瓜果，汇聚于此参加它们的江湖盛会。

货车司机是我们船上的常客，我对他们已经不是一般地了解。他们虽然平日里脾气暴躁，但对堵车却总有着超乎寻常的耐心和乐观，堵个把星期对他们来说根本就是小菜一碟。他们会在货车里，在马路边，在荒郊野外，甚至坟地里，正儿八经有条不紊地过起小日子，每日做饭刷碗洗衣服闲聊打麻将。

在车上睡了一夜，苏醒过来的货车司机们纷纷跳下车活动，有的拎下一只煤气炉一口锅，摆开阵势，开始在路边炒菜做饭。小小的货车车厢简直就是机器猫的口袋，什么都能变出来，煤气炉、电饭锅、小冰箱、排骨、被褥，还有狗。有的从水箱里接水洗脸洗衣服，有的坐在路边打电话，有的撑开桌子，吆喝有没有人打麻将，更多的是三三两两凑在一起，一边抽烟一边吹牛一边耐心等待大雾散去。大货车的缝隙里游窜着小鱼一样机敏的三轮车，向货车司机们兜售各种吃食，有烧鹅、咸鱼、炒粉，居然还有肉夹馍、刀削面和胡辣汤，这五湖四海的小贩们估计也是听到了风捎来的消息，纷纷追随着季风来到这陆地尽头。

看了一会儿热闹,我顺便在路边摊上买了几只红心芭乐,倒不是为吃,主要是因为这种水果的颜色好看,可以当摆设放在钢铁宿舍里。我拿起一只芭乐咬了一口,翠绿色的皮下面包着鲜红的瓤,这种美丽的颜色让我忽然想起了船长曾说过的话,他说我父亲喜欢一遍遍地观赏飞虎在死前化成的彩虹。

回到港湾一看,密密麻麻的船都停泊在这里,正在百无聊赖地休憩,与路上的那些货车真算得上难兄难弟了。刚走到"银紫荆"的泊位前,忽见一个人影从大雾中走了过去,我没看清他的脸,但从走路的姿势看,倒像是阿福。我向船走去,只见船头隐隐立着一个人影,即使隔着大雾,我都能闻到他头上发蜡的气味,是船长。我估计,就是哪天船忽然要沉了,船长也一定会打好发蜡,穿好制服,再随着船一起沉没。

我上了船也立在船头,跟着他一起看雾。很久没有和他在一起喝茶聊天了,感觉有些生疏,周围的空气也有些僵硬,最后还是我开口打破了沉默,船长,刚才走过去一个人,看背影好像是阿福,很少见他上岸买东西,今天倒是稀奇了。船长静静凝视着大雾深处说,他不会回来了,是我让他走的。我心里有些难过,想,他到底还是让他走了。

大雾没有任何散去的迹象,上岸的船员们也都没有回到船上,所以船上静悄悄的,好像只有我和船长两个人,至于阿光,可以忽略不计,他只是船的一部分。我们又沉默了很久,我递过去一根烟,帮他点上,在他默默抽烟的时候,我终于下了决心,鼓起勇气开口道,船长,你为什么要赶走阿福?船长看起来并没有生气,只是很平静地说,最近有别的船上的船员认出阿福了,我和阿福讲过了,他还是应该去跑远洋,去越远的海域越好,这海峡终究还是太热闹了。

我疑惑地看着船长,船长并不看我,继续说,你上船时间短,可能没听说过"海盛号"事故吧,一条跑南美的远洋船,七年前在海上出了事,全船三十七个船员,最后只有十一个活着回来了,另外二十六个船员都死了,有的是被其他船员杀了扔进了海里，有的是自己跳了海。阿福就是那活下来的十一个船员里的一个。

我呆住了，只听船长又说，这道海峡虽然不算宽，但人多眼杂，还是让他早点离开比较好，他是个老实人，唯一的爱好就是喝点酒。当时船上到底发生了什么谁都不清楚，到底谁动了手谁没有动手也是不可能搞清楚的，海上公案就这样，很难有什么真相，不过最后，大海会宽恕一切。停顿了一下之后，他又补充了一句，但你记住，真正的恩典只在我们心中。

从高远的云堡间降下来一束金色的阳光，刺穿大雾，落在海面上，那一块海面便兀自燃烧起来。我看着那块燃烧的海面说，其实我父亲并没有跳海，也不是失踪了，他是独自乘着一只筏子走了，是吗？船长的声音更平静了，我也经常在想，他现在到底在哪儿呢？说不定，他在哪座小岛上做了岛主，也说不定，他遇到了一条流浪的幽灵船，他收留了她，从此就和她在海上相依为命。对于海人来说，生和死的界限其实并不明显，因为海人的一生，早已介于人与幽灵之间，如果你选择无休无止地去远洋，那所有的人可以当你已经不存在了，也可以当你获得了一种永生。所以，你怎么想都可以，这是海人的自由和信仰。

我静静听着，一动不动。船长点了一根烟，抽了两口，然后继续说，你上船之后，大概也听到了一些关于我和你父亲当年的传闻吧，我们那次海难虽然不是什么著名的海难，却也足够在海人们中间流传很久了。海上也是个社会。我们十天十夜漂在海上，没吃没喝居然活了下来，并且，本来是三个船员一起落了海，最后却只活下来两个，是这个版本吧？大海上从来不缺海难，结局也大同小异，就连那些著名的海难，像什么"会飞的荷兰人号""奥克塔维斯号""木樨草号"遭遇的，其实都差不多是一个模式，但我们遇到的海难真就和他们不同，凡事都有例外，不是吗？在那十天十夜的时间里，我们做了很多事情，又好像什么都没做。一开始的时候，我们都在熬时间，一分钟一分钟地熬，后来为了忘掉时间，林海生开始讲故事，讲一切他记得的事情，也讲到了你。第三天，那个最年轻的水手死了，我们目送着他在海上慢慢漂远。第四天，他开始给我讲吃的，他讲得很逼真，就好像在我们面前摆满了各种美食。晚上，我们就在夜空里寻找星座，就是他在那时候告诉我的，你看着北极星的时候，就想象你思念的那个人此时也正看着北极星，你就会觉得那个人正陪伴着你，你就不会孤单了。我们找遍了所有的星座，那些五十亿年前就已经存在的古老星座，我们一个都没放过。第五天，我们捉到两条小鱼，他想出一个办法，把自己的手指泡在海水里，让小鱼过来咬他的指头，但不能被咬掉指头，否则会引来鲨鱼。第六天，我们祷告，不停祷告，向所有的神灵祷告。第七天，我忘掉了时间，开始出现幻觉，看到和早已去世的父母还有兄弟姐妹坐在一起吃饭，桌上摆满了各种好吃的，我知道我要死了。他的舌头已经发黑了，还在不停地和我说话，把他仅有的一点尿液灌进我嘴里。第八天，下了一场雨，我们用鞋接了雨水喝。第九天，我们继续祷告，继续寻找星座。第十天，几只海豚把我们的木筏顶到了岸边，我们获救了。听起来是不是很不真实？但事实上，海豚就是有这样的爱好，那是它们喜欢玩的一种游戏，它们经常会把海里的漂浮物顶到岸边，比如木筏、尸体、集装箱。所以，有时候最奇幻的反而是最真实的。

我忽然想起在父亲当年的一封家书里，依稀写过这样的事情。

船长深深吸了两口烟，继续说，不过最有意思的还在后面，获救之后，没有人愿意相信我们的海难故事，因为觉得不真实。他们觉得只有"木樨草号"遭遇的海难才叫真实。这些年里，我上哪条船，就把你父亲带到哪条船上，我们不是亲人，也不能简单地叫朋友，我们只是一起度过了海难中的十天十夜。我知道他这些年里一直有一个愿望，他想独自乘一只筏子再做一次实验，没吃没喝地在海上再漂流十天，他想证明给所有人看，这不算什么，我当然不能让他去送死。

大雾正在慢慢散去，像拉开了剧场里的帷幕一般，大海和海上的船再次出现在我们面前。他把烟头碾灭，转身要走的时候，又像想起了什么，淡淡对我说，你父亲算得上一个真正的海上骑士……

说罢他转身进了船舱，只留下我一个人久久看着大海。太阳出来了，雾已经彻底散去，大海再次变得金碧辉煌。

船员们陆陆续续都回到船上了，大家很快都知道了阿福离船的消息，没有人难过。他同宿舍的水手在替他整理鸟巢一样乱的床铺时，发现阿福的床洞里画着两个女人的裸体，便笑着招呼大家前去参观。我也凑过去看，果然，墙上用红色的记号笔画了两个粗糙的女人裸体，有点像原始人留在石洞里的壁画，裸体下面还写了一行歪歪扭扭的红字：我来过，我走了。

11

又过了半个月，船在到达木瓜镇开进泊位之后，船长把全体船员召集到餐厅，忽然宣布了一个消息，刚接到公司通知，公司考虑到"银紫荆"的年龄大了，继续出海怕有安全隐患，打算把她卖掉，然后再买进一条更大型的客滚船，但是因为"银紫荆"已经被卖过一次，现在也老了，不好卖了，所以这次打算把她卖给船厂，直接拆成废铁。船长说他准备带老轨和舵手去船厂接新船，其他船员收拾行李先回家休息几天。

我回家休息了十来天。就这十来天的时间里，我感觉自己和陆地上的一切都已格格不入了。晚上总是失眠，因为没有了船上的摇晃和噪声，太平稳太安静了，导致没法入睡。白天就绕着自家的房屋转圈，也不敢走远，因为在船上就那么大点地方，多走几步就掉进海里了，所以即使在陆地上行走，也不自觉地给自己画了一个圈，像牢房一样。而且走路的时候总嫌地面太硬太结实，不自觉地踮起脚走路，像在陆地上也踩着波浪。见了邻居也不知道该说什么，别人问一句我答一句，别人不说话我就绝不开口。

于是我也在夕阳西下的时候一次次来到港口，坐在防波堤上看着来来去去的船。每到这时，我就觉得，父亲正坐在旁边和我一起看船，或者说，我本身已经变成了我父亲。

终于接到了公司电话，说新船已经接回来了。当我提起行李跑到港口的时候，才知道这几天发生了一件事，"银紫荆"不见了。海事局已经来查过了，船是在半夜时分被人开跑的，开着"银紫荆"往南海方向去了。有人说曾在晚上的时候看到阿光上了"银紫荆"，但像"银紫荆"那么大的船，在离开泊位的时候，最少需要两个船员的操作才行。已经过去三天了，"银紫荆"和阿光都没有被找到，他带着"银紫荆"从海上消失了。他们猜测，阿光可能想把这条船卖到东南亚去，好挣点钱。

新船叫"金紫荆"，好像"银紫荆"借尸还魂回来了，只是她更高大威猛，通体雪白，着实比年迈的"银紫荆"漂亮多了。晚上，船长叫我去他新房间喝茶。我去了一看，这船长室比原来那间大了不少，钢琴和书架都搬过来了。大约是为了迎接新船，他特意穿上了最隆重的船长礼服，熨得笔挺，头发打了发蜡，整整齐齐梳成三七分，在灯光下闪闪发光。我进去的时候，他正穿着礼服，坐在钢琴旁边抚着黑白的琴键，看上去真像个困在城堡里的国王，孤独而优雅。

博山炉里已经焚了香，陶瓶里换成了蝴蝶兰，沏好的柑普茶红艳如晚霞。喝了几杯茶之后船长问我，林信，你觉得阿光为什么要把船开跑呢？我说，阿光绝不可能去卖船，他其实一直有当船长的梦想，我猜测，他想把船开到那些遥远偏僻的海域，谁都找不到他，他就在海上隐居下来。反正船上就他一个人，从此他就成为"银紫荆"的船长了。

船长说，要我说呢，阿光八成是去把船放生了，他怕"银紫荆"被人杀了，想放了她，让她重新回到大海里去，阿光创造了一种情感，算个海上艺术家了。然后他站起身来，开始在房间里踱步，一边踱步一边高兴地说，一想到阿光和"银紫荆"在一起，再不会分开，我就觉得很心安。

我本想说一句，帮助阿光把船开出泊位的人就是你吧。但我什么都没说，只是微笑着给自己又添了一杯茶。

12

第二天,"金紫荆"正式接替了"银紫荆",一个新的船员上船接替了阿光的工作,我还是继续原来的工作。船载满货车和乘客之后,便朝着海峡对面缓缓驶去。

半夜时分,我值完班来到甲板上抽烟,倚栏望着幽暗无际的海面。大海寂静而慈悲,在海洋深处,隐隐飘荡着一点微弱神秘的灯光,那可能是正在环球航行的远洋船,也可能是幽灵船,还可能是流浪在海上的"银紫荆"。也许,父亲和阿光都在那条船上,他们永远留在了大海深处,此刻正与我隔海对视。

原载《收获》2023年第2期